U0088753

古典文獻研究輯刊

二一編
曾永義 主編

第8冊

李慈銘文學思想研究

井禹潮 著

國家圖書館出版品預行編目資料

李慈銘文學思想研究／井禹潮 著 — 初版 — 新北市：花木蘭
文化事業有限公司，2020〔民 109〕
目 2+220 面：19×26 公分
（古典文學研究輯刊 二一編；第 8 冊）
ISBN 978-986-518-055-3（精裝）
1. 李慈銘 2. 文學 3. 學術思想
820.8   109000516

ISBN-978-986-518-055-3

9 789865 180553

古典文學研究輯刊
二一編 第 八 冊   ISBN：978-986-518-055-3

李慈銘文學思想研究

作　　者　井禹潮
主　　編　曾永義
總 編 輯　杜潔祥
副總編輯　楊嘉樂
編　　輯　許郁翎、張雅淋　美術編輯　陳逸婷
出　　版　花木蘭文化事業有限公司
發 行 人　高小娟
聯絡地址　235 新北市中和區中安街七二號十三樓
　　　　　電話：02-2923-1455／傳真：02-2923-1452
網　　址　http://www.huamulan.tw 信箱 hml 810518@gmail.com
印　　刷　普羅文化出版廣告事業
初　　版　2020 年 3 月
全書字數　202854 字
定　　價　二一編 16 冊（精裝）新台幣 35,000 元

李慈銘文學思想研究

井禹潮　著

作者簡介

井禹潮，女，1984 年生。先後就讀於武漢大學、中國社會科學院研究生院、首都師範大學，2016 年獲中國古代文學博士學位。曾發表論文《論悲劇的「卡塔西斯」》《寫給朱安的日記——〈傷逝〉的另一種解讀》《莊子命觀重探》《劉熙載文論中的心學思想》《論李慈銘「眞杜」文學思想的成因》等。現供職於教育部語文出版社，主要研究方向爲近代文學思想、近代文學現代化等。

提　　要

　　李慈銘學識淵博，承乾嘉漢學之餘緒，治經學、史學，蔚然可觀，被稱爲「舊文學的殿軍」。身處急劇變革的晚清社會，李慈銘針對當時文壇積弊，主張破除門戶之見，並提出了「法正」「清」和「尊古厚今」等一系列文學主張，並形成了「眞杜」文學觀。「眞杜」文學觀是以「法正」「清」與「尊古厚今」等支脈相互勾連、互爲因果的一系列文學主張。李慈銘「眞杜」的文學思想在諸多復古名目下的晚清文壇中獨樹一幟。它承襲了中國傳統文學的精髓，是對傳統雅正文學脈絡的梳理與復歸。其現實目的是以文救國。就晚清文壇而言，它重塑了晚清文壇的格局，打破了崇古復古的局面。而對於後世而言，李慈銘傳道授業，以「眞杜」的開放性和多元性陶鑄後學，爲晚清及近代培養了一批有用之材。此外，李慈銘的文學思想雖然在文學現代化的過程中沒有起到積極的推動作用，但他將中國傳統文學的精髓集中於杜甫，也是對中國傳統文學的自我裁汰與去粗取精。李慈銘「眞杜」文學思想對中國傳統文學的溯源與總結，對於今人進一步瞭解傳統文學、研究傳統文學和傳承傳統文學都有極爲重要的意義。

目

次

緒論　李慈銘文學思想研究的價值與方法

　　李慈銘（1830～1894）初名模，字式侯，後改慈銘，字愛伯，號蒪客，室名越縵堂，晚年自署越縵老人，會稽（今浙江紹興）西郭霞川村人，光緒六年進士，官至山西道監察御史。數上封事，不避權要。其日記30餘年不斷，讀書心得無不收錄。《日記》之外單行者有《白華絳柎閣詩集》（十卷）、《杏花香雪齋詩》（十卷）、《霞川花隱詞》（不分卷）、《越縵生樂府外集》《越縵堂時文書札》和《越縵堂讀史箚記》等著述。李慈銘學識淵博，承乾嘉漢學之餘緒，治經學、史學，蔚然可觀，被稱爲「舊文學的殿軍」。李慈銘一生先後兩次入京，仕途多舛，歷盡滄桑。他在晚清雖非位居高位，卻名重一時。他交遊廣泛，與當時的朝廷重臣潘祖蔭、翁同龢、張之洞等皆往來甚密。晚清文壇主將繆荃孫、沈曾植、袁昶、王先謙、王鵬運、趙銘、平步青和董文渙等亦與李慈銘或以書相酬、或雅集小酌、或切磋詩藝，往還不斷。李氏歷經道咸同光四朝。在這六十多年間，中國社會由封閉走向開放。中華傳統文化、文學格局受到西方文化、文學的衝擊。中國社會開始了由傳統向現代的轉變。以往的晚清文學研究過多地將注意力置於新文學，而對於晚清傳統文士與文學的研究則相對較少。近些年，學界已開始關注晚清傳統文學，但研究廣度與深度仍需進一步開發。

一、李慈銘文學思想研究的價值

　　李慈銘可謂晚清傳統文士的典型代表，其文學思想研究具有獨特的學術魅力。首先，李慈銘對歷代作家作品的品評及其自身的文學創作可視爲對中國古代文學史的總結與梳理。其文學批評是從中國文學自身的思想評價體系

中尋找品評依據，進而對中國古代文學主張及作品進行評點。李氏的文學創作是其文學思想的實踐。因而，對李慈銘文學思想的研究有助於整體性觀照中國古代文學思想。

　　中國文學降至晚清，各體文學已至成熟。與前代類似，晚清文學的創新空間狹束。清代文學家一方面面臨西方文化的入侵，另一方面，也面臨著突破傳統文學，發展傳統文學的困境。在這方面，晚清諸多名家做了許多努力。由於厚古薄今的意識導向，文學發展多借助復古的名號。因此有同光體、漢魏六朝派與中晚唐派等文士的復古流派。雖然他們的復古無一不是借古翻新，皆走出了一條具有晚清特色的文學之路。但在李慈銘看來，晚清文士的復古往往陷於單純的模擬，「徒有腔拍」。這種復古方式並不能繼承傳統文學的精髓，亦不能推動文學的發展。基於這種認識，結合晚清文士心態與晚清社會的外部環境，李慈銘提出了「眞杜」的文學思想。這看似是在諸多復古派之間另立復古爐灶，實則是要破除門戶之見，以杜甫爲媒介，實現對中國詩騷雅正傳統的復歸。「眞杜」的思想一方面傳承中國傳統文學之「正」；另一方面也爲晚清文士樹立一個於亂世中得以無愧於心的自處榜樣——杜甫。只有像杜甫一樣，眞實地、充滿感情地用文學來記錄歷史，晚清文士才能有效地排遣內部環境與外部環境共同作用下產生的生存焦慮。

　　其次，李慈銘交遊廣泛、學生眾多、成就較高。其文學思想在晚清文壇的影響極大。探究李慈銘的文學思想，可豐富晚清傳統文學史的研究，向今人展示一個更全面、多元的晚清文壇。李氏文學思想一方面是對中國古代文學思想的總結；另一方面也是對晚清文壇各流派的不同主張的糾偏。

　　時代轉換之際，士大夫往往都會面臨一種無所適從的心態。如孔孟儒學至宋代轉而爲義理之學，至明代轉爲心學，至清代爲樸學。晚清文士同他們的前輩一樣，也面臨著樸學鼎盛、極致過後思想道路的走向。他們同樣需要突破。於文學而言，文士則在文體上尋求突破。漢魏六朝以駢散文見長，唐則以詩爲最，宋代將詞學開發完備，元明則以戲曲取勝，而清代前期及清中葉則是小說最爲興盛的時期。文學降至晚清，諸類文體皆已達到了其極致的狀態。晚清文學中，已沒有薄弱的文體可供開發。在各類文體上宣導復古，並以「古」爲標準似乎是晚清文士無奈的、且唯一的選擇。然而，單純的模古泥古並非晚清文士的本意。而社會環境的複雜又加劇了晚清文士對傳統文學發展道路的迷茫與焦慮。在這種情況下，文學思想界有必要出現能夠解決

這一焦慮的主張。李慈銘「眞杜」的文學思想便是其中最爲重要的一支。

再次，李慈銘文學思想接續並總結傳統，成爲傳統文學的「殿軍」。但其生時聲名顯赫，死後卻少被提及。對此種際遇的分析與深入探究，或可見出其在晚清文壇的文學史價值及其對後世包括現當代文學的價值和意義；亦可發掘出中國傳統文學思想深植於中國現代文學思想的端緒，從而進一步明晰中國社會由傳統轉向現代的過程中，文學思想在傳統與現代之間的承襲與轉變。

李慈銘「眞杜」文學觀針對的是晚清文士的焦慮心態及在這種心態下形成的文壇積弊。但它只短暫地生存於晚清的數十年間。一旦新文學徹底衝破傳統文學的牢籠，甚至與傳統文學分庭抗禮。傳統文士便毫無選擇地扛起「厚古」的大旗。他們的身份使他們歷史性地堅定捍衛起他們所代表的文學樣式。傳統文學似乎不再面臨著如何發展的問題，而是如何保持生命的問題了。因而，李氏的思想便再無用武之地。故而，其浩瀚的日記只能被後人作爲史料進行保存。換言之，李慈銘的文學思想之於新文學及新時代已無利用價值。而之於傳統文學，他的思想又不能成爲典型的代表。屬於李慈銘的時代過於短暫。這使得他的思想還來不及產生較大的影響，就已經被新文學所取代了。但李慈銘的價值不應因作用的時效短暫而被忽視。李慈銘對歷代文學及晚清各文學派別的批評，時刻警醒著晚清各派，避免其陷入復古的泥淖。同時，他也爲後世留下了寶貴的思想遺產。「眞杜」的文學思想是晚清文壇中最重要的文學觀念之一。它是對中國自詩騷以來的文學傳統的總結與復歸，也是中國傳統文學思想最後一次的系統梳理與自我裁汰，並在西方文化強烈湧入的今天，依然保持著強勁的勢頭，成爲中華民族的文化遺產。

二、李慈銘研究的成果與不足

李慈銘的研究文獻較爲豐富，大多集中在對其日記及其史料價值的研究上。對李慈銘的文學作品與文學思想的相關研究，近幾年也日漸增多。關於李慈銘的研究課題和博士論文也都相繼出現。總體而言，李慈銘研究大體可分爲個人經歷研究、文獻研究、學術思想研究和文學思想研究四個方面。

個人經歷方面，各類研究大體可分爲傳記年譜類和日常生活類。傳記年譜類有《李慈銘傳記資料》〔註1〕收錄晚清及近代李慈銘傳記數篇；《越縵堂日記說詩全編》〔註2〕附《新撰李慈銘傳》介紹李慈銘的生平經歷、學術成就、

〔註1〕朱傳譽：《李慈銘傳記資料》，天一出版社1979版。
〔註2〕張寅彭、周容編校：《越縵堂日記說詩全編》，鳳凰出版社2010版。

文學作品、唱和交遊及其《日記》的總體情況。《新撰李慈銘傳》對李氏一生及其各項成就作了簡要、客觀的概括。又《越縵堂詩文集》〔註 3〕附李慈銘《相關傳記資料輯錄》，共收錄傳記七篇，均錄自周駿富輯《清代傳記叢刊第〇六二種》又附《李慈銘年譜簡編》。李慈銘的年譜還有 2009 年北京師範大學碩士論文附錄《李慈銘簡譜》〔註 4〕等。這些年譜多從《越縵堂日記》中輯錄相關資料編纂而成。較爲全面系統的年譜是 2009 年復旦大學張桂麗的博士論文《李慈銘年譜》〔註 5〕。此譜前有《李慈銘簡論》，分家世盛衰、愛情婚姻、交遊、仕途、文學創作及批評、學術研究、藏書校書和著述等八個方面對李氏做了全面簡要的論述。《簡論》以文獻材料的歸納總結爲主，較少推論和闡發。

關於李慈銘日常生活類的研究，集中於借助李慈銘的生平經歷透視晚清士人生活圖景上。專著《清季一個京官的生活》〔註 6〕根據《越縵堂日記》考察李慈銘日常經濟生活，以此來展現晚清在京官員的生活狀態。論文方面，《論晚清名士李慈銘》〔註 7〕從文場、科場、官場、情場的形象分析李慈銘的性格，勾勒李氏的形象，進而觀照晚清名士的社會生活。又《從李慈銘看十九世紀江南士紳的日常文學生活》〔註 8〕以《越縵堂日記》爲主要史料，著重分析了作爲江南士紳的李慈銘，如何在日常生活中從事文學活動，揭示其生活對文學創作的關係和影響。盧敦基的博士學位論文《李慈銘研究》〔註 9〕考述了李慈銘的生平事蹟，並對其學術觀點與學術成就、詩學理論與詩作，以及古文批評與創作等三個方面進行了論述，最後對其家居時的日常文學生活進行了描述。

日常生活類研究中較爲特殊的是李慈銘的交遊考。其中，《李慈銘與蔡元培》〔註 10〕考述了李慈銘與蔡元培相識相交的過程和《越縵堂日記》出版的經過；《李慈銘與時人交惡考》〔註 11〕重點考述了李慈銘與周氏兄弟、潘祖蔭、

〔註 3〕劉再華校點：《越縵堂詩文集》，上海古籍出版社 2012 年版。
〔註 4〕張峰：《李慈銘簡譜》，2009 年北京師範大學碩士論文附錄。
〔註 5〕張桂麗：《李慈銘年譜》，2009 年復旦大學的博士論文。
〔註 6〕張德昌：《清季一個京官的生活》，香港中文大學出版社 1970 年版。
〔註 7〕董叢林：《論晚清名士李慈銘》，《近代史研究》1996 年第 5 期。
〔註 8〕盧敦基：《從李慈銘看十九世紀江南士紳的日常文學生活》，《浙江學刊》2005 年第 6 期。
〔註 9〕盧敦基：《李慈銘研究》，2010 年浙江大學博士學位論文。
〔註 10〕蔡彥：《李慈銘與蔡元培》，《上海高校圖書情報工作研究》2008 年第 4 期。
〔註 11〕張桂麗：《李慈銘與時人交惡考》，《北方論叢》2013 年第 6 期。

趙之謙、張之洞、王闓運、袁昶、周福清、王星誠等人交惡過程，以此探究李氏的性格與爲人；《晚清學者李慈銘交遊考》〔註12〕從交遊範圍與人物、交遊內容和交遊對其產生的影響三個方面簡要概述了李慈銘的交遊情況。

　　文獻研究方面，當代學者輯錄了一些李慈銘散佚的作品，如《李慈銘贈「姬人」書題跋》〔註13〕《李慈銘校繆荃孫所刻書》〔註14〕《〈越縵堂讀書簡端記〉補》〔註15〕《王先謙書札十一通》〔註16〕《清代翰林的實物檔案——王先謙等致李慈銘信札》〔註17〕《越風校語》〔註18〕《袁昶致李慈銘未刊札廿通》〔註19〕和《李慈銘著述考略》〔註20〕等。此外，還有對其作品的訓解，如《李慈銘遺序輯釋》〔註21〕《許景澄、袁昶致李慈銘未刊手札選注》〔註22〕以及對版本的考察，如《李慈銘杏花香雪齋詩版本考述》〔註23〕等。

　　李慈銘的學術思想研究成果較少。《李慈銘史學研究》〔註24〕依據《越縵堂讀史劄記》概述李慈銘史學研究的成就與不足，認爲其繼承並發展了乾嘉樸學，其史學實爲「有清一代之後殿」。又《漢學，宋學，抑或漢宋兼採？——試論李慈銘所屬的學術營壘》〔註25〕探討李慈銘對漢學、宋學的態度，認爲李慈銘雖然在學術觀點上沒有特別獨到的見解，但其在晚清學術界具有一定的代表性。其學術上傾心漢學，而又不棄宋學。另外，文章又論述了李慈銘對西方文化持總體排斥，偶有接受的態度。作者認爲這一系列表現皆爲甲午之前士大夫的典型特徵。

〔註12〕劉孝文、岳愛華：《晚清學者李慈銘交遊考》，《河北民族師範學院學報》2014年第1期。

〔註13〕薛英：《李慈銘贈「姬人」書題跋》，《文獻》1986年第3期。

〔註14〕薛英：《李慈銘校繆荃孫所刻書》，《文獻》1987年第1期。

〔註15〕薛英：《〈越縵堂讀簡端記〉補》，《文獻》1983年第3期。

〔註16〕劉應梅：《王先謙書札十一通》，《文獻》2008年第1期。

〔註17〕王燕飛：《清代翰林的實物檔案——王先謙等致李慈銘信札》，《圖書館理論與實踐》2009年第5期。

〔註18〕張桂麗：《越風校語》，《文獻》2009年第4期。

〔註19〕唐微：《袁昶致李慈銘未刊札廿通》，《中國典籍與文化》2011年總第77期。

〔註20〕張桂麗：《李慈銘著述考略》，《圖書館研究與工作》2013年第3期。

〔註21〕張桂麗：《李慈銘遺序輯釋》，《文獻》，2012年第3期。

〔註22〕王燕飛：《許景澄、袁昶致李慈銘未刊手札選注》，《圖書館雜誌》2009年第5期。

〔註23〕周容：《李慈銘杏花香雪齋詩版本考述》，《文獻》2008年第2期。

〔註24〕張峰：《李慈銘史學研究》，2009年北京師範大學碩士論文。

〔註25〕盧敦基：《漢學，宋學，抑或漢宋兼採？——試論李慈銘所屬的學術營壘》，《浙江社會科學》2010年第12期。

　　就文學而言，李慈銘的文學研究大體可分為五個方面：詩學思想、詞學思想、駢散文思想、小說思想和文學史觀的研究。

　　詩學思想研究中，研究者的側重點各有不同。如《漁洋才學何嘗薄於詩——李慈銘推許王士禎》〔註26〕從李慈銘詩學觀點的角度論述了王士禎的詩學理論。《李慈銘及其詩歌創作》〔註27〕一文考察李慈銘詩歌創作主題與其思想心態。文中將李慈銘的詩歌從內容上分類，並得出李慈銘為詩「不名一家，不專一代」的創作思想。《李慈銘山水田園詩論析》〔註28〕一文以山水田園詩為主要研究對象。從李氏創作動機、題材及寫作特點的分析中，展現李氏於社會動亂時期充滿矛盾的內心世界。《李慈銘詩歌研究》〔註29〕分生平、詩歌內容、藝術特色三部分論述李慈銘的詩歌成就。《論李慈銘與樊增祥的詩歌理論及其創作》〔註30〕一文以李慈銘、樊增祥的詩學關係為中心，將李、樊二人的傳統詩學觀念置於中西學衝突融合的背景下，探究晚清詩歌的發展情況。文章分述了李、樊二人師法百家的詩歌理論和詩歌創作所展現的藝術特色。

　　在詞學思想研究中，學者們從繁瑣的材料中歸納了李氏的詞學觀念。如《晚清學者李慈銘的詞學思想》〔註31〕在總結李氏以「格韻詞說」的理論基礎上，系統分析了李氏的論詞之語，認為李氏在品評中顯示了對《花間》婉約詞風的欣賞，以及對這種詞風在清代的繼承者納蘭性德的推崇。而這些詞論在印證咸豐詞壇反思浙派基本走向的同時，也推動了咸豐年間納蘭詞的品評。《李慈銘詞學思想與創作平議》〔註32〕將《越縵堂日記》作為主要材料，分析李氏的詞學觀念。作者通過分析，認為李氏對南宋詞的貶斥和對北宋詞的推崇反映了晚清時期的南北宋詞學觀之爭。而李氏所提出的根植學養與獨抒性情的結合具有重要的詞學意義。

　　在駢散文思想的研究中，有兩篇碩士論文。《李慈銘的文章觀及文章創作》〔註33〕以清代文章學討論為學術背景，探討李慈銘的文章觀，並考察其文章

〔註26〕周容：《漁洋才學何嘗薄於詩——李慈銘推許王士禎》，《上海大學學報》2006年第3期。

〔註27〕劉再華：《李慈銘及其詩歌創作》，《廈門教育學院學報》2007年第4期。

〔註28〕田欣欣：《李慈銘山水田園詩論析》，《暨南學報》1996年第3期。

〔註29〕陽柳：《李慈銘詩歌研究》，2012年湖南大學碩士論文。

〔註30〕周容：《論李慈銘與樊增祥的詩歌理論及其創作》，2009年上海大學博士論文。

〔註31〕陳桂清：《晚清學者李慈銘的詞學思想》，《西華師範大學學報》2009年第4期。

〔註32〕秦敏：《李慈銘詞學思想與創作平議》，《徐州師範大學學報》2010年第2期。

〔註33〕姜雲鵬：《李慈銘的文章觀及文章創作》，2009年山東大學碩士論文。

創作。作者得出：李慈銘推舉「學者之文」，排斥桐城文法。在駢散觀上，李氏重駢輕散。《李慈銘的駢文理論及其創作研究》〔註34〕用知人論世的方法，梳理李氏的駢文理論，總結其作品的主要內容和藝術特色。《清代駢文理論研究》〔註35〕用較多的篇幅概括地論述了李慈銘的駢文理論。

在小說思想研究中，《從〈越縵堂日記〉看李慈銘的小說研究》〔註36〕一文通過對《越縵堂日記》的細讀，擇取其中有關小說論述的片斷作為論據，分析李慈銘對古代小說的看法。此文最終認為李氏將小說視作補史闕的文本，強調小說的文獻價值。而從政教著眼，李氏又強調小說勸善懲惡的社會功能。

對於李慈銘文學思想的綜合研究，《李慈銘的讀書世界與思維世界》〔註37〕通過李氏的閱讀史來透視李氏的思維世界，考察李氏的閱讀對其學術思想、文化觀念、文學思想的影響。在文學思想方面，作者認為李慈銘是一個「詩學兼顧」「融萃百家」的學人。博士論文《李慈銘研究》〔註38〕亦零散地論述了詩學創作與古文批評。作者認為李氏的詩作並不能自成一家；其古文理論缺少一以貫之的理論脈絡。與此論文相關的《李慈銘詩學理論發微》〔註39〕，分別考證李氏鄉居生活的一些片斷和文學創作活動；論述了李氏詩學「陶冶古人、自成面目」的根本宗旨、宗明詩以取法唐音的作詩途徑，以及重估經典的訓練方法等。

綜上所述，關於李慈銘的研究仍存在著許多不足。首先，目前學界對於李慈銘的研究，尤其是對其文學思想的研究尚處於依據《越縵堂日記》及其《詩話》歸納總結李氏詩學、詞學等思想的階段。學界對於李慈銘文學作品的研究仍停滯於其題材內容、藝術手法等方面，而未將其作品分析納入其文學思想研究的視野。其次，李慈銘文學思想的研究呈現片面化和單一化的狀態。在關於李慈銘文學思想的學術著述中，對其文學思想系統論述的著作尚呈稀缺狀態。同時，各類論述中對李氏文學思想成因的探討也十分匱乏。再次，關於李慈銘詩學、詞學等文學思想的研究有失偏頗。「不名一家，不專一

〔註34〕楊雪：《李慈銘的駢文理論及其創作研究》，2011 年湖南大學碩士論文。
〔註35〕呂雙偉：《清代駢文理論研究》，人民出版社 2011 年版。
〔註36〕秦敏：《從〈越縵堂日記〉看李慈銘的小說研究》，《南京師範大學文學院學報》2011 年第 4 期。
〔註37〕馬建強：《李慈銘的讀書世界與思維世界》，2012 年湖北大學碩士論文。
〔註38〕盧敦基：《李慈銘研究》，2010 浙江大學博士論文。
〔註39〕盧敦基：《李慈銘詩學理論發微》，《浙江學刊》2010 第 6 期。

代」的詩學思想在李慈銘的著述中並未大量提及。李慈銘雖然明確表示過此種觀點，但大量的材料顯示，在實際的詩歌創作和詩學批評中，李慈銘是主宗杜甫，同時兼採各家之長的。最後，李慈銘身處晚清這個急劇變革的社會中，其文學思想與晚清文壇發生了哪些互動；歷代文學和晚清文學對李慈銘產生了哪些影響；李慈銘的文學思想又是如何作用於晚清文壇的；李慈銘與漢魏六朝派、宋詩派，三者是否在晚清詩壇形成了三足鼎立的局面；以及李慈銘的思想如何影響了以蔡元培爲代表的近代學人。這些都是值得進一步探索的問題。

三、李慈銘文學思想研究的方法、目的與創新點

基於以上研究存在的問題和不足，本書以文學思想史的研究方法探究李慈銘文學思想的形成過程、主要內容及其文學史意義。本書從李慈銘個人經歷及其文學創作入手，分析其學養的構成狀況及其形成過程，從而試圖立體地展現其文學思想形成的動態、變化的過程。對其文學思想的描述，則是將批評與創作相結合，從文學功能觀、文體觀、文學創作觀、文學批評觀和文學史觀五個方面綜合分析。在李慈銘之於晚清文壇的意義與影響方面，本書將李慈銘視作一個完整的社會化的人，借助社會學和心理學等相關理論及分析方法，探究李慈銘與晚清文學流派之間的關係；與晚清其他文士之間的交流；以及對其學生、後輩的影響等。

現有對李慈銘文學成就的研究著重於詩學、駢散文或其詞學思想。本書的創新之處首先在於對李慈銘文學思想進行多元、立體地呈現，避免某單一文體研究所產生的文學思想的片面性，從而提出一些與以往不同的見解。以往關於李慈銘文學思想的研究多從文體入手，單一地考察李慈銘的詩學觀念或詞學觀念。目前較爲主流的觀點認爲李慈銘的文學思想是「不名一家、不專一代」。然而，這只是李慈銘創作觀的一部分。將李慈銘的詩、文、詞及其他作品綜合分析，加之《越縵堂日記》等資料的輔助，可以深入、全面地認識其文學思想。本書亦是首次全面、系統地梳理李慈銘的文學思想。其次，本書運用文學思想史的研究方法，將文學思想分別從文學功能觀、文體觀、文學創作觀、文學批評觀和文學史觀五個方面來系統論述。在五個方面中，本書將歷史與哲學思想爲背景，將詩文評和文學作品相結合來論述李慈銘的文學思想。進而，本書將文學思想史的研究方法與社會學、人類學和心理學

等研究方法相結合，在重點探索李慈銘文學思想的同時，將其視爲一個完整的社會化的個體，從其作爲一個「人」的角度探知其文學思想的方方面面。再次，本書化用余英時先生的「內在理路」觀來闡明李慈銘的文學思想。余英時的「內在理路」與「外緣影響」論相對應，著重於思想變遷的自主性，而又不否認外在環境的影響。本書將「內在理路」論引入文學思想發生、發展的變化中，認爲文學中的各文體在創生之時起，即對其自身有著內在的規定性，即文學作爲主體所具有的「自主性」，且在發展變化中遵循這種特性。「內在理路」在約束作品的外部風格的同時，也限定了作家的創作理論和創作方法。李慈銘即是認識到了文學的「內在理路」，以最爲遵循這種性質，且將其發揮到極致的作家——杜甫爲代表，以「眞杜」的主張統攝其文學思想的各個支脈，從而實現了其對中國傳統文學的總結、溯源與復歸。

第一章 李慈銘文學思想形成的過程及原因

　　李慈銘的文學思想是由「眞杜」爲根基，以「法正」「清」與「尊古厚今」等支脈相互勾連、互爲因果而形成的一系列文學主張。這一思想的形成並沒有由萌發到成熟的明顯軌跡。但考察其前半生的遊歷生活，其每一階段的文學思想仍有較爲鮮明的傾向性。李慈銘早歲鄉居越中時開始學詩。其學詩經歷了一個從「模杜」到「眞杜」的過程，而「眞杜」成爲其日後所有文學思想的總源。至其初入京都後，由於廣交文友，視野得到極大的開拓，李慈銘逐漸意識到了當時文壇的諸多積弊。他開始主張破除門戶之見，並提出了「法正」「清」和「尊古厚今」等一系列由「眞杜」衍生出的文學主張。待其南返歸鄉後，李慈銘於浙鄂兩地奔走校書，逐漸明確了以漢學考據爲主的治學宗旨，並強化了以學問爲根柢的文學創作的要求。

一、緣何歸「眞杜」——早歲學詩

　　李慈銘早歲經歷了由模杜到眞杜的學詩過程，其在越中時與師友集結的言社、益社的集會交遊活動亦爲其詩學以及其他文學思想的形成起到了舉足輕重的作用。在自學詩及與友人的交流中，李慈銘日漸形成了其「眞杜」的詩學思想，並由此衍生出了「法正」「清」與「尊古厚今」等一系列的文學主張。

（一）由模杜到「真杜」

　　李慈銘自 7 歲「始上學，讀唐詩」﹝註 1﹞，至 34 歲開始標榜自作詩非「學杜」「似杜」而是「眞杜」。其在同治元年正月十九日的日記中，補錄《壬戌

﹝註 1﹞ 〔清〕李慈銘：《大事記》道光十五年，《越縵堂日記》，廣陵書社，2004 年版。以下簡稱作「《日記》」。

元日作》一詩的題下批註云：「此章乃眞杜，不必云學杜、似杜也。」〔註 2〕此種義正詞嚴的聲明，表達了李慈銘明確的詩學思想——眞杜。

然而，李慈銘並非自「讀唐詩」始即學杜。李氏早歲經歷了較爲曲折的學詩路徑，而在百轉千回過後，他才將其詩學思想定格爲「眞杜」。「比十歲，好讀唐人詩，先君子督課經甚急，不得攜詩塾中，皆私置此閣。暇即取讀，且仿爲之，此蓋予學詩之始矣。」〔註 3〕李慈銘 7 歲讀詩，10 歲學詩，「自甲辰歲刻意爲古歌詩，間亦模擬老杜。」〔註 4〕即 16 歲時，他開始作詩。其作詩的模仿對象爲杜甫。但從「模杜」到「眞杜」的過程中，李慈銘曾模仿學習的詩人還包括：大曆詩人、馮班、袁枚、晚唐、陸游、王士禛，以及四皇甫、薛蕙和徐禎卿等人。

李慈銘由模杜第一次轉向的是大曆詩人。在這個轉向過程中，其父李泰起到了重要的作用。「予自甲辰歲刻意爲古歌詩，間亦模擬老杜。當作觀皇太后七旬萬壽燈七律，其中虛字，余學少陵『西蜀櫻桃也自紅』一首以呈，先君子弗善也。次日遊蘭亭，乃降而擬大曆七子，猶記其四語云：『勝事難忘三月節，名山如見六朝人。亭前竹辨迷茫路，澗裏橋通宛轉春。』先呈塾師定可否，塾師遽大誇曰：『眞錢郎矣！』即封達先君子。先君子圈『名山七字』，批曰：『尙有思致。』予竊喜，自是遂學錢郎。」〔註 5〕宋詩以來，杜甫的詩歌因江西詩派的推崇和其本身具有的可模仿性而成爲後代詩人學詩的標本。早於李慈銘的程恩澤與祁寯藻皆主張「以開元、天寶、元和、元祐諸大家爲職志。」〔註 6〕這其中，杜甫便是重要的類比對象之一。李慈銘以一首學杜甫的詩作呈其父，而其父「弗善」。又因其師大贊其「眞錢郎矣」，李慈銘乃降而擬大曆七子。可見李慈銘的父親與其塾師左右了李氏的學詩路徑。李慈銘之父李泰緣何「弗善」，李慈銘未及多言。但這一批評卻直接促使了李慈銘由模仿杜甫轉而模仿大曆詩人。

在轉向模擬大曆的過程中，李慈銘的塾師也是轉向的舵手之一。其「眞錢郎矣」的誇讚使李慈銘自此學習「錢郎」。《清代硃卷集成》鄉試同治庚午

〔註 2〕《日記》同治元年（1862）正月十九日補錄《壬戌元日作》題下批註。

〔註 3〕〔清〕李慈銘著，劉再華校點：《白華絳柎閣詩初集自序》，《越縵堂詩文集》，上海古籍出版社，2012 年 12 月版。

〔註 4〕《日記》咸豐十年（1860）閏三月二十三日。

〔註 5〕《日記》咸豐十年（1860）閏三月二十三日。

〔註 6〕〔清〕陳衍：《近代詩鈔》祁寯藻條，商務印書館，1923 年版，第 1 頁。

科李慈銘履歷，受業師一欄有：「杜浣谿夫子名詩，山陰貢生。」〔註 7〕又《日記》光緒十七年：「十四歲始爲八比，杜先生浣谿命題曰『斐然成章』。……午飯後得題，即閱史或鈔詩，俟館童上燈油，乃隨筆亂寫一文字塞責。先君子怒之，謂必然無成。而浣谿先生奇賞之，逢人輒言『此奇才』也，然每呈文，必取筆痛勒之，以爲不通。或至塗乙無餘字。」〔註 8〕此處所記之杜浣谿應與誇讚李慈銘「眞錢郎矣」的塾師爲同一人。杜浣谿雖然對李慈銘寄予厚望，認爲他是奇才，但仍對其學業嚴加督促、認眞批閱。

與杜甫相比，大曆詩人在詩的情韻上更加哀婉而在技巧上則趨於雕琢，其去盛唐「神情未遠，氣骨頓衰」〔註 9〕。李慈銘《白華絳跗閣詩》中明確標示爲其 16 歲時所作詩僅存《甲辰九月偕群從侍大父遊蘭亭》七律一首，不足以窺其此時詩風之全貌，亦不足以與大曆詩風對比。然而，錢起等大曆詩人正是處於唐代由盛轉衰的過程中。雖盛唐餘韻尚在，但詩歌總體風貌已經轉入寧靜淡泊甚至哀傷。李慈銘身處晚清社會，雖僅有束髮之年，但其對社會的感受是直觀且眞切的。王朝的沒落使其與大曆詩人有著相似的心境。故而模仿起來得心應手，較之杜甫更爲接近。這或許是李慈銘爲何轉而學錢起、學大曆的社會性原因。

大曆而後，李慈銘於 20 歲時「喜效馮班袁枚，半爲美人香草之作」。〔註 10〕繼而，由沉溺於袁枚詩轉學晚唐、陸游、王士禛。「繼乃沉溺於袁簡齋，日孜孜於俚俗讕滑，以爲名章雋語也。……至歲庚戌，予已二十二歲矣，始稍知蒼山之惡劣。與王平子往復論榷，學晚唐及放翁、漁洋，偶作律絕，中不了語，自謂神韻絕世。」〔註 11〕24 歲至 29 歲的學詩路徑，李慈銘自言如下：「至壬子（24 歲），閱朱竹垞《明詩綜》一書，漸識氣格之正。嗣爲五七律，頗有合作。古詩則描畫四皇甫、薛考功、徐迪功諸家。冀以上追陳拾遺、張曲江，而其中實無見解，聲體或肖，皆得糟粕而遺神明。蓋皇甫諸公尚不免面目太重，予窮力擬之，於唐人婉約空靈之旨，杳未窺其境界，故所作遂盡成僞體。是年落解後，薦臻憂患，一切感事傷時之作，近體頗駸駸日上，

〔註 7〕　〔清〕顧廷龍：《清代硃卷集成・李慈銘條》，臺灣成文出版社。
〔註 8〕　《日記》光緒十七年（1891）。
〔註 9〕　〔明〕胡應麟：《詩藪・內篇卷三》，上海古籍出版社，1958 年版，第 50 頁。
〔註 10〕　〔清〕李慈銘著，劉再華校點：《惆悵（戊申二月）》題下注，《越縵堂詩文集》，第 4 頁。
〔註 11〕　《日記》咸豐十年（1860）閏三月二十三日。

高者逼杜陵，次亦不失爲中唐，而古詩終無所悟。癸丑（25歲）交子九，旋交叔子兄弟，結言社，相切劘，爲漢、魏、三謝、杜、韓之學。而諸子皆推予善學杜，遂悉致其學。於古近體腔拍太熟，眞僞雜出，幾爲李于鱗、鄭善夫追步後塵。然五古漸老成，七古亦大方，較往時遠矣。至乙卯（27歲），忽欲泛濫諸名家，以冀無所不有。……丙辰（28歲）館孫蓮士家。蓮士長於小詩、豔詞，而偏喜效予作。予亦時效其體。雖性有夙就，各不能相強，然漸得細密之功。此予自丁巳（29歲）以前作詩之境詣也。」〔註12〕由此段日記可知，24歲至29歲的六年間，李慈銘的學詩對象由四皇甫、薛考功、徐迪功到陳拾遺、張曲江，再回歸杜甫，轉而學漢、魏、三謝、杜、韓，又回歸杜甫，再轉而泛濫諸名家，以冀無所不有。綜上言之，李慈銘的學詩路徑可概括爲由學杜轉學其他詩人，再由其他詩人回歸杜甫。至咸豐八年，李慈銘日記言道：「得季觊書，並慰予落解，詩沉雄樸厚，逼眞老杜，錄之於左。」〔註13〕這是李慈銘首次提及「逼眞老杜」。此時，李慈銘爲30歲。雖爲評論友人之作的用語，但在歷經諸家，由模杜至模擬其他詩人再轉而學杜甫之後，此時的李慈銘已眞正地回歸到杜甫，「逼眞老杜」即可視爲其「眞杜」思想的萌芽。

（二）言社、益社歸「眞杜」

在李慈銘曲折的「學杜」過程中，其所在的言社、益社成員以及社集活動對李慈銘產生了重大的影響。李氏自言：「凡三四變其詩格，始稍敢自信。」〔註14〕李慈銘與社中諸友賦詩往還、遊賞酬唱並互相品評。在不斷相切劘的過程中，李慈銘的詩最終歸於「眞杜」。

言社與益社是道咸之際，以周星譽、周星詒兄弟爲核心，活躍於江浙一帶並以年輕人爲主要成員的詩文社團。

關於言社、益社的成立時間，孫垓在其《退宜堂詩集・自敘》中言：「乃與祥符周素人、叔子、季觊昆季，暨同郡周君雪鷗、王君孟調、李君愛伯定交。叔子執友爲陽湖許太眉徵士，徵士學有宗傳，故叔子年最少而得詩法最早，於是結言社，湖上，朝夕相切劘，始得窺此中門徑，而余年已三十七矣。」〔註15〕

〔註12〕《日記》咸豐十年（1860）閏三月二十三日。
〔註13〕《日記》咸豐八年（1858）十一月二十四日。
〔註14〕《日記》咸豐十一年（1861）正月二十四日。
〔註15〕〔清〕孫垓：《退宜堂詩集・自敘》。

而李慈銘《白華絳跗閣詩集》卷甲有《癸丑上元後二日與魯蓉生變元孫子九垓陳閒谷煌王平子章結昆弟之好即送子九之吳門平子之姚江二首》一詩，詩中言：「生能並世關天意，交到忘年總宿緣」〔註16〕又李慈銘《日記》咸豐十年閏三月二十三日：「癸丑交子九，旋交叔子兄弟，結言社。」〔註17〕李慈銘記與孫垓結交之詩應作於結交之時，後其日記中再次回憶時仍記為「癸丑」定交。可見，李慈銘與孫垓應是癸丑年定交。孫垓與李慈銘皆言定交後結言社。又孫德祖《退宜先生小傳》：「並時如李愛伯戶部慈銘、周錫侯刑部光祖、陳珊士刑部壽祺、孫蓮士副使廷璋、周叔雲運使星譽、季眖、建寧星詒、王孟調副榜星誠，先生遍交之，月舉詩酒之會，迭主齊盟，所謂『言社』也。」〔註18〕又李慈銘《日記》載：「（咸豐三年癸丑）秋七月，與同邑孫子九秀才垓、祥符周素生大令灝孫、叔子庶常譽芬、季眖布衣星詒、山陰周息鷗孝廉光祖、沈寄帆上舍昉、王平子秀才章、楊漁蘋秀才師震、青田端木叔總明經百祿、陽湖許太眉徵君槤、上虞徐葆意明經庶復、蕭山陳荃譜孝廉潤、丁韻琴州牧文蔚結言社。每人捐分貲一番金，每月捐錢二百。推孫子九為社長，以沈寄帆為監社。每年秋多兩大會。社長拈詩文題分課，每月課詩文題歸值月社友輪課。」〔註19〕那麼，言社結於癸丑年應是無誤。

然而，孫垓言成立言社之時「余年已三十七矣」。又因李慈銘《癸丑上元後二日與魯蓉生變元孫子九垓陳閒谷煌王平子章結昆弟之好即送子九之吳門平子之姚江二首》一詩，詩中言：「生能並世關天意，交到忘年總宿緣」下注：「蓉生年四十五，子九年四十四」。若癸丑年孫垓 44 歲，那麼以此推算，孫垓 37 歲時，應是道光二十六年。而此時李慈銘 18 歲，距其記於孫垓定交癸丑（咸豐三年）並結言社尚有七年的時差。

又，周星譽在《鷗堂日記》記益社的成立時間道：「當道光末祚，風雅道衰，吳越夙稱文教之區，而典型頹廢，風流暗然，後世少年幾不知經史文章為何物。山陰周星譽時以翰林家居，慨然有復興之志，於是創『益社』於浙東，一時名士如許槤、孫垓、余承普、周光祖、周灝孫、孫廷璋、周星詒、

〔註16〕〔清〕李慈銘著，劉再華校點：《癸丑上元後二日與魯蓉生變元孫子九垓陳閒谷煌王平子章結昆弟之好即送子九之吳門平子之姚江二首》，《越縵堂詩文集》，第 8 頁。
〔註17〕《日記》咸豐十年（18640）閏三月二十三日。
〔註18〕〔清〕孫德祖《退宜先生小傳》，《退宜堂詩集》。
〔註19〕《日記·大事記》。

李模（按：李慈銘初名模）及君（按：指王星誠）均列社籍。」〔註 20〕此段中，周星譽記益社成立於道光末年。這與孫垼所記成立言社時間相一致。而二人所記社中成員大同小異，據此可推測，周星譽與孫垼等人（不包括李慈銘）在道光二十六年成立了益社，至咸豐三年，李慈銘與孫垼定交之時，社中因李慈銘的加入而改名爲言社。

　　又，李慈銘爲周星譽所作的《芝村讀書圖記》中言：「時天下初亂，浙東西尚帖無事，周子（周星譽）因得躬耕養親，益奮發讀書，務爲有用之學，思所以濟艱難、致太平者。季子（周星詒）年少，氣豪甚，視世無可當意，獨師事其兄友，其兄之友而同邑若孫子垼、王子星誠，周子光祖、陳子壽祺、孫子廷璋、徐子虔復、陳子潤等咸矯首屬翼，以昌明絕學爲己任，於是有言社之舉，推周子主盟，從而和者數十人，皆都邑之望。蓋有負重名而不得入者，有勢位赫赫自命鄉老、求一與會而不獲者。未幾，江南北浙西爭以所業來贄書幣，車馬日萃於越，越必主芝村，於是有益社之廣。好事者定爲益社六子、續六子、後六子、廣六子之目，而芝村之名脛千里矣。」〔註 21〕依此段所言，言社名聲日廣，因慕名投社者漸多而擴爲益社。又，黃濬《花隨人聖盦摭憶・李蒓客與祥符二周隙末》：「蒓客初與祥符周星譽沇人、周星詒季貺、周星譽畇叔、同里王星誠平子，結『言社』於浙中。周爲祥符望族，高門名士，既相接納，各以言之偏旁爲名，蒓客之原名爲星謨。」〔註 22〕可知，「言社」之名，由社中主要成員名字而來。李慈銘初名謨，因其加入而改社名爲言社頗爲合理。但入社者日增，再稱言社則有排外之嫌，故改爲益社。

　　綜而言之，孫垼與周氏兄弟於道光二十六年（1846）成立「益社」。咸豐三年秋七月，李慈銘加入，即社名爲「言社」。後因慕名入社者日多，又改回益社。又李慈銘記結言社時道：「推孫子九爲社長，以沈寄帆爲監社。」〔註 23〕而後又「推周子主盟」擴爲益社。可見，益社最先由周氏兄弟宣導成立，而更名言社時，則推年長的孫垼爲社長。後擴益社時復推周星譽爲主盟。因

〔註 20〕〔清〕周星譽著，劉蕎整理：《鷗堂日記》（咸豐九年九月初九日），河北教育出版社，2001 年版，第 42 頁。
〔註 21〕〔清〕李慈銘：《芝村讀書圖記》，《日記》咸豐十一年二月十三日，第 3 冊，第 1716 頁。
〔註 22〕〔清〕黃濬著，李吉奎整理：《花隨人聖盦摭憶・李蒓客與祥符二周隙末》，中華書局，2008 年版，第 230 頁。
〔註 23〕《日記》咸豐三年（1853）。

而二人記載詩社之事時，孫垓喜用「言社」之名，而周星譽喜用「益社」之稱。

　　言社與益社的社集活動對社中成員的詩歌有著巨大的影響。孫垓自認為「窺此中門徑」是得益於詩社中與諸社友的「朝夕相切劘」〔註24〕。而李慈銘最終回歸杜甫，亦是與社中諸友相關。其言：「癸丑交子九，旋交叔子兄弟，結言社，相切劘，為漢魏三謝杜韓之學，而諸子推予善學杜，遂悉致其學於古近體。脛相太熟，真偽雜出，幾為李於麟、鄭善夫追步後塵。然五古漸老成，七古亦大方，較往時遠矣。」〔註25〕李慈銘善學杜得到了社中人的認可。李氏此前因其父閱其學杜之詩後「弗善」而轉學他人，後又因其塾師稱讚其「似錢郎」而學大曆。可知李慈銘是善於發揮自身所長之人。詩風尚未成熟的他，並未刻意將自己推入某門某派。李氏注重從師友中挖掘自身的特點。「洎得交子九、孟調、叔子、蓮士，教學相長，遂底於成。有為四子訾呵者，應時改定。」〔註26〕李慈銘試圖在他人的評價中找出自己的詩歌歸宿。由此，李氏親友對他的影響是巨大的。雖然此時其學杜之詩尚不成熟，在32歲的李慈銘看來，25歲（癸丑）時所作詩已是「脛相太熟，真偽雜出，幾為李於麟、鄭善夫追步後塵」，但他依然認為「五古漸老成，七古亦大方」，較之前已經有了很大的進步了。

　　在言社、益社社友中，與李慈銘交誼最厚、對其影響最大當數王星誠和周氏兄弟。周氏兄弟對李慈銘的影響延續到了李慈銘入京之後。而王星誠因英年早逝，其與李慈銘的交誼則僅限於李氏早年鄉居時期。王星誠，原名於邁，又名章，字平子，更字孟調。浙江山陰人。咸豐九年順天鄉試副榜，中後兩日病卒。李慈銘18歲時與王星誠相識，但起初二人的關係並不融洽。李氏《日記》咸豐九年十二月初二日：「予生最寡交，自十八歲得平子，顧彼此不甚合，二十三歲始往來漸習，二十四歲始大相契。」〔註27〕又《陳壽祺王星誠孫延璋三子傳》之王星誠傳曰：「予自丁未（1847年，按：李慈銘19歲）冬與君角藝於塾，務爭勝，以能相高而相得甚。」〔註28〕文人相輕自古而然，

〔註24〕〔清〕孫垓《退宜堂詩集‧自敘》。

〔註25〕《日記》咸豐十年（1864）閏三月二十三日。

〔註26〕《日記》咸豐十一年（1861）正月二十四日。

〔註27〕《日記》咸豐九年（1859）十二月初二日。

〔註28〕〔清〕李慈銘著，劉再華校點：《陳壽祺王星誠孫延璋三子傳》，《越縵堂文集》，第929頁。

況李、王二人相識之初皆年輕氣盛，未免彼此不相認可。至於二人「務爭勝」，黃濬在《花隨人聖庵摭憶》中記：「蓴客生平善罵，與王平子亦有隙。徐鐵孫榮守紹興，試邑童，文題爲《巧笑倩兮美目盼兮》，詩題《李郭同舟》，得『舟』字。蓴客提比，有『胡天胡帝之容，宜喜宜嗔之面』二句，極自負，謂必獲首選。榜出乃次於平子，大詈之。平子亦詬之，謂爾用隱士舟，謬，我但知有孝廉船也。」〔註29〕

文人相輕則彼此不合，若彼此誇讚則變爲惺惺相惜。李、王二人自「君爲《稀有鳥賦》以贈，予賦《大鵬行》以答之」後，便「同補弟子員，亦相親，閒日輒過從，以所一相質證，窮極幽眇，書晝夜不止。意氣凌厲，蔑視一世，以爲兩人外無可與言者。或出詣人，必兩人俱抵掌高論，歌嚛互作，坐客輒縮胸避去。」〔註30〕二人既相好，李慈銘便有「大鵬稀有一朝遇，一千年來無此樂」〔註31〕的感歎。王星誠去世後，李慈銘在悼詩中有「竟令潦倒中年死，頓覺文章海內孤」〔註32〕之句，再次表達與王星誠互相激賞的情誼。

李慈銘年少氣盛，於學人多有不屑，即便是載譽歸鄉創辦四賢講堂的宗稷辰，李慈銘也未服膺其學。李王二人「踞觚聽講不奪席」〔註33〕，且李氏不喜宗稷辰「嗤點」其文。在四賢講堂時，王星誠與李慈銘的交誼已至篤厚，對於李慈銘對宗稷辰的不屑，王星誠堅決地與其形成了統一戰線。李慈銘對此亦銘感於心，其爲王星誠作傳曰：「時御史宗先生稷辰方里居，創四賢講社，招致英俊，予與之皆著錄。一日，予與宗先生論學不合，宗先生嗤點予文。君聞之，怒甚，以告予。予遂不復至宗先生門，君亦不往。宗先生屢好言相謝，兩人始復稱弟子。」〔註34〕

李慈銘對宗稷辰素有微詞，言宗稷辰「門下士稱最契者又爲周白山、趙

〔註29〕〔清〕黃濬著，李吉奎整理：《花隨人聖盦摭憶·李蓴客與祥符二周隙末》，第 232 頁。

〔註30〕〔清〕李慈銘著，劉再華校點：《陳壽祺王星誠孫延璋三子傳》，《越縵堂文集》，第 929 頁。

〔註31〕〔清〕李慈銘著，劉再華校點：《贈王於邁（丁未九月）》，《越縵堂文集》，第 2 頁。

〔註32〕〔清〕李慈銘著，劉再華校點：《哭王平子五首》，《越縵堂詩文集》，第 96 頁。

〔註33〕〔清〕李慈銘著，劉再華校點：《贈王於邁（丁未九月）》，《越縵堂詩文集》第 2 頁。

〔註34〕〔清〕李慈銘著，劉再華校點：《陳壽祺王星誠孫延璋三子傳》，《越縵堂文集》，第 929 頁。

之謙等，皆誕妄不學之人。」〔註35〕郭則沄《十朝詩乘》記：「時滌甫自山東運河道乞歸，方於里中創立四賢講舍，越縵、於邁同被招致。道咸間研深理學而通於世務，如滌甫亦佼佼者。所著論說自《深慮》至《俟命》凡十八篇，生平心得略具。……其人卓犖自喜，而不免張惶聲氣，故越縵有微詞焉。」〔註36〕而李慈銘自己認爲彼時二人互不賞識是因爲「滌翁固未知予，予爾時亦無可爲滌翁所知者。」〔註37〕在李慈銘看來，他與宗稷辰互不相賞的原因在於彼此不夠熟識。而王星誠卻義無反顧地同李慈銘站到一邊，可謂李之忠實擁躉。

李慈銘對王星誠的情誼在士逝世後更加深厚，其遍訪王氏詩，集結成冊，如其在《致孫子九書》中所道：「眷念交舊，屬搜訪孟調遺詩，將以附致青雲，昌明吾道，具徵高誼，彌切依遲。」〔註38〕由於王星誠的去世，李慈銘的心靈被失友之痛折磨甚久。反覆悲痛中，李慈銘寫下了許多傷逝詩。這些詩情感眞摯、濃烈，成爲李慈銘青年時期最爲重要的詩歌。

言社的集會交遊活動和往復論詩也促使了李慈銘文學思想的初步形成。李慈銘文學思想中最爲重要的概念皆可溯源於此。如其在「置酒招蓉生、子九、閒谷、雪鷗、平子、釋寄雲小集」之後，對「座間談詩，諸君皆有異同」之處加以評點。並自評言：「若僕，則頗以五七律爲諸子所推，然自問諸體亦皆有佳處，亦皆有惡處，意欲籠罩一切而涉獵馳騁於諸大家，皆排其戶，闖其藩，而卒不能入其室，是則所自知者也。」〔註39〕此中「皆排其戶，闖其藩，而卒不能入其室」即演變爲此後所提之「不依傍門戶」。這一觀點正是在晚清復古潮流大動，宋詩派、漢魏六朝派大行其道之時，李慈銘總結昔時論詩經驗而提出的文學主張。「不依傍門戶」的最終目的並不是完全的無所依傍，而是要如「眞杜」般「陶冶古人，自成面目」。李慈銘在日記中曾記周星譽論詩道：「素生謂吾輩作文，必須求前人所未有者，自成一種面目，爲天地間不可磨滅之眞氣。倘泥於格律，未免牙牙學語，可惜此一點靈光矣，且毋乃近於技歟？叔子謂：若子之矜奇詭異，正所謂技。吾輩之則古稱先，乃所爲道也。余甚然之。」〔註40〕這裡，「求前人所未有者，自成一種面目」即是

〔註35〕《日記》同治二年（1863）七月十六日。
〔註36〕郭則沄：《十朝詩乘》卷一六，臺灣學生書局，1976年影印本。
〔註37〕《日記》同治二年（1863）七月十六日。
〔註38〕〔清〕李慈銘著，劉再華校點：《致孫子九書（同治四年四月），《越縵堂詩文集》，第847頁。
〔註39〕《日記》咸豐五年（1855）正月二十日。
〔註40〕《日記》咸豐五年（1855）四月十九日。

「陶冶古人，自成面目」的變體。李慈銘曾於周星監發此論前不久，在日記中寫道：「近頗自悟，蓋凡事必陶冶古人，自成面目」〔註41〕。故而，當周氏提出此論時，李慈銘表示「甚然之」。李氏在日記中將「陶冶古人，自成面目」的主張稱爲「自悟」所得。但這一「自悟」並不排除是在諸社友之間往還論詩的過程中所激發出來的。當是社中之友多以達成共識的一種思想主張。然而李慈銘亦有其固執的一面。同日日記中言：「雪鷗謂余近體懸之國門，不能易一字，而古體獨未滿意。又□□謂余於七律出手即工，足以獨立一代，而最不喜余七古。皆非深知余者。」〔註42〕其他人評價他的詩作時，李慈銘即以「非深知余者」喻之。

李慈銘善以「清」字論詩文。在李氏的文學思想中，「清」佔有重要的地位，是李慈銘文學批評觀的核心內容。同時，李氏所謂「清」還包容了文學創作觀、文學功能觀等多方面的內容。而最早將「清」字帶入李慈銘論詩視野的事件，亦是言社、益社諸社友之間的交遊。周星譽曾記：「予嘗與平子論古今名流，性情學術雖各有所近，然其源終不外乎『清』之一字，因就同人中評論之，頗肖其爲人。雨窗夜坐，漫記於此：許夢西清遠；孫子九清和；周雪甌清豪；孫蓮士清超；李莼客清剛；陶琴子清眞；王平子清雋；家素人清奇；季既清爽。」〔註43〕李慈銘雖未參與討論，但周星譽的日記卻借予李氏閱讀。李慈銘言：「是日閱叔子日記，內有友評一則。……以清剛目予。予自謂未確，而叔子謂余作文無一不剛，眞不知何以得此美名也。」〔註44〕此處，李慈銘雖言周星譽對其「清剛」的評價「未確」，但這只是謙辭，其緊接著的後一句「眞不知何以得此美名也」即透露出李氏得「清剛」一詞的喜悅心情。此後李慈銘在詩文評中常以「清」字稱之。其自作詩亦力求「清」的效果，皆由此而起。

此外，對文學作品的品評，李慈銘亦可在社中找到共識。如其記：「讀杜牧之《樊川文集》。牧之詩力求生新，亦講古法，故晚唐諸名家中，尤爲錚錚。子九（孫垓）論詩絕句云：若向生新論風格，就中尤愛杜司勳。眞知言也。」〔註45〕

〔註41〕《日記》咸豐五年（1855）正月二十日。
〔註42〕《日記》咸豐五年（1855）正月二十日。
〔註43〕〔清〕周星譽著，劉薔整理：《鷗堂日記》（咸豐五年四月初六日），第9頁。
〔註44〕《日記》咸豐五年（1855）四月初五日。
〔註45〕《日記》咸豐五年（1855）六月三十日。

（三）歸眞杜的表現

杜甫的《戲爲六絕句》素來被認爲是杜甫文學主張的直接言說。李慈銘在文學思想上承接杜甫，在順應傳統文學發展的「內在理路」的基礎上，他對杜甫的文學思想進行裁汰，去粗取精之後，從三個方面表達了歸眞杜的意旨。

1. 法正與崇明詩

李氏論詩講求「詩法之正」。其法正的來源是其對杜甫「轉益多師是汝師」的認知。李慈銘後來提出的「不依傍門戶」即是對此的直接繼承。但此一階段的李慈銘對這一概念的構思尚未成熟。其言：「予受姿駑下，而幼喜詩，時有所會。十餘年來，用力益勤，未嘗一日去手。於古今諸家，源流正變，研究極微。又必平心求是，絕不敢黨同伐異，得偏失全，閉門造車，出而合轍。凡三四變其詩格，始稍敢自信。」〔註46〕李氏對各家詩歌門派的學習，「不敢黨同伐異，得偏失全」。但泛濫諸家對於詩文的初學者而言，並不是最好的方法。李慈銘在於古今諸家之間，尋找的即是詩文之「正」。

《明詩綜》即是李慈銘的識「正」之書。其《日記》咸豐十年閏三月二十三日：「閱朱竹垞《明詩綜》一書，漸識氣格之正。」〔註47〕又《日記》咸豐十年十一月二十八日：「朱竹垞《靜志居詩話》，此乃錢唐姚某即先生《明詩綜》內錄出者……予自辛亥夏，手抄幾之十七，生平得詩法之正，實緣於此，瓣香所在，不敢忘也。」〔註48〕辛亥年，李慈銘23歲，至咸豐十年（庚申），李慈銘已32歲。十年之後的日記中，李慈銘仍以閱《明詩綜》爲得詩法之正的開始，足見此書對李慈銘詩學思想及其創作上的影響。又《日記》光緒十年閏五月初八日：「臥看《明詩綜》。竹垞此書精心貫擇，與史相輔，余自十七歲即喜閱之，平生得詩法之正，實由於此。」〔註49〕光緒十年時，李慈銘已56歲。此處李慈銘自言「自十七歲即喜閱」《明詩綜》，至此時已近四十年。李氏反覆申說其得「詩法之正，實由於此」，已可見出《明詩綜》對李氏的重要性。同時，亦可見出「法正」在李氏文學思想中的重要地位。李氏的「法正」思想亦即由此階段而始。

〔註46〕《日記》咸豐十一年（1861）正月二十四日。
〔註47〕《日記》咸豐十年（1860）閏三月二十三日。
〔註48〕《日記》咸豐十年（1860）十一月二十八日。
〔註49〕《日記》光緒十年（1884）閏五月初八日。

2. 清

「清」是李慈銘文學批評中的一個重要術語。前代文學家對詩文中「清」的要求多有論述。杜甫言「清詞麗句必爲鄰」，亦見其對「清」的追求。降至李慈銘，其於晚清的混沌時期再次強調「清」的作用，緣於其自身對晚清文壇的認識，亦因其對詩文本身風格傾向與傳統內在理路要求的理解。此一時期，「清」的文學觀已在李慈銘的詩文評中有所表述。李氏有仿杜甫《戲爲六絕句》而作的《論詩絕句四首》。此詩作於 1855 年（乙卯）李慈銘 27 歲時。其中的兩首云：「學福清才畦絕儔，經生吐屬最風流。何嘗摘句圓重繪，樊榭漁洋一例收。（沈沃田）春融棲託自清和，高致林泉付雅歌。若語長篇颸段甚，歸愚衣缽累君多。（王述庵）」〔註50〕此處，「清才」是對沈沃田個人學識修養的概括評定；而「清和」則是對王述庵詩歌風格總體追求的概述。又李慈銘在對釋澈凡詩文進行品評時，其言「浮屠氏之於詩，其難工乎？蓋彼之爲教者，一以清淨虛無爲宗，舉人世憂樂愛惡之竟，掃而空之，以歸於至寂。而詩之爲道，非得於憂樂愛惡之深，則是所作必不工。兩者既格不相入，無怪彼中人之稱詩者，率荒忽鄙俚，入於宗門語錄而不知反也。乃今觀凡公之詩則不然。」〔註51〕此處，李慈銘強調了詩道「非得於憂樂愛惡」，而是「歸於至寂」。「清淨虛無」的境界才能使詩字句工整、韻律和諧。此一階段，李慈銘對「清」之於文學體觀、文學創作觀等文學觀念中尚未成體系，但已展露出對「清」的重視。

3. 陶冶古人　自成面目

「陶冶古人，自成面目」是李慈銘「尊古厚今」思想中，與「厚古」的部分相關的創作觀之一。杜甫素以「轉益多師」聞名。李慈銘歸眞杜的表現之三即是在「泛濫諸名家，以冀無所不有」的基礎上「陶冶古人，自成面目」。

「陶冶古人，自成面目」這一思想的形成是在李慈銘模仿諸家之後總結而出。李氏學詩以模仿始，其：「至乙卯……或擬香山、東坡，或擬錢劉、擬沈約、何遜。嘗閱楊升庵集，偶仿之作《秋月篇》，成以詫人曰：此何如楊炯、李益？然風格氣韻僅可與十郎驂驔，而予意實尙以盈川爲不屑。於是自喜益甚，每成豔體，菲薄玉臺。時有友人比之李空同，如關西大漢，捋鼻爲女兒

〔註50〕 〔清〕李慈銘著，劉再華校點：《論詩絕句四首》，《越縵堂詩文集》，第 50 頁。
〔註51〕 〔清〕李慈銘著，劉再華校點：《釋澈凡慕梅精舍詩序》，《越縵堂詩文集》，第 796 頁。

唱，轉成笨伯，予獨自負弗顧也。」〔註52〕雖模仿之作多成他人笑柄，但李慈銘起初並未自悟。至咸豐十年，李慈銘32歲寫此段日記之時，他已發現當時的笨拙之處了。

然而，乙卯（27歲）時的李慈銘，其實已經認識到單純類比的弊端了。其言「又吾輩近來好爲高論，論五古必稱《十九首》，稱陶，次則稱三謝，七古必稱杜。余始亦不免此，頗描摹蕭《選》、盛唐，近頗自悟，蓋凡事必陶冶古人，自成面目。嘗言唐之白、宋之蘇到底是詩家本色，而諸君頗不然之。余謂吾輩眼力，意境皆出明以來詩人上，而究之不能□越尋常者，資質有限，讀書不多，氣太盛，心太狠，出句必求工，取法必爭上故也。子九以爲確論。」〔註53〕可以說，李慈銘在由純粹模擬到自成面目的轉振點即是其27歲這一年。與言社、益社社友的討論中，李慈銘認識到，一味類比只能是東施效顰，只有自成面目才能達到一定的詩歌成就。

二、閱世識積弊──馳名京都

咸豐九年己未（1859）二月二十七日李慈銘啓程入京，一路寫景述行，歌詩相伴，至五月十七日抵京。因其於咸豐八年二月於江蘇報捐太常寺博士，此次復捐京官未及說明而被駁議。李慈銘只能居京等待。至同治四年乙丑（1865）五月初八日李慈銘拜別京中諸友，啓程南歸。其居京六年，捐官不成，窮困潦倒，沉屙纏身，憤懣不已。但其嗜書如癡，學術精進，仗諸友之力馳名京都。

（一）嚶友文壇

李慈銘進京捐官失利，無奈居京等候，伺機得官。而其無官無位，卻享譽京城，全賴交遊之力。其在京期間所交之友大致可分爲兩類：一是其越中舊友，如周氏兄弟等；二是其在京新交之友，如陳德夫、潘祖蔭等。借友朋之力，李慈銘在名望上幾與朝中貴宦相頡頏，成爲一代名士。

1. 與周氏兄弟

周氏兄弟對李慈銘的人生軌跡有著極其重要的影響。周氏兄弟爲李慈銘越中舊友，與李慈銘共建言社、益社。李與周氏兄弟甚交好，常在社中往復論詩。進京捐官候補之時，李慈銘亦全賴周氏兄弟之力，得以維持生計。而

〔註52〕《日記》咸豐十年（1860）閏三月二十三日。
〔註53〕《日記》咸豐五年（1855）正月二十日。

後馳名京都更是多借助於周氏兄弟的大力推薦。但因周星詒挪用李氏三百金捐貲，李慈銘對其深惡痛絕。不僅在日記中途抹周氏兄弟的相關記述，還稱其爲「周蝛」。李慈銘對周氏兄弟的憤恨遷延至其在越中時所成立的言社與益社。自與周氏兄弟決裂後，李慈銘在謾罵周氏兄弟之外，還對張門結社的行爲大加詆斥，並於不久之後提出了「不名一家、不專一代」的主張。

李慈銘進京捐官的主要動力來自於周氏兄弟的勸說。咸豐八年（1858）李慈銘屢得周氏兄弟書，敦勸其入貲爲官。其中，李氏《日記》咸豐八年十一月十四日記：「得叔子書，以余落解，故甚爲佗傺不平，所以慰籍之者良厚，且勉以貲郎自效。不禁復誦涕零矣，即作報書謝之。」〔註54〕又同月十七日記：「得季貺書，書累數千言，勸予決計入貲爲郎。」〔註55〕周氏兄弟屢勸李慈銘進京捐官，書信數封。李慈銘雖已於咸豐八年二月「由廩貢捐太常寺博士銜」〔註56〕，但終無實權，空得頭銜。李慈銘於咸豐八年十月再應鄉試，於十一月得知再次落解。屢試不第使李慈銘出仕爲官遙遙無期。而此時恰逢周氏兄弟反覆勸說其入京捐官，李慈銘於是決定走此一途，實現爲官願望。

李慈銘有《周叔雲季貺兄弟勸予入貲爲郎漫賦長句答之》一詩，即是對周氏勸其捐官的答覆。其詩言：「甚事東山捉鼻忙，秀才康了強登場。何曾捧檄歡親舍，便見移文出草堂。鑄錯已嗤秦博士，（予初以貲得太常博士）解嘲重署漢山郎。濁流何與蒼生計，虛羨朱儒粟一囊。」〔註57〕全詩以「東山捉鼻」「秀才康了」和「毛義捧檄」的典故著意渲染科舉之事。其中暗含著無奈又殷切期盼一朝中舉的心情。「便見移文出草堂」一句則借《北山移文》的寓意爲自己捐官的意圖尋找道德上的合理性。此句與「何曾捧檄歡親舍」一句聯繫起來即可知，李慈銘將自己的出仕爲官與毛義爲母做官相類比，意在渲染「無奈」的情緒。而李慈銘更希望如孔稚珪一樣做一個名副其實、有眞才實學的官員。此詩前半段列舉了種種不得已而爲官的歷史典故。因此，從詩的表面上來看，李慈銘似乎對捐官興趣不大，且流露著即使捐官也是出於無奈的情愫。而事實上，詩的後半段卻意思斗轉，情感堅定地表達捐官的決心。「秦博士」指秦時博士官伏生在秦始皇焚書後，於漢文帝時述《尚書》之事。

〔註54〕《日記》咸豐八年（1858）十一月十四日。
〔註55〕《日記》咸豐八年（1858）十一月十七日。
〔註56〕《日記》咸豐九年（1859）六月二十五日。
〔註57〕〔清〕李慈銘著，劉再華校點：《周叔雲季貺兄弟勸予入貲爲郎漫賦長句答之》，《越縵堂詩文集》，第74頁。

李慈銘以自己初捐太常博士而自比伏生，又借漢山郎揚雄的典故，抒發讀書
報國、傳承典籍之志。後二句，又以「侏儒粟」的典故抒發感慨：在這「濁
流」的社會，自己不能徒羨那些貢獻雖小卻也拿著俸祿的人，而是應考慮做
些什麼來為蒼生社稷分憂了。

　　李慈銘本想憑藉自己一身才華高中科舉，出仕為官，但屢試不第使其無
奈走上捐官之路。清高的文士一向對此頗為不屑，但在現實面前，李慈銘終
於決定同入俗流。這一決定的產生是艱難的。李慈銘早歲名冠越中，其才華
得到越中文士的肯定。這使他自認為能夠由科舉之路走上仕途。但科場失意
無情地打垮了他的自信心。年近而立卻毫無建樹，李氏自身亦頗為抑鬱。「三
十不努力，期頤亦可恥」「人生貴自立，好惡隨所取」〔註58〕等詩句皆是對自
己境遇的感歎。李氏雖自己已有捐官之心，但畢竟非為正途。猶豫之際，周
氏兄弟的勸說為此一決定增加了動力，也成為李氏捐官表面上最主要的原
因。可以說，周氏兄弟的勸說深深影響了李氏的人生軌跡。若無周氏兄弟的
勸說，以李氏至孝之心，恐無魄力鬻田捐官。但李氏捐官也並非全由周氏兄
弟促成。以李氏倔強的性格，其若絕無此想，周氏兄弟的勸說恐也不足以促
使他做此決定。

　　早在越中時，李慈銘即與周氏兄弟往復論詩。除社中課詩集會，李氏與
周氏還常自相往復，集會小遊。如李慈銘《日記》載：「樊南尤長者，推祭、
誄諸文，然概以四字成句，率多浮詞套語。余雅不喜此體。近周叔子極詆之，
謂其出語庸劣，有並不及宋人者。今日細看數篇，乃知國朝陳伽陵、吳園次
諸家，直胎息於此，一經傳法，已墮惡道矣。」〔註59〕上文已述，李慈銘的
許多觀點均來自於與周氏兄弟或言社益社的討論中。此亦為之一例。

　　文學與學術上相互切磋的習慣也延續到了入京之後。咸豐九年，李慈銘
與周星譽、周星詒兄弟一同北上入京。入京後李慈銘與周氏兄弟關係亦甚為
親密。與在越中一樣，李慈銘常與周氏針對某一詩集或學術現象等交換意見。
如周星譽《鷗堂日記》記：

　　　夜色甚涼，與蓴客論駢體文。蓴客謂：「唐賦無一首佳者，宋人《秋
　　　聲》及《赤壁》兩賦名重千古，實則支離軟滑，兼壞賦體。」諸論

〔註58〕〔清〕李慈銘著，劉再華校點：《九月四日沉屙乍起雜感三首》，《越縵堂詩文
　　　集》，第71頁。
〔註59〕《日記》咸豐五年（1855）六月十八日。

－25－

皆有特識，記之。〔註60〕又如李慈銘在評論侯方域的詩文集時言道：

「昨夜閱朝宗（按：指侯方域）文，論之如右。私念向與叔子兄弟俱極賞之，以為國朝一名家。今睹其若《吳伯裔伯元傳》《張渭徐作霖傳》《寧南侯傳》《與田仰書》一二佳作外，殊覺底蘊盡露，大異昔日所見。昨自書肆攜其集兩冊歸，以一借叔子，不知叔子觀之，當作何語。今晚叔子亦甚詆其淺陋，不足為古文家，向日稱之太過。乃相對大笑，竊各自喜近年讀書進境如是也。〔註61〕

昔日閱讀侯方域著作時的「極賞之」，到如今變為「殊覺底蘊盡露」。李慈銘積極地將這種認知上的變化與周氏兄弟交流。當周氏兄弟「亦甚詆其淺陋，不足為古文家」時，二人「相對大笑」。這種「英雄所見略同」之感正是二人長期相處、共同學習進步之後達到的默契，也說明二人在認知上始終處於同一水準。又《日記》載：「予詩與先生（按：指厲鶚）頗不同軌，而生平偏喜先生詩。同社中叔子、孟調、蓮士雅有同嗜。三子中叔雲有其秀，孟調有其幽，蓮士有其潔，所趣固近，宜其尤相契矣。」〔註62〕李慈銘雖作詩不學厲鶚，但卻對厲鶚推崇備至，甚少責其劣處。這種喜好的傾向也與周氏兄弟相同。李慈銘與周氏兄弟的交好，影響了他的視野、判斷和審美。

此外，李慈銘入都後，周氏兄弟在各方面給予了幫助。劉成禺《世載堂雜憶・李蒓客的怨氣》：「李到京，不能到部，乃住昀叔家，昀叔為遊揚於翁叔平、潘伯寅之門。越縵後經翁、潘推薦，皆昀叔為之先導也。又推薦於商城周祖培之門，祖培延教其子，移住其家，越縵更得交朝士。」〔註63〕因不能及時到部，李慈銘暫住在周星譽家。周氏將李慈銘介紹給周祖培、潘祖蔭等朝中重臣。李慈銘藉此機會馳名京都。這一點可謂時人的共識。黃濬《花隨人聖盦摭憶・李蒓客與祥符二周隙末》及王逸唐《今傳是樓詩話・祥符周氏兄弟》中均有相似記載。〔註64〕這種深厚的交誼一直維持到李慈銘得知周

〔註60〕 〔清〕周星譽著，劉蔷整理：《鷗堂日記》（咸豐九年六月初四日），第37頁。

〔註61〕 《日記》咸豐十年（1860）二月初二日。

〔註62〕 《日記》咸豐十年（1860）正月二十八日。

〔註63〕 劉成禺：《世載堂雜憶・李蒓客的怨氣》，中華書局，1960年版，第86頁。

〔註64〕 黃濬著，李吉奎整理：《花隨人聖盦摭憶・李蒓客與祥符二周隙末》：「蒓客既困於京，乃居昀叔寓中，昀叔為之遊揚於翁潘，又薦其教授周相國祖培邸中，由是知名京師。」（第232頁）。王揖唐著，張金耀校點：《今傳是樓詩話・祥符周氏兄弟》：「蒓客對昀叔初頗折節，因亦深賴遊揚，其獲交中朝賢達，聞亦得力昀叔為多。」（遼寧教育出版社，2003年版，第342頁）。

星詒挪用其三百金捐資之時。〔註65〕

　　此後，李慈銘對周氏兄弟的態度急轉直下。不僅在《日記》中將周氏兄弟姓名及相關記錄塗抹，還改稱其爲周蜮、豎子等。李慈銘於多處眉批表達對周氏兄弟的不滿。如其咸豐八年十一月十四日《日記》眉批：「豎子欺心欺天，一至於此，自恨目中無瞳耳。」〔註66〕又咸豐八年十一月二十四日《日記》眉批：「二豎賣予至此，恨不生食其肉！」〔註67〕又咸豐六年三月二十七日眉批：「此一段皆載某人規予多情之言，謂甚緊學問，而此人眞口蜜腹劍，蟲蜮不若者矣，故盡塗去之。」

　　　　此處塗抹之字乃某人姓名也。此人十年來爲予執友，常以道義性命
　　　　之交自命，而含沙下石，極力擠予，致予流離困苦，屢瀕於死；又
　　　　向老母□春田金三百以去。嗚呼！古來交道之不終者有矣，或勢利
　　　　相軋，或意見乖忤，若予與此人骨肉倚之，惟命是聽，而計陷之若
　　　　是，眞禽獸不食其肉者矣。予見其姓名輒痛憤欲絕，而年來蹤跡甚
　　　　密，日記中無一二葉不見其名，此不能盡去，隨見隨抹而已。嗚呼！
　　　　以予之□於友朋惟恐傷交道者，而至於如此，天下後世可以想見其
　　　　人矣。李生而□貧□而已，如其否也，以直抱怨，豈無其時乎？特
　　　　記於此。時八年酉冬十一月初七日。〔註68〕

從多處眉批的表述可以看出，李慈銘之所以恨周氏兄弟，首先是認爲周氏兄弟背信棄義，將李慈銘陷於困苦之中。先是力勸其入京捐官，而後卻挪用其捐資，將其陷入兩難境地以致進退維谷。其次，李慈銘對與周氏兄弟的多年交誼感到無比的失望。作爲多年摯友，李慈銘對其信任度極高，生活中頗多依賴。李氏與周氏兄弟一同進京。在舉目無親的京都，周氏兄弟是李氏唯一的知己和依靠，即李氏所謂的「予與此人骨肉倚之」。被最信任的人所欺騙，這在李氏心裏造成了極大的落差。再次，李慈銘也是對自己的憤恨。即其所言「自恨目中無瞳耳」。對周氏兄弟能夠做出如此行徑的預期不足，才使得自己毫無準備，陷入狼狽的境地。李慈銘甚至將此事記入《越縵堂日記·壬集序》中，其言：「自去多大病，旋聞越警，不得老親消息，晝夜驚悒，無復人

〔註65〕關於周星詒挪用李慈銘捐資一事，張桂麗著《李慈銘年譜》中論述頗詳，可
　　　　參看，此不贅述。
〔註66〕《日記》咸豐八年（1858）十一月十四日眉批。
〔註67〕《日記》咸豐八年（1858）十一月二十四日眉批。
〔註68〕《日記》咸豐六年（1856）三月二十七日眉批。

－27－

世意。延至今年三月，杳無家報，又感中表陳珊士比部等皆南返迎親，予獨為周□□□兩鬼蜮所陷，浮湛餓隸，不能自拔，益憤吒痛哭，遂廢日記。……雖然男兒識字憂患，始一生屯蹇，致坐讀書，中年以後，頗騖聲華，物腐蟲災，遂召外釁，匪人接軫，偭然自安，故歷年日記，無五葉中不見汝南兄弟名字者，連縑列竹，刻狀虯豽，尚不畀諸烈火，而續之未已，不其愚而可痛乎？後世子孫，以我為戒可也。」〔註69〕周氏兄弟原籍河南祥符，故此處「汝南兄弟」即指周氏兄弟。又李慈銘在《致潘伯寅書》中詳述了與二周生隙始末：

> 弟與二周，憾深創鉅，跡其射影，直可滅宗，固交道之必無，亦士
> 林所僅見，遠近同憤，道俗羞稱。弟初以家難頻仍，屢試被放，不
> 自揣量，思效明時，二豎遂因之生心，賣人設計，甘言苦口，變亂
> 是非，致違親棄家，入贅自污。二豎乘其便利，為季得官，乃得包
> 藏禍謀，從史北上，攘肥棄瘠，中道背言。……至庚申之冬，老母
> 知慈尚阻吏銓。時寇氛逼江，越中危甚。衰親弱弟，猶於蒼黃之中鬻
> 田數十，得四百金，將謀寄都。而季厄公肆無良，劫奪以去。老母痛
> 恨逆豎，兼念遠人，積憂成疾。京師識與不識，無不駭歎。而叔雲洋
> 洋自得，若為不聞。弟猶強與周旋，未遽棄絕。迨今夏五月，叔雲忽
> 得重貲，儼然安富。弟適纏災疾，宛轉簀床，連函呼救，深拒不應。
> 延至秋初，乃始投書告絕。此弟與二周之始末也。〔註70〕

由此可再窺見，李慈銘對周氏兄弟憤恨不已的另一重要原因在於李母。李慈銘為至孝之人。李母為李慈銘能夠順利捐官，於戰亂流離中鬻田得金，期周星詒帶至京都交與李慈銘。對於李慈銘而言，這筆資金的價值遠超於資金本身，它寄託了母親的深情和無限期望。周星詒的擅自挪用將這一情感消弭殆盡，且陷李氏一家由此困頓衰敗，不復興盛。故而李氏對周氏兄弟恨之入骨。

　　李慈銘對周氏兄弟的憤恨不僅限於人格道德上。這種情緒延續到了他們曾在越中成立的言社、益社之事上。李慈銘由此開始大肆貶斥門戶之舉，力言組團結社無益於文學進益。如《日記》咸豐四年四月十二日眉批言：「此段記結益社事。時周蜮病狂喪心，又與杭之輕薄士若蔣坦藹某者遊，遂欲合江浙噉名惡客百餘人，結大社於西湖。先刻條約及姓氏，遍達三吳，來請予為

〔註69〕　《日記》同治元年（1862）九月。

〔註70〕　〔清〕李慈銘著，劉再華校點：《致潘伯寅書》（同治元年壬戌九月二十三日），
　　　　　《越縵堂詩文集》，第822頁。

監社。予頗惡其事，屢謝不得。此處尚有『自媿謏聞動□，且性落莫，不妄交遊。恐蹈標榜門戶之習，遜詞謝之』等語，字跡隱隱可辨也。自歎見機非不早，而姑息養奸，不能決絕。遂爲鬼蜮所陷，可痛也夫！」〔註71〕又李慈銘《日記》記言社成立之事處，上有眉批：「此處直敍社中規約，未悟其失，而亦有少年好名之語。蓋予素謹愼，不鶩聲氣，本與周蟻兄弟興味不同。二蟻不足責，孫子九稍知自愛，見人必以品節相勖，抑何嘗飲人狂藥，責人正禮耶？」〔註72〕這種觀點成爲李慈銘後來提出「不依傍門戶」的開端。

2. 與陳德夫

李慈銘入京之後，除周氏兄弟外，與其交誼最厚者是陳驥。陳驥，字德夫，亦作德甫。新城人。遊宦北京，入貲得工部都水司行走。生年不詳，卒於同治三年（1864）十二月十二日。李慈銘在得知陳驥病卒後，在當日《日記》中言：「侵晨熊定卿來，告德夫於卯刻卒矣，爲之慟哭而起，驅車赴之，撫屍號慟，殆不自勝。此予生平爲朋友第一副眼淚也。」〔註73〕陳驥逝世後，李慈銘整理二人書信「多至千百函，其在此兩年中者又十之八九」〔註74〕李慈銘自言：「六年都下，惟得此死友一人。」〔註75〕陳驥是李慈銘初次北上、居京六年中的第一摯友。二人過從甚密，交誼亦厚。二人的學問、詩賦，均在日常討論中得以進益。即如李氏所言：「自是居京師者五年道誼相勗，學問相成，氣節相期許，或幽憂疾病，困厄侘傺，相慰藉勸勉；或質衣賣書相資給。」〔註76〕

李慈銘與陳驥相識於偶然間。李慈銘記二人結識的情景時寫道：「予之識君在咸豐己未（1859），時同應京兆試被放。一日，廣場聽樂，杯酒間數語，了了見肝鬲，恨相得晚，即相訂爲兄弟。」〔註77〕後李慈銘在《贈陳德夫水部（驥）並令弟棣珊戶（景和）》一詩中，以「短鞭款段長安市，眼底飛騰見陳子。一言眞覺千金輕，握手便爲百年始。」〔註78〕二句總結此次相識。二

〔註71〕《日記》咸豐四年（1854）四月十二日眉批。
〔註72〕《日記》咸豐三年（1853）秋七月眉批。
〔註73〕《日記》同治三年（1864）十二月十二日。
〔註74〕〔清〕李慈銘著，劉再華校點：《陳德夫墓誌銘》，《越縵堂詩文集》，第960頁。
〔註75〕《日記》同治三年（1864）十二月十二日。
〔註76〕〔清〕李慈銘著，劉再華校點：《陳德夫墓誌銘》，《越縵堂詩文集》，第960頁。
〔註77〕〔清〕李慈銘著，劉再華校點：《陳德夫墓誌銘》，《越縵堂詩文集》，第960頁。
〔註78〕〔清〕李慈銘著，劉再華校點：《贈陳德夫水部驥》，《越縵堂詩文集》，第98頁。

人一見如故，情投意合，大有相見恨晚的慨歎。而兩人之所以意氣相投，大抵緣於二人的境遇相似。陳驥常與李氏言：「吾兩人皆以贄郎棄於世，皆故家中落，上有老親，下無子，京師無可容吾兩人者，盍皆歸讀書。」〔註79〕而李慈銘亦認爲「德夫性情學問無一不與予同，處境亦略相似。」〔註80〕故而二人相談甚契。

除卻境遇的相似，二人相談甚歡的原因還在於二人的彼此欣賞。陳驥凡論李慈銘一言一字，「皆歡賞不絕口」〔註81〕。而李慈銘亦將陳驥視爲知音。其「得德甫書，言予所作之詩，可謂琴德愔愔，眞知言也。」〔註82〕居京已有時日的李慈銘自認「當世知愛者，在朝在鄉尚有數人，而性情指趣表裏無間，所謂『鮑叔知我者』，則惟君一人而已。」〔註83〕李慈銘在京相交頗富，但其自認可稱之爲知音的，卻只有陳驥一人。

與周氏兄弟決裂後，李慈銘館於周祖培家，與陳驥寓所距離甚近，「兩人者風雨霜雪，時策蹇車，或步行相過從，僮僕朝夕持書牘奔走。」又李慈銘言：「君言一日不見予，則思或以事故；間日不相聞，予亦忽忽若有所失。」〔註84〕二人過從之密，由此可觀。

李陳二人往復過從，書札往還，考文論詩，品評古今。李慈銘許陳驥以知音。陳驥亦不負此「盛名」。在李慈銘對自作詩《送人宰天台詩》的誇許遭人視爲倡狂之時，陳驥「欣然賞會」，「以爲此實奇作，自評已盡之。」〔註85〕但陳驥並非一味誇許李慈銘，而是依據其判斷標準進行評定。如李慈銘《日記》中曾記：「予《詩集》昨從德甫處取歸，其中頗有塗乙……今德甫所甲者，皆予學杜門面浮侈之作；所乙者，皆息心冥會，直湊單微之作。人生識詣，如其分量，固不可以強爲者。因囑仲雁書爲剗去之。然良友直言之惠，終不敢忘。記之於此，以見知音之難如是。……斯文將絕，來者無人，雖喜人譏彈其文章，而不可得矣。」〔註86〕雖然，陳驥的修改評點未遂李慈銘心意，但對其而言，仍是「良友直言之惠」。

〔註79〕 〔清〕李慈銘著，劉再華校點：《陳德夫墓誌銘》，《越縵堂詩文集》，第960頁。
〔註80〕 《日記》同治三年（1864）十二月十二日。
〔註81〕 〔清〕李慈銘著，劉再華校點：《陳德夫墓誌銘》，《越縵堂詩文集》，第960頁。
〔註82〕 《日記》同治二年（1863）正月初三日。
〔註83〕 〔清〕李慈銘著，劉再華校點：《陳德夫墓誌銘》，《越縵堂詩文集》，第960頁。
〔註84〕 〔清〕李慈銘著，劉再華校點：《陳德夫墓誌銘》，《越縵堂詩文集》，第960頁。
〔註85〕 《日記》同治三年（1864）十月二十四日。
〔註86〕 《日記》咸豐十一年（1861）正月二十四日。

3. 與潘氏家族

借周氏兄弟的遊揚，李慈銘得以結識周祖培、潘曾瑩、潘曾綬及其子潘祖蔭等人。李慈銘居京候官期間，無穩定的經濟來源。初入京師，又名望未起。而其所結識的朝中權貴，如潘氏父子、周祖培等人，又雅好詩文，喜結交名士，惜才如金。他們爲李慈銘提供了諸多幫助。借由他們的人脈關係，李慈銘得以見識到更廣闊的文學世界。在與他們的交遊中，李慈銘得以有機會遍覽當世文章，漸識晚清文壇積弊，從而提出了針對性強且帶有總結歷代文學傳統的文學主張。

在諸多京都權貴之中，李慈銘與潘曾綬結識最早。潘曾綬，字紱庭，江蘇吳縣人，道光二十年舉人，官至內閣侍讀。潘曾綬年少時以其父潘世恩福蔭，晚年又以其子潘祖蔭貴，居養京師，優游文史，老病杜門，僅與李慈銘相往還。李慈銘入京不滿一年，潘曾綬即聞其名主動拜訪。李慈銘《日記》中述其事曰：「潘紱翁侍讀來。紱翁名曾綬，太傅文恭公子也，以四品卿秩居京師，工詩好士。自予入都，陳珊士稱之於令子伯寅學士，學士侍□海淀，見吾鄉人，數詢及予。未幾，紱翁忽來訪，予以他出，未得見。次日書來，索予詩及叔子兄弟詩去，旋各題詩見還，雅獎甚至，題予集有『才如子之少，海內孰知音』之句。數日復來訪，又不值，予始往答。頃索予自丙辰年日記觀之，謂當今無兩者。今日來談詩文甚久，予戇拙不能事貴遊，又素偃蹇，懶酬應，平日未嘗以文字語人，故問名者絕少，亦不以此爲意。然紱翁愛才之雅，不可忘也。」〔註87〕潘曾綬與李慈銘二人互相激賞。潘曾摘錄李慈銘日記爲《蕁記摘雋》，李慈銘亦爲潘作墓誌銘。

潘氏爲藏書世家，潘世一族常贈書予李慈銘。李慈銘亦因此得閱經籍。李慈銘《日記》中多次記潘曾綬贈書。如咸豐九年十月十九日《日記》：「紱翁來，不晤。以新刻《陔蘭書屋筆記》見贈。」咸豐十年正月二十日：「得紱翁書，並以《幾輔水利備覽》及晏斯盛《夢蒙山房集》兩書見贈。」咸豐十年正月二十一日：「得紱翁書，並以令兄星齋侍郎《小鷗波館詞》見贈。」咸豐十年二月十七日：「得紱翁書，並以張詩舲尙書詩集見贈。」咸豐十年三月十二日：「得紱翁書，並以長自法可盦觀察法良《漚羅庵詩集》見贈。」李慈銘讀書覽古，對晚清學術上的認識也多賴潘族之力。潘曾綬之子潘祖蔭亦喜向李慈銘贈書，累計贈書六十餘種。同時，李慈銘也曾向潘氏家族索書。如

〔註87〕《日記》咸豐九年（1859）十月初二日。

咸豐十一年四月十四日《日記》：「作書致潘譜琴〔註 88〕庶常，索令祖太傅所編《熙朝宰輔錄》及吳次平太常所刻《洛陽伽藍記》。得譜琴復書，以二書見貽。」潘氏向李慈銘不啻贈書。而博覽群書對李慈銘的文學思想產生了巨大的影響，下文將對此詳細論述。

潘曾瑩（1808〜1878），潘曾綬仲兄。道光二十一年進士，官至工部左侍郎。賴潘曾瑩之力，李慈銘得翁文端賞識。「星翁處談詩甚久。星翁為予言，去歲翁文端公見予所寫致星翁詩詞數首，歎賞不置，謂當今天無第二手，恐世人不能知其佳處。其薨之前數日，星翁遇之直房，猶讚美不容口。嗚呼！予與公子叔平修撰雖知名而未識面，于相國尤名輩闊絕。且平生注意，殊不在詩，近年並絕不致力於此。相國又未見予全稿，所寫致星翁者，不過寥寥十餘首，而詞居其半，又大率側豔輕薄之辭，而落公之知如此。九原不作，千載難期。既感公愛才之摯，而又惜公之僅以詩人知予也。」〔註 89〕李慈銘雖得翁心存賞識，但其直言「平生注意，殊不在詩，近年並絕不致力於此。」李慈銘雖所作詩受到翁心存的極力稱頌，但此時，他並不認為詩能夠代表他的主要成就。相反，他以翁心存只賞識他的詩作而感到遺憾。可見，李慈銘此時並不以文學家自居，他仍一心想要建功立業，在政治上能有一番作為。自結識潘氏家族後，李慈銘與潘曾綬、曾瑩多詩賦往來，而與潘祖蔭則較多政務交流。潘祖蔭常請李慈銘代為撰寫政務文書。而李慈銘亦專力於此。入京之後，李慈銘將更多的精力置於經世學問中，故言「不致力於」詩。

（二）讀書覽古

居京候補期間，李慈銘在學術上取得了較大的進益。前文已述，李氏所結交之友大量贈書於他。這使得李慈銘的眼界大為開闊，得閱大量的學術書籍。加之其在越中所打下的根基，李慈銘在此一時期，學術水準有了顯著的提升，並得以認識到當朝學術的主流傾向，以及當時學術與文學上存在的積弊。李慈銘此後提出的諸多學術觀點與文學主張皆是針對積弊而發。

早在越中時，李慈銘私塾吳鍾駿即教之以經史等學問。如其讀《吳侍郎〔註90〕行狀》有：「嘗舉為學之方，分經學、小學、史學、文學、詩學、字學六條，

〔註88〕潘祖同，字譜琴。江蘇吳縣人。咸豐六年賜進士，改庶起士。著有《竹山堂集》《潘譜琴日記》。

〔註89〕《日記》同治二年（1863）正月二十二日。

〔註90〕吳鍾駿，字松甫、晴舫，江蘇吳縣人。道光十二年一甲一名進士，官至禮部左侍郎。曾典試福建、湖南、浙江等。

爲告教，頒所部郡縣學以招諸生。其經學、小學二條尤詳愼，得讀書之法，予之稍知向學實源於此。」〔註91〕李慈銘自幼對學術的研習爲其入京後廣讀詩書打下了堅實的基礎。

李慈銘不善於趨炎附勢、討好權貴。李慈銘入京後不得官，除卻等待，別無他法，因而愈發沮喪。他只能將自己置身於學問中，從「考訂章句之學」中尋找成就感。其言：「入都門以後，乖迕時好，益自沮喪，遂反而爲考訂章句之學。既苦健忘，又累寒餓，病與懶臻，終無所得。」〔註92〕其又言：「近維日治經史，遍考近儒撰述。蓋考證之學，國朝爲最，國朝尤以乾嘉之間爲盛。能讀其書者，庶於經史無誤文別字，謬詞枝說。士生其後，可爲千載一時之幸。故日盡一寸書爲度，或據案別錄，或仰屋樑思其疑義，頗亦有所論列。此外，唯咄咄歎吒而已。以視兄之痛飲酒，熟讀《離騷經》爲名士者，又有苦樂之間，孰得孰失，不必辨也。」〔註93〕可見，李慈銘亦置身於這種快樂之中。

李慈銘「轉得留神經史，稍事學問」的第二個原因，即是其閑暇時間較多，又後悔「少時頹惰失業」。其言：「弟客況愈瘁，家耗罕通，銅臭一官，尙未到部，選期復阻，竟同棄疣。然以錮廢之餘，轉得留神經史，稍事學問。自悔少時頹惰失業，惟知雕鏤月露，綴合蟲魚，溺志殫精，以爲能事。八九年來，粗知自返，而經義充塞，莫知所從。乃先事乙部，涉獵殆遍，鉤稽未能。」〔註94〕居京不得官，李慈銘只能賦閒在家。事實上，在居於越中之時，李慈銘亦無穩定的工作。從某種層面而言，李慈銘居京無官與居越中無事，在其有無工作這一事實判斷上並無差別。差別在於環境的變化。越中之時，李慈銘與身邊好友皆等待機會，試圖通過科舉之路入仕。然而居京候補使入仕的時限變得遙遙無期。友朋紛紛得官，唯其一人賦閒居家。這也給李慈銘帶來了巨大的心理壓力。這種壓力使其內心感到無比的困頓。

除了從學術中尋找一些安慰，戰亂也使李慈銘看到了一展雄才的希望。其言：「直南北大亂，島夷入京師，蒼黃兵火，且夕百變，余頗自振，奮治經

〔註91〕 〔清〕李慈銘：《讀吳侍郎行狀》，《越縵堂讀書記》，中華書局，2006年9月版，第443頁。

〔註92〕 〔清〕李慈銘著，劉再華校點：《致敖金甫書（同治二年十二月）》，《越縵堂詩文集》，第834頁。

〔註93〕 〔清〕李慈銘著，劉再華校點：《致陳德甫書》，《越縵堂詩文集》，第821頁。

〔註94〕 〔清〕李慈銘著，劉再華校點：《與顧河之孝廉書》，《越縵堂詩文集》，第818頁。

史，爲詩歌，益自喜。」〔註95〕李慈銘遇戰亂而「頗自振」，一方面是其內心愛國熱情被激發。他希望憑藉自身的才學爲國家效力；另一方面，戰亂意味著變局。而以李慈銘目前的處境，只有變局才能爲其帶來新的希望。

專法經史、遍考學術所帶來的直觀結果便是李慈銘對文壇積弊的認識。進而針對這些弊端提出了自己的文學主張。

1. 識積弊

李慈銘在《與顧河之孝廉書》中較爲集中地表達了他對當時文壇及學術狀況的認識，提出了他所認爲的文壇積弊。其文節錄如下：

> 復恥近世文章日衰，周識塗軌，沿襲僞體，幾類盲聾。蒿目疾心，冀振其弊。性既好吟，時成篇什。鄉里傳播，謬竊時名。以致功課紛雜，愛博不專。

> 比來京師所見學士大夫，荒陋尤甚，益痛世運陵遲，斯文墜地，愈不自揆，欲以區區一簣障塞橫流。前修邈然，無從取質。日下儒素，惟壽陽、常熟兩相國學有本原，足稱碩果。顧勢分隔絕，既恥自通。它若何刑部秋濤、沈兵部鎬，頗具師承，以一時言，庶幾淹貫。素乏投分，亦未造質。貴邑有張秀才星鑒者，傭書都中，專意漢學，近與之往復，亦一時之雋也。

> 兄樸實沉潛，遠有門緒，所願力貧尚志，繼述祖庭，扶絕學於已衰，纂遺書之未竟，不以亂雜報業，世務經心，將見思適齋後更成鉅集，與惠氏祖孫父子並盛本朝，彌所晶耳。抑更有進者，說經之家昭代爲盛，乾嘉之際碩儒輩興，間已前無古人，後無來者。然至劉申甫、臧在東、陳碩甫諸先生出，拾遺補闕，其學愈密，而尊奉西京，藉薄東漢，頗詆康成，以信其說。故孫伯淵氏謂「近來學者好攻鄭氏，其患不細。」蓋孫氏同時，若程易田氏、焦里堂氏，皆喜與鄭爲難，而段懋堂承其師傳之說，亦有違言，卒之姚姬傳、陳碩士輩藉端排毀，經學遂微，不及卅年，漸滅殆盡。好高之過，其弊至此。〔註96〕

此書中，李慈銘首先指出了當時文章所體現出的兩大弊端，即「沿襲僞體」與「愛博不專」。所謂「僞體」者，最初指違背風雅規範的詩歌體制或風格。

〔註95〕〔清〕李慈銘著，劉再華校點：《恥白集序》，《越縵堂詩文集》，第794頁。
〔註96〕〔清〕李慈銘著，劉再華校點：《與顧河之孝廉書》，《越縵堂詩文集》，第818頁。

杜甫所言「別裁僞體親風雅」即是其由來。至清代，方苞《古文約選序例》「始學而求古求典，必流爲明七子之僞體。」〔註97〕龔自珍《歌筵有乞書扇者》「天教僞體領風花，一代人材有歲差。」〔註98〕僞體遂指專事摹擬而無眞實內容和獨特風格的作品。此處李慈銘所指僞體即是後者之意。晚清擬古之風大盛，復古流派林立。較早的有程恩澤的宋詩派，延續至同光體。後又有漢魏六朝詩派、中晚唐派等等。李慈銘既已與周氏兄弟感情破裂，進而反對結社立派，那麼，與之相應，李慈銘亦反對一味復古、專事模擬古人的風氣。在他看來，那些類比的作品空乏眞旨，類比之人「幾類盲聾」。李慈銘批評他們並沒有看到古代文章的精髓，如同盲人和耳聾者一樣，只能觸感到文章的表面，而不能用心去看、去聽，體會到文章的深邃處，更沒能形成自己獨特的風格。

　　沿襲僞體使得一些人「謬竊時名，以致功課紛雜，愛博不專。」專事模擬一家一派者，久之往往能夠有所悟，進而能使作品具有較高的價值。但博而不專者，往往於各家皆淺嘗輒止，因而不能深研其道，導致博而不專，不能精通於一道。即其所謂「士夫平日學問，不求根柢，專爲浮靡，以自炫鬻，必至墮操裂節，或下流爲異類，甚可歎也。」〔註99〕對「愛博不專」的批評與李慈銘後來明確提出的「不名一家、不專一代」的主張並不矛盾。「愛博不專」是一種不加探索，一味類比的創作路徑。其做法是於每一種流派皆非深入研究，而是流於表面的相似。「不名一家、不專一代」是指在深入學習的過程中，學習者應該對多個門派的風格、方法等多方面內容進行鑽研，取其精華，去其糟粕。這是兩種完全不同的態度與方法。

　　第二段中李慈銘提出了京師所見士大夫的學問狀況。其以「荒陋尤甚」概括。但李慈銘並不否定其中的優秀者。李慈銘認爲，祁儁藻〔註100〕、翁同龢〔註101〕、

〔註97〕〔清〕方苞：《古文約選序例（代）》，《方望溪全集》，中國書店，1991 年版，第 303 頁。

〔註98〕〔清〕龔自珍著，孫欽善選注：《歌筵有乞書扇者》，《龔自珍選集》，人民文學出版社，2004 年版，第 119 頁。

〔註99〕《日記》同治元年（1862）十月初八日。

〔註100〕祁儁藻（1793 年～1866 年），字叔穎，一字淳甫、實甫，號春圃、息翁，山西壽陽人，官至體仁閣大學士。因此越縵簡稱爲壽陽相國。

〔註101〕翁同龢（1830 年～1904 年），字叔平，號松禪，江蘇常熟人，官至協辦大學士，戶部尚書，參機務。爲同治、光緒兩代帝師。

何秋濤〔註 102〕、沈鎬〔註 103〕、張星鑒〔註 104〕等五人是其中較為出色者，堪稱「一時之雋」。換言之，此五人之外，罕有能稱頌者了。在其餘者中，李慈銘認為，「都中所見名下士，如趙樹吉給諫，林壽圖侍御，郭嵩燾編修，尹耕雲侍御，及子恂、德甫者，雖皆未成家，已非餘子可及矣。」〔註 105〕

第三段中，李慈銘歷數了清代學問淵溯。首先，他肯定了惠氏父子。「乾嘉之際碩儒輩興，間已前無古人，後無來者」一句，則是對乾嘉樸學的充分肯定。漢宋相爭之際，李慈銘堅定地站在了漢學陣營。從劉申甫、臧在東、陳碩甫、至孫伯淵、程易田氏、焦里堂氏，再到姚姬傳、陳碩士，李慈銘描述了漢學衰敗的軌跡，並認為「其弊至此」的原因，皆是這些人「好高之過」。

此文中，李慈銘表達了對京師名士水準深深的失望。在諸多「斯文墜地」的原因分析中，李慈銘認為姚鼐是始作俑者，其言「姬傳本文士，而妄思講學，其說又便於寡陋庸妄之人，狂吠一作，群猖轉甚，未及四十年，而戶鄭家賈之天下，遂變為不識一字。橫流無極，鼐為作俑。嗚呼！是豈國家之福哉！」〔註 106〕立足乾嘉漢學，李慈銘認為「文章」的水準與學識水準呈正相關。姚氏義理辭章考據的三合一主張，無疑在一定程度上削弱了對作家學問水準的要求。而李慈銘認為，創作門檻的降低，恰使「寡陋庸妄之人」得以大行其道，最終導致「斯文墜地」。

2. 提主張

針對晚清文壇積弊，李慈銘在文學功能觀、文學創作觀、文體觀、文學批評觀和文學史觀五個方面皆提出了自己主張。這些文學思想隱沒在諸多對詩文的評點中，多見於其日記及詩文集中。

居京候補的李慈銘認為文學的最大功能即是「養心」。其《致仲弟書》言：「困厄人所時有，但以學問自養，永紹先芬，清約以率閨門，謙謹以化鄰里，此世家子弟所為與人不同者也。……冠蓋中交情大率不可恃也。與其

〔註 102〕何秋濤，字願船，福建光澤人。道光二十四年（1844）進士，官刑部主事。咸豐間，擢升員外郎、懋勤殿行走。同治初卒，年僅三十八歲。
〔註 103〕沈鎬，字愚亭，清朝官員。江蘇震澤縣（今屬蘇州市）人。道光二十七年（1847年）丁未科張之萬榜三甲進士，官至兵部郎中。著有《毛詩傳箋異義解》。
〔註 104〕張星鑒（1819年～1877年），字問月，一字緯余，號南鴻，清新陽（今江蘇崑山）人，諸生。咸豐八年（1858年）入都，與何秋濤等論學京師，宗漢學。
〔註 105〕《日記》咸豐十一年（1861）正月二十四日。
〔註 106〕《日記》咸豐十年（1860）十二月十五日。

謁郡將求一席之地，何如閉門擁經，奮功各以進取，教鄉黨間佳子弟以自娛乎？」〔註107〕學問可以「養心」。世家子與其他人的不同之處就在於讀書。李慈銘把讀書治學視爲困厄之人安身立命的根本。而對於其弟的求官之想，李慈銘並不支持。李氏捐官不成，又自認被周氏兄弟所陷，故而終日鬱鬱寡歡。寫此信時，李慈銘的歸鄉之期已定，因而，他告誡其弟仕途之路遠不如執教鄉里更能令人心情愉悅。

在文學創作方面，李慈銘認爲，作家首先需要天分。其言：「人生識詣，如其分量，固不可以強爲者。」〔註108〕天分的不同，其所適應的文學體裁的樣式也有所不同。即其所謂：「且人之爲文章，材力各有所到，性情穩中有降有所偏，蛙瘦熊肥，不能強合。」〔註109〕天分之外，後天的努力亦可爲文學創作提供所需的技巧。讀書可以提高文章的境界，如其評言：「雪甌氣豪質粗，昔年律詩無此境界，蓋近日頗肯讀書所致也。」〔註110〕此外，當先天與後天條件皆已具備時，文學創作還應寄予作者的眞情實感，不能「爲賦新詞強說愁」。這是與「眞杜」一致的創作觀。李慈銘批評陳子昂詩爲「苦乏眞意」：「閱陳子昂《感遇詩》。子昂人品不足論，其上《周受命頌》，罪百倍於揚子雲之《美新》。所爲詩雖力變六朝、初唐綺靡雕繪之習，然苦乏眞意，蓋變而未成者。《感遇》二十四首，章法雜糅，詞煩意復，尤多拙率之病。緣其中無所見，理解不足，徒以氣體稍近漢魏。旋得張曲江起而和之，唐音由此而振，遂爲後之論詩家正宗者所不能廢。元遺山至有『黃金鑄子昂』之語，亦可謂幸矣。」〔註111〕李慈銘又言：「《丹青引》云：『將軍魏武之子孫，於今爲庶爲清門。』眞是古文敘記筆法，而卻淵源《雅》《騷》，非昌黎之以文爲詩者比。」〔註112〕李慈銘不反對不同文體之間在創作方法上的借鑒。但無論是以文爲詩或是以詩爲文，從文章創作觀的角度而言，只有「淵源《雅》《騷》」的文章才是「正」體。

此一時期，李慈銘的文體意識漸濃。其對文章的品評，皆區別文體，分而述之。如其評王述庵詩：「五古淵源《選》體，非不清婉。而意平語滯，故鮮出色。律詩殊有佳者，七絕尤多綺麗之作。」〔註113〕分五古、律詩、七絕

〔註107〕〔清〕李慈銘著，劉再華校點：《致仲弟書》，《越縵堂詩文集》，第835頁。
〔註108〕《日記》咸豐十一年（1861）正月二十四日。
〔註109〕《日記》同治元年（1862）九月十三日。
〔註110〕《日記》咸豐十年（1860）十月十二日。
〔註111〕《日記》咸豐十一年（1861）六月初五日。
〔註112〕《日記》咸豐九年（1859）十一月十八日。
〔註113〕《日記》同治二年（1863）三月初九日。

三種進行點評，並非一概而論。李慈銘的辨體意識早在其居越中時即已有之。
如其咸豐五年日記中載：「余於詞非當家，所作者眞詩餘耳，然於此中頗有微
悟。蓋必若近若遠，忽去忽來，如蛺蝶穿花，深深款款。又須於無情無緒中，
令人十步九回，如佛言食蜜，中邊皆甜。……大約詞與詩之別，詩必意余於
言，詞則言余於意，往往申衍□□□□□以盛氣包舉之，詞則不得游移一字，
故異曲同工。詞之小令，猶詩中五絕、七絕，須天機湊泊，不著一字。以字句
新雋見奇者，次也。或以小令爲易工，是猶作七絕者，但觀摹晚唐、南宋諸家，
而不知有龍標、太白也。長調須流宕而不剽，雄厚而不競。」〔註114〕他認爲，
詞雖爲詩餘，但詩詞二體無論在創作上還是形制上都有著較大的差別。又其言：
「《哀王孫》起四句云：『長安城頭頭白烏，夜飛延秋門上呼。又向人家啄大屋，
屋底達官走避胡。』上兩句語，皆爲樂府語也，不知其下二語之妙，乃眞樂府
滴髓。看似笨拙可省，然正是質實獨到處。」〔註115〕此中，「樂府語」「樂府滴
髓」是對文體的認識。李慈銘有較強的辨體意識，其作詩文必遵循各不同文體
的規範。這首詩中，雖然均爲詩體，但不同詩體之間亦有差別。

在文學批評觀上，李慈銘尚雅、惡俗、喜質直、反淺弱，試圖以此拯救
「斯文墜地」的局面。如其言：「閱王建詩一卷。仲初《宮詞》固佳，其他詩
都有俗氣。樂府最名於代，雖稍有工者，亦多失之質直。七律格韻尤卑下，
乃開晚唐五季庸劣一派，可謂惡詩。中唐以後人五律如姚祕監、王仲初等，
皆極淺弱，稍於一二近景瑣事，刻畫取致，亦往往有工語。然道眼前景，每
至取極俗、極瑣小、極無意味者，乃墮打油、釘鉸惡道，仲初詩『小婢偷紅
紙』等類是也。」〔註116〕對於表現出「俗氣」「庸劣」「淺弱」的詩作，李慈
銘尤爲厭惡。而取裁瑣碎之作，亦被其批判爲「惡道」。又如其評大曆十才子
言：「十子中如錢、郎、司空、二皇甫，詩境皆如孤花倚石，楚楚可憐；又如
寒山古寺，清磬數起。但才力太弱，長句聯語，往往合掌，無變化之跡。七
言尤甚。其所以勝宋人者，雅俗之別耳。宋人若放翁，所力盡可雄視十子，
而不免有村氣。十子詩其秀固在骨也。至於古風，則中唐如二劉者，當時推
大家，遠非十子所能頡頏，尚無一篇合作。蓋自李、杜、高、岑、韓、孟外，
固無人足以語此者，況十子耶？若論絕句，則李十郎之雄渾高奇，不特冠冕
十子，即太白、龍標，亦當退讓。韓君平清婉，亦其選也。（王、韋五古，又

〔註114〕《日記》咸豐五年（1866）九月初十日。
〔註115〕《日記》咸豐九年（1870）十一月十八日。
〔註116〕《日記》咸豐十一年（1861）八月初九日。

不可與李、杜六子等論矣，乃天籟也。）」〔註117〕由此觀之，無論是七言、古體還是絕句，只要在詩境上清新淡雅，無「村氣」，即便是才力稍弱，亦是值得稱道的。然而「清雅」又需要力量的支撐。「十子詩，其秀固在骨」即是對大曆十子在詩作所表現出的力量上的肯定。亦即所謂之「風骨」。其論杜詩道：「『又向人家啄大屋』七字，眞千鈞筆力。」又「《洗兵馬》云：『尙書氣與秋天杳。』又云：『奇祥導瑞爭來送』。《諸將》云：『曾閃朱旗北斗殷』等語，語意盡拙，然不能累其氣力。」〔註118〕其中，「筆力」「氣力」皆指詩句中所透露出的風骨。詩作有「風骨」，即便是詞不達意，才力稍庸，也不影響體現詩作本身的清雅品格。

　　而在文學史觀上，李慈銘則明確表達其崇明詩的思想。其謂「明詩實過於宋」〔註119〕。在宋詩派大行其道的晚清，李慈銘崇明抑宋，實謂另闢蹊徑。李慈銘居京六載，結識了眾多文壇名宿，也對晚清當世文學的積弊有了更爲直接和多元的認識。與周氏兄弟關係的破裂使他對他們曾經苦心經營的言社、益社的評價急轉直下。此後，李慈銘極力反對結社、反對依傍門戶。這種主張與杜甫「轉益多師」的主張相符，成爲李慈銘文學思想歸於眞杜的前奏。讀書的增多使李慈銘對文壇積弊的認識更加深刻，其針對積弊所提出的主張，亦表現出對杜詩崇敬的傾向。這一點在崇明抑宋的文學史觀中表現尤爲明顯。「崇明抑宋」的思想與杜甫「不薄今人愛古人」之旨一致，更是其「眞杜」文學觀的延展。此外，就中國詩學史而言，李慈銘還認爲杜詩起到了承上啓下的作用。如其言：「至何大復謂古詩亡於杜，此眞大而無當之言。人徒見杜詩渾厚雄直，刻摯沉著，而不知其精深華妙，空靈高遠，多上追《三百》，下包六代。如《麗人行》乃深得樂府豔歌之遺，《新安吏》《石壕吏》《新昏別》《垂老別》諸詩，何減《十九首》？其律詩如『花妥鶯捎蝶，溪喧獺趁魚』『飛星過水白，落月動沙虛』『細雨魚兒出，微風燕子斜』『遠鷗浮水靜，輕燕受風斜』等語，何嘗不細膩獨步耶？」〔註120〕杜詩上追三百，是盛唐以前的詩歌總結；其下包六代，開啓了盛唐以後歷代的詩歌範式。李慈銘以杜詩概括中國詩史，既是對中國文學史中詩史的線索性勾勒，也是對其「眞杜」文學觀的地位尋找事實依據。

〔註117〕《日記》咸豐七年（1857）十二月十六日。
〔註118〕《日記》咸豐九年（1859）十一月十八日。
〔註119〕《日記》同治三年（1864）十月十九日。
〔註120〕《日記》咸豐九年（1859）十一月十八日。

三、學識鑄詩文——校書半生

　　李慈銘於同治四年五月初八日啓程南歸，結束了六年的京居生活。至同治十年正月十五日再度別家赴京，李慈銘鄉居近六年。其間，他曾應浙江巡撫馬新貽之聘，任浙江官書局總校勘，後又應湖北學政張之洞之約，至武昌使署襄校文事，遊歷江浙、湖北一帶。李慈銘大量校書即從這一時期開始，此後終生不墮。

　　李慈銘早歲以詩文詞爲重，而疏於學術。其研習經學著作亦較晚。其言：「十五六後，喜爲歌詩、駢文，畫夜殫精以爲至業。即漸漸得名，益復愛好。迨得讀《學海堂經解》，始知經義中有宏深美奧，探索不窮如此者，遂稍稍讀甲部書。自漢及明，粗得厓略，而年亦既二十四五矣。」〔註121〕此後，李慈銘對經學發生了興趣。李慈銘分別在其 32 歲與 38 歲的日記中記載了對經學的喜愛。其言：「年來諸體不無寸進，則得於讀書覽古者半，得於處窮履困者半。而自乙卯迄今六年，喜研經學，雖苦健忘，而經籍光華，益人非淺。」〔註122〕又言：「得王菽畦書，屬和薛太守《時雨留別》詩。予自壬戌（1862）以後，頗喜經學，罕事沴彰。歸里以來，人事凌雜。略有遐隙，覃精考索。吟詠之事，闕而不講。強以相愿，毋乃爲煩。然諸君癖嗜之情，未可遽拂。拙於用短，還當自規耳。」〔註123〕李慈銘在初入京後，乃至回鄉之後都對經學相研不墮，以至於其置「吟詠之事」於「闕而不講」的地步。足見李慈銘對學術用力之深之多。

　　學術上的用心鑽研對李慈銘而言是一個積學儲寶並將其應用於經世之文的過程。因受乾嘉漢學的影響，李慈銘在這一過程中追求嚴謹的態度，並將其貫徹於各類寫作與品評之中。

（一）積學儲寶

　　「積學以儲寶，酌理以富才」。劉勰所提出的思想，降至晚清依然奏效。積學儲寶的學術活動與李慈銘文學思想的相互作用表現在兩個方面：一是對中國文學正統的尊崇，即治學以法正；二是以學術的嚴謹性來約束文學創作，即考據以求精。

〔註121〕〔清〕李慈銘著，劉再華校點：《復桂浩亭書（同治二年八月）》，《越縵堂詩文集》，第 837 頁。
〔註122〕《日記》咸豐十年（1860）閏三月二十三日。
〔註123〕《日記》同治五年（1866）七月二十三日。

1. 治學以法正

所謂「法正」，在李慈銘的思想中，主要是指對中國正統文學規範的尊崇與堅守。此一概念將在本文第三章詳述，此不贅言。

學術造詣的深淺與否，在李慈銘看來，直接影響了文學創作中是否能夠法正。最易見出作者學問根底不足之處的是語言表達的膚淺、粗俗。正如李慈銘閱方婺如的《集虛齋學古文》時所言：「其古文頗自矜重，喜鑱刻爲工，而學淺語佻，多近小說，敘事尤無義法，惟議論間有可取。」〔註124〕作者學問的淺薄使得作品在語言表達上幾近輕佻。粗俗化的語言並不符合自先秦以來的古文寫作規範，相反，卻近似清代盛行的小說文體。此處，李慈銘並非有意貶低小說在各文體中的地位，而是強調各文體寫作均應遵循其本身的行文規範，即「法正」。語言淺俗即爲「非法正」。而其首要原因，李慈銘認爲是學問積累的不足。如其在評《唐荊川文集》時言：「予嘗再閱其集，亦多不滿意。平心論之，集中書牘最多，大半膚言心性，多涉禪宗，其於學問，蓋無一得，而喜爲語錄鄙俚之言，最爲可厭。」〔註125〕再如其評《譚友夏合集》言：「總其大凡，詩則格圍卑寒，意鄰淺直，故爲不了之語，每涉鬼趣之言，而情性所專，時有名理；山水所發，亦見清思。惟才小氣粗，體輕腹陋，俚俗之弊，流爲俳諧。故或片語可稱，全篇鮮取，披沙汰石得不償勞，見斥菊林，蓋非無故。至其散文之病，差亦同詩，傳志諸篇，立言無體，幾爲笑柄，多類稗官。」〔註126〕作家若「才小氣粗」，「體輕腹陋」，「於學問」「無一得」，則所作文章多爲「鄙俚之言」，令人生厭。相反，在有足夠的事實依據的前提下，「敘事謹嚴，確守古法」的文章則可「造歐曾深處」。〔註127〕書面語言表達直觀地反映著作者的學術水準。尤其是在古文寫作中，措辭的輕佻大失古文典雅的風範，流於世俗。而語言的高雅正是古文傳統的規範之一。

義法之失是文章衰敗的癥結所在。李慈銘言：「數家外，雖聞有可觀，不過是議論好，或小品有致，求其知古文義法者，蓋無一二，以此歎明文章之衰。」〔註128〕李慈銘素不喜明代文章，認爲其遠遜於詩。這裡指出，「明文章

〔註124〕《日記》同治七年（1868）十一月二十九日。

〔註125〕《日記》同治七年（1868）七月二十日。

〔註126〕《日記》同治四年（1865）九月二十三日。

〔註127〕《日記》同治七年（1868）七月二十日：「傳志墓表諸作，最爲可觀。其敘事謹嚴，確守古法，於故舊之文，尤抑揚往復，情深於詞，多造歐曾深處。」

〔註128〕《日記》同治七年（1868）八月初一日。

之衰」的原因是盡失「古文義法」。李慈銘以此來強調「義法」對於文章的重要性。當然，講求義法並不是文章優秀的唯一標準。若無義法，則需有情。如其評劉蕺山《蕺山集》中諸表志時所言：「蕺山先生不以文章名，其敘事亦多循俗稱，未嘗講求義法，然眞氣旁薄，字字由衷之言，轉非文士所能及。」〔註129〕寓於眞情是義法不在的情況下，退而求其次的品評。故而，李慈銘對於學術與文學的邏輯關係是：學問淺，則語言俗，則義法失，則文章衰。

2. 考據以求精

晚清學術雖因乾嘉樸學的興盛將漢學推至極盛，但李慈銘在學術上仍堅持了其博採眾家之長的思想。其自言：「予嘗謂自程朱生後，天下氣象，爲之一變。束髮之儒，恥事兩姓，曳柴之女，羞醮二夫，尤其明效大驗。故雖雅不喜讀宋儒經說，尤厭其語錄，而從不敢非毀之。蓋漢儒守經之功大，宋儒守道之功大也。」〔註130〕李慈銘雖然不喜宋儒講說義理，但他承認宋儒的「守道之功」。

雖然沒有完全否定宋學義理的價值，但在漢、宋學術陣營的選擇中，李慈銘還是堅定地站在了漢學一邊。因爲，首先，李慈銘認爲經典的理解要遵循古法，並非「以後世文法繩改古人」。而宋人解經，恰恰犯了這個錯誤。其言：「宋人解經，每以後世文法繩改古人，朱子之逐《大學》《孝經》章句，分《中庸》章節，皆不免此病。……蓋宋人文章，委苶已極，而好以私臆裁量古人。豈知文從字順，亦談何容易邪？余不喜駁斥宋儒，而此等是非，自不可泯，聊一發之。惟康謂朱子說視舊說益爲允當，眞村夫子之見矣。此書用力甚勤，亦頗平心求是，而不知古義，識解卑近，惟便於初學而已。」〔註131〕治經是晚清文人學術活動的重要內容之一。晚清文人一方面將經書視爲道德教化的範本，另一方面也將其視爲學習寫文作詩的標準。若將今人看法寄予經書的理解之中，經書的本義就會被遮蔽。那麼，傳統文學的標準就會隨著時代的不同而發生相應的變化，進而導致文學創作不能遵循文體規範，失之正軌。

其次，李慈銘認爲，宋儒雖有守道之功，但「守道」並非全由宋儒來完成的。漢學在其中亦起到了舉足輕重的作用。漢學注重字義訓詁，探求本義。李慈銘在評《皇朝經世文編》時談到：「蓋魏氏未窺漢學途軌，以爲典物度數

〔註129〕《日記》同治八年（1869）二月二十五日。
〔註130〕《日記》同治二年（1863）十一月初五日。
〔註131〕《日記》光緒七年（1881）五月二十八日。

皆繁瑣之事，聲音訓詁非義理之原，而不知一名物之沿訛有極害於政道，一音詁之失正有詒害於人心，學術不明，遂致畔經離道者，乾嘉以來諸儒，固有掇拾細碎，病其委曲繁重，無與大指；而即一物一事，推論精深，大義微言亦往往而在，所當分別觀之也。」〔註132〕所謂千里之堤，毀於蟻穴。文章中一個名物的訛誤，或者一個注音的偏頗，都會帶來惡劣的影響，進而導致「畔經離道」。可見，李慈銘認爲，宋儒僅知守道，而漢儒則是通過守經來守道。所以，綜而言之，漢儒的學術路數更爲直接和有效。

再次，漢學的「密實」之功能更好地彌補宋學的空疏之弊，從而使文學作品更好地實現其「明前言，示當世，啓來學」〔註133〕的作用。李慈銘不喜宋學的另一原因是他認爲宋學較漢學空疏。李慈銘在評《元遺山文集》時認爲，除「詩格固高」外，「他作往往以空議冠首，多宋人理學膚語，尤可厭耳。」〔註134〕又，李慈銘對於《皇朝經世文編》中收入程魚門之《正學論》三篇，姚姬傳之《贈錢獻之序》《安慶府重修儒學記》，閻懷庭之《文士詆先儒論》等文章極爲不滿：「此皆倡狂不學，率天下而爲空疏，無實之言者，何以濫登簡牘耶？」〔註135〕

清代漢學自有其弊端。姚鼐就認爲漢學末流「競於考證訓詁之途，自名漢學，穿鑿瑣屑，駁難猥雜」〔註136〕。其批評漢學獵枝去根、細搜遺鉅確是一語中的。李慈銘對此點亦有清醒的認識，其言：「乾嘉以後，爲漢學者，固多流弊，無論阮氏詁經精舍及學海堂中諸子，不免依附剽襲；即如常州之臧氏鏞堂、莊氏述祖，徽州之程氏瑤田、汪氏嬰萊、俞氏正燮，雖途徑各別，皆博而失之瑣，密而失之晦也，亦非吾之所取也。」〔註137〕清代漢學陷入細枝末節的訓詁而有失經義，依附剽襲，幾近瑣碎。但李慈銘認爲，即便是其弊端，也須在學力深厚之後才能顯現出來。其言：「嗚呼，漢學固不能無蔽也，而其爲之甚難，其蔽亦非力學不能致也，特未深思而辨之耳。予亦非能爲漢學者也，惟深知其難，而又喜其密實可貴耳。」〔註138〕「漢學固不能無蔽」，

〔註132〕《日記》光緒十二年（1886）十一月二十一日。

〔註133〕《日記》同治二年（1863）正月二十一日。

〔註134〕《日記》咸豐十一年（1861）二月十七日。

〔註135〕《日記》同治二年（1863）正月二十一日。

〔註136〕〔清〕姚鼐：《安慶府重修儒學記（代）》，《惜抱軒全集・文後集卷十》，中國書店，1991年版，第307頁。

〔註137〕《日記》同治二年（1863）正月二十四日。

〔註138〕《日記》同治二年（1863）正月二十一日。

但這種弊端並不是單靠理學的思辨即可獲得的。然而也恰是漢學的這種弊端，使其具有「密實」的特點。而這一點，在李慈銘看來，漢學就已遠勝宋學的空疏了。更何況，清代自顧亭林以來的漢學家「抱殘守闕，斷斷縑素，不爲利疚，不爲勢離，是眞先聖之功臣，晚世之志士，夫豈操戈樹幟，挾策踞座，號召門徒，鼓動聲氣，呶呶陸王之異辭，津津程朱之棄唾者所可同年語哉！」〔註139〕他們所作出的貢獻，較之宋學，更加具有實用價值，也更符合清代學術流向的要求。

　　合漢宋之學以達到經世致用的目的，李慈銘亦認爲是可行且必要的。在評《皇朝經世文編》時，李慈銘充分肯定了魏源在推動漢宋學術合流上所做出的努力。其言：「此書大旨欲救儒之不適於用，而其時當漢學極盛之後，實欲救漢學之偏，以折衷於宋學，故其去取不免左袒於宋，而又欲合洛閩之性理，東萊之文獻，永嘉之經制，夾漈之考索諸學爲一，其志甚大，用亦甚要。」〔註140〕

　　雖然，李慈銘深知漢學的難與弊，也意識到漢宋平衡的必要性，但他仍認爲「密實」之功是極其可貴的。李慈銘崇密實、反空疏的漢學思想與其文學功能觀是一致的。「夫著書固將以明前言，示當世，啓來學也」〔註141〕「明前言、示當世、啓來學」的思想，顯然繼承、融合了自曹丕「文章不朽說」以來的「文以載道」等文學功能觀。基於這樣的文學觀念，李慈銘尊崇漢學，並用漢學「密實」、精準的標準要求文學創作者及其所呈現出來的作品。

　　基於漢學的學術思想傾向，李慈銘要求作家在進行文學創作時，要注重用典的準確性。用典時應在辨僞考證之後，使用其最眞實、原本的意義，而並非「以私臆裁量古人」。李慈銘在詩文評中，常批評某人用典不夠準確，或是地理位置人物錯空錯時出現。雖然這種主張一定程度上消減了文學性，但在李氏看來，正確是更爲重要的。

　　對於考據精博，持論有本的文章，李慈銘從不吝嗇其誇讚。如：「閱沈沃田《學福齋集》，其文清和婉約，持論有本，不愧儒者之言。」〔註142〕再如其評《詩沈》時言：「其中說詩，多有名言雋指，蓋出於鄉先輩季彭山先生《詩解頤》之派，其考據典禮，亦多心得，而不甚信鄭君，吾越說經家法，皆如

〔註139〕《日記》同治二年（1863）正月二十四日。
〔註140〕《日記》同治二年（1863）正月二十一日。
〔註141〕《日記》同治二年（1863）正月二十一日。
〔註142〕《日記》同治九年（1870）七月十七日。

是也。然援證確實，迥非傅會景響者比。」〔註143〕

　　而對於學術根柢淺薄，文章考據粗疏的作品，李慈銘則評價尤低。如其評姚鼐爲：「姬傳人品高潔，故文無醲釅氣，而性情和厚，語言亦無險怪之習，此其可取者。惟生平學術頗疎，又習於望谿而好議論，意欲持漢宋之平，出入無主，遂致持議頗僻。」〔註144〕姚鼐持辭章、義理、考據的主張，企圖平衡漢學與宋學，故而李慈銘批評其「出入無主，遂致持議頗僻」。對於研習經學，但不甚深者，李慈銘亦批評之，如其評馮桂芬《顯志堂集》時言：「閱馮林一《顯志堂集》，其中言考據者，衹《釋鷊》一首。碑誌書事之文，筆力孱弱，敘次尤拙，惟論事諸篇，尚有可取。序記多近應酬，亦鮮可觀。蓋中允本以時文入手，中歲以後，從事公牘，於古文本非所長，雖亦講經學，而根柢尤淺，故所就止此也。」〔註145〕這裡，考據之詩的數量也是李慈銘品評詩文的標準之一。而對於事實錯漏之處，李慈銘的批評則不遺餘力，如其評尤侗的《院本四種》時說：「閱尤西堂院本四種，甚惡之，尤不耐其所謂《鈞天樂》者。人生升黜有命，亦何足恨，即伏獵入省，曳白登科，皆非意外事，乃必刻畫無鹽，窮極形相，夫亦誰不知之而煩豐干饒舌耶？其間淺陋可笑處，尤不勝指駁。西堂人品，余素薄之。其初注名社籍，馳騖聲氣，全不爲根底之學。及鼎革時叫囂詛罵，一以俳諧蕪鄙之詞，寓其假飾忠孝之意，跡其所著，似非懷沙抱石，即披髮入山矣。未幾而列仁籍，曆徵車，終以眞才子老名士之煌煌天語，炫燿鄉里。立身若是，無怪其文章之浮薄也。余幼時閱其詩，已不喜之；然頗喜觀其曲。頻年落第，鬱伊易感，亦喜其劉四罵人澆自己磊塊矣。乃今日復之，至不能終卷，殊足徵邇來心地中進境也。然亦陋矣！」〔註146〕

（二）經世校書

　　在同治四年至同治十年的鄉居六年中，李慈銘爲生計四處奔波。這期間，李慈銘所從事的最多、最穩定的工作當數浙江書局總校勘。

　　李慈銘歸鄉本意爲逃離京城的困頓生活，回家奉養老母，但事與願違。李慈銘歸家半年餘，其老母棄養。李慈銘因早年捐官售田二十餘畝，故析家產時，僅得田五畝。常年不適躬耕，李慈銘亦無心營田。其在呈給浙江巡撫

〔註143〕《日記》光緒十一年（1872）正月二十一日。
〔註144〕《日記》同治二年（1863）二月初三日。
〔註145〕《日記》光緒六年（1880）九月二十三日。
〔註146〕《日記》咸豐五年（1855）四月十二日。

馬新貽的箋中自白曰:「賦命窮薄,累遭艱屯。陋巷之屋,悉燬於賊烽;下濕
之田,又荒於潦歲。先人時祭,未得寧居;老母餘年,難營半飽。近欲於湖
塘村畔憑宅一椽,月索千錢,竟未諧價。門前夏水,空約鷗鳧;屋外青山,
只看圖畫。漁莊晚爨,稚子見而心歆;秧歌遠風,家人聞而生歎。比將過節,
更困索逋。塵積破廚,蛙漁共其井湢;月入壞壁,蚊蠅鬧於帷幬。」〔註147〕
對於自己生活窮苦這一點,李慈銘在寫給友人的書信中毫不諱言。如其在給
陳豪的書札中即屢次言「弟窮甚」〔註148〕,訴說自己生活的窮苦。又加之李
慈銘身體羸弱,「咯血之疾,去冬悉力醫藥,差不復動,精神氣力,亦漸覺可
支。而因此所費,典鬻都盡。……至於歲度,益用大困。」〔註149〕生計所迫,
李慈銘不得不重定《賣文通例》,以增加收入。「比來窮甚矣。……因取昔年
所刻《賣文通例》重改定之,畫餅充饑,敝帚自享,博笑而已。」〔註150〕雖
言「博笑而已」,但生活艱難確為事實。

　　為改變「窮甚矣」的窘境,李慈銘開始謀劃找工作。早在南歸時,李慈
銘就曾在途經杭州時受到浙江巡撫馬新貽的禮遇。此後,馬新貽將督修西江
塘之事交予李慈銘。但因李慈銘將修塘的其中一段工程屬之季弟惠銘,遂被
鄉紳誣為「萬錢自肥」。李慈銘對此事頗為煩悶,曾在《與潘鄭盦副憲書》(乙
丑十二月)抱怨道:「遍布流言,脅制大吏,白晝鬼見,人頭畜鳴,此盜跖居
里,東陵為之不安;鄭詹來歸,曲阜將以變俗者矣。」〔註151〕修塘風波使李
慈銘意識到世態炎涼與人心冷暖。李慈銘因督修塘事被污,故轉而謀求教書
一職。他在《與高次封太守辭蕺山講席書(乙丑十月初二日)》言:「實以處
境奇窮,老親菽水都無所出,勢不得不借筆舌之耕為潔白之養。故五月間初
謁中丞,其意似欲留弟省垣,參預諮議。弟揣分量才,只宜以簡寂自處,即
面乞一小邑書院為糊口之資。」〔註152〕中丞即指馬新貽。李慈銘於同治四年

〔註147〕〔清〕李慈銘著,劉再華校點:《又與馬中丞箋(丙寅四月)》,《越縵堂詩文
　　　　集》,第1152頁。
〔註148〕〔清〕陳豪:《李越縵致陳豪書札》第一札,《冬暄草堂師友箋存》第六冊,
　　　　中華書局,1937年版。
〔註149〕〔清〕李慈銘著,劉再華校點:《與傅孝澤書(丁丑正月)》,《越縵堂詩文集》,
　　　　第1103頁。
〔註150〕《日記》同治四年(1865)十一月三十日。
〔註151〕〔清〕李慈銘著,劉再華校點:《與潘鄭盦副憲書》(乙丑十二月),《越縵堂
　　　　詩文集》,第1096頁。
〔註152〕〔清〕李慈銘著,劉再華校點:《與高次封太守辭蕺山講席書(乙丑十月初二
　　　　日)》,《越縵堂詩文集》,第1095頁。

五月歸鄉途中曾拜謁馬新貽。而馬新貽當即欲李慈銘留其幕中當職。而李慈銘「揣分量才，只宜以簡寂自處」，故而，在修塘之事尚未完結之時，馬新貽即向高貢齡太守推薦李慈銘就任蕺山講學一職。

　　李慈銘起初亦中意於講學，其在《與王少鶴通政書》中即充分表達了這種想法。其言：「僕素情澹定，恥與人爭，但得草堂十椽，稻田半頃，足以庇俯仰，卒歲時。有酒百瓶，有書千卷，便當山棲谷汲，謝絕人寰。……性便文字，尤癖山木，或於鴛湖道場，遠則天台、雁宕，乞一僻小書院，足使自食，便不他求，聊過荒年，知非溢分。伏惟留意，無任企馳。」〔註153〕李慈銘所求無多，只一處足以自處的小書院即可。但因督修西塘被誣一事，李慈銘很快意識到，教書並非最佳選擇。故而，當馬新貽與高貢齡為其謀得蕺山講學一職時，李慈銘分別致書於二人，力辭此職。其中，《與馬谷山中丞箋》云：

> 慈冑衿廿載，未得乙科，藐然後生，見輕鄉里，何敢濫廁師席，玷辱名山？越分僭賢，深知罪戾。雅蒙執事刻雕配軟，謬採虛聲，竊恐舞鶴貽羞，疥駝無媚，問經失對，策事多忘。上負明公之知，下為多士所笑。夙夜蹴踖，愧莫能宣。……信行未孚，名實難副。加以越中亂後，典型無存，士習囂陵，風俗日壞。慈年貌祿位，無足動人，賦性戇愚，尤易忤俗。皋比之坐，眾忌所歸；雅志未申，浮言已集。清溪築屋，絕少門徒；都市垂簾，難容俎豆。尚求賜以檠檴，俾得遵循。西塘一役，辱承重委，既非解事，又不習勞，惟自矢江神，不飲勺水耳。〔註154〕

又其《與高次封太守辭蕺山講席書（乙丑十月初二日）》言：

> 弟讀書無似，然於學問文章性所酷好，固思出其所得，切瑳後生。……然如越俗侜張，搢紳多辟，但論資格，不論文章。狺狺投骨之爭，毯毯燒城之舌。二十年前宗滌甫觀察師嘗攝斯席，鄉人以其乙科，不由翰林，群而譁之。況僕以久次諸生，而儼然課三捨士，以銅臭貲郎而抗顏為一郡師，將見鶹休、鬼車，飛空群噪，乘間抵巇，禍及太守。於僕無豪芒之利，而累執事及中丞以邱山之名。是用遣人具還前件。

〔註153〕〔清〕李慈銘著，劉再華校點：《與王少鶴通政書》，《越縵堂詩文集》，第1092頁。

〔註154〕〔清〕李慈銘著，劉再華校點：《與馬谷山中丞箋（乙丑十月）》，《越縵堂詩文集》，第1150頁。

固知方命，非出矯性，並望轉達中丞，備申斯旨。〔註155〕

在這兩封信中，李慈銘陳述了他推辭蕺山講學一職的原因。首先，就自身而言，李慈銘認爲他的名分不夠，即其「信行未孚，名實難副」，因而若「濫塵師席」便會「玷辱名山」。且李慈銘性格「戇愚」，難免得罪於人。修塘一事即可見出。其次，就外部原因而言，李慈銘認爲越俗侏張，難容其安逸教書。由於越人「論資格，不論文章」，「金榜無名，李、杜不過酒人；白蠟登科，班、馬便生今日。」〔註156〕這種只重視學歷與官位，不考察師者是否具有眞才實學的現象，使李慈銘聯想至其師宗稷辰。以宗稷辰在越中開設講堂時所遭遇的種種非議來推斷，李慈銘若任教職，亦會受到同樣的詆毀和排斥，進而還會連累了馬新貽和高貢齡的聲譽。再次，馬新貽將督修西塘之事交與李慈銘，李慈銘「辱承重委」，不願因一己之失「累執事及中丞以邱山之名」。

修塘一事受誣，謀教職又不得不推辭，幾近「窮甚絕食矣」〔註157〕的李慈銘於同治六年正月不得不再次「買舟赴杭州爲干謁計。」〔註158〕同年四月二十七日，李慈銘「得馬谷山中丞書及文移一通，以開局修書，」屬李慈銘「總校勘之役」〔註159〕。

李慈銘對於校勘一事頗爲上心。在對校本的選擇上，李慈銘多次強調原本的重要性。他在寫給同在書局校勘的陳豪的書信中曾言：

四局合刻二十四史，吾浙分得新舊《唐書》及《宋史》，此固好事。但前聞清如觀察及澹翁言，諸史俱仿汲本，此是大謬。汲本只十七史耳，《舊唐》《宋史》即已無有，況汲本惟《漢書》稍佳，餘史錯誤，視南北監本尤甚。其《後漢書》不知八志爲司馬彪《續漢書》而混入范書，《晉書》不附何超音義，《隋書》不標其志爲《五代史志》，皆誤後人不淺。世人往往以其字密行整，便於省覽，故爭取之。吾局將來刻史時，須與俞蔭翁等從長計議。此不比前刻，御纂諸經，字字悉遵原本，《舊唐》當以殿本爲主，參校蘇楊兩刻及沈

〔註155〕〔清〕李慈銘著，劉再華校點：《與高次封太守辭蕺山講席書（乙丑十月初二日）》，《越縵堂詩文集》，第1095頁。

〔註156〕〔清〕李慈銘著，劉再華校點：《與王少鶴通政書》，《越縵堂詩文集》，第1092頁。

〔註157〕《日記》同治六年（1867）正月二十五日。

〔註158〕《日記》同治六年（1867）正月二十五日。

〔註159〕《日記》同治六年（1867）四月二十七日。

東甫合訂本。《新唐》《宋史》俱當取殿本，參證南北監本。〔註160〕
李慈銘在其《日記》中記述過相似的想法。

> 作書復藍洲。時吾浙及江寧、江蘇、湖北四省書局議合刻二十四史，
> 以舊新兩《唐書》及《宋史》屬之浙。而主者擬仿汲古閣版樣，少
> 荃協揆業已入奏。然汲本十七史其訛錯實較南北監本尤甚，又知刻
> 書體例，如《漢書》則去七卷首之小顏敘例及宋慶元間所列校勘諸
> 本。《後漢書》則漫司馬彪續志之名，概題范蔚宗撰。《三國志》則
> 以裴注雙行細書等之它注，《晉書》則不附刻何超《音義》。至於《隋
> 書》，則不分別其志為五代史志（此以梁、陳、北齊、周、隋為五代，
> 以諸書皆為唐初一時所修，而總其志入《隋書》也。）而混稱《隋
> 志》。歐陽《新五代史》則不知其名本為《五代史記》（歐陽公意以
> 擬司馬氏）而但題《五代史》。此難監本已誤，亦足見毛氏父子決不
> 加考核，於目錄之學尚屬茫然。就中惟兩《漢》之注較監本為完，
> 世人以其行密字精，故愛重之，其實非也。《舊唐》及《宋》既非汲
> 本所有，《舊唐》聞人本已不可得，今殿本、楊本、吳本及沈東甫合
> 訂本亦互有出入。《宋史》則殿本出於監本，監本出於粵本，其誤尤
> 甚，且非廣集群書為之考證不足為功。因告藍洲，屬其與俞陰甫編
> 修等合詞請之大吏，開單購書，羅列諸本，各作校勘記附於後，則
> 不朽盛事也。但聚書既難，審斷尤非易易，時俗因陋就簡，其事重
> 繁，恐終不能行耳。〔註161〕

對於各種版本的考察，既是李慈銘博學的體現，其用於校書，又是其治學的
態度表現。李慈銘屢次強調校書選本的重要性。這是其一貫的治學精神所決
定的。李慈銘在學術上尊崇漢學，進而在校書過程中更強調所尊本子的原始
性，以求精準。如其在《張公束明經校經圖序》中亦提及選本問題，其言：「至
於漢魏石經，有一字三字之分，隋唐師傳，有陸本孔本之異。（陸氏《釋文》、
孔氏《正義》及賈氏疏，所據之本各異，今比而刻之，致牽合失真。）古篆
遞變，楷隸滋訛。蘭臺之經，多改以私意，兔園之冊，或勝於官書。熹平石
碑，同異莫考；（熹平石經載有漢時諸家異同，見《隸釋》。）長興鏤板，烏

〔註160〕〔清〕陳豪：《李越縵致陳豪書札》第十二札，《冬暄草堂師友箋存》第六冊，
　　　　中華書局，1937 年版。
〔註161〕《日記》同治八年（1869）五月十九日。

焉愈紛？科舉設而古訓亡，大全行而注疏絀。不觀開成之石，以爲通儒；墨守麻沙之書，以爲功令。屠沽妄造之字，謂過於聖賢；鈔胥誤竄之文，謂不敢增減。凡斯校讎之事，不悉著於篇云。」〔註162〕

　　經世校書是李慈銘積學儲寶的階段，亦是其將學問的積累用於著書實踐的過程。雖然只是編纂圖書，且此其過程中李慈銘還曾至武昌入張之洞幕，但他卻始終關注著校書的進展。在其與陳豪的多封信札中，一方面歷述了其生活的艱辛，另一方面也屢次叮囑陳豪校書時所需注意的事項。又或者爲校書所用之本進行搜集、收購。

　　李慈銘本意屬於漢學陣營，其對文學創作的要求即是以學問爲詩、爲文。杭州書局合校二十五史的過程，對於李慈銘而言，亦是一次學術梳理的過程，是對其治史的多年經驗之總結與輸出。李慈銘在這一過程後，更加強化了其對文學作品中學問的精準、豐富的要求。

（三）根柢於學

　　李慈銘之所以強調學術對於寫作的重要性，是因爲他認爲學問是寫作的根柢。只有根基深厚，富有學養，才能寫出好文章，有好的創作。晚清文士仍持廣義的文章觀。在他們的觀念中，無論是抒情性的詩、文、詞，還是應用性的章、表、奏、書等，都是文章，都需要作者有較爲深厚的才識積累。如李慈銘評杜牧的《樊川文集》時，言其「文章風概，卓絕一代，其學問識力，亦復如是。」〔註163〕即是將杜牧的所有作品統一評定，並認爲他的學問足以支撐其文章創作。

　　對於詩而言，李慈銘認爲，學問的深淺能夠反映在詩作的整體風格上。如李慈銘評唐代呂溫的《呂衡州集》時言：「和叔之文，當時擬之左邱、班固，誠非其倫，然根柢深厚，自不在同時劉夢得、張文昌之下。……其他書表，多有可觀，……其氣勢格律，皆出於學問，自非元賓輩所可及也。」〔註164〕這裡，李慈銘指出，呂溫的作品之所以「有可觀」，是因爲「其氣勢格律，皆出於學問」。也就是說，呂溫的「學問」造就了其文章的「氣勢」。再如其評劉逢祿時言：「詩賦皆肆力於漢魏，而理致膚拙，所得者鮮，然賦皆□□數萬

〔註162〕〔清〕李慈銘著，劉再華校點：《張公束明經校經圖序》，《越縵堂詩文集》，第1171頁。

〔註163〕《日記》同治六年（1867）丁卯七月初二日。

〔註164〕《日記》同治十二年（1873）五月十二日。

言，鬱勃閎肆，詩亦多古色古調，亦足見汲學之深矣。」〔註165〕「汲學之深」便能從古代文化中取得相應的營養，從而使詩能夠「古色古調」，遵循傳統的道路，亦即得「詩法之正」。

　　而對於文而言，李慈銘認為，學識表現在文中的議論和觀點上。如其評姜宸英《湛園集》中的文章時，謂其「文章簡潔紓余，多粹然有得之語，……學養深醇，故集中論古，皆具特識。」〔註166〕議論能否切中要害，具有獨特的觀點，需要作者有較深厚的積澱。這種積澱是經驗的，更是學識的。又如其評侯方域《壯悔堂集》時評其文：「氣爽而筆靈，頗有飛動之觀，惜根柢太淺，不學無術，多近小說家語耳。余自十八九歲時，見其文，甚喜之。嗣於壬子冬得其全集讀之，大驚，以為雋爽勁利，幾於無篇不佳。今日重閱，深歎其徒有機勢之勝，全無醞釀之功，其佳處往往直到龍門，離合變化，俱有神會，而用事之陋，措詞之淺，乃多近儁父面目。足見古人作文，須讀書養氣，行文不必徵典，自有經籍之光。以朝宗之天分，而能加以學力，杜牧、皇甫湜不難到也。」〔註167〕李慈銘批評侯方域的文章「多近小說家語」。清代以來的小說皆為通俗之作，口語化較強。李慈銘將這種原因歸結為「根柢太淺，不學無術」，即學問不夠，難作雅正之言。聯繫李慈銘自身學作文章的經歷而談，李慈認為，「讀書養氣」是作文章的前期準備。有了足夠的積累，寫作的時候無須刻意為之，學問修養就會自然地流露於字裏行間了。

　　總之，李慈銘認為，學問是文章的根基和前提。文章水準的差異，究其根源，則是「讀書與不讀書異也」〔註168〕。

　　李慈銘早歲學詩始於「模杜」，入京後見識日廣，對當世文壇的認識加深，無奈返鄉後潛心修習，專注校書。豐厚的知識積累使李慈銘在日後的文學思想中終究歸於「真杜」。李慈銘自言：「平生所作之詩不啻數千首也，所讀之書與所為之業，自經史以及稗說、梵夾、詞曲，亦無不涉獵而模仿之也。所學於史為稍通，見於作者，有散體文，有駢儷文，有詞，有樂府，有雜說，雜考，雜誌，綜之為筆記而已，所得意莫如詩。其為詩也，溯漢迄今數千百家源流正變，奇耦真偽，無不貫於胸中，亦無不最其長而學之，而所致力莫

〔註165〕《日記》咸豐十年（1860）九月初十日。
〔註166〕《日記》同治三年（1864）十二月十九日。
〔註167〕《日記》咸豐十年（1860）二月初一日。
〔註168〕《日記》同治二年（1863）正月二十八日。

如杜。」〔註169〕而在《壬戌元日作》一詩後，自評曰：「此章乃眞杜，不必云學杜，似杜也。」〔註170〕更是明確了以「眞杜」自居。

〔註169〕〔清〕李慈銘著，劉再華校點：《白華絳柎閣詩初集自序》，《越縵堂詩文集》，第788頁。
〔註170〕《日記》同治元年（1862）正月十九日。

第二章 何以爲「眞杜」──李慈銘文學思想與杜甫之關係

　　李慈銘的文學思想是以「眞杜」爲總綱，以「詩史觀」「法正」「清」和「尊古厚今」等支脈相互勾連、互爲因果而形成的一系列主張。其在文學功能觀、文體觀、文學創作觀、文學批評觀和文學史觀上的主張皆可溯源於此。這些支脈與「眞杜」共同構成了李慈銘的文學思想。

一、李慈銘的杜詩觀

　　杜甫是中國古典詩歌的集大成者。晚清文壇亦不乏對以杜甫爲祖的宋詩的尊奉者。李慈銘雖宣導「眞杜」觀，但其主張卻與晚清諸多宗杜者不同。李慈銘對杜甫的接受主要有直接、間接兩個來源：一是他對杜甫詩文集的點閱；二是他對晚清宗杜與抑杜者對杜詩批評的觀覽。

（一）對杜甫的接受

　　李慈銘對杜甫的直接接受來源於其對杜詩集的點評。李慈銘承認前代諸家對杜律的推崇，而其更強調的是老杜「本領自在沉著細密處」。對於杜甫詩律中出現的「小疵」，李慈銘則採取寬容的態度，認爲只要情感眞摯、意境超妙則爲「高作」。此外，李慈銘亦受杜甫的影響，創作了論詩詩。

　　對於人皆稱頌的杜律，李慈銘認爲事實並非全然如此。其在跋《杜工部集箋注》中言到：「杜律，世皆以雄闊博大賞之，於是眞砌乾坤、天地、萬里、千秋、死生、歌哭、家國、干戈等十餘字，以爲學杜嫡派，塵庸蕪惡，令人嘔噦。豈知此老本領，自在沉著細密處。」〔註1〕世人認識到的杜甫是「雄闊

〔註1〕王利器：《杜工部集箋注（清錢謙益箋注，靜思堂刻本）》跋尾卷十四，《越縵堂讀書簡端記續編》，天津古籍出版社，1993年版，第552頁。

博大」的，這種「雄闊博大」從李慈銘所列舉的詞語上來看，可分為時空意境和愛國情感兩個方面。時空意境如：「乾坤、天地、萬里、千秋、死生、家國」等；愛國情感如：「歌哭、干戈」等。時空交錯的大對比、大轉換在杜詩中屢見不鮮。杜甫在詩中對於雄闊詞語的運用，確屬純熟，亦是歷來被人所稱道者。如其《登樓》詩中「錦江春色來天地，玉壘浮雲變古今」一句。王嗣奭、葉夢得和沈德潛均以「氣象雄渾」評之。〔註 2〕愛國情感的淋漓表達更是杜詩的典型之處，其《茅屋為秋風所破歌》等詩作早已被歷代詩人視作抒發悲天憫人與救世情懷的代表。

　　然而，李慈銘認為，世人知杜、學杜僅得其皮毛。「此老本領，自在沉著細密處。」「細密」當然包括世人所認識到的情感的細密，但在詩歌意境上的細密確是世人忽視的。形式上和情感上的細密才構築了詩境上的雄闊。元稹評杜詩「風調清深」。李慈銘謂其：「真知言也」。也就是說，杜詩的雄闊是在其著意於細密處，從而在整體風格上體現為「清深」。「清深」不僅意味著「雄闊」。相對於「雄闊」的單一性而言，「清深」還意味著詩境的多層次性。即李慈銘認為，杜甫的詩歌，在形式、情感、詩境的營造和整體風格等多個方面的表達，不僅清晰明淨，且具有廣度和深度。

　　瑕不掩瑜，有言外之意且具神采，即是「高作」。李慈銘對於杜詩的基本接受觀是「取其真詣，略其小疵」。這一點，在其評《八哀詩》時表現得淋漓盡致。其言：

> 宋人葉石林極詆此八詩，謂：「李邕、蘇源明兩首，累句尤多。」國朝王漁洋、姚姜塢皆摘其疵，所言誠然。然讀詩當觀其大體，讀《杜詩》尤當取其真詣，略其小疵；此八詩是杜公憂傷國事，兼述平生素懷，交遊大略，非但思逝感舊，觀《詩序》數語可見。其篇中雖多率句，亦間傷冗漫；而忠憤之氣，溢於言外，神采奇發，自是高作，不得執一字一句繩之；正如長江、大河，沙石雜下，雖不如寒潭清潤，瑩澈可愛，而得不推為偉觀。後人以顏光祿、張燕公《五君詠》為比，以彼簡貴而此蕪粗，非其倫矣。……余故略注其率語，使後人不必學，而論之如此。〔註 3〕

〔註 2〕 王嗣奭評曰：「俯視弘闊，氣籠宇宙」。葉夢得評曰：「氣象雄渾。」沈德潛評曰：「氣象雄偉，籠蓋宇宙」。

〔註 3〕 王利器：《越縵堂讀書簡端記續編》卷七「八哀詩並序」條，第 553 頁。

又如：

> 葉石林極不滿杜集《八哀詩》。謂《李邕》《蘇源明》兩首累句尤多，
> 嘗痛刪之，僅存其半。余謂此是少陵憂傷國事，述其平生素懷，交
> 遊大略，觀其小序數語可見。不當以顏光祿、張燕公兩家《五君詠》
> 等爲比。其詩誠多蕪累，而光氣自不可掩，無媿詩史也。〔註4〕

八哀詩雖爲杜甫名作，但對此詩的爭議古已有之。李慈銘所列舉者即有宋人葉石林、清人王士禎、姚範等人對其的指謫。如「漁洋謂：『八哀冗長粗率，語多不可解，乃少陵之拙作。』誠然。李邕、蘇源明二篇尤劣。」〔註5〕李慈銘亦認爲《八哀詩》「累句尤多」。這一方面與杜甫「風調清深」的簡靜文風相違，另一方面，又與李慈銘所遵從的「沉著細密」相悖。因而，李慈銘對於前人所指出的杜詩缺點毫不避諱。但是，李慈銘強調：「其篇中雖多率句，亦間傷冗漫；而忠憤之氣，溢於言外，神采奇發，自是高作，不得執一字一句繩之」。雖然，八哀詩中有些詞句不夠凝練，並非兩句三年得之字句，顯得繁冗，但是，整首詩中所傳達出的「忠憤之氣」足以使其躋身「高作」之列。可見，李慈銘所認爲的高作，特別是杜詩中的高作，並非單純地以韻律的工整和詞句的細密爲標準。李慈銘更在乎詩作是否能夠體現出濃烈的情感。甚至只要情感充沛，韻律和用詞皆可以退居其次了。再如其言：「『南菊再逢人臥病，北書不至雁無情』二語，字對而句法不對，杜陵詩律最細，乃亦不免此等小疵，固無傷於大家也。」〔註6〕韻律、句法皆爲「小疵」。在李慈銘看來，此等錯處無傷大雅。這與李慈銘整體的文學思想相一致。李慈銘亦在其《日記》中多次批評蘇軾與陸游的作品，但他仍對此二人的作品鍾愛有加。這正是李慈銘對其文學思想最好的實踐。又如，李慈銘引姚範和顧炎武對杜甫的評語曰：「姚姜塢曰：『少陵詩毋論工拙，其居遊酬贈，以及觀娛愁寂，凡平生性情，處處流露，千載下如與公晤對，此當合全集而讀之，知人論世之事也。若覈其詩而規其至，必取其精神氣格、音響與會，義意並著者，乃爲賞音。世人一概誦習，云吾知公性情；夫作詩者孰謂無性情哉！』顧亭林曰：『丁人不忌重韻，杜子美《織女詩》二中字，《奉先縣詠懷》二卒字，《兩當縣吳十侍御江上宅》二白字，《八哀詩張九齡》一首二省字，二境字，《園

〔註4〕《日記》光緒十八年（1892）十月初三日。
〔註5〕王利器：《越縵堂讀書簡端記續編》八哀詩條，第560頁。
〔註6〕王利器：《越縵堂讀書簡端記續編》，第566頁。

人送瓜》二草字,《寄狄明府》二濟字,《宿鑿石浦》二系字,《飲中八仙歌》用三前、二船、二眠、二天,宋人疑古無此體,遂欲分爲八章,不知《柏梁臺詩》三之、三治、二哉、二時、二來,已先之矣。』」〔註7〕「重韻」即是字句上的「小疵」。李慈銘贊同姚範與顧炎武所言,只要情感表達充分,即「義意並著」,那麼,字句上的小疵是可以存在的。

李慈銘對杜甫的接受還表現在其對杜甫《戲爲六絕句》的認同與模仿上。如其《日記》中記言:「是日寒甚,冰凍。夜風少止,尤寒。燃燭讀《爾雅》,偶題三絕。云:『理學須從識字成,學僮遺法在西京。何當土室朝親暇,細校蟲魚過一生。』『郭注邢箋總不刊,近來邵郝更精殫。漢文博士何時復,欲並三家立學官。』『名物山居靜可挈,光陰炳燭惜中年。窮經更有陳京約,細戡毛詩與鄭箋。(德夫時欲治毛詩)。』」〔註8〕當頁眉批有云:「三詩偶然拈詠,本不足入集,嗣同人多以爲可存,既思老杜《論詩絕句》,政與此體格相同,因稍改數字,將來編集時當鈔存之。題曰《寒夜讀爾雅偶拈三絕句示德夫》。」〔註9〕此處,李慈銘明言其學習杜甫論詩絕句的寫法,評論學術。而更加直接的模仿是李慈銘的論詩詩《論詩絕句四首(有序)》。

　　　　　　論詩絕句四首

　　(古今詩人更僕難盡,茲偶取乾隆間經儒詩四家論之。)

　　學福清才自絕儔,經生吐屬最風流。

　　何當摘句圖重繪,樊榭漁洋一例收。(沈沃田)

　　春融棲託自清和,高致林泉付雅歌。

　　若語長篇颼段甚,歸愚衣缽累君子。(王述庵)

　　校禮堂中帶草春,爭傳佳句出經神。

　　一生苦詆新安學,詩格偏應作替人。(凌仲子)

　　北江健筆有餘妍,憶舊風情詎忍刪?

　　只惜未除儉父氣,平生多事友船山。(洪稚存)

〔註7〕 王利器:《越縵堂讀書簡端記續編》全唐詩錄(清徐焯編,清康熙四十五年三月初七日序刊本)卷二十四杜甫小傳,第608頁。

〔註8〕 《日記》同治三年(1864)十月二十五日;《越縵堂詩文集‧白華絳跗閣詩庚》中載有《燈下讀爾雅偶題三絕句》與此詩大致相同,唯第一首頸聯爲「何當南戒栽花暇」,第三首尾聯爲「補勘毛詩與鄭箋」。

〔註9〕 《日記》同治三年(1864)十月二十五日眉批。

以詩論詩自杜甫之後，效法者甚多。李慈銘雖亦模仿杜甫以議論入詩，但與杜甫以詩論詩尙有很大的不同。李慈銘僅取「乾隆間經儒詩四家論之。」即所論者皆爲經儒大師，是學者之詩。李慈銘論詩論文重視才學，主張學有根柢。在具有一定才學的基礎上，其詩作才有被品評的價值。也就是說，李慈銘認爲，才學是對文學創作者入門級的、最基本的要求。在杜甫的《戲爲六絕句》中，杜甫力抵當世人厚古薄今的觀念，大贊王楊盧駱等人的詩作，並提出了他「轉益多師」的創作觀。而李慈銘此詩中則帶有明顯的品評性質，優劣並舉。李慈銘對於沈、王、凌、洪四人的品評，均以首頷兩聯贊其佳處，以頸尾兩聯指其劣處。這種做法也著實符合李慈銘「狂」且自信的心性。

　　李慈銘對杜甫的接受，不僅表現在其對杜甫詩作的直接批評上，還表現在他對杜甫詩歌創作手法、體裁、風格、樣式等多方面的學習上。但李慈銘學杜卻不仿杜，他對杜甫的吸收著重於深層次精神和技法的汲養，而非流於形式。李慈銘認識到了杜甫之於中國古典詩歌，乃至中國傳統文學的典型性和代表性，故而，其對杜甫的接受，是一種消化杜甫內在精神的接受，是將其轉化爲「眞杜」精神的接受。

（二）對宗杜者的接受

　　雖然李慈銘以「眞杜」自詡，並以「眞杜」觀貫穿其全部文學思想，但他並未對杜詩有過通篇的評論。「道光朝以降的杜詩學可謂清代杜詩學最爲衰落的時期。」〔註10〕在尤雲龍所輯的《越縵堂讀書記》中，並無李慈銘讀《杜工部集》的相關記錄。王利器《越縵堂讀書記簡端》及其續編僅錄「《杜工部集箋注》跋尾卷十四」「卷七八哀詩並序」與「全唐詩錄杜甫」寥寥數語。因而，從李慈銘的讀書情況來看，其對杜甫詩集的閱讀並未深研。但是，其日記中卻多處記其夜讀杜詩。李慈銘對清代杜詩學的研究也未有過多的關注，目前僅見其對清代杜詩學中較具代性的錢謙益的《錢注杜詩》與朱鶴齡的《杜工部詩集輯注》的閱讀記錄〔註11〕。儘管如此，李慈銘仍以「眞杜」自居，並在事實上將「眞杜」作爲了其文學思想的總源。此中，李慈銘對宗杜者文學作品的閱讀與相應文學思想的接受是其主因。

　　李慈銘對《明詩綜》及《靜志居詩話》等朱彝尊的著作研習頗多。《日記》

〔註10〕孫微：《清代杜詩學史》，齊魯書社 2004 年版，第 341 頁。
〔註11〕見《日記》光緒十八年（1892）十月初八日。

中反覆申說自讀《明詩綜》「始得詩法之正」。李慈銘的「眞杜」觀，亦受到朱彝尊的影響。朱彝尊論詩，持中正平和的傳統詩學觀。〔註12〕朱彝尊言：「詩之爲教，其義風賦比興雅頌；其旨興觀群怨；其辭嘉美、規誨、戒刺；其事經夫婦，成孝敬，厚人倫，美教化，移風俗；其效至於動天地，感鬼神。唯蘊諸心也正，其百物蕩於外而不遷，發爲歌詠，無趨數、敖闢、燕濫之音。故誦詩者必先論其人，《記》曰：寬而靜，柔而正者宜歌《頌》；廣大而靜，疏達而信者，宜歌《大雅》；恭儉而好禮者，宜歌《小雅》；正直而靜，廉而謙者宜歌《風》。凡可受詩人之目者，類皆溫柔敦厚而不愚者也。」〔註13〕朱氏論詩「主張以六經爲創作本源」〔註14〕，抒發哀而不傷、怨而不怒的中正平和之音。而在朱氏的認識中，杜甫即是自《詩經》以來傳統詩風最好的繼承者與發揚者。因而朱彝尊對杜甫倍加推崇。除《明詩綜》《詞綜》外，朱彝尊還著有《朱竹垞先生杜詩評本》二十四卷。〔註15〕朱彝尊從詩的總體風格、情感表達、創作手法等多方面肯定杜詩對詩騷的繼承。朱彝尊認爲杜詩「無一字不關乎綱常倫紀之目，而寫時狀景之妙，自有不期工而工者。然則善學詩者，捨子美其誰師也。」〔註16〕朱彝尊崇杜至此，而李慈銘甚是服膺朱氏之學。因而，朱彝尊必然在文學觀念上對李慈銘產生影響。李慈銘「眞杜」觀中，在文體上講求「法正」正是強調對六經傳統的繼承。

　　姚範是李慈銘頗爲認同的又一論杜崇杜者。李慈銘言：「讀杜詩，兼考《援鶉堂筆記》，姚塢論杜甚有見識。」〔註17〕查閱《援鶉堂筆記》，姚範並未有直接論杜之語，涉及杜甫之語僅存兩條：一是評陳子龍時曰：「秋風行示褘南褆。元按，此詩意不警露，詞乏精爽，無復節奏頓挫。臥子以此擬杜，失之遠矣。」〔註18〕二是評吳偉業時曰：「《贈家侍御雪航》梅村五言多學杜陵，

〔註12〕朱彝尊持傳統詩學觀與朱氏所在臨的晚明、清初的文壇狀況有關，亦與朱氏自身的家學與喜好有關。

〔註13〕〔明〕朱彝尊：《高舍人詩序》，《曝書亭集》卷三十八。

〔註14〕朱則傑：《論朱彝尊的文學思想》，浙江大學學報，1993年第1期。

〔註15〕其中，評卷一《自京赴奉先縣詠懷五百字》「太史公云，《國風》好色而不淫，《小雅》怨誹而不亂，《離騷》兼之。公《詠懷》足以匹矣。」又評卷十四《宿昔》曰：「託諷甚微，然八面解俱得，故是渾然不覺，純乎《國風》矣。」再如其評卷十九《敝廬遣興奉寄嚴公》「上段遣興，下段寄嚴公，平驅萬象，有《國風》之遺。」

〔註16〕〔明〕朱彝尊：《與高念祖論詩書》，《曝書亭集》卷三十一。

〔註17〕《日記》光緒八年（1882）七月二十四日。

〔註18〕〔清〕姚範：《援鶉堂筆記·殘本明雜家詩鈔》陳子龍條，道光乙未冬刊本。

惟此篇稍得杜公音響，故存之以見其概。惜猶多稗句弱句。」〔註19〕雖非直接贊杜之語，但「以此擬杜，失之遠矣」與「稍得杜公音響」等語，皆可見出姚範對杜甫地位及杜詩成就的推崇。如果說朱彝尊的論杜之語引領李慈銘發現「眞杜」觀，完善「眞杜」觀，那麼，姚範的論杜之言便是對李慈銘宗杜及其「眞杜」觀的肯定。

李慈銘的杜詩觀，不僅來源於李慈銘自身對杜甫的直接閱讀與認識，還來源於他對以朱彝尊、姚範等爲代表的宗杜者的間接接受。李慈銘對杜甫的認識或許不夠全面，抑或有失偏頗，但這就是李慈銘視域中的杜甫及杜詩。科學界認爲，人的視覺千差萬別，對顏色的識別是不一樣的。意即每個人眼中看到的都是不同的世界。推而之至文學批評界，此理亦然。杜甫及杜詩，於後代而言是一種客觀存在。李慈銘所稱道的杜甫及杜詩，則是從李慈銘的觀察角度及諸多因素出發，呈現在其視域中的杜甫與杜詩。

二、「眞杜」的內涵

李慈銘的詩學思想，無論是在創作形式上，還是在詩歌情感和學詩治詩的思想方法上，皆試圖無限接近杜甫，傳承杜甫。因而，李慈銘自謂其作詩不是模杜、仿杜，而是「眞杜」。這種詩學思想延展至其他文學體裁中，最終成爲李慈銘文學思想的總源。

（一）「真杜」非學杜、似杜

李慈銘所謂的學杜、似杜是對杜詩外在形式上的學習與模仿。即便是意、氣、格的相似也只涉及杜詩的外在，而未能深入其內核。

杜詩以格律嚴謹爲人稱頌，但李慈銘所謂之「眞杜」並非僅限於律法的規範。同治元年正月十九日的日記中，存有兩首詩，一是《紀夢》，一是補錄的《壬戌元日作》。《紀夢》詩云：「夢中田里尙分明，骨肉團圞話別程。母子初逢忘問訊，弟兄相看異平生。乍醒還喜歸來速（實實如此），稍定方知事可驚。鼓角五更天萬里，披衣起坐淚縱橫。」此詩後有批註曰：「三聯情事固逼眞，然『歸來速』對『事可驚』，尙須再商。結至佳。此詩固好，然萬萬非學杜之作。叔雲語豈是爲知言者乎？」〔註20〕李慈銘自評其詩「固好」，但絕非

〔註19〕〔清〕姚範：《援鶉堂筆記・殘本明雜家詩鈔》吳梅村條，道光乙未冬刊本。
〔註20〕《日記》同治元年（1862）正月十九日。此詩在《越縵堂詩文集》中題名爲「紀夢還詩」，題下注曰：「鮑明遠有《夢還》詩，今用其語。」（《越縵堂詩文集》，第 127 頁。）

是「學杜」之作。然而，此批註在「『歸來速』對『事可驚』，尚須再商」的行間，又有「此古來大家如少陵、東坡多有之，不害於律法也」的批語。李慈銘作詩講求工整合律。此詩初作時，李慈銘即以「歸來速」對「事可驚」二語不甚工整而稍不滿意。待到自批《日記》之時，李慈銘概尚未找到合適的詞語替換，故而以杜甫、蘇軾亦有害於律法之詩而自我寬慰。李慈銘將杜甫作爲詩家標準。杜詩的工整嚴律，李慈銘也盡力追求。但個別情況下的律法不嚴，李慈銘認爲，如杜甫、蘇軾般的大詩家，雖時而失之律法，但卻毫不影響其詩的妙處。由此可見，李慈銘認爲，其詩的高妙已可與杜甫、蘇軾相躋。而這種非形式上的模仿正是其所言的「非學杜之作」。言下之意，李慈銘自認此詩爲「眞杜」之作。

李慈銘所謂之「眞杜」並非流於外在的模仿，而是內在的一致。同治元年正月十九日日記的眉批有語：「學杜至此，煉意、煉氣、煉格，確乎？確矣。蓴客詩體凡三變，始造此境，甘苦唯僕知之最眞，故工拙亦唯僕辨之最的，不足爲局外人道也。漚公。」又批：「以此爲學杜，吾甘作局外人，不能隨影附和也。」〔註21〕漚公是周星譽的號。李慈銘同治元年十月得知周星詒挪用其捐資之事，遂與周氏兄弟決裂。而同治元年正月，李慈銘作《紀夢》和《壬戌元日作》時，李、周二氏尚交好。周星譽評價李詩當在詩作當日或近時。然而，雖然在周星譽看來，「煉意、煉氣、煉格」已是學杜的途徑和學杜最終應達到的狀態。但李慈銘的本意並非單純地學杜、像杜，而是「眞杜」。故而，當周星譽以此稱讚李慈銘詩歌「學杜」之時，反倒引起了李慈銘的不滿。「以此爲學杜，吾甘作局外人」一句，充滿了對此評論的不屑甚至是嘲諷。「眞杜」是與杜詩的內在一致性，它已經超出了「意」「氣」「格」所能概括的範圍。

在中國古代詩文評的語言系統中，意、氣、格分別意指作品的不同方面。簡而言之，意既指創作者的情緒、思想，又指文學作品所表現出的「象」與「境」。「氣」是生命力的概括和象徵，包括人的精神之氣、思想之氣和情感之氣。「氣」投射到文學作品中，又被文學作品反映出來時便是文學作品的生命力。〔註22〕格，即舊法。在王昌齡《詩格》中，「格」指「詩的法式、標準」〔註23〕。「意」「氣」「格」三者被同時提及時，可看作是對作品的情思、風格

〔註21〕《日記》同治元年（1862）正月十九日眉批。
〔註22〕關於氣的論述，詳見本文第四章。
〔註23〕張伯偉：《古代文論中的詩格論》，《文藝理論研究》，1994年第4期。

及形式的表述。周星譽認爲從這三方面來看，李慈銘的詩歌與杜甫已極爲相像。但「意」「氣」「格」的錘鍊，在李慈銘看來，仍是學杜、似杜之處，而非「眞杜」。

（二）眞杜得其「命脈」

「眞杜」是一種以濃至的情感爲線索，將所有的寫作技巧融入詩歌創作之中，從而能夠把握詩歌「命脈」的狀態。李慈銘首次明確提出「眞杜」概念是在其《日記》補錄《壬戌元日作》一詩的題下注中。其言：「此章乃眞杜，不必云學杜，似杜也。」〔註24〕李慈銘認爲杜詩「上追三百，下包六代」，即其言曰：「人徒見杜詩渾厚雄直，刻摯沉著，而不知其精深華妙，空靈高遠，多上追三百，下包六代。如《麗人行》乃深得樂府豔歌之遺，《新安吏》《石壕吏》《新昏別》《垂老別》諸詩，何減《十九首》？其律詩如『花妥鶯捎蝶，溪喧獺趁魚』『飛星過水白，落月動沙虛』『細雨魚兒出，微風燕子斜』『遠鷗浮水靜，輕燕受風斜』等語，何嘗不細膩獨步耶？」〔註25〕杜詩不是古詩的終結者，而是傳承且創新者。李慈銘雖對杜詩「不求甚解」，但卻自認爲得其「命脈」〔註26〕。故而李慈銘以眞杜自居。

「命脈」在李慈銘的概念中，是指有效融合了中國傳統文學內在理路的一系列要素的集合體。它包括文體內在的行爲規範，即「法正」；創作與批評中的清雅中正之道，即「清」；文學的載史功能，以及平等的文學史觀等等。晚清詩壇推崇詩經和魏晉的地位。李慈銘推尊杜甫的前提即是他認爲杜甫是詩經及魏晉詩風以來的集大成者。換而言之，杜甫在「命脈」上傳承了古詩，是眞正的雅派、正派。李慈銘分別在詩體的認識與應用、語言的表達、筆法的運用、詩境的營造及寫作技巧的應用等方面剖析杜詩，形成了他對杜詩的基本認識。這成爲李慈銘對「眞杜」概念的解析。

在詩體上，李慈銘認爲杜甫對每種詩體都能精準的把握。如《哀王孫》前四句「長安城頭頭白鳥，夜飛延秋門上呼。又向人家啄大屋，屋底達官走避胡。」李慈銘言：「上兩語皆知爲樂府語也，不知其下二語之妙，乃眞樂府滴髓，看似笨拙可省，然正是質實獨到處。」〔註27〕樂府本是朝廷機構所演

〔註24〕《日記》同治元年（1862）正月十九日。
〔註25〕《日記》咸豐九年（1859）十一月十八日。
〔註26〕《日記》咸豐九年（1859）十一月十八日。
〔註27〕《日記》咸豐九年（1859）十一月十八日。

奏的曲目。至唐代，詩人擬樂府詩的形式所寫的詩歌也被稱爲樂府。而杜甫
《哀王孫》又是其自創新題的樂府，被郭茂倩收入《樂府詩集》中。此詩開
篇兩句「長安城頭頭白烏，夜飛延秋門上呼」，「皆知爲樂府語也」是因爲，
樂府最初產生於漢代，漢時文人「將敘事爲主看作樂府的一個基本特徵。」〔註
28〕至魏晉時期，樂府又兼收了古詩中的比興手法。〔註29〕前兩句被稱爲「樂
府語」，大抵緣於此兩點。而李慈銘盛讚其三四句「又向人家啄大屋，屋底達
官走避胡。」爲「樂府滴髓」，其原因在於，首先，此兩句才是眞正將敘事與
比興糅合進詩中。首二句寫烏鴉夜飛，只完成了比興的一半，後兩句將「達
官」「走避胡」引入，才算眞正完成了比興的運用。其次，「達官走避胡」一
句帶入了極強的敘事感。整首詩從這兩句始，正式進入樂府的敘事流程，引
起讀者探求「達官」爲何要出走的強烈好奇心。詩歌從描寫烏鴉「啄大屋」，
至敘說「屋底」的「達官」出走「避胡」，畫面從空中飛旋不定，轉而定位至
「大屋」，再聚焦於屋底達官的出走。這一長鏡頭由動到靜再到動，有著極強
的視覺效果和情緒渲染力。再次，「達官走避胡」一句的「質實獨到處」還在
於：它奠定了整首詩的基調，完整地體現了樂府詩遊子、離別、戰爭等主題。
因而李慈銘讚揚杜甫此兩句爲「樂府滴髓」。這其實是對文體內在規範的遵
從，即屬於後文將詳述的「法正」的觀念。杜甫此詩無論是在主題上，還是
在寫作手法及情感表達上，均以樂府的規範行文。這種對詩體尊重的態度即
是李慈銘所盛讚的「滴髓」之處。

在語言的表達上，李慈銘稱「『又向人家啄大屋』七字，眞千鈞筆力，上
兩語人盡能之，此兩語不可到也」〔註30〕。前文已述，「又向」一句將詩歌中
的畫面由動轉靜，成爲故事敘事的開始，可謂統領全篇。故而，李慈銘稱其
爲有「千均筆力」。

在筆法運用上，杜甫與韓愈一樣以文入詩。如李慈銘謂：「《丹青引》云：
『將軍魏武之子孫，於今爲庶爲清門。』眞是古文敘記筆法，而卻淵源《雅》
《騷》，非昌黎之以文爲詩者比。」〔註31〕杜甫運用「古文敘記筆法」，但溯
其源，即可知其實是「淵源《雅》《騷》」。

〔註28〕葛曉音：《先秦漢魏六朝詩歌體式研究》，北京大學出版社2012年版，第367頁。
〔註29〕葛曉音：《先秦漢魏六朝詩歌體式研究》，第367頁。「魏晉文人的擬樂府以抒
　　　情爲主，需要大量比興，自然將漢民歌和古詩的比興兼收並蓄。」
〔註30〕《日記》咸豐九年（1859）十一月十八日。
〔註31〕《日記》咸豐九年（1859）十一月十八日。

　　此外，在詩境的營造上，杜甫亦能夠以斗轉的筆勢，將意境刻畫到極致，即李慈銘所謂的「百盡無枝」。如其評《舞劍器行》云：「《舞劍器行》，此題若入作家手，無不用排場起步，而直起云『昔有佳人公孫氏』，便覺有百盡無枝氣象。」〔註32〕此中的「無枝氣象」即可歸於由「眞杜」觀所生發出的「清」的範疇。而在寫作技巧的運用上，李慈銘更是大加誇讚杜甫輾轉騰挪的跳躍筆法。如其評論《北征》一詩：「《北征》中『山果多瑣細，羅生雜橡栗。或紅如丹砂，或黑如點漆』，上兩語忽賦一小物景狀，極似無謂，而下即接云：『雨露之所濡，甘苦齊結實。』乃覺數語眞有無數關係，全篇血脈俱動，此所謂神筆也。」〔註33〕李慈銘認爲的眞杜，強調杜詩的整體觀感。如大自然的鬼斧神工般，創造出意想不到的境象。

　　當然，杜詩不是完美的。李慈銘在評析杜詩時，使用了大量的篇幅和例證：「即其他累句，如《古柏行》云：『萬牛回首邱山重。』又云：『異時剪伐誰能送。』《洗兵馬》云：『尙書氣與秋天杳。』又云：『奇祥導瑞爭來送』。《諸將》云：『曾閃朱旗北斗殷』等語，語意盡拙，然不能累其氣力。惟如《飲中八仙歌》《前後苦寒行》，皆下劣之作，雖膾炙人口，不值一哂。《同谷七歌》及《八哀詩》亦非高唱。《秋興》八首，瑕多於瑜，內惟『聞道長安似弈棋』及『蓬萊宮闕對南山』兩首，可稱完美。『昆明池水漢時功』上半首格韻俱高，下半未免不稱，且此詩命意，亦終不可解。其餘若『叢菊』一聯，『信宿』一聯，及『請看石上藤蘿月，已映洲前蘆狄花』，皆輕滑不似大家語。『香稻』一聯，淺識者以爲語妙，實則毫無意境，徒見其醜拙耳。《詠懷古蹟》第五首：『諸葛大名垂宇宙』一律，字字笨滯，中四語尤入魔障。《萬丈潭》云：『孤去到來深，飛鳥不在外。』《題畫楓》起語云：『堂上不合生楓樹』，皆此老心思極拙處也。」〔註34〕雖有累句，但李慈銘並不認爲這些累句破壞了杜詩的高妙。何景明因累句謂「古詩亡於杜」，李慈銘予以否定，稱其爲「大而無當之言」。杜詩的微瑕絲毫不能掩蓋其瑜的本質。杜詩貫穿全詩的氣脈是李慈銘所認爲的「眞」之所在。「予於杜詩雖瓣香所在，顧僅得其大意，不求甚解，故鮮全首能背誦者。舉其命脈氣息，即覺了了目前，奧窔深微，暗合無間，少陵復起，亦不以爲妄語耳。」〔註35〕李慈銘自言於杜詩理解未深，但卻自

〔註32〕《日記》咸豐九年（1859）十一月十八日。
〔註33〕《日記》咸豐九年（1859）十一月十八日。
〔註34〕《日記》咸豐九年（1859）十一月十八日。
〔註35〕《日記》咸豐九年（1859）十一月十八日。

信對杜詩的解析正中其「命脈」。其論或許未確，但這種理解就是李慈銘對杜甫的認識，是李慈銘眼中的杜詩。

對於李慈銘自言「眞杜」的《壬戌元日作》，正是集中體現李慈銘「眞杜」思想的詩作。詩言：「成國瞻新政，垂衣二后賢。病看元歲歷，夢想中興年。哀痛求言切（是日兩宮下卹民求言詔，凡數千言），憂危命相專（是日拜曾帥爲協揆）。鄉邦勞聖慮，稽首戴皇天。」〔註36〕從律法要求上看，此詩是嚴格的五言律詩。杜甫以律法嚴格著稱，李慈銘標榜首先即在律法上合乎規範。〔註37〕在語言表達上，李慈銘不用奇字僻字，以簡靜的文字敘事。壬戌元年正是二后垂簾聽政的元年。李慈銘以此開篇，引入對新的統領者帶領社會走向安定的殷切期盼。而在筆法運用上，李慈銘將言事、言情、言志等手法統一於此詩之中。既表述了新政權的上位，又寄託了李慈銘對新的執政者的希望，同時，又表達了他願「勞聖慮」的報國之志。全詩營造了一箇舊國在破敗中努力勃發的圖景，而畫面中則站立著一位躊躇滿志的壯士，願爲國家的中興肝腦塗地。此詩將詩人形象寓於詩境之中，又將歷史敘事與愛國情感的抒發合二爲一。李慈銘《壬戌元日作》一詩，以李慈銘所認識的杜詩標準出發，從晚清歷史及文學的現實狀況觀之，確是「眞杜」之詩。

（三）有別於宋詩派及同光體

晚清宋詩派及同光體宗宋詩講求性情與學問爲一，即陳衍所總結的「詩人之言與學人之言合。」宋詩派宗宋是尊宋詩所形成的獨特的詩風。雖然宋代詩人標榜以杜甫爲宗，但事實上，宋詩已與杜詩風格相差甚遠。而李慈銘的「眞杜」觀，是借杜甫來總結概括中國自詩騷所傳承的雅正詩風。同時，「眞杜」觀又融合了清代以來強調以學問入詩，以考據入詩的因素。故而，李慈銘強調爲詩爲文應學有根柢，對詩人之詩與學人之詩有所區分，但卻從不主張以學問入詩。

李慈銘的「眞杜」觀是以杜甫爲核心，力圖統概中國古典詩學，並擴展至全部文學樣式的思想觀念。「眞杜」以杜甫所遵循的文學功能觀、文體觀、文學創作觀、文學批評觀和文學史觀等方面演繹出了「補史」「法正」「清」

〔註36〕《日記》同治元年正月十九日，《越縵堂詩文集·白華絳跗閣詩庚》，第127頁。
〔註37〕即下平一先韻，一韻到底。中間四句成對，沒有重複的韻腳，無復字，一三五七不押韻的單句，以去、入、去、上結句，間隔而用。個別處，如衣、看；相聖失黏，成爲拗格，但不影響整體詩律的整齊。

和「尊古厚今」等觀念。這些觀念相互聯結，共同構成了李慈銘的「眞杜」觀。李慈銘的「眞杜」觀直承杜甫，並將杜甫的實際形象擴大化，以其爲中國傳統詩歌甚至是中國傳統文化文學的典型代表。而宋詩派與後期同光體則是標榜宗宋。雖然宋詩亦多以杜甫爲宗，但晚清宋詩派及同光體詩人更多的是尊宗宋代以黃庭堅爲代表的江西詩派，即以學問入詩，強調詩人之言與學人之言合的創作特徵。

然而，被後世歸入道咸宋詩派的程恩澤，在李慈銘的眼中並非學宋者。李慈銘言：「閱程春海侍郎集，……詩學韓蘇，喜以生峭取勝，而體格未成，不能出以大雅。然嶄特自異，又時潤以經語，非枵腹者所能至也。散文亦學劉蛻、柳開，其《答祁淳甫論承重孫婦姑在當何服書》，謂今封建廢已久，惟世襲者尙可言宗法。……眞通儒之言。」〔註38〕李慈銘贊程恩澤的作品爲「通儒之言」，對程恩澤以學問入詩入文的做法及其所取得的效果給予了充分的肯定。但李慈銘認爲程恩澤「詩學韓蘇」，取其「生峭」，而文學劉蛻、柳開，對其學宋宗宋的跡象未有絲毫的覺察。而對何紹基詩的評價是：「何詩一二語間有奇氣，顧甚蕪雜，餘不足論矣。」〔註39〕由此可見，李慈銘以學問爲根柢的觀念並非針對較其稍早的程恩澤及其弟子「以學問爲詩」的觀念所發。「道咸宋詩派在詩歌理論上以創作主體爲主，以學問與性情的詩學異質同構爲目的。」〔註40〕而李慈銘宣導以學問爲根柢，實緣於其「眞杜」的思想總源，是「眞杜」的文學功能觀、批評觀及創作觀等多種觀念所決定的。

李慈銘在文學功能觀上主張文學應「補史闕」，從事實的細節出發，補充正史中未能或未及錄入的歷史，更多地呈現歷史的眞實面貌。而宋詩派在文學功能觀上則主張詩以「道性情」。如何紹基言：「作詩文自有多少法度，多少工夫，方能將眞性情搬運到筆墨上」〔註41〕法度與工夫，其最終目的都是將「性情」道出。又如程恩澤曰：「或曰詩以道性情，至詠物則性情細，詠物至金石則性情尤細。雖不作可也。解之曰：詩騷之原，首性情，次學問。詩無學問則雅頌缺，騷無學問則太招廢……學問淺則性情焉得厚……而性情又

〔註38〕《日記》同治十二年（1873）五月二十一日。
〔註39〕《日記》咸豐九年（1859）十二月十一日。
〔註40〕賀國強：《學問與性情的詩學同構──論道咸宋詩派詩論》，蘇州大學學報，2006 年 5 月第 3 期。
〔註41〕〔清〕何紹基：《使黔昔日自序》，《何紹基詩文集》，長沙嶽麓書社，1992 年，第 781 頁。

自學問中出也。」〔註 42〕雖然，程恩澤此段論述意在強調學問之於詩的重要性，但其以詩騷比附，正道出了其以「道性情」爲目標的文學功能觀。而學識的修養，正是爲了能夠更好地將性情道出。這是宋詩派於晚清之時對於文學功能的認識。雖然對文學功能看法不一，但李慈銘與宋詩派都將學問的修養當作實現其各自文學功能的基石。前文已述，李慈銘重考據，將學識作爲作詩作文之本。宋詩派及同光體詩人同樣將學問的積累當作從事文學創作的前提。如鄭珍言：「才不養不大，氣不養不盛，養才全在多學，養氣全在力行。」〔註 43〕又如何紹基：「人可一日不讀書乎？當讀者何書？經史而已。極意考究⋯⋯性道處固啓發性靈。」〔註 44〕再如朱彝尊言：「詩篇雖小技，其源非經史。必也儲萬卷，始足供驅使。」〔註 45〕被劃入道咸宋詩派的詩人此一時期與李慈銘一樣，認爲學養是爲詩的基礎。道咸年間，李慈銘尚處於青年時期。道咸詩人的理論主張早於李慈銘。李慈銘「考據以求精」的文學觀念亦是在其大量校書之後才逐步形成的。因而，在李慈銘主張以學問爲文學之根柢的觀念所形成的眾多因素中，道咸宋詩派詩人的主張，亦可爲其中之一。

李慈銘強調才學是文學創作的基礎，但並未言及以學問爲詩。李慈銘指出，「詩人之言不得字字繩以典制」〔註 46〕，即文學的創作有其自由性。李慈銘強調學有根柢，其出發點在於他「以補史闕」的文學功能觀。雖然，載史不是文學的全部功能，但詩中的錯漏則會造成不良的影響。因而，李慈銘是在文學功能爲高最指標，來強調作者應學有根柢的。而宋詩派延續至同光體時，以陳衍爲代表的詩人，明確標榜「學人之言與詩人之言合」，主張以學問入詩。實際上，這種主張已經脫離了道咸宋詩派所追求的讀書以道性情的觀念範圍。同光體詩人已將「學人之言」視作文學功能之一種。文學在功能上表現詩人的學養。而同光體詩人正是用詩作來彰顯其學問的淵洽。

三、以補史闕——「眞杜」的文學功能觀

自杜詩之後，「詩史」的概念進入文士的視野。李慈銘的「眞杜」觀具體

〔註 42〕　〔清〕程恩澤：《金石題詠彙編序》卷七，《程侍郎遺集》叢書集成初編本。
〔註 43〕　〔清〕鄭珍：《跋慕耕草堂詩鈔》，《巢經巢文集》，貴州省政府刊行，1940。
〔註 44〕　〔清〕何紹基：《與江菊士論詩》，《何紹基文集》，嶽麓書社 1992 年版，第871 頁。
〔註 45〕　〔清〕朱彝尊：《鵲華山人詩集序》，《曝書亭集》，《四部叢刊》卷 21。
〔註 46〕　《日記》光緒元年（1875）八月初二日。

至文學功能觀時，亦以載史爲其重中之重。李慈銘並非認爲詩只能載史，而是認爲詩可言情、可述志，亦可載史。而在這諸多功能中，載史的職能是不可或缺的。且載史亦並非對歷史的宏大敘事，而是對平民史、社會史甚至是心靈史的細枝末節的眞實記錄。因而，李慈銘的詩史觀確切地說是一種「以補史闕」的補史觀，是對正史缺乏記錄或是不錄之事的記載，是對正史的一種補充。「以補史闕」觀念，在「眞杜」大文學觀的統罩下，由詩及文，擴展至碑誌墓表傳等多種體裁，成爲李慈銘「眞杜」文學思想在文學功能上的具體觀念。

（一）詩可言情　亦可載史

杜甫詩，後學者多以詩史喻之。然而，楊升庵卻力詆宋人所謂之「詩史」說。李慈銘列舉楊語：「點閱杜集，楊升庵力詆宋人以少陵爲詩史之說。謂詩以道性情，《三百篇》皆意在言外，使人自悟。至於變風、變雅，尤具含蓄。如刺淫亂則曰『離離鳴雁，旭日始旦。』不必曰『愼莫近前丞相嗔』也。……余謂楊升庵特舉《詩》之含蓄者以相形耳。《三百篇》中，詞之直而僿、激而盡者多矣。刺淫亂者，不有曰『燕婉之求，得此戚施』者乎？……由此推之，訐直憤屬者，指不勝屈，所謂言各有當也。惟所舉杜集諸句，卻非高作，學者不可專於此等求之。即《三百篇》之感發人心，亦不徒在《小雅·節南山》之什，《大雅·蕩》之什也。」〔註47〕楊氏謂詩以道性情，其以《詩經》爲例，列舉性情之篇，從而力詆「以詩爲史」的做法。同時，楊氏也不認同杜甫之詩爲詩史。其所列諸篇，仍以言情者爲主。這裡，楊升庵詆宋人詩史之說有兩層意思：一是詩不以載史爲職志；二是杜詩不是載史之詩。而李慈銘對此點並不完全認同。首先，李慈銘認爲「《三百篇》中，詞之直而僿、激而盡者多矣。」《詩經》中並非全然「道性情」之作。激昂言志載史之作亦多。「所謂言各有當」。李慈銘認爲詩的功能應該是多樣化的。它可以道性情、言志趣，亦可以補史闕。只要「言各有當」，無需刻意規定入詩的事物。

以詩載史是李慈銘頗爲認同的做法。李慈銘將其視爲文學功能之一種。元人王逢〔註48〕的詩，李慈銘因其「詩之前後，往往附紀本末」〔註49〕而稱之爲詩史。又將杜甫之後，金朝的元好問、元代的王逢與明代的吳梅村並舉，標之爲詩史之列。即其所言：「古今可稱詩史者，少陵以後，金之遺山，元之

〔註47〕《日記》光緒十八年（1892）十月初五日。
〔註48〕王逢，字原吉，江陰人，自稱席帽山人。
〔註49〕《日記》光緒十六年（1894）正月十一日。

梧溪，明之梅村爲最。」〔註50〕元、王、吳三人之中，李慈銘最爲王逢的氣節所歎服，王逢「終身隱處，其節概非元、吳所及。」〔註51〕李慈銘稱讚王逢的詩是「簡練沉至，不染元人纖靡之習」。「簡練沉至」是李慈銘「眞杜」文學觀的又一種表述。是其對詩歌批評的標準之一。「簡練」即是杜詩中的「清」，而「沉至」則對應杜詩中的「深」。如前所述，詩史式的文學作品情感眞摯、濃烈，甚至過於宏大。筆法上的「簡練」，即「清」是自然而然地演化爲作品其表達方式的一種內在要求。另一被李慈銘大加讚賞爲「詩史」者是清人魯一同。李慈銘言其文「多閎肆而謹嚴，演迤而峻峭，幾於篇篇可傳。道光以來，殆無第二手。」甚至「梅宗亮輩，不足道耳。」而其詩「氣象雄闊而未成家，蹊徑亦多未化，然浩蕩之勢，獨來獨往，固爲偏師之雄矣。……諸作，氣象嶽嶽，想見其人。他亦多涉時事，傳之將來，足當詩史。」〔註52〕從此段評論中不難看出，李慈銘認爲，評價詩文首先在於它的藝術性。「閎肆而謹嚴」「演迤而峻峭」及「氣象雄闊」等語皆是對詩歌整體的藝術效果而言。李慈銘在列舉諸作之後，言及他作時，稱其「足當詩史」。可見，李慈銘認爲，「詩史」之作首先應具有的還是文學作品本身應有的藝術性，載史的功能只是退而求其次的要求。因而，李慈銘的「詩史觀」並非是嚴格意義上的載正史，而是「補史」。

（二）以詩「補」史

詩作爲一種文學體裁，可以具有載史的功能，但對於史實的記載，卻不能完全依靠於詩歌。「詩歌所傳之『史』，是通過個體心靈眞實感受體驗的表現所反映出的一代興亡盛衰的歷史。它不是社會史、政治史，而是心靈史、情感史。」〔註53〕李慈銘的詩史觀正是此意。其言：「蓋以余之一身。備人世之百艱，其所經者由家及國，滄海之變故固亦多矣，存其詩亦足以徵閭里之見聞，鄉邦之文獻，而國是朝局之是非，抑或有可考焉。」〔註54〕李慈銘秉承乾嘉漢學餘緒，雖未明言主張以學問爲詩，但其反覆強調詩文中考據的重要性，且視才學爲創作的基礎。故而，李慈銘在文學功能觀上，進一步強調作品的載史功能。「閭里之見」與「鄉邦文獻」往往不見於正史。李慈銘特舉

〔註50〕《日記》光緒十六年（1894）正月十一日。
〔註51〕《日記》光緒十六年（1894）正月十一日。
〔註52〕《日記》同治元年（1862）十月初八日。
〔註53〕李世英、陳水云：《清代詩學》，湖南人民出版社，2000年版，第26頁。
〔註54〕〔清〕李慈銘：《白華絳跗閣詩初集自序》，《越縵堂詩文集》，第789頁。

此二事，意在強調詩文之於正史之外的載史功能，即「以補史闕」。

　　李慈銘以詩補史的觀點還含蓄地表達在其對錢注與朱注杜詩的品評之中。其言：「錢注於新舊《唐書》多考證之功，故詳於本事。然極不滿於肅宗，每以杜爲含刺文致其罪。蓋蒙叟本因朱長孺（鶴齡）之補注，事有未備，故爲此箋。……蒙叟以詩史之言，益加推究，遂不免附會耳。」〔註55〕錢謙益的《錢注杜詩》與朱鶴齡的《杜工部詩集輯注》是清代較爲著名的杜詩注本。錢謙益自詡「鑿開鴻蒙，手洗日月」，開創了「以詩證史」的注杜方法。但這種詩歌闡釋方式卻屢遭詬病。對於錢、朱注杜的公案，李慈銘亦認同錢謙益本是爲朱長孺補注之說。故而，李慈銘認爲，錢謙益能夠「詳於本事」，是因爲「補注」之爲，必然要求較原本爲詳。但又因以「詩史之言」，故「不免附會」。此一評點再次證明，李慈銘所認同的詩史觀，是將詩歌作爲史實的補注。若以詩爲記錄史實的唯一體裁，則易致附會。這種觀點其實是一種中庸之道，是中國傳統士大夫千年來沿襲不衰的允執厥中之理。

　　補史在於補充歷史的細枝末節處。如其《日記》中評王建《宮詞》一段，言：「明人王子宣《宮詞》云：『南風吹斷採蓮歌，夜雨新添太液波。水殿雲房三十六，不知何處月明多。』元人薩天錫《宮詞》云：『清夜宮車出上央（一作『未央』，一作『建章』），紫衣小隊兩三行。石闌干外（一作『畔』）銀燈過，照見芙蓉葉上霜。』……元人楊瑀《山居新語》，譏薩詩未諳當時體制，謂宮車無夜出之例；擎執宮人紫衣，大朝賀則於侍儀司法物庫關用，平日則無有；宮中無石闌，北地無芙蓉。」〔註56〕對於王建的《宮詞》此二句的優劣比較，歷來有諸種說法。但元人楊瑀從實際情況進行點評，則見出王建此詩的嚴謹之處。李慈銘雖言：「詩人之言不得字字繩以典制」〔註57〕，但仍贊王建其詩「多足以補正國史」〔註58〕。詩人必先知其事，才可將其化入爲詩。所謂「補正國史」，正是在這些細小之處。事實或事物的細節最爲被當世史家所忽視。而文學作品的題材涉及方方面面，其覆蓋面更廣，語言更爲自由，因而更易成爲歷史的補充者。

　　李慈銘存「閭里之見」與「鄉邦文獻」的文學史觀亦體現於其自身的創作中。而這類創作中，有諸多對時事的關注。如《四月二十三日渡河次袁浦

〔註55〕《日記》光緒十八年（1892）十月初八日。
〔註56〕《日記》光緒元年（1875）八月初二日。
〔註57〕《日記》光緒元年（1875）八月初二日。
〔註58〕《日記》光緒元年（1875）八月初二日。

聞撚賊郯宿之警二首》〔註59〕是聽聞捻軍進攻郯城，佔據臺兒莊時所作。詩中記述了清江河流改道，清廷向英國借款修壩，反使「此地成絕流」等事。又有《悲丹陽》《悲吳門》〔註60〕等詩記錄戰事。在李慈銘補史闕的詩文中，對女性命運的關注尤為突出。如其《日記》中載：

> 是日，邑令葬林烈婦李氏於鄉之瓜咸裏，即葬所樹坊建祠。烈婦以咸豐壬子六月為其翁姑逼倡，不從，死，年十六。越五載，歷更四令，始得雪。奉俞旨褒恤，治其翁如律論。余於乙卯秋曾記其事，以烈婦雖適林氏而未昏，稱之曰女，而靳不林婦。周素人非之，寓予書，以必稱婦而其名始正，云云。今俱存《文集》中。因□觀葬，紀以詩。「城頭徹夜烏銜土，宛宛冬心蛻風雨。金支翠旗光忽收，一片冰珉照寒渚。霞川之水成清瑩，蓬萊驛畔清風生。空郊木葉霜初淨，古道梅花月自明。行人醉酒朝還看，三尺泥香殉瑤林。祠廟奚須問柳家，圖畫還應配瞿素。可憐生小作冤禽，山下何從識槀砧。試看下馬碑前路，誰似金錢入市心。」〔註61〕

對烈婦的讚頌，可以說是宋明理學以後中國文士的一種惡趣味。但李慈銘此處，卻帶有存一鄉文獻的目的性。又如李慈銘聞姜仲白講述包村故事，後「於壬戌冬有《書包立身事》文一首，久失其稿。又著《弔包村》文，亦言之未詳。書此以存其略。是日作《包英姑歌》。嘗見浙撫奏疏中作『包美英』。近日姜仲白言：『曾兩入包村，深稔其事，人皆呼為英姑娘，未聞其名美英也。』余久欲以詩著之，今日雨中無事，遂成斯作。」〔註62〕再如《昔昔鹽為始寧婦作也（有序）》〔註63〕一詩等，皆是對女性遭遇、經歷或事蹟的述記與感發。

　　底層社會的歷史是小眾的歷史，正史檔案往往不載，而李慈銘則將其載入日記並作詩以弔之。儘管後來整理詩文集時，個別篇目不知因何刪去，但其以詩載史，以補正史之闕的思想則可見一斑。

（三）其他文體的補史功能

　　李慈銘對碑記墓表傳等應用文的批評與寫作，在文學功能上，更加強調其載史的重要性。如批評歐陽玄《圭齋集》「惟碑銘尚有氣勢，而自張齊郡公、

〔註59〕〔清〕李慈銘：《白華絳跗閣詩戊》，《越縵堂詩文集》，第87頁。

〔註60〕〔清〕李慈銘：《白華絳跗閣詩己》，《越縵堂詩文集》，第111頁。

〔註61〕《日記》咸豐七年（1857）十二月十九日。

〔註62〕《日記》光緒五年（1879）七月二十八日、八月二十七日。

〔註63〕《日記》光緒六年（1880）二月初四日。

趙國忠靖公（馬合、馬沙）、許文正公、趙文敏公、虞雍公、貫酸齋、揭文安公數篇外，亦鮮有關文獻。」〔註64〕對「鮮有關文獻」，李慈銘表達出些許的不滿。因爲在李氏看來，碑記墓表傳等作品，其職志就是爲了載史的。「文碑誌居……多可考見史事」〔註65〕，是碑誌墓表傳等應用文符合法度的規矩之作。

　　然而，應用文體除應盡可能多地記載史事，李慈銘對其載史的眞實性也有較高的要求。如其評譚元春《譚友夏合集》「傳志諸篇，立言無體，幾爲笑柄，多類稗官。而書牘序言友朋之樂，足散人懷。銘或具體於東坡，記多得力於酈注。」〔註66〕李慈銘論詩做文講求符合文體的法度，詩有詩法、文有文法，而傳志等應用文亦有其寫作規範。這些文章的寫作應遵循「正」道，而不能如稗官野史般有失雅正。李慈銘除對碑誌墓表傳等文章要求準確載史外，對注本對相關史事的解釋與記載，亦對其準確性有所要求。如其對《王右丞集》趙松谷箋注本的評價爲「用意甚勤，較明人顧起經注自爲詳備。然其中多取諸類書，不能詳其所始，《四庫提要》已言之。而所紀時事及並時人士，亦未能證以兩《唐書》及唐人說部、文集、碑刻，有所發明。其人人習知者，又多連篇累牘，備載本傳，詳所不必詳。即於釋典，自言多資於同時錢唐五琢崖（琦）。」〔註67〕注本對於原作的補充是爲了讀者能夠更好地理解原作，明晰原作創作時的歷史背景與事實情況是注本應有的題中之意。因而，在李慈銘看來，注本對原作的解釋應道常人所不知，詳其應詳，略其應略之處。

四、遵法守正──「眞杜」的文體觀與創作觀

　　「眞杜」的文學觀具體至文體觀中，則表現爲對「法」和「正」的尊崇。李慈銘評其友陳荃譜時，言其「詩力宗老杜，古文學歐、曾。雖俱未成家，然所守甚正，且堅進不已。」〔註68〕又「輦下稱詩，香濤最勝，由其學有經法，志懷忼慨，本末洞達，眞未易才。其餘董君研樵刻意中唐，謝君麟伯專心老杜，雖或窘於邊幅，或僅獵其皮毛，而其人皆君子之徒，所業自光明可喜。」〔註69〕李慈銘視杜甫爲詩家之正，其主要原因在於杜甫嚴守詩體之「法」。

〔註64〕　《日記》光緒十五年（1889）三月初一日。
〔註65〕　《日記》咸豐十一年（1861）二月十七日。
〔註66〕　《日記》同治四年（1865）九月二十三日。
〔註67〕　《日記》光緒十六年（1888）正月十五日。
〔註68〕　《日記》咸豐六年（1856）十月二十三日。
〔註69〕　〔清〕李慈銘：《致孫子九汀州書》，《越縵堂詩文集》，第1134頁。

杜甫對每一種詩體的精準把握，既是對詩歌中正傳統的繼承，亦是與中國古代持中庸之道而不斷發展的基本思路一致。晚清雖距先秦已遠，但幾千年來的儒家中庸之道卻未動分毫，即便是改良派所提出的「中體西用」，也是堅持遵守中國本土的中庸之道，在中庸這個大原則下進行的改良出新。李慈銘從杜詩中總結出「遵法守正」之理，正是其文學思想中的文體觀與創作觀。

（一）由明詩而溯杜詩之正

　　李慈銘崇明詩。在明代的主流作家中，李夢陽、何景明、李東陽、王世貞等人，皆對杜甫有著不同程度的推崇。李夢陽、何景明在創作上強調詩必漢魏盛唐而以學杜為主。錢謙益即評價李夢陽言：「獻吉以復古自命，曰『古詩必漢魏，必三謝；今體必初盛唐，必杜，捨是無詩焉』。」〔註70〕李東陽亦有言：「唐詩在有委曲可喜之處，惟杜子美頓挫起伏，變化不測，可駭可愕，蓋其音響與格律正相稱。回視諸作，皆在下風。」而王世貞則言：「余採藝林，抽繹千古，蓋史遷其至哉！詩則工部。」〔註71〕明代作家推尊杜甫，李慈銘又崇明詩。可推知李慈銘所尊源頭亦在杜甫。

　　李慈銘言明詩得「詩法之正」。這個「正」即來自於杜甫。杜甫本人的詩學理論中並沒有提及「正」，但他的創作卻實踐了「正」。這在後人的評價中可明顯見出。如楊士奇言：「古詩三百篇皆出乎情，而和平微婉，可歌可詠，以感發人心，何有所謂法律哉！……律詩始盛於開元、天寶之孫超，當時如王、孟、岑、韋諸作者，猶皆雍容蕭散，有餘味可諷詠也。若雄深渾厚，有行雲流水之勢，冠冕佩玉之風，流出胸次，從容自然，而皆由乎性情之正，不局於法律，亦不越乎法律之外，所謂從心所欲不踰矩，為詩之聖者，其杜少陵乎！厥後作者代出……皆無復性情之正矣。」〔註72〕楊士奇所表彰的杜律之「正」包含兩方面內容：一是「和平微婉」的情感表達，亦即「哀而不傷、怨而不怒」的中正平和之感；二是在遵守律法的基礎上對情感表達的「從容自然」，即其所謂「從心所欲而不踰矩」。楊士奇將這種「正」總結為「性情之正」，並認為杜詩的全部成就皆根源於此。如其稱杜甫「學博而識高，才大而思遠，雄深閎偉，渾涵精詣，天機如用，而一由於性情之正。」〔註73〕

〔註70〕〔清〕錢謙益：《列朝詩集》第七冊，第3466頁。
〔註71〕〔明〕王世貞：《讀太史公杜工部李空同三書序》，《弇州相集》卷十三，文淵閣四庫全書本。
〔註72〕〔明〕楊士奇：《杜律虞注序》，《東里集續集》卷十四，文淵閣四庫全書本。
〔註73〕〔明〕楊士奇：《讀杜愚得序》，《東里集續集》卷十三，文淵閣四庫全書本。

後世評論家亦有承襲楊士奇的說法，以「性情之正」言杜詩者。如王直論杜詩，謂其「粹然出於性情之正」〔註74〕。再如黃淮論杜甫，稱「其鋪敘時政，發人之所難言，使當時風俗世故了然如指諸掌。忠君愛國之意，常拳拳於聲嗟氣歎之中，而所以得性情之正者，蓋合乎三百篇之意也。」〔註75〕

　　杜詩的「性情之正」直承詩騷傳統，故而杜甫並言「正」，但其創作實踐中所表現的「性情之正」卻是其潛在文體觀與創作觀。因而，在李慈銘「眞杜」文學觀中，「正」與「法」是其不可或缺的組成部分。

（二）杜詩之「法正」

　　在李慈銘看來，杜甫在詩體上的成就主要有二：一是對樂府的創新；二是對七古的堅守。

　　李慈銘在評價白居易樂府詩時曾道：「讀白香山樂府，樂府自太白創新意以變古調，少陵更變爲新樂府，於是並亡其題。香山從而和之，明乎得失之跡，詠歎諷諭，令人觀感。今之樂猶古之樂，固不必排切字句，牽合聲律，以爲不墜雅音。然香山詩如《上陽白髮人》《驪國樂》《昆明春》《西涼伎》《牡丹芳》諸篇，雖言在易曉，終傷冗長，音節亦鬆滑，不及杜之疏密得中也。」〔註76〕樂府詩自李白「創新意以變古調」後，杜甫「變爲新樂府」。但李慈銘仍視杜甫爲詩之「正」。其原因在於杜甫的變更。沿襲古法，淵源雅騷，是中國古代詩歌優良傳統的延續。這種延續中的改變是必然的。何景明言杜甫亡古詩，李慈銘並不認同，其原因就在於李慈銘用發展的眼光看待歷史的行進。詩歌發展過程中的改良是順應歷史進程的，是適應時代發展的。「今之樂猶古之樂，固不必排切字句，牽合聲律，以爲不墜雅音。」「雅音」的保持並不單純依靠聲律、字句等這些外在條件的約束，而是內在「命脈」的延續。杜詩「疏密得中」的「中」，亦是中庸、中正之理。

　　在李慈銘的觀念中，杜甫的七古詩幾近完美。其多次稱讚「七古終以少陵爲正宗」〔註77〕。這種主張集中表現在他對自作詩《送武昌李爽階進士出宰天台》一詩的評價中。其言：

〔註74〕〔明〕王直：《虞邵庵注杜工部律詩序》，《抑庵文集後集》卷十二。
〔註75〕〔明〕黃淮：《讀杜愚得後序》，《黃文簡公介庵集》卷十一，四庫全書存目叢書本。
〔註76〕《日記》咸豐六年（1856）五月初五日。
〔註77〕《日記》同治三年（1864）十月二十日。

> 夜作送李爽階之天台令詩。《送武昌李爽階進士（士塏）出宰天
> 台》……不難於奇思雋語，而難於音節自然，直起直落，不煩繩
> 削。作詩到此地步，良非偶然，惜不令吾家太白見之。東坡、遺
> 山，政恐未曾見及。東坡有其趣而乏遒警，遺山有其骨而乏風華，
> 李迪有其神而乏沉實，空同有其力而乏頓宕，大復有其韻而乏開
> 張，伽陵有其格而乏濃至。此事自有公道，吾不敢多讓。太白七
> 古，超秀之中自饒雄厚，不善學之，便墮塵障。故七古終以少陵
> 爲正宗，學此者當於精實討消息。超而不沉，東坡之病也；秀而
> 不實，東川之弊也。七古若山谷之健，放翁之秀，道園之簡，淵
> 穎之老，西涯之潔，牧齋之蒼，亦名家矣。其病在不渾成，不精
> 實，故皆不能超妙。〔註78〕

　　此處，李慈銘自評其詩「音節自然，直起直落，不煩繩削。」上文已述，李慈銘「眞杜」觀中，一則重要的標準即是「清」，亦即簡淨不繁。這是李慈銘對詩歌的評價標準之一，也是其在創作上的自我約束。對於七古而言，李慈銘更重視文辭的簡潔性。七古以杜甫爲尊，那麼歷代中的其他詩人便自然有其弱處。李慈銘依次指出蘇軾、元好問、高啓、李夢陽、何景明、姚希孟等人在七古的創作中的不足之處。可見，李慈銘所指謫的六人所缺乏的「遒警」「風華」「沉實」「頓宕」「開張」「濃至」等不足，皆是七古詩理應具備的特質。少了這六點，七古便不夠「正宗」。再進一步，李慈銘所稱之「若山谷之健，放翁之秀，道園之簡，淵穎之老，西涯之潔，牧齋之蒼，亦名家矣」，意即七古若將前六點做足，再能有「健」「秀」「簡」「老」「潔」「蒼」中的任意一點，都可以稱爲七古的名家了。杜甫的七古便是集有所提諸家的所有優點，因而李慈銘謂其爲「正宗」。

　　各種文體都有其內在的「法」的要求。這種「法」即是文體本身對創作的形式、內容等各方面的內在要求。杜詩之所以被李慈銘視爲「正」派，最主要的原因就是李慈銘認爲，杜詩完整地遵循了各種詩體的內在要求。杜甫掌握了詩歌的「命脈」，並將這種「命脈」很好地表達出來。因此，李慈銘歸之於眞杜。這種內在「命脈」的要求，就是「法」。而將這種要求全部做到，即爲「正」。這就是李慈銘「眞杜」文學觀中的「法正」文體觀。

〔註78〕《日記》同治三年（1864）十月二十日。

（三）李慈銘「法正」思想的具體化

李慈銘在文學創作觀上講求鎔鑄百家，自成面目。這與杜甫「轉益多師是汝師」的觀點一致。杜甫詩歌是其前歷代詩歌的集大成者，之所以能夠取得如此成就，與其轉益多師的創作觀密不可分。李慈銘宣導不名一家、不專一代，進而鎔鑄諸家。這是李慈銘在創作上的主張。進而言之，這是他的學詩方法。

劉再華曾以「不名一家，不專一代」概括李慈銘的文學思想，但這並非李慈銘全部的文學思想，而主要是其在詩歌創作上的主張。李慈銘認爲詩歌的創作「必本之以經籍，密之以律法，不名一家，不專一代。」〔註79〕「經籍」是詩歌創作的根本，因而李慈銘反覆強調讀書對於詩歌創作的重要性。如其批評名士「不讀書而多妄語，不解事而多惡詩。」〔註80〕即是批判名士因不讀書，導致詩作頗「惡」。再如其讚賞宋景文詩的高華警麗，亦將原因歸結爲「讀書博，識字多也」〔註81〕。經籍的積累不僅影響詩歌的創作，其於詞亦然。如李慈銘批評納蘭詞「根柢太淺，每露底蘊，長調猶時若不醇。」造成這種弱點的原因，李慈銘直言「此不讀書之故。」〔註82〕「律法」，前文已述，是指詩歌體裁內在對詩歌創作的規定性。〔註83〕

然而，「不名一家，不專一代」並非「不學」或「無學」，而是「無不學」。「疵其浮縟，二陸、三潘亦所棄也。賞其情語，梅村、樊榭，亦所取也。」〔註84〕對於各家各派，李慈銘意欲取其精華，去其糟粕。其言：「作詩者當汰其繁蕪，取其深蘊，隨物賦形，悉爲我有。」對於二陸三潘，作詩者需去其「浮縟」；而對於吳偉業、厲鶚，作者則需取其「情語」。對於不同的文體，學習的對象應有所不同。

李慈銘宣導在創作上馳聚百家，悉爲我有。同時，他也提出作詩要「自成面目」。他反對單純地摹擬古人。這也是其反對分門別派的原因之一。其言「凡規規摹擬者，必其才力薄弱，中無眞詣，循牆摸壁，不可尺寸離也。」〔註85〕

〔註79〕《日記》同治十一年（1872）四月初六日。
〔註80〕《日記》同治三年（1864）十一月十六日。
〔註81〕《日記》光緒十七年（1891）十月二十三日。
〔註82〕《日記》咸豐五年（1855）九月初十日。
〔註83〕「法」的概念將在第三章詳述。
〔註84〕《日記》同治十一年（1872）四月初六日。
〔註85〕《日記》同治十一年（1872）四月初六日。

模擬而不充實才力，只能使作者詩無眞情、無眞意、無眞詣，猶如扶牆走路，須臾不離。而充實才力、走出模擬惡習的方法就是讀書。借經籍之光而自成面目。

李慈銘言：「蓋凡事必陶冶古人，自成面目。」〔註86〕「吾輩作文，必須求前人所未有者，自成一種面目，爲天地間不可磨滅之眞氣。倘泥於格律，未免牙牙學語。」〔註87〕正是因爲馳聚百家易蹈入模古泥古的舊習，李慈銘才在這一觀點拋出之後，又強調自成面目的重要性。李慈銘在評論吳偉業詩時言：「梅村詩取材六朝，樹骨老杜，而鎔鑄香山、玉溪、飛卿、冬郎諸家，以自出面目。故一再讀之，哀感頑豔，使人意消。余偏嗜之，常推爲雲門嫡嗣外一大宗，獨其文集，殊多六朝駢儷中膚語，遠不及詩。而雜著如《綏寇紀略》《復社紀事》諸書，簡潔有法，又未嘗不能剪裁也。」〔註88〕吳偉業的詩能「讀之，哀感頑豔，使人意消」的原因，即在於他以杜詩爲學習的根本，進而取法白居易、李商隱、溫庭筠和韓偓諸家。而其文，則因學習六朝，多駢麗、膚淺語，未能自成面目，故而李慈銘謂其「遠不及詩」。

李慈銘提出馳聚百家、自成面目的創作觀有著極強的現實針對性。李慈銘眼中的晚清，是一個斯文墜地的時代。對於當世詩家，李氏更是批評者多，讚賞者少。就個體詩人而論，李慈銘言：「蓋今之言詩者，必窮紙疊幅，千篇一律。綴比重墜之字，則曰此漢、魏也；依仿空曠之語，則曰此陶、韋也；風雲月露，堆砌虛實，則以爲六朝；天地乾坤，佯狂痛哭，則以爲老杜；雜眞險字，生湊硬語，則以爲韓、孟。作者惟知剿襲剽竊，以爲家數；觀者惟知景響比附，以爲評目。振奇之士，大言之徒，又務尊六朝而薄三唐，託漢魏以詆李杜。狂譫瘝語，陷於一無所知。」〔註89〕李慈銘從作者和批評者兩方面批評晚清詩壇的模古陋習。以往歷代的模古、復古或可類比至與古人神似。但在李慈銘的視野中，晚清的模古只是在形式上進行簡單模擬。這種模擬或表現在遣詞造句上，或表現爲情緒的渲染中。但無論何種，它都是流於形式而失之內涵的「剿襲剽竊」。若長久以「狂譫瘝語」自欺欺人，李慈銘預言晚清詩壇將「陷於一無所知」的境地。故而，李慈銘意圖從詩人個體創作觀出發，矯正誤入歧途的晚清詩人。

〔註86〕《日記》咸豐五年（1855）正月二十日。
〔註87〕《日記》咸豐五年（1855）四月十九日。
〔註88〕《日記》咸豐五年（1855）三月二十日。
〔註89〕《日記》同治十一年（1885）四月初六日。

此外，李慈銘認爲，從整體上觀照，晚清詩人在創作觀上的偏狹是清代以來日漸式微的詩壇大趨勢。事實上，在現當代學人眼中，清代詩壇並非如李慈銘所述的如此不堪。清代是一個詩人、學人輩出的時代已是當今學者的共識。但在李慈銘的視域中，清詩早已失去古詩應具有的詩體內在的律法。道光以後的五十年中，除潘德輿、魯一同外，無可稱之者。道咸以後的名士更是徒有虛名。正是這種認識推動了李慈銘對眞杜觀的拓展，並在創作觀中主張馳聚百家，自成面目。

五、清詞麗句──「眞杜」的批評觀

杜甫論詩絕句言「清詞麗句必爲鄰」。李慈銘的文學批評中，亦多以「清」字論詩論文。「清」是中國傳統文學中一個十分重要的概念。對「清」的追求至少可上溯至魏晉時期。李慈銘所認爲的清，一方面是中國尚清傳統的延續，另一方面，它是文學批評的終極標準，是對一切文學作品的各個方面的最高要求。〔註90〕

（一）杜「清」與李「清」

杜甫的「清詞麗句」已是歷代對杜詩的公認評價。杜甫如此追求，其詩歌也如其所追求的一樣，呈現出「清」的狀態。然而，杜甫所強調的「清」僅限於對文學作品中用詞造句的講究。稍稍延伸，「清」在杜甫的觀念中，又可視作對韻律的要求。而在李慈銘視域中的「杜清」不僅限於詞句與韻律，還包括詩作的整體風調和情感。

在詩歌的形式上，杜詩屬對精嚴，對仗工整。杜甫對字詞句的煉造素來被後來的文人所學習，杜詩亦因而成爲詩歌，尤其是律詩的模範。可以說，杜甫爲其後代建立了詩歌的批評標準。且這些批評標準也在後代詩人對杜詩的學習、研究中不斷充實。降至晚清，杜詩的模範作用在李慈銘的視域中被重估，且被擴大化。對於杜甫的詩歌本身而言，其所謂的「清」適用範圍狹小。杜清僅對詩歌而言，且僅在詞語的運用上對詩歌進行規範。而在李慈銘看來，杜甫之清適用範圍已經擴大到形式與內容兩個方面。

李慈銘認同元稹對杜甫「風調清深」的評定。在李慈銘看來，「風調清深」分別從形式上和情感上達到了「清」的標準。「元微之稱其『風調清深，屬對

[註90] 關於「清」的概念將在第四章詳細闡述。

律切』，眞知言也。僕所取多不謬於此旨，其中沉著細密者，往往十而七八，皆標舉之以示後人，非從此問津，則皆航絕流斷港矣。」〔註91〕杜甫的用律確屬一流，但眞正令李慈銘誇讚不已的「本領」是「沉著細密」。李慈銘對詩作的要求以沉著細密爲標舉。元稹所評的「風調清深，屬對律切」，李慈銘亦認定其爲「知言」。這是因爲，「沉著細密」與「風調清深」分別從形式與內容兩個不同層面概括杜詩。「沉著」對應的是詩作的情感表達，而「細密」既是對詩作情感上的描述，也是對其筆法、行文和遣詞造句的勾勒。與「沉著細密」相應的作品風格就是「清深」。「清」者，澄淨明亮；「深」者，淺之對也。情感的清晰、濃烈，表現在作品的形式上就是沉著細密。杜詩的細密因深沉的情感而至，格調的清深亦是通過綿密的筆法營造而出的。由此可見，李慈銘對杜詩的肯定，一在於感情的眞摯；一在於筆法的細膩。又如評《哀王孫》一詩時，李慈銘言：「此詩眞摯沉鬱，轉變不窮，無一支辭遊語，學杜詩須於此等著力。」〔註92〕即是再次強調情感充盈與用詞精準的重要性。而這一點正是李慈銘所認爲的杜詩優點所在。

（二）兩「清」之關係

李慈銘所要求的「清」，除卻杜甫所示的「詞清」和「律清」，還包含「人格之清」「情感之清」「詩境之清」和「風格之清」等四個方面。在體裁的適用性上，李慈銘將杜甫只用於詩歌批評的「清」延展至文、賦、詞等各類文體之中。

李慈銘尚清，首先關注創作者的人格、道德等自身品質。對於有劣跡劣行的作者，李慈銘多評價不高。如其評陳子昂的詩作時，先評其人品：「子昂人品不足論，其《上周受命頌》，罪百倍於揚子雲之《美新》。」〔註93〕而對於他欣賞的友人陳翼，則評曰：「德甫伉爽有志節，與人交久而益摯。傲視貴遊，屢以氣陵折之。而待同輩極虛懷服善，尤推挹叔子及予，而與予爲暱。」〔註94〕曹丕謂「文以氣爲主，氣之清濁有體，不可力強而至。」而李慈銘則僅以一「清」字概括。他認爲品性、人格上的「清」可以影響到文，人清則文清，人不清則無好文。

〔註91〕王利器：《越縵堂讀書簡端記續編》，天津古籍出版社，1993年版，第552頁。
　　　　《杜工部集箋注（清錢謙益箋注，靜思堂刻本）》跋尾卷十四。
〔註92〕王利器：《越縵堂讀書簡端記續編》，天津古籍出版社，1993年版，第657頁。
〔註93〕《日記》咸豐十一年（1861）六月初五日。
〔註94〕《日記》咸豐十一年（1861）正月二十四日。

　　「人格之清」反映到詩作中，便是詩歌所表現出的「情感之清」。咸豐五年四月初五日《日記》中，李慈銘舉周星譽對幾位友人的評論：「稱許太眉（名械，陽湖人）清遠，子九清和，雪歐清豪，（孫）蓮士（名廷璋）清超，平子清雋，而以清剛目予。」〔註 95〕從李慈銘對此評定的態度上看，他是認同以「清」字論人論文的。而此中所論之清，即包含了人格之清和情感之清兩個方面。又如，李慈銘在評論《譚友夏合集》時，稱其：「情性所摶，時有名理。山水所發，亦見清思。」〔註 96〕這裡的「山水所發，亦見清思」即是指作者寄情山水的幽思清澈無瑕，是對一種情感之清的描述。

　　詩的意境之清，是指詩歌爲讀者帶來的清晰明淨的畫面感。如李慈銘所言：「予謂曹詩託寄蕭寥，情韻獨勝。徐詩不過吐屬清麗耳，取相比擬，殆似不倫。漁洋謂郭祥正功父《清山集》詩格不高，惟取其《原武城西看杏花》三絕句。余謂功父『鳥飛不盡莫天碧，漁歌忽斷蘆花風』二語，刻狀清妙，千古佳句也。」〔註 97〕「吐屬清麗」是對遣詞造句的評語。「刻狀清妙」則是對詩句「鳥飛不盡莫天碧，漁歌忽斷蘆花風」的評定。這一「清」字的評判，即是指作者對環境景物的描摹十分到位，塑造了清靜平和而又妙趣橫生的意境。

　　風格之清的評定最爲廣泛。如其評陸游的楹聯爲「清新婉約」〔註 98〕；評王眉叔《人日秦氏娛園見待不至》一詩爲「清老有風力」〔註 99〕；評凌次仲《校禮堂詩》「格調清俊」〔註 100〕；評張之洞《題蘿庵黃葉圖》五古一首爲「甚清瘦可喜」〔註 101〕等等，皆是對整體風格的評定。

　　除上述幾點外，李慈銘還延展了「清」的使用範圍，他使清從杜甫的專門評論詩歌一種體裁，擴展至文、詞等多種文體的批評中。如其言：「閱《學福齋集》。沃田文既沖夷，詩亦清婉。……其古詩亦有老成可取者。蓋所爲詩文，皆未嘗刻意求工。故於文之義法，詩之標格，俱有未逮。而紆徐曲暢，棲託清和，自是儒者之言，非專門名家比也。」〔註 102〕此處，李慈銘即以「棲

〔註 95〕《日記》咸豐五年（1855）四月初五日。
〔註 96〕《日記》同治四年（1865）九月二十三日。
〔註 97〕《日記》同治三年（1864）十一月十三日。
〔註 98〕《日記》同治八年（1869）十二月初六日。
〔註 99〕《日記》同治十年（1871）正月十一日。
〔註 100〕《日記》同治十年（1871）八月二十日。
〔註 101〕《日記》同治十一年（1872）五月二十七日。
〔註 102〕《日記》同治二年（1863）十一月廿七日。

託清和」來綜合批評沈沃田的詩和文。再如：「《楊汀鷺集》，文三卷，詩二卷，詞一卷。汀鷺爲包愼伯之壻，學有師法。是集其友人張知府丙炎掇拾奇零，非其全矣。文未能佳，詩亦率硬，詞稍清婉，固當以人傳耳。」〔註103〕「清」表面上看來與婉約相近。除卻「清」之婉約的意義層面外，李慈銘還以「清」評其詞的乾淨、不拉雜。

（三）尚清緣何歸杜

李慈銘將尚清的傳統歸之於杜，首先在於杜甫綜合了品性之清與詞句之清；其次，杜甫之清具有較強的可延展性，李慈銘可順理成章地將「清」的概念外延擴展至各文體及各類文學批評中；再次，杜甫因其在詩歌史中所取得的成就已基本成爲文壇共識，因而，李慈銘可憑藉杜甫的影響擴大其理論主張的權威性，堅定其思想根基。

「清」最初指人的品性，在晉代被用於人物的品評。早在《世說新語》之《賞譽》《品藻》兩篇中已有將「清」用之於文學批評的跡象。至杜甫以「清詞麗句必爲鄰」論詩，「清」用於品評詩歌，在中國詩學傳統中已有了一段歷史。杜甫明確將「清」設置爲對用詞的限定。而在「詞清」的背後，即要求「律清」與「情清」。杜律工整嚴謹已不必贅言，杜甫詩歌感情充沛也早已是詩家共識。情感的清晰、明朗，在杜律的約束下，可以更好地表達情緒、營造「清」的詩境。如果說，杜甫之前的尚「清」與用「清」是分別在人的品性與詩的工整及意境上應用。那麼，至杜甫的「清詞麗句」，「清」對詩歌的品評中，其含義已將品性之清與詞句之清合二而一了。因而，在歷代尚「清」及其實踐者中，杜甫是文學成就最高，影響最大者。

杜甫以詩論詩，在形式上給了後人極大的引申空間。其對「清」的論說，因其自身的詩歌實踐，而使其內含可以有較多的生發層面。李慈銘將清歸之於杜也正是憑藉此點。中國自古有引詩用詩的傳統。經學的歷代研習，使文士們習慣將意義引申、化用。李慈銘雖反對「以今人之意繩改古人。」但其在對「清」的擴展中，正是運用了這一方法。李慈銘將「清」的概念應用於文、詞、序記等文的批評中，同時也用清來概括文學作品所呈現出來的整體感觀。儘管李慈銘的思想因時代之關係未能發揚光大，產生較遠的影響，但其選擇其理論宗主時，仍具有長遠的打算。杜之「清」在一定程度上，留給了李慈銘擴展的空間，也爲後人擴展李之「清」創造了可能。

〔註103〕《日記》同治十一年（1872）五月十七日。

　　李慈銘歸之「杜清」並非先認識到杜甫的清，而後才主張遵從杜清的。其過程恰好相反：李慈銘首先認識到詩文詞皆應以「清」作爲批評的最高標準。李慈銘 16 歲時模擬的錢起就是一個尙「清」者。而其對自己詩歌之「清」的意識則是在周氏評其爲「清剛」之時。彼時，李慈銘爲 27 歲。直至 34 歲時，李慈銘才明確提出了「眞杜」的概念。而後，其在多方面的探索中，總結出「杜清」是最全面、最適宜模仿學習，也最能概括中國古代文學傳統。且杜詩不是一個封閉的概念，而是具有極強的拓展性和延展性。它可以從詩歌之清，這一種文學體裁，擴展至文清、賦清、詞清等多種體裁。它也可從格律之清延及造境之清，亦可從造語之清引申至風格之清。因而，李慈銘選擇性地將「清」溯源至杜甫，並廣而言之。

　　李慈銘試圖以杜詩之「清」的星星之火，成就晚清文壇崇清尙清的燎原之勢。在李慈銘看來，晚清文壇風氣甚濁。雖多出名士，但李氏尤不喜與名士晤對。晚清名士「多妄語」與「多惡詩」的習氣，李慈銘「甚不喜」。而「以視世之綺繡粉繪、津津詞賦之末，行詭品污，搔頭弄姿者，豈且特鵬鴳之於斥鷃乎？士夫平日學問，不求根柢，專爲浮靡，以自炫鬻，必至墮操裂節，或下流爲異類，甚可歎也！」〔註104〕晚清文士在李慈銘的視域中，皆爲多妄語，多惡詩，且不求根柢之徒。而這些品行皆可用一「濁」字來概括。以涵蓋人品之性與文學之性的「清」字正可用來整肅晚清日益衰落的士風。

六、尊古厚今──「眞杜」的文學史觀

　　杜甫倡言「不薄今人愛古人」，轉換至李慈銘的文學史觀中則成爲「尊古厚今」。李慈銘以「眞杜」自居，其文學史觀亦與杜甫一致。而杜甫的文學史觀又是由其「轉益多師」的創作觀而來。李慈銘既承襲杜甫的創作觀，那麼他的文學史觀也必然與杜甫一致。與杜甫不同的是，李慈銘還面臨著晚清文壇「斯文墜地」的局面。爲改變晚清文壇的局面，李慈銘一方面在學術上宣導清代的考據之風，一方面在文學上大贊明詩，試圖提高明代文學的歷史地位，從而通過對明代文學，尤其是對明詩的推尊而溯祖杜甫。

（一）厚今與崇杜之關係

　　李慈銘「眞杜」文學觀中的「尊古厚今」文學史觀首先源自於杜甫「不薄今人愛古人」的宣導。其次，尊古厚今文學史觀中，尤其是「厚今」的觀

〔註104〕《日記》同治元年（1862）十月初八日。

念，也源自於李慈銘對晚清當時文壇狀況的綜合考量，並針對晚清文壇的現實問題而發。

李慈銘在文學史觀上與杜甫的「不薄今人愛古人」的思想一致。杜甫倡言「轉益多師」。師法諸家，博採眾長，必然要求在評價古今文學時保持一致的標準，並採用客觀的態度。因而，杜甫進一步提出了「不薄今人愛古人」的詩史觀。李慈銘所謂的「不名一家、不專一代」及「馳騁百家，自成面目」皆與此同理。這種文學創作觀，客觀上迫使他以統一的標準評價古今作品，並盡力挖掘各家之長，以茲借鑒。

尊古自不必多言。中國文士自古即有極強的崇古傾向，歷代復古運動皆以恢復古法爲旗幟。而厚今的思想在中國文學思想史上則較爲少見。對於晚清時期的李慈銘而言，厚今最爲突出的表現是其對明詩的推崇。其言：「明人若青田、西涯、子業、君采、昌穀、子安、子循、滄溟、弇州、夢山、茂秦、子相、石倉、牧齋，皆卓然成家。即孟載之風華，亦高於崑體，中郎之雋趣，尙永於江湖。後代平情，無難取斷。貴遠賤近，徒以自欺。」〔註 105〕明人文學所取得的成就，後人若是以客觀的態度、古今統一的標準來衡量則不難發現其中的優秀者。而「貴遠賤近」，無非是今人的自欺欺人罷了。今人的這種自欺是一社會心理學的命題。人們往往對時間和空間距離較遠的事物採取較爲寬容的態度，而對於時空較近的事物則評價較爲嚴苛。杜甫突破了這種心理上的定式，在觀念上和創作上容粹百家。李慈銘沿襲杜甫的思路，在創作觀上，同樣標榜「不名一家、不專一代」的文學觀。同時，李慈銘也拓展了杜甫的思想。他將「不薄今人愛古人」的思想，不僅應用於創作觀和批評觀，還將其應用於對歷朝歷代總體文學成就的評價上，即其「尊古厚今」的文學史觀。

另一將尊古厚今的文學史觀析出於「眞杜」觀的關節點在於杜甫詩歌的成就和影響。就李慈銘看來，杜詩「下包六代」的地位，足以在晚清文壇產生較大的影響。李慈銘自述其學詩歷程時曾言：「是年落解後，洊臻憂患，一切感事傷時之作，近體頗駸駸日上。高者逼杜陵，次亦不失爲中唐，而古詩終無所悟。」〔註 106〕就近體而言，李慈銘認爲杜詩是冠冕，其次爲中唐詩。杜甫以其自身的創作主張和創作實踐，足以奠定其在詩歌中的地位。而杜甫

〔註105〕《日記》同治三年（1864）十月十九日。
〔註106〕《日記》咸豐十年（1860）閏三月二十三日。

所主張的「不薄今人愛古人」的思想在其實踐中所取得的成就使杜甫的這種思想傾向極具說服力。因而，李慈銘的尊古厚今一方面是源自於杜甫的文學觀，另一方面，他又努力向杜甫靠攏，以此樹立其自身思想主張的權威性。

晚清學術繼乾嘉漢學餘緒，至咸同光時期，雖有漢宋之爭，但李慈銘仍以漢學爲旨歸。前文已述，李慈銘重考據，並以考據入詩入文，其視域中的晚清學術狀況，更使其堅定了考據以求精的思想主張。

晚清學壇狀況最使李慈銘憂憤。其言：「竊觀晚近之爲學，其習安卑陋、錮蔽見聞者固不必論，即一二高材主張實學，亦多喜爲高論，過自尊大。或以漢學爲人口實，而兼言性理；或以六藝皆所當習，而並究曆算。夫孔門教人尙分四科，漢世射策各占一經，今之爲師者不聞人材輩出，爲弟子者豈有顏淵、尹奇？」〔註107〕前文已述，晚清名士因多妄言、多惡語而被李慈銘所不喜。而改善這種狀況的途徑大致有二；一是主張考據家法，重拾漢學學風；二則是寄希望於教育。李慈銘已認識到，因學術界的漢宋之爭，意見不一，爲後學者帶來了極大的困擾。他們爲避免落人口實，於是徘徊於漢宋之間，不能專精，最終導致一無所獲。李慈銘雖主張馳騁百家，又有「不名一家、不專一代」之論，但其最終目的是自成面目。初學者不能分辨優劣，游移於漢宋只會使其「喜爲高論」「過自尊大」。因而，從教育入手，改善晚清學壇的狀況是李慈銘的又一救世之法。

李慈銘意圖從教育入手，改善晚清的空疏學風。而使空疏之學變而爲質實之學的方式即是以漢學之法教之。其言：「爲之教者不必多設科條，博名泛濫，當先課以詩文，根柢詩律章法，教之《說文》以識字，授之《廣雅》以定音。質敏能文者，勸其讀《十三經》；質鈍未有文者，勸其讀《五經》宋元注解，而尤當化以禮讓，示之道誼，以倫紀爲本，以名節爲先，使廣斥之氓興於禮樂，魚鹽之秀悉爲干城，激揚幾輔之風，宣播相君之澤。」〔註108〕李慈銘所主張的以詩文爲先，使後學者根柢於詩律章法，並專研小學的教育方法皆是以漢學爲基礎。李慈銘以漢學爲基礎教育的思想反映出他認識到了漢學與宋學的實質性區別。漢學重考據，是實學，而宋學重義理，需要較強的思辨性。因而，他試圖以漢學的基礎教育，使晚清後學重拾考據之風氣，進而改善空疏的學風。

〔註107〕〔清〕李慈銘：《再覆趙桐孫書》，《越縵堂詩文集》，第 1127 頁。
〔註108〕〔清〕李慈銘：《再覆趙桐孫書》，《越縵堂詩文集》，第 1128 頁。

　　李慈銘試圖以乾嘉樸學的謹嚴態度入詩入文，從而使文學作品具有更為精準的載史功能。乾嘉之學即是今學。清代文學已從尊德性走入了道問學的階段。考證之功高於以往歷代已成為共識。李慈銘欲將考證之學融於文學之中。而李慈銘只有盡可能地提高今學的整體地位，使樸學重新佔領學術高地，才能使考據之法重新得到應有的重視。進而，對於文學領域而言，以考證入詩入文才能夠在某種意義上提高文學的地位。考據之法廣泛、精準地應用於文學作品之中，文學才能夠切實有效地達到以補史闕的功能，而這種功能的實現恰是杜甫詩歌所實踐的詩史觀。

（二）借明以宗杜

　　李慈銘認為「力宗老杜」是「所守甚正」的做法，又認為《明詩綜》使其「得詩法之正」。可見，他研習明詩，認為明詩之正是源於老杜的。他對明詩的尊崇，亦是對杜甫的推尊。

　　李慈銘反覆言說《明詩綜》對其產生的影響，多次言《明詩綜》使其「得詩法之正」。而在李慈銘研習較多的明代作家中，多數人又是通過學宋詩而述祖於杜甫的。前文已述的李東陽、李夢陽、何景明、王世貞等人，皆對杜甫有著極高的評價和推崇。又，李慈銘在《日記》中還記載了楊慎《升菴集》數則：「閱《升菴集》，又箚記數則：……徐仲車云：太白之詩，神鷹瞥漢；少陵之詩，駿馬絕塵。二公之評，意同而語亦相近。余謂比之文，太白則《史記》，少陵則《漢書》也。」〔註109〕又，「閱《升菴集》，又箚記數則：陳張正《見鄰舍詩》云：簷高同落照，巷小共飛花。符載詩：綠迸空籬筍，紅飄滿戶花。于鵠詩：蒸藜嘗共灶，澆薤亦同渠。傳屐朝尋樂，分燈夜讀書。劉長卿：雞聲共林巷，燭影隔茅茨。徐鍇詩：井泉引地脈，鄰杵共秋聲。梅聖俞詩：籬根分井口，壁隙透燈光。總不如杜工部『相近竹參差，相過人不知。』一首之妙。」〔註110〕楊慎亦將杜甫作為詩歌優劣的評判標準。李慈銘對明詩及明代作家和明代文學的推崇，亦是對杜甫的一種推崇。

　　李慈銘對明詩的尊崇，還承襲了王漁洋的觀點。其言：「國朝詩家，漁洋最得正法眼藏。商榷真偽，辨別淄澠，往往徹蜜味之中邊，析芥子之毫髮。至乎論古，或歉讀書，而語必平情，解多特識。雖取嚴生之悟，迴殊歐九之

〔註109〕《日記》咸豐四年（1854）七月二十四日。
〔註110〕《日記》咸豐四年（1854）七月二十六日。

疏。大雅不群，庶幾無媿。」〔註111〕又謂漁洋論詩「皆得正法眼藏，推較是非，不失錙黍。」〔註112〕又謂「王漁洋論詩，悟絕古今，尤善分別。」〔註113〕以「法正」的標準衡量，李慈銘認爲王漁洋的文學批評多是「平情」之論，符合「正」的要求。這種客觀公正的態度被李慈銘所欣賞。故而，王漁洋的許多論詩之語也被李慈銘所接受。而王漁洋正是對明詩評價較高者，如其言：「有明一代，作者眾多。」〔註114〕「明音之盛，遂與開元、大曆同風」〔註115〕王漁洋肯定了明代作者在數量上的優勢，又將明代詩文述祖唐音，足見其對明詩成就與地位的稱頌。李慈銘記述王漁洋云：「明末程孟陽之詩，婁子柔之文，李長蘅之畫，足稱三絕。」〔註116〕亦表明李慈銘對王漁洋此種說法的認同。

　　李慈銘將明詩溯源於杜甫，亦是得到了王漁洋的啓發。王漁洋即言：「宋明以來詩人學杜子美者多矣。予謂退之得杜神，子瞻得杜氣，魯値得杜意，獻吉得杜體，鄭繼之得杜骨。」〔註117〕自宋及明，皆是學杜者。而李慈銘則將視線重點放置於明代。其記述王漁洋論詩曰：「何大復歌行，如《聽琴》《獵圖》《送徐少參》《津市》《打魚》諸篇，深得少陵之髓，特以秀色掩之耳。」〔註118〕謂何景明之詩「深得少陵之髓」，直言其「眞杜」之旨。李慈銘繼承了王漁洋對明詩的評價，並強化了明代文學溯源「眞杜」的意旨。

　　李慈銘沿波討源，借崇明而崇杜。而明代，相對於晚清而言，即是「今」的時代；唐代又是「古」的時代。故而，李慈銘在文學史觀上，必然地選擇尊古厚今。李慈銘的文學思想以「眞杜」爲核心。其對杜甫的接受更強調杜詩中的「沉著細密處」，同時又對前代諸家所標舉的杜詩的優點予以肯定。由李慈銘的「杜詩觀」所延伸出的「眞杜」觀則代表了其文學的宗主。李慈銘反覆強調，「眞杜」不是「學杜」「似杜」，而是遵從了各文體內在理路，進而將情感注入其中，並將其功能發揮至極致的狀態。「眞杜」觀所衍生的文學思

〔註111〕《日記》同治三年（1864）十月十七日。
〔註112〕《日記》同治三年（1864）十一月十三日。
〔註113〕《日記》同治三年（1864）十一月十三日。
〔註114〕〔清〕王漁洋：《七言詩抄凡例》。
〔註115〕〔清〕王漁洋：《蠶尾續文》。
〔註116〕《日記》同治三年（1853）十一月十三日。
〔註117〕〔清〕王漁洋：《池北偶談》。
〔註118〕《日記》同治三年（1853）十一月十三日。

想中的各個方面均與杜甫及杜詩相關聯。受杜甫「詩史」觀的影響，李慈銘以「補史」爲最重要的文學功能。在詩體上，李慈銘稱頌杜甫對樂府的創新和對七古的堅守，並稱其「正宗」。進而，李慈銘將文體的內在規律稱爲「法」，從而形成了「法正」的文體觀與創作觀。基於「法正」的觀念，李慈銘亦繼承杜甫「清詞麗句必爲鄰」的主張，在文學批評觀中強調「清」的至高境界。而杜甫「不薄今人愛古人」的主張更是李慈銘「尊古厚今」文學史觀的來源。李慈銘的文學思想各方面均溯源於杜甫，是在杜甫文學思想基礎上的變化和發展。「眞杜」因而成爲其文學思想最爲精準的概括。

第三章 「法正」──李慈銘「眞杜」思想的文體觀與創作觀

　　文學降至晚清，詩、文、詞、賦、墓、表、碑、傳等各類文體已基本成熟，文體的界限亦已分明。晚清文士在文體觀念上，幾乎已不涉及如宋代對詩、詞地位的爭論等問題。具體到李慈銘的文體觀，則是更多關注各文體的內部要求。李氏從各文體的內部規律出發，尋求各類文體的內在理路，並強調作者在寫作時對各文體內在理路的遵從。這便是李慈銘「法正」的文體觀與創作觀。

　　在李慈銘的觀念中，「法正」廣義上是指對中國傳統文學內在規範的遵守與對中國詩騷傳統的繼承與傳揚。它是李慈銘文學思想中重點關於文體觀與創作觀的論述與表達。在狹義上，法正有兩方面的內涵：第一，當「法正」作爲動賓短語時，「法」在這個短語中作動詞，「正」是「法」的賓語。那麼，「法正」的意思即是文學要遵守中國文統之「正」。第二，當「法正」作爲並列短語時，「法」和「正」均作爲名詞。「法」即指中國文學傳統中，不同文學層次、範圍及各類文體等內在的行文規範，而正即是這些規範中，最原始、最高雅、最值得尊重與發揚的規範。

　　中國人自古有著對「正」的認同與堅守。在儒家思想的教導下，人的活動更是被束縛於各種規範之內。晚明心學極盛過後，晚清的思想再次回歸到以宋明理學爲主流的約束當中。李慈銘在中和了思想界的各種觀念與文學界的觀念後，其「眞杜」的文體觀與創作觀，恰可以用「法正」來概括。

一、「法」的內涵與分類

　　李慈銘論詩作文強調「法正」的觀念。「法」在「法正」一詞中，具有兩層

意思，當作動詞時，它是指對「正」的遵守；作爲名詞時，它即是指李慈銘所認爲的文學中的各類規範。本節主要探討「法」作爲名詞時的內涵與分類。

（一）法的內涵

李慈銘所謂的「法」，作爲名詞時具有兩層內涵。就作品內部而言，「法」是指文體本身所具有的內在理路，即各種文體因體裁本身的形式對作品所具有的內在限制。除卻詩、詞的字數等形式上的規則，「法」還指作品所體現出的外部風貌。作品因體裁的不同，被限制的各種因素不同，而表現出了不同的風貌。這些風貌也構成了「法」的題中之意。

1. 文體的內在理路

在中國文學傳統中，各文體均有內在的行文規範。《文心雕龍》的《明詩》《樂府》《詮賦》《頌讚》《祝盟》等 20 篇即是對中國傳統文學中各種文體內在理路的總結。《文賦》也對各種文體提出過相應的寫作規範。其言：「緣情而綺靡，賦體物而瀏亮。碑披文以相質。誄纏綿而悽愴。銘博約而溫潤。箴頓挫而清壯。頌優游以彬蔚。論精微而朗暢。奏平徹以閒雅。說煒曄而譎誑。」詩、文、詞、賦、墓、表、碑、傳等各種文體，在寫作過程中，都有其內在的行文準則。

遵守這種準則是李慈銘所認爲的文學應有之義。詩、詞因有著明確的文體規範，因而在界定其是否守「法」時較爲容易。從創作者角度而言，操作起來也較爲清晰。但文在形式上沒有詩、詞要求的那麼嚴格，各類規範均有較強的彈性。創作者可以遵守這些法則，但若不嚴格遵守，亦非深通此道者可見出。因各類文法規範不夠明晰，作品會出現不符合其文的內在理路的情況，即不守「法」的情況。如李慈銘評價明代王禕的《許渾傳》時言：「《許渾傳》至數十頁，從來史體，亦無繁冗若此者。」〔註1〕史傳文學自古強調以微言見大義。《文心雕龍・史傳》篇言史傳文章應「舉得失以表黜陟，徵存亡以標勸誡；褒見一字，貴逾軒冕；貶在片言，誅深斧鉞。」〔註2〕《左傳》留下的史傳文學傳統即是以一字寓褒貶。這種傳統在李慈銘看來即是史傳文學應有之「法」。

文體的內在理路要求各類文體在創作過程中符合其內在的規範。因文體的規範不清，文的界限極易發生混淆。如李慈銘批評方震孺的作品集時言：「閱《方孩未（方震孺）先生集》，武進李申耆所編。……筆記六卷……《決疑》

〔註1〕《日記》咸豐七年（1857）四月初一日。
〔註2〕〔南朝〕劉勰：《文心雕龍・史傳》。

皆勘報處置等檄諭,《定難》則守省扼險等公牘也。曰《平反》兩卷,則記其分守嶺西及權按察時讞獄等事。曰《開節》一卷,則記其署節布政時徵解等事。曰《因才》一卷,則記舉薦文琥等事。以上六卷,皆公牘文字,而稱曰筆記,殊不可解。」〔註 3〕這裡,李慈銘批評其將公牘文字當作「筆記」集結成卷。這就是對文體內在規範的違反,即「非法」的表現。筆記之文多記載雜聞異識,可眞可假,且多爲非正式場合的戲謔文字。筆記的性質與公牘文案的正式性恰恰相反。因而,李慈銘對方震孺將公牘命名曰筆記頗爲不滿。而李慈銘給予頗多讚揚者,則爲「守法」之文。如其評明代唐順之《唐荊川文集》時言其「序記諸作,多簡雅清深,不失大家矩矱。傳志墓表諸作,最爲可觀。其敘事謹嚴,確守古法,於故舊之文,尤抑揚往復,情深於詞,多造歐、曾深處。以有明而論,遜於震川,勝於潛溪,而齒於遵巖、弇州之間,其名震一代,良非無故。」〔註 4〕唐順之的文,於序記之作,能「簡雅清深」;於傳志墓表之作,則「敘事謹嚴」;而於友人之書信則「情深於詞」。這種能遵守各種文體的內在規範,使文體表現出適應其本身的功用的作品,被李慈銘認爲是守法之作。

2. 風格的外在表現

對文體內在理路的遵守,表現於外則是各類文體風格的大體趨同性。即一類文體呈現出相似的風格。相反,若此類文體沒有呈現出其相應的風格,李慈銘則認爲其未能守「法」。這一主張在李慈銘批評五古詩與七古詩時表現尤爲突出。

雖同爲詩體,但在李慈銘看來,古體詩與近體詩因內在理路的不同,也會表現出不同的風格。如其評王詒壽《縵雅堂詩》時,謂其「律絕近體頗華秀,近明之何、薛、皇甫諸家。」〔註 5〕又如其評宋樓宣獻《公攻媿集》言其「近體詩格律莊雅」。〔註 6〕李慈銘對於近體詩的批評,著眼點多在格律上。因律詩對音韻有嚴格的要求,某種程度上限制了律詩所能表現的風格。而音韻所帶來的律動感往往使詩歌讀起來朗朗上口,表現出李慈銘所謂的「華秀」與「莊雅」。

〔註 3〕 《日記》同治八年(1869)三月十一日。
〔註 4〕 《日記》同治七年(1868)七月二十日。
〔註 5〕 《日記》同治五年(1866)三月二十九日。
〔註 6〕 《日記》咸豐五年(1855)五月十六日。

　　與律詩不同，古體詩沒有嚴格的格律要求，因而在風格上比律詩多樣。
就古體詩而言，五古和七古亦有所區別。李慈銘認爲五古詩在風格上應表現
爲「蒼老」有「眞詣」。如其在學詩過程中，自評其爲「五古漸老成」〔註7〕。
「老成」成爲李慈銘認爲其做五古詩進步的一個重要標誌。又如其評高啓的
五古時言：「閱高季迪集中《避亂》五古數十首，愈覺蒼老可愛。」〔註8〕再
如：「讀劉青田《感事》五古，老成蒼厚，眞傑作也。」〔註9〕五古以風格蒼
老爲高作，但蒼老中又要求其不失「可愛」。這是李慈銘對五古風格上的限定。
而這種限定實際上源於其對於文體內在理路遵從的要求。李慈銘學詩做文不
限於一家一代。其對每種文體的學習均不拘泥於一個作家或是一代文人。其
言：「學詩之道，必不能專一家，限一代。凡規規摹擬者，必其才力薄弱，中
無眞詣，循牆摸壁，不可尺寸離也。五古自枚叔、蘇、李、子建、仲宣、嗣
宗、太沖、景純、淵明、康樂、延年、明遠、元暉、仲言、休文、文通、子
壽、襄陽、摩詰、嘉州、常尉、太祝、太白、子美、蘇州、退之、子厚，以
及宋之子瞻，元之雁門、道園，明之青田、君采、空同、大復，國朝之樊榭，
皆獨具精詣，卓絕千秋。」〔註10〕李慈銘所強調的五古可學者，上起枚乘，
下至厲鶚，凡所列共計35人。在李慈銘的文學觀中，這些文士的五古皆是可
以模仿學習的對象。而這些人所共有的特點，即是風格蒼老。「蒼老」已是中
國文統所流傳下來的風格定式。在五古的文體規範下，風格自然會呈現出蒼
老的意味。

　　然而，五古除蒼老外，亦應體現出「眞詣」。如其言：「滄溟諸君可厭者，
擬古樂府耳，五古亦鮮眞詣。」〔註11〕又如：「偶閱王述庵詩，略加評點。五
古淵源《選》體，非不清婉。而意平語滯，故鮮出色。」〔註12〕「意平語滯」
雖是語言方面的問題，但究其內因，卻是其無「眞詣」所造成的語言上的外
在表現。五古所應具有的蒼老不是憑空產生的。蒼老的風格一方面來自於作
者對五古內在理路的遵從，另一方面，亦來自於作者感情投放的眞摯與否。
濃烈的眞情實感才能造就「蒼老」的風格。而若蒼老風格體現得較弱，則作

〔註7〕《日記》咸豐十年（1860）閏三月二十三日。
〔註8〕《日記》咸豐八年（1858）九月十七日。
〔註9〕《日記》咸豐九年（1859）四月二十六日。
〔註10〕《日記》同治十一年（1872）四月初六日。
〔註11〕《日記》同治十一年（1872）五月二十七日。
〔註12〕《日記》同治二年（1863）三月初九日。

者需在字裏行間充實其真情實意。這又是李慈銘於蒼老之外，對五古在風格上退而求其次的要求。古體詩在李慈銘看來，蒼老是其固有的風格且是本應具有的風格。如其言：「石湖……五七古亦多率爾。而大體老到，不失正軌。」〔註13〕即，將「老到」之詩視爲詩之「正軌」。

與五古蒼老真詣不同，七古詩在風格上講求的是「清」。但李慈銘自身並非從最初即對七古之「清」有明確的認識。如其在咸豐八年評姜夔「五、七古殊飄飄有逸氣，所謂語帶煙霞者也。」〔註14〕此中，李氏用「飄飄有逸氣」來形容，又喻其爲「語帶煙霞」。「飄飄有逸氣」化用自北宋劉筠的《漢武》〔註15〕詩中「相如作賦徒能諷，卻助飄飄逸氣多」一句。司馬相如的《子虛》《上林》二賦被漢武帝賞識，且讀後便「飄飄有凌雲之氣，似遊天地之間意。」〔註16〕雖劉筠是借古諷今，但李慈銘此處的化用卻是在稱讚姜夔詩。李氏藉此謂姜夔七古有如司馬相如賦般的空靈飄逸之氣。而「語帶煙霞」則出自蘇軾《贈詩僧道通》〔註17〕：「語帶煙霞從古少，氣含蔬筍到公無」一句。蘇軾自注：「李太白云：他人之文，如山無煙霞，春無草木。」又葉夢得《石林詩話》記載：「近世僧人學詩者極多，皆無超然自得之趣。往往拾取摹仿士大夫所殘棄，又自做一種體，格律尤俗，子瞻謂之酸餡氣。」李慈銘藉此喻姜夔七古的清新明淨，卻又不失人間溫情的詩意。然而「語帶煙霞」並非華美繁縟。李慈銘批評陳子龍（號大樽）：「大樽七古，取藻於六朝四傑，而出入青蓮、昌穀兩家，鋪敘華縟，動出一軌。惟氣魄頗好，又時雜以豪粗，故亦有可節取者。」〔註18〕陳子龍七古因取法於六朝，故遣詞過於華麗。李慈銘批評其「動出一軌」，即只有「華縟」，再無他詣。緊接著的「惟氣魄頗好」一句，

〔註13〕 《日記》光緒十一年（1885）十月初四日。
〔註14〕 《日記》咸豐八年（1858）十一月二十四日。
〔註15〕 《漢武》：「漢武高臺切絳河，半涵非霧鬱嵯峨。桑田欲看他年變，邠子先成此日歌。夏鼎幾遷空象物，秦橋未就已沉波。相如作賦徒能諷，卻助飄飄逸氣多。」
〔註16〕 〔漢〕司馬遷：《史記‧司馬相如列傳》。
〔註17〕 《贈詩僧道通》：雄豪而妙苦而腴，只有琴聰與蜜殊。（自注：錢塘僧思聰，總角善琴，後捨琴而學詩，復棄詩而學道。其詩似皎然而加雄放。安州僧仲殊詩，敏捷立成，而工妙絕人遠甚。殊辟穀，常啖蜜。）語帶煙霞從古少，（自注：李太白云：他人之文，如山無煙霞，春無草木。）氣含蔬筍到公無。（自注：謂無酸餡氣也。）香林乍喜聞薝蔔，古井惟愁斷轆轤。爲報韓公莫輕許，從今島可是詩奴！
〔註18〕 《日記》同治三年（1864）十月二十四日。

稍稍認可了陳子龍的七古。又如其評元代詩人薩都剌「七古亦俊爽，不獨濃豔可取。」〔註19〕即在李慈銘看來，七古是可以華縟濃豔的，但「俊爽」之詞更加符合七古這種詩體的內在要求。李慈銘中年以後，其對七古「清」的風格要求更加明確。如其言「得麟伯書，屬題彭侍郎玉麟所贈《墨梅》。畫幅中有香濤七古一首，極警峭深婉之致……吳縣吳編修大澂七古，亦尚清麗。」〔註20〕「警峭深婉」即是一種乾淨俐落的清透之境，與後文提及的吳大澂之「清麗」相呼應。然而，七古的「清麗」之作絕非意味著詩境的簡單。如其曰：「伯葵以其曾伯祖子若孝廉《蘊眞居詩集》六卷爲贈。……其詩頗有清氣，而才力薄弱，多近率易，七古尤淺蹙〔註21〕。」〔註22〕「清」是李太白謂之「天然去雕飾」之後所呈現出的狀態。因而「清」是修飾的最高境界，其風格要求詩境宏闊雄麗。才力薄弱之人無法駕馭此種詩境，在七古的創作上，則會表現得意境偏狹，即李慈銘所謂的「淺蹙」。

（二）法的分類

「法」是文體的內在理路與作品的外在風格表現的綜合體。在李慈銘的認識中，「法」大體可分爲兩類，即義法和師法。義法是單純從文體本身出發，意指不同文體的創作方法與標準，即文體的內在理路。這是文體本身對作品的要求。而師法則是在義法基礎上，由於外在歷史環境、文化傳統與道德約束、規範所形成的創作思想。師法在歷史與思想的大環境下，依據其所形成的範圍和作用不同，可分爲古法與家法。古法，顧名思義，即古人之法。它是指自詩騷所開闢的中國古代詩文傳統。家法則是指歷代演變、流傳的中國各宗派的詩文傳統與特徵。義法是文體對創作的內在規範，是客觀存在的，是創作者無法選擇的。而師法是歷史文化所賦予文學的。從某種程度上而言，它具有主觀性，是創作者在進行文學創作時可以主動選擇的，即創作者可以選擇是否遵從師法，遵從古法還是家法，亦可以自創新法。

〔註19〕《日記》同治十年（1871）十二月初五日。

〔註20〕《日記》同治十一年（1872）二月十九日。

〔註21〕淺蹙，原文辨識不確，《越縵堂說詩全編》辨認爲「淺寒」，然「淺寒」不成詞。淺蹙謂淺狹之義，指侷限性大，不宏廣。古人多有用之。此處李慈銘批評《蘊眞居詩集》的作者才力薄弱，因而用語多率易，故其所作七古應是格局較小，氣韻不廣。因此，李慈銘當是意作「淺蹙」，而稍有筆誤，書寫不清。

〔註22〕《日記》光緒十九年（1893）十月初六日。

1. 義法

李慈銘所謂的義法是指各類文學體裁對作品本身在創作過程中及批評過程中的規範和標準。義法是由文體自身對作品的要求，屬內在理路的範疇。

李慈銘的義法說與清代桐城方苞論文所主的「義法」說在文學思想範圍內，所涉及的是不同層面的問題。方苞所謂之義法包括「言有物」與「言有序」。而言有物與言有序是單從創作觀出發，強調文學創作者在創作過程中，必須言之有物，符合義理。而李慈銘所謂的義法，一方面是從文體出發，屬文體論的範疇，另一方面，它又屬批評觀。在文學批評中，以作品是否符合文體內在理路作爲評判的標準。

李慈銘所謂的「義法」從文體本身出發，是文體客觀限定的寫作與批評之「法」。因而「義法」有時又被李慈銘稱爲「章法」。如其言：「古人詩題無一閒字也，凡連作絕句皆有一定章法，前後虛實，不可移動，故詩即文也。此法今人無知之者矣！特拈出之以示學者。（近代選家於古人詩連數章者，往往摘錄一二，致辭意斷缺，固由不知此義，而自晚唐以後作詩者，亦本無章法也。）」〔註23〕此處，李慈銘明確表達了「連章絕句」這種文體在創作與批評中所應遵守的規則與評判標準。即其所謂「無一閒字」，「前後虛實，不可移動」。而其言「此法今人無知之者矣」，又表明這種義法是古人所用之法。這是因爲，文學作品在創體之時便自然而然地形成了文體規範，而大多數文體皆在唐以前產生。故而，基於文體的義法必然源淵古人。在文學創作發展的過程中，各文體雖在創體時即有固定的形態，但仍留有被後人修飾加工的餘地。後世在文學創作時，在文體基本規範的基礎上，略作變化，有時甚至「盡變其法」，或「自立家法」。此時，李慈銘便認爲其所作已經無「義法」了。

李慈銘的「義法」多就文而言，義法在整體上以「古」爲標準。如其評焦循《雕菰樓集》時，謂其「文亦無古人義法」〔註24〕；評沈大成《學福齋集》時，言其「於文之義法……有未逮」〔註25〕；評朱仕琇閱《梅崖集》時，稱其「全不識古文義法」〔註26〕等等。李慈銘並未爲「義法」設定條文式的標準，而是以「古文」這種案例爲標準。

〔註23〕《日記》光緒五年（1879）閏三月十五日、三十日。
〔註24〕《日記》同治四年（1865）三月十五日。
〔註25〕《日記》同治二年（1863）十一月廿七日。
〔註26〕《日記》同治三年（1864）四月初二日。

　　義法既以「古文」爲標準，那麼，其在大體風格上，則以漢儒之文爲宗。李慈銘在評點姚東之的《姚伯山全集》時言：「其文規模惜抱，自負甚高，謂不作魏晉以後語，然實卑陋無法。……桐城末派，其弊如是。而世之淺人，猶耳食虛聲，盛相推奉，謂文章學問正法所在，且不惑哉？」〔註27〕漢儒之文醇質雅正。姚東之自負「不作魏晉以後語」，正符合李慈銘對於「古文義法」的期待。然而姚氏之文實則「卑陋無法」，這就偏離了漢儒質實之文的特徵，因而不能評其爲義法之文。又如其評清朱仕琇《梅崖集》，初謂「其文卑冗，全不識古文義法，而高自標置，甚爲可厭。」然而「迨入都，則士大夫多有稱之者。嗣見其外集，文雖冗曼而頗得淳實之氣，又疑向時閱之不盡。」〔註28〕以「清」爲最高批評標準的李慈銘自然對「冗曼」之文不屑一顧。但「淳實之氣」符合漢儒文章特徵，正是李慈銘所謂的義法之所在，故而稍悔前評。

　　漢儒的質實醇樸之氣在表達上即要求文章敘事雅正、不拙劣，議論不粗率、不魯莽。如其評明代劉宗周《蕺山集》中諸表志時即批評其文章「敘事亦多循俗稱，未嘗講求義法。」〔註29〕又在閱姚石甫《東溟文集》時，評點其曰：「石甫頗長於議論，而未知古文法，敘事尤拙劣。」〔註30〕再如其評許周生《鑒止水齋集》時言：「其最有名者，爲《廟祧考》，亦全是武斷，疵謬百出。它文皆牽率應酬，絕無義法。」〔註31〕無論是整體風格還是邏輯關係，文學作品最終要落實到語言表達上。李慈銘承乾嘉餘緒，以漢學爲宗。結合法度嚴謹的要求，李慈銘在文章的語言表達上主張作者需學有根柢，寫有根柢之文。其對「義法」的定義亦如是。漢儒講學問，重考據的特點被李慈銘納入「義法」的範圍。李慈銘批評清何應祺的《守默齋雜著》時謂其「文亦頗有筆力，惜用字無根柢，多不如法。」〔註32〕即是其例。再如其評魏禧與彭士望言：「魏根柢筆力俱勝，而氣稍霸。彭筆力相等，而稍稍秩於法度。」〔註33〕漢儒作賦常用僻字，被後世批評爲「逞才弄巧」。但李慈銘卻認爲，作文就應「無一字無來歷」。字字有根據才能墨守古人義法，才能符合文體所限定的規範。而「字字有來歷」即表現爲不粗率、不魯莽。

〔註27〕《日記》同治七年（1868）七月十九日。
〔註28〕《日記》同治三年（1864）四月初二日。
〔註29〕《日記》同治八年（1869）二月二十五日。
〔註30〕《日記》同治三年（1864）二月十三日。
〔註31〕《日記》光緒四年（1878）七月二十二日。
〔註32〕《日記》光緒八年（1882）正月初四日。
〔註33〕《日記》咸豐十年（1860）二月初一日。

義法除風格特徵與語言表達外，李慈銘還在文章的整體構架上強調敘事、議論的邏輯性。即其所謂的「法度」。如其評陸祁孫《崇百藥齋集》謂其「文筆頗簡老，法度亦謹嚴。」〔註34〕又如評清陳沆《簡學齋試律》時有感而發之曰：「（試律）雖小道，然肇自有唐，盛於當代，其流傳當遠於制義。制義數十年來衰弱已極，不復成文字，而試律猶有工者。故制義竊謂不久當廢，試律法度尚存，其行未艾，即或爲功令所去，人必有嗜而爲之者。」〔註35〕此處的「法度」即是文體本身所限定的邏輯關係，亦即義法之一種。李慈銘認爲制義之文日衰，而試律之文方興未艾，其依據正是試律「法度尚存」。試律作爲科舉考試的項目，限制頗多，清代對詩中用韻的限制尤其嚴格。故而，李慈銘認爲，法度嚴苛的文體，才能流傳得更長久。

由此可見，李慈銘強調嚴守古人義法，從文學作品的各個方面，強調對直承詩騷傳統的漢儒的繼承，其實際目的是爲保持中國傳統文學的生命力。晚清時期，隨著西方文化的不斷入侵，中國實際上早已開啓了現代化的進程。李慈銘雖爲傳統文士又非居高位，但因其於京城聲名顯赫，故時有外國使者或雅好文學之士前來拜訪。對於外國人的拜訪，李慈銘一律採取避而不見的態度。由此一行爲表現可窺知，李慈銘從內心拒斥著現代性。然而，傳統文士對於文化的變化是敏感的。尤其像李慈銘這樣生活在社會底層，又游移於廟堂與江湖之間的文士，他們已經意識到傳統文學危如累卵之勢。李慈銘於此一時期宣導文學創作與批評應合乎文體自身的規範，遵守自古即建立起來的義法。其目的正是尋找中國傳統文學最爲堅實的內髓，從而使傳統文學在現代化進程中生存下來。

2. 師法

師法的產生是外部因素作用於文學本體的結果。如若將文學本體作爲一種具有自然屬性的客觀存在，那麼，義法就是這種客觀存在對文學外在表現的束縛與規定。而師法，則是人類的思想賦予文學本體的，是人類認爲文學所應具有的規範。這裡的「人類」，廣義上泛指中國傳統文士。歷代傳統文士在歷史大環境的背景下，結合自身的生活閱歷和創作經驗，附加給文學本體各種規範，這便形成了師法。而本文中的師法，又特指李慈銘概括這種規範所使用的概念，即其所謂「學有師法」〔註36〕。如果說義法因文學本體的客

〔註34〕《日記》光緒五年（1879）七月初四日。
〔註35〕《日記》咸豐十年（1860）九月十四日。
〔註36〕《日記》同治十一年（1872）五月十七日。

觀束縛具有某種內在的穩定性，那麼師法因歷史環境的不同、思想文化的差異而富有變化性。師法因而具有社會屬性，它是不同朝代、不同的自然環境、歷史環境、社會環境及其共同作用下形成的思想產物。師法隨著思想的變化而變化。因而，它是主觀形成的，且有「正」與「變」之分。

對於晚清時代的李慈銘而言，古法皆屬於師法之「正」。而家法之中，則有「正」與「變」兩種情態。古法是古人之法。在李慈銘的視域中，它是詩騷所定義的中國文統。家法則是在詩騷傳統流傳過程中，不斷衍變、生化出的各類文學流派或自成一家的創作原則與特徵。

（1）古法

李慈銘所謂的古法是相對於後世文法而言的古人之法。對於晚清而言，「古」的概念一般追溯至唐以前。而唐以前所傳承的正是漢儒之風。晚清樸學宗漢，這也與李慈銘推尊乾嘉漢學的思想一致。而李慈銘之所以尊漢學，其主要原因在於他認為漢學繼承了風雅傳統，是中國文學、學術的「正」，而非「變」。其所推尊的漢學，亦非實際的漢學，而是乾嘉漢學。〔註37〕因而「古法」具有「明是非、究正變」的作用。這也是「正」的含義之一。

古法是相對於「後世文法」而言的行文規範。它是在遵循義法的基礎上，作家依據文化道德所制定的行文規範。李慈銘評章學誠之學「盡變古法」〔註38〕，又批評宋代文士解讀經書時「每以後世文法繩改古人」〔註39〕。其將「後世文法」與「古法」相對舉，意在表明二者因時間的不同而有所區別。此處「後世文法」中的「文」是廣義上的文學與學術的總括。李慈銘認為朱熹對《大學》《孝經》的章句即是使用了「後世文法」解釋古人之文。其舉例言：「其論《詩·關雎》序，謂當於『風以動之，教以化之』下直接『然則《關雎》《麟趾》之化』句，以至於末，為《小序》。而自『詩者，志之所之也』，至『是謂四始，詩之至也』，為《大序》。不知此篇為《關雎》之序，即為全詩之序，首尾貫串，包蘊眾誼。」〔註40〕李慈銘認為「古人文成法立，無可

〔註37〕漢學本應指漢代形成的學術與文學規範與特徵。漢代學術與文學包含各方面的特徵，如考據、鋪排、用典等。但乾嘉學派只強調漢代的考據特徵，而摒棄了鋪排用典等屢被詬病的方法。故而，漢學與乾嘉漢學頗有不同。李慈銘所尊漢學即為乾嘉漢學。

〔註38〕《日記》同治八年（1869）三月十二日。

〔註39〕《日記》光緒七年（1881）五月二十八日。

〔註40〕《日記》光緒七年（1881）五月二十八日。

間然」，即古人創作所形成的文字是有其自身法則的。而朱熹對經典詞句的位置進行了調換。這種方法是將後人的法則作用於古文，從而實現古文爲後世所用的目的。李慈銘從文字語意角度出發，重新梳理《詩》序與《關雎》序的邏輯關係〔註41〕，從而得出「古人文法之密如此」〔註42〕的結論。進而，李慈銘批評朱熹「徒以兩『化』字可黏合，強力以接之，而不知『然則』二字語氣之不接。蓋上方云『風以動之，教以化之，』而下忽云『然則《關雎》《麟趾》之化，王者之風，』不特氣促詞迫，亦全無義理。」〔註43〕宋代儒士以義理相標榜，而此處李慈銘批評朱熹解經爲「全無義理」，可謂否定之至。古人文法自有其內在邏輯規範，而朱熹使用的解經方法是「南宋以後古文家及近世時文家，湊泊無聊，掉弄虛字之故。」〔註44〕而造成這種現象的原因，李慈銘認爲是宋以後人「好以私臆裁量古人」〔註45〕的緣故。而這個「私臆」就是「後世文法」。

　　李慈銘將宋及其以後之法稱爲「後世文法」，那麼其所認爲的「後世」即是以宋代爲起點。而相對應的「古」即是唐及唐以前。如其評清代吳錫麒的碑銘作品爲「尤不知唐以前人法」〔註46〕，即是批評其不守「古法」。唐宋之所以有「古」與「後世」之別，李慈銘認爲是由於「蓋宋人文章，委苶已極，而好以私臆裁量古人。」〔註47〕雖然，李慈銘未能深入闡明其劃分古今界限的根本原因，但其對古今文法的觀察和體會卻是符合歷史實際的。宋代因歷史的發展所引起的各方面的變化，被許多學者視爲中國近代的開端。宋代自二程、朱熹始的義理之學，更可謂統治了中國自宋代以後的思想界。身處晚

〔註41〕李慈銘言：「舊說以『自用之邦國焉』以上爲小序，以『自風風也』以下爲大序，亦仍諸篇之例，以首一句爲小序，下爲大序，分而不分，文氣仍聯爲一也。蓋『風，風也，正承風之始也，』自以下荀言『詩之教化，聲音及六義四始之恉，』惟言詩之至極然。後自『然則《關雎》《麟趾》之化』句以下又歸本二南，以不見二南之所以爲風始而。云『周南、召南，正始之道，王化之基』下乃云『是以關雎樂行淑女必配君子』又歸本《關雎》。本詩以見《關雎》之所以爲詩始而結之云，是關雎之義也。正以明此篇之爲《關雎》序。」見《日記》光緒七年（1881）五月二十八日。

〔註42〕《日記》光緒七年（1881）五月二十八日。

〔註43〕《日記》光緒七年（1881）五月二十八日。

〔註44〕《日記》光緒七年（1881）五月二十八日。

〔註45〕《日記》光緒七年（1881）五月二十八日。

〔註46〕《日記》光緒五年（1879）十二月初八日。

〔註47〕《日記》光緒七年（1881）五月二十八日。

清的李慈銘雖未能明言此種變化，但其認為的古法正是相對於宋以後的「後世文法」而言的唐以前的法度和規範。

唐以前的古法，李慈銘認為，首先在風格上應具有漢儒醇樸之風，然而，古法亦非自唐代而終結。李慈銘在閱讀《南史》時，評論六朝文字說：「六朝愛尙辭華，競相標置，五字之美，襲譽終身。故沈約郊居築宅，風流所歸，齋壁所題，王筠十詠。而劉杳之贊，劉顯之詩，並命善書，列之此上。（見王筠、劉杳、劉顯各本傳。）他若柳吳興『本葉』『秋雲』之句，王融寫扇而恐；王文海『鳥鳴』『蟬噪』之聯，劉孺擊節而不已。是以聲華逾溢，浮藻相高，以術少文，廢而不講。遂至古學墜地，師法盡亡。」〔註 48〕六朝不僅文辭華靡，且文人對這種華靡推崇備至。李慈銘由此認為，至六朝時，尙華靡的風氣已經盛行，「漢儒醇樸之風，於焉盡變。」〔註 49〕由此，古法的繼承於六朝時即有斷裂之象。古法由「正」轉向「變」。唐代便處在這個轉換的過程中。雖然唐代部分地沿襲了六朝的華靡之辭，但李慈銘仍認為唐代之文是遵守「古法」的「正」品。即其言：「世人不學，皮傳唐人，輒藉口杜韓，哆言正變。豈知鋪陳終始，正杜陵之擅場，蚍蜉毀傷，入昌黎之雅謔。嗟茲聾瞽，難語精微，世有知言，必契斯恉。」〔註 50〕無論是杜甫還是韓愈，這些被後世所尊崇的大家皆是「古法」的傳承者，是對「正」的堅守者。然而至宋代，量變的積累達到了質的飛躍，古法便轉換成了「後世文法」。

六朝的華靡之學在李慈銘看來已經盡變其醇樸之風了。也因此，李慈銘認為六朝文學「古學墜地，師法盡亡」。其次，古法在創作技巧上又包含漢魏的比興諷喻之法。李慈銘不喜宋人解經，其原因就在於「宋人說詩，不知言外之旨，故所作詩亦無漢魏以來比興諷喻之法。」〔註 51〕這是李慈銘所認為的「古法」所應具有的創作技巧。而其所謂的比興諷喻之法，李慈銘舉例言：「即如《漢廣》之詩云：『之子于歸，言秣其馬』。鄭《箋》：謙不敢斥其適己，於是『子之嫁我，願秣其馬』，致禮餼，示有意焉。其義明白曲暢，蓋上云不可求思之求，即《關雎》『寤寐思服』也。乃不敢斥其歸己，而云其歸也，我願秣其馬，以致禮餼。」〔註 52〕李慈銘稱讚此詩為「發乎情，止乎禮義，忠

〔註 48〕 《日記》同治四年（1865）正月初六日。
〔註 49〕 《日記》同治四年（1865）正月初六日。
〔註 50〕 《日記》同治十年（1871）九月二十六日。
〔註 51〕 《日記》光緒七年（1881）五月二十九日。
〔註 52〕 《日記》光緒七年（1881）五月二十九日。

厚悅懌之至矣。」〔註53〕《詩經》中比興手法的大量運用使詩意表達上趨於中正平和，即孔子所謂「樂而不淫，哀而不傷」。李慈銘於創作技巧上言「古法」應具「比興諷喻」之法。但實際上，其所謂的「古法」是在比興等技巧的運用中，使作品達到情感上的中正平和，並使其符合中庸之道的綜合規則。

這些規則皆源自詩騷的風雅傳統，意即，「古法」淵源詩騷。如李慈銘評析吳偉業的詩歌時言：「梅村長歌，古今獨絕，制兼賦體，法合史裁，誠風雅之嫡傳，非聲韻之變調。」〔註54〕李慈銘認爲吳梅村的詩歌是「風雅之嫡傳，非聲韻之變調」。這裡強調的是吳梅村的作品符合中庸之道，是「正」的作品，而非「變」的範疇。而其「正」之處，則是因其爲「風雅之嫡傳」。而其嫡傳的原因則在於其詩作「法合史裁」。可見，李慈銘視「詩騷」爲「古法」之正宗。李慈銘又評吳偉業的五七律爲「沿襲雲間，要皆具體古賢，不足專門自立」〔註55〕亦是同義。與章學誠「自立家法」的做法相比，李慈銘更欣賞吳偉業的這種尊重「古法」，學習「古賢」的做法。這體現出李慈銘文學思想中意欲傳承詩騷風雅傳統的傾向。

既然古法的目的是對中庸之道的維護，而古法又是「正」的一種，那麼，古法的具體作用就表現爲「明是非，究正變」。如李慈銘批評章學誠學問文章時言：「實齋於志學用力甚深，實爲專家。而自信太過，喜用我法。嘗言作史作志，須別有宗旨，自開境界，此固可爲庸下針砭，而其弊也，穿鑿鉤裂，盡變古法，終墮於宋明腐儒師心自用之學。蓋實齋識有餘而學不足，才又遠遜。故其長在別體裁，核名實，空所依傍，自立家法。」〔註56〕「喜用我法」〔註57〕即是「盡變古法」。李慈銘認爲這種做法「墮於宋明腐儒師心自用之學」，即前文所謂的「後世文法」。「自立家法」雖然符合李慈銘「不名一家、不專一代」，「不依傍門戶」的創作觀，但李氏認爲章學誠「讀書鹵莽，穇秕古人，不能明是非，究正變，泛持一切高論，憑意進退，矜己自封，好爲立異，駕空虛無實之言，動以道眇宗旨壓人，而不知己陷於學究雲霧之識。」章學誠師心自用，盡變古法，「別有宗旨，自開境界」從而自立家法。家法的優點是「別體裁，核名實」。但章學誠的「家法」在李慈銘看來，「已陷於學

〔註53〕《日記》光緒七年（1881）五月二十九日。
〔註54〕《日記》同治十年（1871）九月二十六日。
〔註55〕《日記》同治十年（1871）九月二十六日。
〔註56〕《日記》同治八年（1869）三月十二日。
〔註57〕《日記》同治八年（1869）三月十二日。

究雲霧之識」，並沒有取得「明是非，究正變」的效果。但若於「古法」「摹
仿成拙」，便會「轉多可笑」，使「所作往往軼於軌度」。〔註58〕由此可見，在
李慈銘的價值判斷中，「明是非，究正變」是文學的功能之一。在學養不足以
自立家法的情況下，遵守「古法」才是實現這種文學功能的首要途徑。

（2）家法

家法最初乃是用來指代漢初儒學各家傳授經學之法。李慈銘所謂「漢重
家法，經師授受，遠而彌尊」〔註59〕即是此意。而後，家法一詞逐漸演變成
治家的禮法。李慈銘在評閱錢警石《甘泉鄉人稿》時謂其：「詩文學業，悉所
稟承，於家世見聞，拳拳稱述，惟恐或遺。其門風孝友，家法謙謹，亦足垂
型薄俗焉。」〔註60〕即是就其家庭禮教而言。

降至李慈銘的文學思想，家法是指某個時代或某一流派（包括自成一派
者）在文學創作中形成的具有一定穩定性的規範與特徵。文學思想中的家法，
在李慈銘看來，具有文體性、時代性和個體性等三個特徵。

家法首先具有文體性特徵。區別於義法，家法的文體性是指家法一方面
受到文體內在理路的約束；另一方面，它又具有主觀性，是在流傳過程中形
成的，被創作者主觀賦予的行文規範。如其評點《桃花扇》時，言其「曲白
中時寓特筆，包慎伯能知之而未盡。其序及評語，皆東塘自為之。不過借侯
朝宗為楔子，以傳奇家法，必有一生一旦，非有取於朝宗也。」〔註61〕「傳
奇」之法，本應屬於義法，是「傳奇」這種文體本身所限定的寫作規範。但
李慈銘此處以「家法」稱之。其原因在於被稱為「傳奇」的戲劇，其文體內
在理路僅限定了作品的故事性。而「必有一生一旦」並非戲劇這種文體所固
有的客觀限制。「傳奇」對於人物的數量、主人公的性別規定是傳奇作家在創
作過程中主觀附加的規範。這種規範被賦予了主觀性，因而李慈銘以「家法」
稱之。又如其言：「經生之文，自有注疏家法，不計工拙可也」〔註62〕注疏之
文，本意在於將所注所疏之文解釋明白，故而其行文可「不計工拙」。「工拙」
便是對文本的人為規定，而非注疏文體本身對文本的限制。再如李慈銘在評
點清范家相《詩沈》時言：「閱范左南先生《詩沈》。其中說詩，多有名言雋

〔註58〕《日記》同治二年（1863）二月初六日。
〔註59〕《日記》同治八年（1869）八月十九日。
〔註60〕《日記》同治四年（1865）正月十三日。
〔註61〕《日記》光緒十二年（1886）十二月初三日。
〔註62〕《日記》同治十年（1871）六月二十一日。

指，蓋出於鄉先輩季彭山先生《詩解頤》之派，其考據典禮，亦多心得，而不甚信鄭君，吾越說經家法，皆如是也。然援證確實，迥非傅會景響者比。」〔註63〕「說經」之法本應屬義法範疇，但「吾越」的限定為「說經」賦予了主觀性。對《詩經》的解釋本有其義法，但歷代解經過程中，亦形成了不同的派別特點。越地解經具有的特點即是越地的「說經家法」。由此，家法在帶有文體性特徵之外，還偶有地域性特徵。

其次，家法具有時代性。它是某一段歷史時期中，作家針對不同文體，在創作過程中，自覺形成或遵守的創作規範。李慈銘評清胡承珙的《毛詩後箋》時言：「閱《毛詩後箋》。胡氏此書，體例與並時馬元伯之《傳箋通解》、近出之顧訪溪《學〈詩〉詳說》大旨相同。不載經文，依次說之，兼採諸家，古今並列，微不及馬，而勝於顧。蓋馬專於漢，顧偏於宋，多識達詁，終為詩學專家。若其取義興、觀，多涉議論，後人之見，未必果得古人之心。此紬繹經文，體玩自得，乃宋歐陽氏以後之法。唐以前家法皆重訓詁，而不為《序》外之說，所以可貴也。」〔註64〕「紬繹經文，體玩自行」是「宋歐陽氏以後之法」。而唐之前的「家法」的重心在於訓詁。這裡，李慈銘將家法分為了「唐以前」和「宋以後」兩個時段。前文已述，李慈銘強調遵「古法」，而「古法」的時段限定即是「唐以前」。但「唐以前」的「古法」與「唐以前」的「家法」並不能等同。李慈銘對「紬釋經文，體玩自得」的宋以後之法顯然呈批評態度，因其認為「後人之見，未必得古人之心」。即是後人用了後人的想法來解經釋經，而其所釋未必是經的本義。這裡即出現了讀者理解之意與原作者之意是否相符的問題。顯然，李慈銘並不傾向於用後人之思釋古人之意。其追求的是歷史的還原，探求《詩》本來的意思。故而，李慈銘認為解經應遵循「古法」，即清代乾嘉漢學家所認為的漢儒謹嚴考據之法。而此處所言「唐以前家法」是包括考據之法在內的漢儒解經的綜合特徵，而非乾嘉所認定的考據之法。故李慈銘言「唐以前家法皆重訓詁」。又如「乾嘉以後，為漢學者，固多流弊，無論阮氏詁經精舍及學海堂中諸子，不免依附剽襲；即如常州之臧氏鏞堂、莊氏述祖，徽州之程氏瑤田、汪氏嬰萊、俞氏正燮，雖途徑各別，皆博而失之瑣，密而失之晦也，亦非吾之所取也。毛氏之易，劉氏之《公羊》，所謂道其所道者也，尤吾所不知也。而毛氏說雖

〔註63〕《日記》光緒十一年（1885）正月二十一日。
〔註64〕《日記》光緒八年（1882）六月十五日。

翔，要亦自博考深思而得，終異於鄉壁虛造者，劉氏又不過漢儒家法之偏，此吾前所云爲漢學者其蔽亦非力學不能至也。」〔註65〕乾嘉以後的漢學流弊並非後學者沿襲乾嘉而得，而是因後學者未能區分漢學與乾嘉漢學，越乾嘉而直承漢學所得。故而，古法爲漢儒家法之「正」，而劉氏僅得「漢儒家法之偏」。

家法的時代性，大抵李慈銘主要以漢、唐、宋的朝代轉換爲劃界線。如其評姚文僖《邃雅堂集》時言「文僖雖早登阮文達之門，又以己未龍首，領袖儒林，然其學出入漢宋，殊少家法。文亦無古意，不識記事體裁。」〔註66〕漢宋家法迥異。乾嘉漢儒之法是爲古法，而宋人之法即爲「後世文法」。但無論古法還是家法，其皆根源於義法，皆是在文體對文本限制的基礎上所產生的「師法」。姚文僖「出入漢宋」，既未守「古法」，亦不遵「家法」。這便是導致其「不識記事體裁」的根本原因。又李慈銘《題嶼樵紛東老屋校韻圖》一詩，在「具述古今韻學源流」〔註67〕之時，言韻學「北宋家法存，近守唐代躅」〔註68〕，亦是將唐、宋看作家法殊異的分野。

再次，家法因是創作者主觀賦予之法，必然帶有強烈的流派性或個體性特徵。如李慈銘在評析宋以後學術時，謂：「至宋元明三朝中，若道學諸儒之語錄，蒙存淺達之經解，學究考據之說部，江湖遊士之詩文集，綱目家法之史論，村塾門戶之論文，（如眞西山文章正宗，謝疊山文章軌範及明茅坤、陳仁錫之類。）皆足以陷溺性眞，錮塞才智。學者於南宋以後書，自當分別觀之。」〔註69〕此段評論中，李慈銘將「語錄」「經解」「說部」「詩文集」「史論」「論文」各文體並舉。因而各文體前的定語「道學諸儒」「蒙存淺達」「學究考據」「江湖遊士」「綱目家法」「村塾門戶」等亦爲並列關係。故此六類中，其他五類皆代指一類人，唯「綱目家法」似與其他五類不同。然而，李慈銘在此將六類並舉，其意正是將「綱目家法」與其他五類群體並列。李慈銘此處之「家法」即意指那些遵條屢析守家法之人。又如其評方履籛《萬善花室文集》時，言：「其文博麗清縟，深於徐庚王楊家法，不及董方癢癢警煉，而格韻超秀則過之也。」〔註70〕「徐庚王楊家法」即是徐、庚、王、楊四人在

〔註65〕《日記》同治二年（1863）正月二十四日。
〔註66〕《日記》同治二年（1863）十一月初五日。
〔註67〕《日記》同治十一年（1872）二月三十日、三月初十日。
〔註68〕《日記》同治十一年（1872）二月三十日、三月初十日。
〔註69〕《日記》同治七年（1868）十一月廿三日。
〔註70〕《日記》光緒十一年（1885）正月二十七日。

義法的基礎上形成的共同創作特徵。家法的流派性或個體性特徵不限於一時一代。它可以是同一時代的不同作家形成的某一創作規範或特徵，亦可由不同時代的不同作家逐漸完善形成。

二、「正」的內涵與外延

在「法正」的概念中，「正」是核心詞。無論是義法、古法還是家法，其基本的標準都是「正」。只有「正」的法才可稱爲義法或古法。而家法中則有「正」法，亦有失「正」之法。「正」是一個綜合的概念。在李慈銘看來，「正」在文體上遵循義法；在創作上強調古法；在批評上分別從風格和語言上以「清而不雜」與「麗而不淫」爲標準。李慈銘以「正」「變」的二元觀照方法，系統梳理中國傳統文學，從而認爲「正」的文學是中國文學的正宗，是其根脈、精髓之所在。正統之學不僅可以整肅晚清文壇流弊，還可以與西學相頡頏，在西學入侵的浪潮中保存中國傳統文學的實力。而「正」就是中國傳統文學延綿不衰的內部根由。

（一）「正」的內涵

中國傳統文學自《雅》開始即有「正」「變」之分。至後代，「正」與「變」突破了文學作品思想感情傾向的範圍，成爲在文體觀、創作觀和批評觀中的兩類特徵。然而，歷代對於這些文學特徵的價值判斷皆是從各自歷史與文化背景出發，以符合社會發展的特徵爲「正」。至晚清，李慈銘面對千年未有之變局，深刻意識到傳統文學發展所面臨的風險。因而，他從中國傳統文學發展演變的自身規律出發，定義中國傳統文學的「正」。李慈銘認爲，中國傳統文學之「正」與「法」相關。「正」是對各「法」的限定與標準，只有「正」的「法」才是值得遵守的。正包含義法與古法。而家法中，則有「正」與失「正」之分。失「正」之法就是在「變」中形成的法。

1. 正的必要性

「正」文是經典之文。只有經典之文才能流傳久遠。李慈銘言：「夫記誦之學，本難博覽多聞，而於經典正文，或亦不能悉記。其留心名物訓詁者，往往攻其所難，略其所易，是固不足爲詬病。然如此之扣槃捫燭，亦太覺朝無人矣。」〔註71〕李慈銘認爲，「正」的文章必是經典之作。劉勰釋「經」言：

〔註71〕《日記》光緒五年（1879）四月二十二日。

「經也者,恒久之至道,不刊之鴻教也。故象天地,放鬼神,參物序,制人紀,洞性靈之奧區,極文章之骨髓者也。」〔註72〕經典之文得文之精髓,可恒久流傳。這正是李慈銘強調「正」要達到的目的。

以「經典」為「正」的原因還在於,中國傳統文學中有「變」的存在。李慈銘言:「予受姿駑下,而幼喜詩,時有所會。十餘年來,用力益勤,未嘗一日去手。於古今諸家,源流正變,研究極微。」〔註73〕「正」具有極強的規定性。經典之文對正的限制,使「正」在實際操作過程中具有較弱的靈活性。而依據時代歷史和社會背景的不同,不同作家在創作過程中,更多地發揮了主觀能動性。這就使「正」文不易被傳播和模仿。相反,「變」的文章因脫離「正」的軌道,其發揮空間可以無限的延展。故而「變」文更易被作家沿襲,或被創造。但「變」文因失之正軌,不具有恆久性,因而不能成為文學發展流傳的根脈。它只能隨著時間的流逝而被淘汰。

當經典被視為「正」時,「正」便有了一定的標準意義。以這種標準衡量文學作品,便可於浩瀚之文中辨別真偽,評價優劣。如其誇讚王士禎言:「國朝詩家,漁洋最得正法眼藏。商榷真偽,辨別淄澠,往往徹蜜味之中邊,析芥子之毫髮。」〔註74〕「蜜味中邊」取《四十二章經》:「佛所言說,皆應信順,譬如食蜜,中邊皆甜,吾經亦爾。」意即,有了「正」為判斷標準,讀者或批評家才能於優秀之文中品味出其甘甜之處。芥子,佛家用以比喻極為微小之物。馮夢龍《醒世恒言》中有「自有紅爐種玉錢,比先毫髮不曾穿。」〔註75〕李慈銘藉此以說明,只有擁有「正」的眼光與才識,才能於細微末節之處分析真偽、辨別異同。

由此,李慈銘在創作與批評過程中,均強調對「正」的認識與使用。李慈銘在閱讀《明詩綜》時,反覆強調其為「詩法之正」。也正是由於,在李慈銘看來,朱彝尊對《明詩綜》的編擇符合「正」法。如其言:「臥看《明詩綜》。竹垞此書,精心貫擇,與史相輔。余自十七歲,即喜閱之。平生得詩法之正,實由於此。」〔註76〕李慈銘此處所列「得詩法之正」的理由是朱氏此書「精心貫擇,與史相輔」。前者是朱氏的治學態度,後者是朱氏的治學方法。而李

〔註72〕〔南朝〕劉勰:《文心雕龍‧宗經》。
〔註73〕《日記》咸豐十一年(1861)正月二十四日。
〔註74〕《日記》同治三年(1864)十月十七日。
〔註75〕〔明〕馮夢龍:《醒世恒言》,人民文學出版社1956年版,第459、460頁。
〔註76〕《日記》光緒十年(1884)閏五月初八日。

慈銘所要強調的正是「與史相輔」的方法。這源於李慈銘「以詩補史」的文學功能觀。換言之,「正」詩符合李慈銘對文學功能的要求。因而「正」也是「眞杜」文學思想體系中的必備概念。

2. 正的內涵

李慈銘所謂之「正」分別從文體觀、創作觀和批評觀三個方面對文學作品進行約束。李慈銘之「正」是指文學作品在文體上遵循義法;在創作中講求古法並在批評上要求風格清麗的綜合性思想。

(1) 遵循義法

前文已述,義法是文體客觀上對作品的要求,是其內在理路的行文規範。而「正」的第一要義即是要求作品遵循義法。李慈銘贊杜甫爲「七古子美一人,足爲正宗。」〔註77〕以杜甫爲七古之正宗。這正是從文體角度出發,對杜詩遵守義法的強調。又如李慈銘評論范成大言:「石湖律詩,雖亦苦槎枒拗澀,墮南宋習氣,然尙有雅音,五七古亦多率爾。而大體老到,不失正軌。」〔註78〕前文已指出,李慈銘認爲從文體自身的內在理路出發,五七古詩所表現出的文體風格應以「蒼老」爲主。此處之「老到」亦同此意。而李慈銘因此評范氏之詩「不失正軌」,即是對其遵循義法的肯定。而詞的義法,除需具備與詩相關的要素外,其內在理路還要求在音樂上符合其義法。如李慈銘言:「近日吳中塡詞名輩,若戈順卿、沈閏生等,皆以《白石詞》爲金科玉律,斤斤於一字半字之辨,以爲樂府正聲,賴此不墜。夫大晟久亡,宮音不正,諸人生千百年後,徒墨守其去上之字,咀含其重滯之音,不計工拙清濁,以爲槪可被之管絃,亦可謂至愚極陋者矣。」〔註79〕李慈銘批評戈順卿、沈閏生等人雖知遵循義法,固守於正,但其未能識出何爲「正」,而「徒墨守其去上之字,咀含其重滯之音」,終使詞作失之於正。又李慈銘言《明詩綜》與從其析出的《靜志居詩話》是詩法之「正」的代表。其言:「閱朱竹垞《靜志居詩話》。此乃錢塘姚某即先生《明詩綜》內錄出者。刊校不精,然殊便於省覽。不特有明一代朝野人物,鉅細畢見,而審定格律,別白體裁,無不精愼,巍然爲詩教指南。又間附考據之學,自來談藝家無此大觀。予自辛亥夏,手鈔幾十之七,生平得詩法之正,實源於此。瓣香所在,不敢忘也。」〔註80〕此

〔註77〕《日記》同治十一年(1872)四月初六日。
〔註78〕《日記》光緖十一年(1885)十月初四日。
〔註79〕《日記》咸豐十一年(1861)四月初六日。
〔註80〕《日記》咸豐十年(1860)十一月二十八日。

中，李慈銘認爲《明詩綜》爲正的理由有二：一是「審定格律，別白體裁」；二是「間附考據之學」。前者符合文體內在理路，是對義法的遵守。後者則是遵從了乾嘉漢學的古法。

（２）講求古法

古法，李慈銘指的是在遵從義法的基礎上，以乾嘉漢學爲學術基礎，以漢儒醇樸之風爲整體要求的創作與批評方法。它也是「正」的要素之一。李慈銘言《明詩綜》使其得「詩法之正」的原因之一是「間附考據之學」。「考據之學」是乾嘉漢學的最大特徵。李慈銘以此間接指出「正」所包含的因素之一即是講求古法。又如其李慈銘評價其自作詩《寄嚴菊泉教授師（嘉榮）嘉禾官舍二首》﹝註81﹞爲：「二詩是七律正格也。於古人之法無不備，不止敘三十年情事婉曲無遺也。世人鮮能知此，特標出之。」﹝註82﹞李慈銘既強調其已得「詩法之正」，那麼其自作詩必也遵循「正」的要求。其自言「於古人之法無不備」即是強調其對「正」的遵守中，包含古法的要求。

古法之「古」，前文已述，是由漢儒傳承的風雅傳統。李慈銘在評論中，多處視講求古法者爲「正」。如其在批評陳子昂《感遇》詩時謂其「氣體稍近漢魏」﹝註83﹞。這即是言陳詩對古法的遵守。又如李慈銘評價陳德夫時言其「所作詩文，矩矱先民，一軌於正。顧質稍鈍，學力又淺，未能窺見堂奧。」﹝註84﹞雖然陳德夫的作品，在李慈銘看來尙「未能窺見堂奧」，但其以「先民」之文爲規範，則亦屬「一軌於正」了。再如李慈銘論及姚鼐時言：「惜抱以古文名天下，自謂由方望溪以上溯歐曾，接文章正脈」。﹝註85﹞雖然李慈銘對姚鼐的評價不高，認爲其「才力薄弱，不免時露窘色」﹝註86﹞，但卻對其「上溯歐曾，接文章正脈」的作文傾向予以了肯定。這亦可見出李慈銘視遵循「古法」爲「正」之一種的思想。

﹝註81﹞ 全詩爲：「絳幃昔事嚴夫子，年少文章獨被誇。一別星霜成隔世，故鄉滄海已無家。頗聞杖履今增健，猶喜音書遠未賒。五十買臣頭半百，散衣待詔尙京華。」「雲門講舍罷橫流，老擁皋比向秀州。菜儒官推祭酒，傳經弟子幾登樓。鱣堂蘭玉分家學，鶩水絃歌應棹謳。自古大師多壽考，春風他日續前遊。」

﹝註82﹞ 《日記》光緒二年（1876）十月初七日。

﹝註83﹞ 《日記》咸豐十一年（1861）六月初五日。

﹝註84﹞ 《日記》咸豐十一年（1861）正月二十四日。

﹝註85﹞ 《日記》咸豐六年（1856）六月二十七日。

﹝註86﹞ 《日記》咸豐六年（1856）六月二十七日。

（3）清麗之風

「風清而不雜」、「文麗而不淫」〔註87〕是劉勰對文章體制所劃分的六義之二種。此二種分別就文章風格和語言而論。「清而不雜、麗而不淫」恰可概括李慈銘對於「正」的要求。李慈銘言：「至壬子，閱朱竹垞《明詩綜》一書，漸識氣格之正。」〔註88〕這其中的「氣格」，顯然屬於文學批評觀的範疇。李慈銘在文學風格與語言上主張「清麗」。前文曾言，「清麗」包含於「眞杜」文學思想中。同屬「眞杜」文學思想的「正」亦與「清麗」相關。如其在評論李洽《丁壬煙語》時言其「文筆頗潔，間載詩詞，說頗清雅。其議論往往歸之於正，雖諷一勸百，尙不涉於淫蝶。」〔註89〕「清雅」與「不涉於淫蝶」即是從風格與語言上評價其文。李慈銘以此總結李洽之文「歸之於正」，意即強調「正」之文在文學批評中呈現出的「清而不雜」「麗而不淫」的狀態。

（二）「正」的外延

「正」的內涵包括文體觀、創作觀和批評觀等三個方面的內容。這三個方面均以文學文本爲基礎。基於文學本體的「正」，其表層目的是「抵西學」「斥惡道」。李慈銘既固守中國傳統的雅正之道，那麼，在晚清急劇的變局中，面對西學，則極力排斥。而對於中國傳統文學，他亦詆斥墮入惡道之文。這即成爲「正」的外延。「正」的外延涉及對待變局及外來事物的態度與立場。李慈銘通過「正」的外延來達到其「正末歸本」的最終目的。

1.「正」非惡道

「正」的內涵既然是從文學本身出發，在文體上遵循義法；在創作中講求古法並在批評上要求風格清麗。而在「正」的外延擴展中，就歷史、社會和文化背景而言，「正」又是對外來文化的詆斥，對中國傳統文化、文學的固守；就具體的文學本身而言，正的外延是「非惡道」。惡道在詩境上失之雅正，墮入庸劣，而在語言上則表現爲繁蕪、淺俗。李慈銘將墮入惡道者以江湖派統稱之。而江湖派的最大特點，除在詩境與語言上墮入惡道外，還在於其混淆了文體的界限，將小說體中的俗化創作方式和表達方式運用於詩文詞等雅文學中。

〔註87〕〔南朝〕劉勰：《文心雕龍・宗經》。
〔註88〕《日記》咸豐十年（1860）閏三月二十三日。
〔註89〕《日記》光緒九年（1883）八月初七日。

李慈銘將惡派統稱之為江湖派。而存在於宋元的江湖派恰是反對宋詩的，尤其反對江西詩派。而江西詩派又以杜甫為「祖」，處處學杜。李慈銘既推崇杜詩，且「真杜」是其文學思想的總源，那麼，「真杜」的支脈「法正」便對立於江湖派。江湖派墮於惡道、失之正。此恰是李慈銘所主張的「正」所反對的。故而，將「正」落實於文學本身時，其外延即是「非惡道」。

（1）何為惡道

「正」在文學創作中要求作者遵循義法，講求古法，從而在整體風格上呈現出清而不雜、麗而不淫的狀態。惡道則皆與此相反。李慈銘所謂惡道是指在詩境上逼仄、卑下，在語言上繁蕪淺俗，從而在整體風格上有失雅正。

意境的營造往往需要選題的精良和格韻的優雅。若選題窄小又用韻笨拙則易導致風格上的淺俗，從而墮入惡道。如李慈銘在評價唐王建詩時言：「閱王建詩一卷。仲初宮詞固佳，其他詩都有俗氣，樂府最名於代，雖稍有工者，亦多失之質直。七律格韻尤卑下，乃開晚唐五季庸劣一派，可謂惡詩。中唐以後人五律如姚祕監、王仲初等，綿極淺弱，稍於一二近景瑣事，刻畫取致，亦往往有工語。然道眼前影，每至取極俗極瑣小極無意味者，乃墮打油釘鉸惡道，仲初詩『小婢偷紅紙』等類是也。」〔註90〕李慈銘評王建的詩有「俗氣」，而其中，「七律格韻尤卑下」，被李慈銘稱為「惡詩」。這即是說，在詩境的營造上，「卑下」「俗氣」者即為惡詩。又王建在詩的主題選裁上，往往以「極俗、極瑣小、極無意味者」入詩。這在李慈銘看來，亦「墮打油釘鉸惡道」。

語言表達是文學作品風格上的直觀體現。惡道之文在語言則多「浮詞套語」，體現為「鄙俚」「庸劣」。如其在評析明張岱的《琅嬛文集》時，言其序記小文「詼諧鄙俚，為明季山林中下品惡派。」〔註91〕又如其論詞時言：「予嘗論詞固莫富於南宋，律亦日密，然語蕪意淺，俚鄙百出，此事遂成惡道。蓋金荃蘭畹之旨，固蕩焉盡失，即小山六一舉淮海安陸諸公之風神格韻，亦無復存者。嗣後延元及明，吃菜事魔，樂府幾絕於世。」〔註92〕雖然李慈銘認為南宋是詞作最多、音律最為完備的時代，但南宋詞在遣詞造句上「語蕪意淺，俚鄙百出」，終成惡道之文。而李慈銘所主張的，正是具有「金荃蘭畹之旨」的雅正之詞。詞既如此，作文亦然。再如李慈銘評李商隱的祭、誄文

〔註90〕《日記》咸豐十一年（1861）八月初九日。

〔註91〕《日記》光緒三年（1877）四月十八日。

〔註92〕《日記》咸豐十一年（1872）四月初六日。

時言：「樊南尤長者，推祭、誄諸文，然概以四字成句，率多浮詞套語。余雅不喜此體。近周叔子極詆之，謂其出語庸劣，有並不及宋人者。今日細看數篇，乃知國朝陳伽陵、吳園次諸家，直胎息於此，一經傳法，已墮惡道矣。」〔註93〕「浮詞套語」落入淺俗，故而「出語庸劣」。這樣的方法再經流傳便墮入惡道。

（2）惡道統江湖

江湖派本是南宋興起的詩派與詞派。而李慈銘恰認為南宋江湖派詞「語蕪意淺，俚鄙百出，此事遂成惡道」〔註94〕，大失「金荃蘭畹」之旨。因江湖派幾乎符合了李慈銘所謂「惡道」的全部指標。故而，凡墮入惡道的作品，李慈銘皆將其歸入為江湖惡派，以此與「正」相區分。如其評潘閬《消搖集》時言：「潘消遙詩極淺俗，全是五季惡習。……連應山為元初月泉吟社中人，其詩境逼仄，不出江湖小家。《春日田園雜興》七律，當日社中賦詩者二千七百三十五人，以連作為第一。然卑陋淺弱，不過如童子學語而已。」〔註95〕南宋江湖詩派在李慈銘看來，與江湖詞派同樣弱於詩境的開拓。故而潘閬詩集的詩境「逼仄」便被李慈銘以「江湖小家」喻之。而此一「江湖小家」的特點同樣是「卑陋淺弱」。

江湖惡派除在風格和語言上墮入惡道外，其在各不同朝代既相沿不斷，又有所差別。李慈銘斥潘閬詩「全是五季惡習」，主要指其「淺俗」的特點。其又言：「余嘗謂國之將亡，江湖派出，故唐宋元明之季，皆各有一江湖派，為山林村野畸仄浮淺之人所託，而唐末最詭瑣，故五代之亂最甚，文章之徵運會，豈不信哉！世人偏訾明季，又專以江湖派譏宋人，非知言者也。」〔註96〕江湖派雖為南宋所出，但李慈銘將其惡道特點放置於中國傳統文學的歷史中，即可見出，「唐宋元明之季，皆各有一江湖派」。而在各朝的江湖派中，「唐末最詭瑣，故五代之亂最甚」。李慈銘以統一的「正」的標準審視中國傳統文學歷史時，便見出江湖惡派並非起於南宋，而是自唐始。其言宋柳開之文「頗嶄岸有筆力，勝於穆參軍，而好為大言，則與之同，蓋唐末江湖之氣，猶未盡洗矣。」〔註97〕即是將宋代的江湖習氣歸源於唐。故而，其言「世人偏訾

〔註93〕 《日記》咸豐五年（1855）六月十八日。
〔註94〕 《日記》咸豐十一年（1872）四月初六日。
〔註95〕 《日記》同治十年（1871）二十月十三日。
〔註96〕 《日記》光緒九年（1883）三月二十四日。
〔註97〕 《日記》光緒八年（1882）十一月廿八日。

明季，又專以江湖派譏宋人，非知言者也。」前文已述，「正」所要求的義法
與古法，皆爲唐以前人所創制。李慈銘所認同的「正」是融合了乾嘉漢學之
風的詩騷傳統。而於雅正之外的「變」，李慈銘則以失「正」明顯的江湖派統
而稱之。

（3）江湖近小說

江湖惡派除在題材的選擇上淺俗瑣屑，在語言的使用上粗鄙繁縟外，更
嚴重的問題在於其混淆了文體的界限，將通俗化的小說語言入於詩文詞。李
慈銘因此又將江湖惡派稱爲小說家言。如其論沈一貫《臺館鴻章》時言其「爲
文十七卷，爲詩二卷，分體爲類，而又多分子目，瑣屑糅雜，殊無倫次。蛟
門閣老之文，染於當日塗飾險詭之習，而才氣終不可掩。故此選雖意主應制，
多取其閎肆開暢者，間或傷俗傷蕪，流入江湖小說家言。」〔註98〕李慈銘批
評沈氏之文「瑣屑糅雜，殊無倫次」即是指其未能守法守正。而其「傷俗傷
蕪」則是惡道之習，故李慈銘謂其「流入江湖小說家言」。江湖派本是詩派與
詞派，但李慈銘卻以「小說家言」稱之。由此段點評可知，李慈銘所謂「江
湖小說家言」意指其因意境瑣屑、用語粗鄙而呈現出的淺俗的整體風格。再
如其評毛奇齡《西河合集》時所言：「集爲其門人及諸子所編，校勘不精，字
句多謬，又多收酬應貢諛之作，蓋西河本多世俗之見，而及門諸子復不知別
擇也。諸類中以尺牘、雜箋兩卷爲最佳，寥寥短章，意態百出，多有魏晉人
雋永之致；且異聞創解，溢出不窮，實較勝於蘇黃，而亦時有江湖小說氣。」
〔註99〕李慈銘認爲毛氏「本多世俗之見」，故而其文間亦有「江湖小說氣」。

小說這種文體在李慈銘看來即是世俗的代表。詞在方興之時即常被與詩
相較。諸多論家曾就詩詞地位問題發表看法。降至晚清，詩詞地位不再是文
士重點關注的問題。歷史上諸多作詞大家使詞在晚清的地位幾乎與詩平行。
在李慈銘的文學思想中，詞亦並非詩餘，而是與詩平等的文體。但日漸流行
的小說卻仍被其視爲低於詩、文、詞的文體。究其原因，在李慈銘「眞杜」
的文學思想中，「法正」主要是針對文體與創作的主張。而小說恰是以通俗化
的語言，敘寫世俗人情的文體。換言之，小說是失「正」之文。故而李慈銘
又將江湖派的特點以「小說氣」概括之。

正與雅相通。李慈銘所謂的「正」上溯至詩騷，是以雅正爲宗的中國文

〔註98〕《日記》同治九年（1870）正月二十三日。

〔註99〕《日記》光緒十年（1884）十一月初七日。

學傳統。而雅與惡相對。如其評仇遠《金淵集》時言：「山村書畫名家，詩實非其所長，而氣格頗蒼老，不墮江湖惡派。故雖槎牙率易，終近雅音。」〔註100〕「不墮江湖惡派」的結果是「終近雅音」。此處明言雅與惡相對立。那麼，與雅相通的「正」便亦與「惡」相對立。故而，「正」非惡道。

2. 正與西學

李慈銘對於一切外來事物，總體上的態度是詆斥。李慈銘對外來事物的詆斥大致可分為三個方面，其一是對讚譽西方之文的詆斥；其二是拒見一切外國使者來訪；其三是對以張之洞為代表的洋務派的反對。概而言之，李慈銘是對西學、西人與西法的詆斥。詆斥西學是出於對傳統文化的保護。雖然李慈銘從未提及西學的入侵會對傳統文化、文學的發展造成衝擊，但他確實看到了其中的可能。李慈銘極力強調「正」的重要性，並力尊「法正」恰是出於此點。

（1）詆斥譽外之說

西學是西方國家輸入中國的自然科學、人文法治等一系列思想的統稱。既然西學是由英法德等國家傳入，那麼，這些國家本身的文化便是西學的根基。李慈銘既詆斥西學，對西方國家的讚譽之辭便嗤之以鼻。如其讀清人徐繼畬《瀛寰志略》時言：「書為太僕撫閩時所輯，皆據泰西人漢字雜書及米利堅人雅埤理所繪地圖採擇考證，各依圖立說。間採近人雜著及史冊所載，略附沿革於後，其用心可謂勤，文筆亦簡淨，但其輕言夷書，動涉鋪張揚厲。泰西諸夷酋，皆加以雄武賢明之目。佛英兩國，後先令闢，輝耀簡編，幾如聖賢之君六七作。又如曰共生，曰周京，曰宸居，曰王氣，曰太平，曰京師；且動以三代亳岐雒邑為比。於華盛頓贊其以三尺劍取國而不私所有，直為寰宇第一流人。於英吉利尤稱其雄富強磊，謂其版宇真接前後藏。似一意為泰西聲勢者，輕重失倫，尤傷國體。況以封疆重臣，著書宣示，為域外觀，何不檢至是耶！太僕當今上登極時，上疏論主德國，勢頗侃侃，其褫職也以疆事，而或言此書實先入罪案，謂其誇張外夷，宜哉。」〔註101〕徐繼畬深感西方諸國的先進，譽其領導人為「雄武賢明」；稱頌華盛頓「為寰宇第一流人」；又贊英國「雄富強磊」等。李慈銘認為此種做法「一意為泰西聲勢」，「輕重失倫，尤傷國體」。又如其閱郭嵩燾《使西紀程》時，對於倫敦城「極意誇飾，

〔註100〕《日記》光緒十五年（1889）三月二十七日。
〔註101〕《日記》咸豐六年（1856）一月二十八日。

謂其法度嚴明，仁愛兼至，富經雖未艾，寰海歸心」〔註102〕的一系列誇讚亦頗爲不屑。作爲一名全力保守中國傳統文化，以詩騷雅正爲嫡脈的傳統文士。中華天朝的思想仍深植其心。即便李慈銘意識到西方現代性的發展已優於中國，出於其傳統士大夫對中國傳統文化至尊的情結，他也不願在書面上表達出來。故而，當徐氏因此書「誇張外夷」而入罪後，李慈銘言其「宜哉」。李慈銘反對徐氏如此誇讚西方的根源在於其深受中國傳統中庸之道的教化。

　　不偏不倚的居中之道使李慈銘相信，西方之物在有其利的同時，也必然有其弊。相較於徐繼畬，李慈銘更讚賞劉錫鴻的《英軺私記》，其言：「《英軺私記》二卷，雖辭筆冗俗，不如郭筠仙《使西紀程》之簡潔，而敍述甚詳，於所見機器火器鐵路鐵船，皆深求其利弊，言之備悉。英人謀利之亟，講武之勤，以及收貧民、教童子監獄之有法，工作之有程，國無廢人，人無棄物，皆能言其實。而風俗之陋，習尚之奢，君民不分，男女無別，亦俱言之不諱。」〔註103〕李慈銘從利弊的二元論角度對《英軺私記》進行了總結。他承認英國先進技術和先進社會文化的優勢，同時，也指出其「風俗之陋，習尚之奢」的弊病。但在這一利弊辨別的過程中，李慈銘的視野與思想的侷限性使其對先進的文化認識不足，其將「君民不分，男女無別」的平等認爲是其弊端即是其例。

　　認識到西學利弊的李慈銘認爲中國在外交過程中應充分維護自身的地位，保有強烈的自尊心。其對《英軺私記》中言及外交之道時的主張頗爲贊同。「至言中國外交之道，當據理直言，不可爲客氣之談，尤不可爲陰陽之論。凡自誇強大，不憚用兵，及中外一家，懷柔遠人等語，皆彼所共識，傳相姍笑。而或自相輕薄，詆華媚夷，至效其衣冠，習其禮節，尤彼所深鄙。此則持邦交者之至言，使四夷者之切戒，古今不易之理也。」〔註104〕此段中，李慈銘從三個方面概括了《英軺私記》所提出的外交方式。其一是態度上的強硬，「不可爲客氣之談」。中國儒家傳統講「禮」。但與英人外交時，禮讓則被視爲軟弱。其二是要有切實的自我認識。「自誇強大」「懷柔遠人」等思想無疑是夜郎自大。這些行爲早已被西方人所恥笑。其三是要有強烈的民族自尊心和自豪感。「詆華媚夷」的行爲亦爲夷人所「深鄙」。李慈銘所概括出的這

〔註102〕《日記》光緒三年（1877）六月十八日。
〔註103〕《日記》光緒七年（1881）二月初十日。
〔註104〕《日記》光緒七年（1881）二月初十日。

三者，其關係是層層遞進，互為因果的。只有保持民族的自尊心和自豪感，中國才能從實際情況出發，分析夷夏各自的優勢與弱點，才能在外交時富有底氣，從而保持態度上的強硬。反之，只有態度上的強硬，在外交中獲得夷人的尊重，我們才能更清楚地認識到自身的優勢，才能更有利於民族自尊心和自豪感的增長。李慈銘於《英軺私記》中認識到了此三點，並贊其為「持邦交者之至言」。這三點是現代外交的基本原則，於晚清時期可謂先進。但李慈銘畢竟身處晚清，不可能提出超越時代的思想。他將西方諸國仍稱為「夷」，並言外交的目的是「使四夷者之切戒」，又是對西方諸國帶有蔑視性的用詞；是對中國居四方之中的潛意識表述。

由此可見，李慈銘並非一味排斥敘寫西方事物的著作，而是認為作者應具有客觀的眼識和態度。這一方面是由於李慈銘中庸思想的影響，另一方面亦是由於李慈銘對中國傳統文化固執的偏袒。

（2）拒斥外國使臣

李慈銘對西學的詆斥還表現在其對外國使臣的拒斥上。欲拜見李慈銘的外國使臣多來自朝鮮與日本。雖然朝、日皆為亞洲國家，但他們於彼時已開始接受西方先進的科學技術與文化。日本尤是。然而朝、日與西方諸國的不同之處還在於其早期受到中國傳統文化的影響。故而其文化、文學均與中國有相通之處。其使臣來華亦樂於拜見中國傳統名士，以期切磋互進。但李慈銘在中國傳統文化、文學為「正」的思想左右下，視朝、日為孤陋者，並以與其交遊為恥。

李慈銘在日記中記錄了拒見朝鮮使臣的理由。其言：

> 再得心雲書，言朝鮮使臣待余至晚，始入城，約後明日復來，必欲見余。因復以書云：海外論交固是佳事，然非愚所喜也。近來彼邦人物陋甚，不知朝廷之體制，不通古今之文辭。往年如張香濤、吳清卿輩，啖名過甚，延接恐後，文酒之燕，亦相邀致。蚩詞鄙狀，深可歎笑。而諸君視為奇貨，明知其陋，姑以為坐上之觀，博後日之譽。欲強附於白舍人之詩重雞林，柳誠懸之書傳回鶻，冀增光價，傳播風流。愚嘗告之曰：「凡文字之見稱異域者，必非其至也。況今朝鮮為吾屬國，一年三貢，使人如織。論其遠不如吾越，計其廣不及黔南，附此為我，亦為已隘。」此言深中諸君之忌，後之絕交，亦以此也。自後一二謬稱風雅、逐臭海上

者，亦間達殷勤，願接音吐。遂執鄙意，皆拒不見，非矯情也。
何所聞而來，何所見而扶持。自問容貌祿位不足動人，又不通語
言，門巷蕭然，居處奔陋。主客童僕，既無以獻彼遠人之觀瞻，
亦無可以盡吾意，徒取鬧耳。今日泥淖，實不出門。後若再來，
希爲婉謝。荐丈優游綠野，久絕朝謁，春風几杖，延納遠人，耆
舊典型，足副所望。此爲通德，不在所論。〔註105〕

依此段文字，李慈銘拒見朝鮮使臣的理由有三：一是就朝鮮使臣的客觀條件
而言，李慈銘認爲朝鮮使臣不曉體制，不通文辭，即使爲坐上觀，亦「深可
歎笑」。二是就使臣所依附的朝鮮國家而言，李慈銘視其爲屬國，地狹物稀。
「論其遠不如吾越，計其廣不及黔南，附此爲我，亦爲已隘。」李慈銘恥於
與此等人爲伍。三是李慈銘就自身條件而言，自認非居高位，又不通語言，
交遊過程中不能互惠互利，只是「徒取鬧而」。

　　隨著李慈銘在京城名聲漸望，朝、日來訪使臣欲見其面者亦日多。礙於
種種情面，李慈銘無法一一拒斥，即有「不得已見之」〔註106〕者。這其中，
日本岡千仞即是之一。與岡千仞的相會使李慈銘對日本等使臣的印象有所改
觀，此有詩《日本仙臺人岡鹿門名千仞字振衣舊直史館來遊中國持湖北人楊
惺吾書介鄧鐵香來訪於其行也持絹索書爲詩三首送之》爲證。詩中，李慈銘
贊其「談笑無西極，衣冠見古風」，及「況君精乙部，此業冠東方」等。可見，
李慈銘對岡千仞的稱道是因爲其不取西法，反而有中國「古風」。況且岡氏「著
有《法蘭西志》《米利堅志》，又欲撰英、俄、普三國《志》，已屬草。」（詩
句下自注）即其早已對西方事物熟知，但卻能在此中保持「古風」。用李慈銘
的語言系統，即是岡氏「所守甚正」，故而李慈銘對其讚譽頗多。

　　拒見朝、日使臣是因爲李慈銘認爲其荒陋，而見之讚賞者，則是因爲其
對中國傳統文化的學習與傳承。可見，李慈銘將「正」的內涵外延至外交中，
以「守正」的態度對待外國人。

（3）反對洋務運動

　　李慈銘反對洋務運動的首要原因亦在於其對中國傳統思想的固守。既然
中國傳統爲「正」，那麼，與傳統不相融的西學、洋務則皆爲失「正」之術。
法正之思內在地要求李慈銘對洋務進行詆斥。此種拒斥集中表現在其對張之

〔註105〕《日記》光緒九年（1883）正月初七日。
〔註106〕《日記》光緒十年（1884）九月初一日、二十三日。

洞的評價與關係變化中。李慈銘初識張之洞時，謂其為北方文人之冠冕。後李多次與張書信相通、往復論詩。雖其間有不同意見，但其與張之洞的關係卻頗為融洽。李慈銘鄉居越中之時，還曾入張之洞幕。然而，李、張二人於思想界中頗不同軌。李固守傳統，張則致力洋務，終致二人關係決裂。後張之洞主動致書李慈銘，申言洋務之不易，李慈銘亦對其有所理解。二人始冰釋前嫌。

　　李慈銘首聞張之洞於科場，便對其讚譽有加。如其日記言：「是日殿試揭曉，……探花張之洞，直隸南皮人。……之洞壬子解元，少年有時名，聞其詩、古文俱有法度。近日劉其年劾吳臺壽一疏，傳出其手，筆力固可喜也。聞所籌試策，具論時務，首無空冒，末不到底，亦與近來體例獨殊。」〔註107〕又「張香濤者，名之洞，南皮人。去年一甲第三人進士，為北方學者之冠。壬戌科會試，亦以經策冠場，為主司所抑，僅取謄錄者也。太史之言，自為可感，生平偃蹇場屋，所獲知己，亦僅太史一人。若張君壬戌經策，予曾見之，博贍實非予所能及。」〔註108〕李慈銘先是稱讚張之洞「詩、古文俱有法度」。對於張之洞的古詩，李慈銘在日記中曾載：「得麟伯書，屬題彭侍郎玉麟所贈《墨梅》。畫幅中有香濤七古一首，極警峭深婉之致，麟伯自題七律亦高警，皆近代之傑也。」〔註109〕「有法度」深合李慈銘的文學觀。而對於張之洞所著的疏、策等應用文，李慈銘亦以「博贍實非予所能及」而譽之。李慈銘素來自視甚高，其筆下蚩點之文少有讚譽。唯對張之洞的誇讚不吝筆墨，既譽其為「北方學者之冠」，又稱其為「近代之傑」。可見李慈銘對張之洞的服膺實源自其內心深處。

　　李慈銘既服膺張之洞之學識，便樂於與其交往。二人書信相通，往復論詩。如李慈銘日記載：「得香濤書，為予題《湖塘村居圖》長歌一首，錄之於此……其情文宛轉，音節嘽舒。上可追香山、放翁，下不失梅村、初白，一時之秀出也。」〔註110〕此為張之洞寄詩於李慈銘。又張之洞亦有《題李蒓客慈銘湖山高臥圖》〔註111〕詩。張之洞亦對李慈銘極為重視。張之洞在京時，常招飲京師名士。同治十年五月初一日，張之洞與潘祖蔭共邀京師名彥集會

〔註107〕《日記》同治二年（1863）四月二十四日。
〔註108〕《日記》同治三年（1864）九月二十五日。
〔註109〕《日記》同治十一年（1872）二月十九日。
〔註110〕《日記》同治十一年（1872）五月二十八日。
〔註111〕龐堅點校：《張之洞詩文集》，上海古籍出版社2015年版，第28頁。

龍樹寺。因李慈銘與趙之謙有嫌隙，張之洞爲使兩人同時出席，乃作書致潘
祖蔭言：「李趙同局，卻無所嫌。此兩君不到，此局無色矣。蕚客晚囑其不忿
爭，執事能使揮叔勿決裂（度萬不至此），則無害矣。」〔註112〕可見張、潘二
人爲使二人同時赴局頗費苦心，亦可見出張之洞對李慈銘的重視。

　　李慈銘與張之洞的決裂是在其相識約十年之後，決裂的原因有三：一是
李慈銘對於張之洞等對外國使臣「噉名過甚，延接恐後，文酒之燕，亦相邀
致」等行爲的不滿。李慈銘認爲這種行爲極爲可笑，並直言相告。後其在日
記中自言：「此言深中諸君之忌，後之絕交，亦以此也。」〔註113〕二是李慈銘
對張之洞向朝廷舉薦人才之時不避親嫌、廣結黨援等行爲的不滿。如其言：「又
聞張香濤近日薦中外官五十九員，居首者張佩綸、李若農師、吳大澂、陳寶
琛、朱肯夫五人，又有侍郎遊百川巡撫、卞寶第布政使，唐炯及總兵方耀等
數人。餘皆乳臭翰林。其考語皆百餘字。於張佩綸謂有一無二之才，於唐炯
謂封疆第一人物，內舉不避親又並舉黃彭年、黃國父子。近日北人二張一李，
內外唱和，張則挾李以爲重，李則餌張以爲用，窺探朝旨，廣結黨援，八關
後裔，捷徑驟進，不學無術，病狂喪心。恨不得居言路以白簡，痛治鼠輩也。」
〔註114〕李慈銘對張氏薦選的人才大加撻伐，深痛其「窺探朝旨，廣結黨援」
的做法。三是張之洞大肆興建工廠、鐵路，興辦洋務。李慈銘對此極爲鄙斥，
並深惡其鋪張、護短之習。其言：「張之洞者，僉人也。在廣東貪縱，驕恣甚，
虧公帑至千萬，日以進奉求媚，而刻剝粵人。凡官吏之臧賄發露者，罰以多
金，仍任事如故。專用小人爲耳目，奸商猾胥，肆意橫行，日以獻計誅求漁
利。爲事不足，則借洋債重息以餌之。土木繁興，廣施營建，於城外強買民
地百餘畝爲廣雅書院，且欲拓城十餘里包以入，布政遊智開固執不可始止。
其署中營造尤侈，內爲洞房麴室，琱飾奇麗。以兼署巡撫，爲飛橋以通兩署，
上爲樓觀，互數里餘，日攜姬妾，往來其間。」〔註115〕李慈銘從未至粵，其
所謂張氏的「貪縱」「驕恣」皆有道聽途說之嫌。而其眞正反對的是張之洞集
資興辦的洋務。張之洞爲興辦工廠，廣納賢才，百般招攬。這在李慈銘看來，
即是「臧賄發露」後的「任事如故」。而其對新式學堂的興建，亦被李從「強
買民地」的角度去解讀。李慈銘不喜與朝、日使臣交往，直言於張之洞使得

〔註112〕《張之洞全集》卷二百八十二《致潘伯寅書》（同治十年）。
〔註113〕《日記》光緒九年（1883）正月初七日。
〔註114〕《日記》光緒八年（1882）五月初八日。
〔註115〕《日記》光緒十五年（1889）八月二十日。

二人關係有隙，後又斥責張於朝廷中結黨任親，再反對張興辦洋務。種種原因的累積使得李、張二人關係日漸緊張，以致決裂。

　　李慈銘於張之洞重修舊好的機緣在於張之洞致書於李慈銘。書中申言興辦洋務的各種艱辛。李慈銘在日記中載：「得張香濤尙書武昌書，言鐵廠工程辦法及利弊，凡千餘言，甚爲詳盡，然江夏、大冶等處煤井皆須掘深數十丈方能取出佳煤，又須作爐數十座煉成焦炭，約至七月，井工方能告成。在後採鐵煉鋼，可以製造槍炮、輪船及各種機器，庶奪洋鋼洋鐵之利，非僅爲修造鐵路用也。其苦心籌畫，甚爲周至，然事屬創辦，其頭緒繁密而功力浩大，所費不訾，近日徐季和廷尉已有疏糾之，（書）此以歎任事之難耳。」〔註116〕光緒十八年十二月「漢陽煉鐵廠之機器廠、鑄鐵廠、打鐵廠及大冶運礦鐵路五十餘里先後告成。」〔註117〕數月後，張之洞致書於李慈銘。此時的李慈銘已至暮年，身體日漸虛弱。李慈銘在經歷了近代一系列外敵入侵，戰爭失敗的事件之後，於暮年始對西方科技轉變認識；對興辦洋務目的和其中的艱辛開始理解。表面上，張之洞主動致書於李慈銘是二人和解的主要原因。但其深層次的原因則是李慈銘對洋務運動在態度上的轉變。而轉變的原因並非李慈銘對「法正」的否定，而是其對「法正」方式可以多樣化的認識。李慈銘對於郭嵩燾所言：「西洋立國自有本末。誠得其道，則相輔以致富強，由此而保國，千年可也；不得其道，其禍亦反是。」〔註118〕其內心頗爲贊同，故而在其思想深處已默認了洋爲中用之法。

三、法正的意義

　　「法正」是李慈銘「眞杜」文學思想中主要關於文體觀和創作觀的思想主張。李慈銘的文體觀不限於對各種文體在形式上的區分，而是將注意力更多地施放於各文體本身對其文體形式的限制上，即本文所借用的「內在理路」的概念。而此種內在理路就是李慈銘所謂的義法。與之相應的師法便是李慈銘對人類主體賦予各類文體的規範。在諸多規範中，李慈銘認爲，融合了乾嘉漢學的詩騷傳統是中國文學之「正」。依據「正」的標準，李慈銘以唐宋詩文詞爲典型，探討了它們的「失正」之處。

〔註116〕《日記》光緒十九年（1893）二月初十日。
〔註117〕《張文襄公年譜》光緒十八年（1892）十二月。
〔註118〕《日記》光緒三年（1877）六月十八日。

（一）文體內在理路與外在創作方法關係的探求

「法」首先對文學作品不同文體的內在理路與外在創作方法進行了區分。根據不同文體的客觀要求，其本身對創作有著一定的約束與限制。而世人在文體本身，即文體的內在理路之外，又加之以人文的、社會的主觀規定，從而形成了師法這一具有主觀性的行文規範。歷史行至晚清，已是各類主觀規範龐雜叢出之時，李慈銘為正末歸本，將中國傳統文學之正統歸之於詩騷的雅正傳統，並將乾嘉漢學融合其中，形成了具有漢儒醇樸之風的文學氣質。李慈銘從詩學理論出發，將詩學理論延展至各種文學體裁之中，打通了文體的界限，使「真杜」之下的「法正」創作觀適用於各種文體，成為文學創作中的總體原則。

1. 內在理路與外在師法的區分

在中國歷代的文學思想中，關於文體觀與創作觀的主張，皆未能將文體本身的內在要求與外在人為賦予的行文規範區分開來。而李慈銘則將其歸結為義法與師法。這就將文學創作所要遵守的規範細緻化。創作者一方面要遵循文體的內在理路，亦即義法；另一方面要根據歷史和社會的背景及個人的氣質選擇適合自己的師法。

義法與師法是就文學不同層面所做的要求。義法自文學內部而言，師法則源於文學的外在文化關係。遵循義法可以使所作之文符合文體的內在規範，使各文體在形式與內容上的界限分明，從而有助於實現各類文體的不同文學風格。而對不同師法的遵從則是不同時代歷史文化的反映。因歷史的發展演變，各時期的師法有所不同。而後世文法往往不能還原前世文辭的本來意義。因而，李慈銘強調「不以後世文法繩改古人」。

不同的師法亦有助於文學的多樣化發展。李慈銘雖然力倡古法，但卻十分鼓勵創新。如其對袁昶「以去臘余生日詩補錄見詒」〔註119〕之詩的品評為「用意甚新雋」〔註120〕，即是對創新的肯定。

但創新之作未必皆為優品。如其言：「得爽秋書，並近詩九首，頗清逸可愛。其詩多為別調，一意求新。佳處在此，病亦在此。」〔註121〕借古翻新之作借原作「自出機杼」，達到「歷久常新」的效果。但完全的自主創新的作品

〔註119〕《日記》光緒十六年（1890）二月二十八日。
〔註120〕《日記》光緒十六年（1890）二月二十八日。
〔註121〕《日記》光緒十一年（1885）正月三十日。

對優劣的評價往往存在爭議。如李慈銘在日記中載:「偶閱《樊榭集》,摘其雋詞秀語於左。……太鴻學問淵洽,留心金石碑版,尤熟於遼宋軼事。其詩詞皆窮力追新,字必獨造,遂開浙西纖哇割綴之習。世之講求氣格者,頗底誹之,以為浙派之壞,實其作俑。然先生取格幽邃,吐詞清真,善寫林壑難狀之境,其佳者直到孟襄陽、柳柳州,次亦不失錢、郎、皇甫。昔人評顧況詩為『翕輕清以為性,結冷汰以為質,煦鮮容以為詞』,先生殆可當之。」〔註122〕雖然屬鶚的「獨造」之句被後來浙西派在傳承過程中走入偏頗,形成「纖哇割綴之習」,亦被「講求氣格者」詆為壞浙派的始作俑者。但李慈銘卻認為其創新之詩「取格幽邃,吐詞清真」,幾可與孟襄陽、柳柳州及錢、郎、皇甫諸人相頡頏。

此外,創新之詞亦適用於文章品評。如其論譚元春時,言其「所評《水經注》,標新喝奇,時有解悟。」〔註123〕即是對譚所評之語的評價。此中,李慈銘亦肯定了譚元春在品評時的標新之詞。

2. 正統之文的溯源與定位

在師法的選擇過程中,有正與失正的區分。前文已述,「正」包括古法和一部分家法。除卻「正」的標準,李慈銘還列舉了一系列「正」的模範。如其言:「五律自唐汔國朝,佳手林立,更僕難數。清奇濃淡,不名一家,而要以密實沉著為主。七律取骨於杜,所以導揚忠愛,結正風騷,而趣悟所昭,體會所及,上自東川、摩詰,下至公安、松圓,皆微妙可參,取材不廢。其唐之文房、義山,元之遺山,明之大復、滄溟、弇州、獨漉,國朝之漁洋、樊榭,詣各有同,尤為絕出。七絕則江寧、右丞、太白、君虞、義山、飛卿、致堯、東坡、放翁、雁門、滄溟、子相、松圓、漁洋、樊榭十五家,皆絕調也。而晚唐北宋,多堪取法,不能悉指。我朝之王、厲,尤風雅替人,瓣香可奉。五絕則王、裴其最著已。」〔註124〕李慈銘於五七律和五七絕四種詩體分列數十人。〔註125〕申言其「學詩之道,必不能專一家,限一代」的創作觀。除五律外,李慈銘對其他三種詩體的學習對象皆具體至個人。李慈銘所謂的「不能專一家,限一代」並非毫無原則的泛濫諸家,而是在「正」的標準約束下的有所師法。

〔註122〕《日記》咸豐十年（1884）正月二十八日。
〔註123〕《日記》同治四年（1865）九月二十三日。
〔註124〕《日記》同治十一年（1872）四月初六日。
〔註125〕五古列35人;於七古列9人;於五律因佳手林立而未具體列出;於七律列7人（「公安」以公安三袁為具體數目）;於七絕列17人;於五絕列2人,共計70人。

　　上述所列可師法者皆就詩而言。李慈銘於詩外，還列舉了可供師法的詞家。詞於南宋最爲繁盛，但李慈銘深抵柳永、王安石、黃庭堅等人所作之詞，認爲其皆爲南宋詞淺俗之「權輿」，「惟稼軒最爲清矯，不錮所溺……梅溪、碧山、夢窗、草窗亦皆有佳處，惟不宜學其累句以爲當家，剝其拙字以爲宗法，甘鄙僆以爲沉著，習粗疏以爲大方，則得失在人，鑒裁由我，博觀約取，夫復何傷？放翁詞格，殊清快近稼軒。竹屋癡語，日湖漁唱，機野之音，二家相似，雖間有佳唱，存而不論可矣。嗚呼，今世塡詞家，方奉白石老仙爲周孔，見予此論，有不駭而卻走者哉。」〔註126〕雖然，李慈銘認爲辛棄疾、史達祖、王沂孫、吳文英、周密等人皆具「佳處」，但仍有累句、拙字、粗疏等失正之處。故而李慈銘所謂之正，並非可由某代、某人或某作爲標準，而是以義法與古法爲標準。

　　李慈銘所主張的融合乾嘉、回歸詩騷之「正」的傳統是對中國傳統文學精髓的溯源，是對中國傳統文學的一次定位。

3. 打通文體界限的創作與品評

　　李慈銘對其文學思想的闡述多以詩論爲主。但其理論皆適用於對文、詞等其他各體文學的品評。其對「法」「正」的總結與歸納，是對各文學體裁的共同準則的概括。因而其文學思想雖以詩論爲主，卻不限於論詩。李慈銘打破了各體文學的界限，從更爲宏觀的角度觀照文學創作。如其言：

> 大約詞與詩之別，詩必意余於言，詞則言余於意，往往申衍□□□□□□以盛氣包舉之，詞則不得游移一字，故異曲同工。詞之小令，猶詩中五絕七絕，須天機湊泊，不著一字，以字句新雋見奇者在次也。或以小令爲易工，是猶作七絕者，但觀摹晚唐南宋諸家，而不知有龍標太白也。長調須流宕而不剽，雄厚而不競。清眞未免剽，稼軒未免競，東坡則或上類於詩，或下流於曲，故足以鼓吹騷雅者尠已。〔註127〕

李慈銘將詩之各體與詞之各體相類比，概括其共同的特點，從而總結其創作的規範。雖然李慈銘於眉批處言：「此實未見得，爾時所作，殊鮮悟入處。」〔註128〕但其破除文體界限的批評方法卻於此可見端倪。這種將詩詞在創作上

〔註126〕《日記》咸豐十一年（1861）四月初六日。
〔註127〕《日記》咸豐五年（1855）九月初十日。
〔註128〕《日記》咸豐五年（1855）九月初十日眉批。

統一歸類的方式，有利於寫作的學習者從宏觀的角度，更好地掌握詩詞的創作，從而最終達到法正的目的。

李慈銘打通文體界限的觀照方法亦可以更好地對文學作品進行品評。如其評清黃憲清的《拙宜園集》時，言其：「大令以詞名江浙近三十年。余頃在省垣，季貺（周星詒）達大令意，謂少留將見訪，余以事忽忽歸，卒未得大令詞讀之。今日蓮士以一帙出眎，謂尙不及周叔雲（譽芬）之東漚詞。余謂其詞固多平易近素，然律切深秀，固所謂詞人之詞也，於詞中爲當家。《東漚詞》從詩入，故雲氣拂拂然，是詩人之詞，此中固不可優劣，亦不可不知。」〔註129〕詩人之詞與詞人之詞亦當有所分別。不同的創作思想下所創作出的作品必有所不同。而品評之時，詩人之詞與詞人之詞的孰優孰劣尙有待商榷，但正如李慈銘所言，「亦不可不知」。

然而，打通文體界限並不意味著任何文體皆可以互通有無。借鑒不同文體的寫作方法時，仍要以「法正」的最高原則。如其斥清代方婺如《集虛齋學古文》「學淺語佻，多近小說」〔註130〕則是對其的否定。

打通文體界限的創作觀與批評方法是李慈銘「眞杜」文學思想下的必然選擇。李慈銘的文學思想源於其詩論，其「眞杜」的概括以詩爲代表，而其所法之「正」亦是以詩爲宗。故而，李慈銘將其文學思想擴展至各文體時，便首先要打通文體的界限，以各文體的共同特徵爲基礎，從而進行合理的言說與品評。

（二）對唐宋詩文詞「失正」的總結

法正的標準將歷代文學作品二元地被分爲了「正」與「失正」之作。正的作品，前文已述，李慈銘於詩、詞上皆列數十家爲傳「正」者。而失正之作，李慈銘則以唐宋爲批評的典型代表。於詩，李慈銘稱頌盛唐與北宋；於文，李慈銘痛責晚唐與南宋；於詞，李慈銘則譽北宋而貶南宋。

詩是李慈銘文學評論中最喜論及的體裁。唐宋中得詩之正的時段，李慈銘認爲是盛唐與北宋。如其在閱《華陽集》時言：「其文春容演迆，得中和之氣，與晏、夏、二宋可相匹儷，皆北宋館閣盛世之音也。詩七律最工。應制、酬唱諸篇，多高華秀拔，追蹤盛唐王、賈、岑、李（東川）之作。五律亦有警語。七絕宮詞尤佳。五七古寥寥，俱不成篇什。今日以朱筆略點勘其詩四

〔註129〕《日記》咸豐六年（1856）二月初三日。
〔註130〕《日記》同治七年（1868）十一月二十九日。

－121－

卷。」〔註131〕盛唐之詩，李慈銘以「高華秀拔」喻之。而此種氣象，正是「法正」之文所體現出的氣質。而北宋館閣之音則爲「舂容演迤，得中和之氣」。盛唐與北宋皆爲盛世。這也正是李慈銘強調法正的潛在原因。李慈銘所處晚清衰世，其「夢想中興年」的渴盼與再復盛世的期待，便自然而然地流露於文學思想中。李慈銘是傳統文士，而中國傳統士大夫恰是試圖以文載道，以文救世者。李慈銘於晚清時期大倡守正之文，痛批失正之詩，正是爲達到其復興盛世的目的。

李慈銘承襲乾嘉，以融合乾嘉漢學的詩騷傳統爲守正之文。其所崇尙的漢儒醇樸之風使其對晚唐與南宋人的淺薄空疏之文極爲貶斥。如其痛批唐羅隱的《讒書》時言：「閱羅昭諫《讒書》……曰《讒書》者，自謂用其文以困辱，此於自讒，其命名之義已淺。所次論說雜出，間以韻語，大率憤懣不平，議古刺今，多出新意，頗以嶄削自喜。而根柢淺薄，篇幅短狹，所識不高，轉入拙俗，此晚唐文辭之通病。」〔註132〕再如其贊許宋樓鑰的《攻媿集》時言：「其文辭爾雅，亦能原本經學，不墜南宋人空疏鹵莽之習。……王漁洋極稱其題跋之佳，而惜毛氏未刻入《津逮祕書》，誠知言也。」〔註133〕可知，於晚唐文，李慈銘認爲其學識淺薄，因而造成文章的境界狹隘，終成「拙俗」之作。而於南宋文，李慈銘則認爲「空疏鹵莽」爲其慣有之習氣。

李慈銘「於詞非當家」〔註134〕，因而品評甚少。但其仍對兩宋詞之優劣有著自己的看法。李慈銘認爲北宋之一二詞家尙能直接花間，承「清綺婉約」之旨，而南宋詞則多「骩骳之習」。如其評宋陳克《赤城詞》時言其：「皆清綺婉約，直接花間，在北宋諸家中，可與永叔、子野抗行一代，雖所傳不多，吾浙稱此事者，莫之先矣。」李慈銘認爲，北宋詞家中，歐陽修、張先爲其佼佼者。陳克之詞「清綺婉約」，可與此二人並稱。此意即北宋時，以歐陽修、張先及陳克爲代表的詞家，因「直接花間」之旨而成爲北宋詞的代表。故而，於詞而言，李慈銘認爲「花間」爲其正脈。因此，南宋詞則因其曲意萎靡，被李慈銘痛批爲「骩骳之習」。如其言：「予嘗論詞固莫富於南宋，律亦日密，然語蕪意淺，俚鄙百出，此事遂成惡道。蓋金荃蘭畹之旨，固蕩焉盡失，即小山、六一暨淮海安陸諸公之風神格韻，亦無復存者。嗣後延元及明，吃茱

〔註131〕《日記》光緒十七年（1891）十月二十六日。
〔註132〕《日記》光緒九年（1883）三月二十四日。
〔註133〕《日記》光緒十四年（1888）十二月初一日。
〔註134〕《日記》咸豐五年（1855）九月初十日。

－122－

事魔,樂府幾絕於世。周叔子謂南宋骫骳之習,實清眞開之,是則藝苑之公言,誠不能爲鄉曲諱也。蓋其先若耆卿之圖俚,介甫之粗劣,山谷之率硬,皆爲南宋人權輿。」〔註135〕南宋詞雖多,但卻墮入「惡道」。以周邦彥爲發端,柳永、王安石、黃庭堅等繼之以「圖俚」「粗劣」「率硬」,遂開南宋「骫骳之習」。而這種風格正是「失正」之詞的最大特點。

法與正既是文體觀,又是創作觀。法爲正的客觀基礎,而正是對法的闡釋與約束。法包括義法與師法。師法又由古法和家法構成。法首先是一種文體觀,同時,遵循義法、確守古法又是對創作者所提出的要求。而正是對法的進一步限制。它是基於「法」這種文體觀的創作觀。同時,正又帶有批評觀的形跡。作品是否守正,其在創作過程中,均要遵循義法。只有遵循義法,確守古法的作品才是「正」之作,否則即爲「失正」。

前文已述,在李慈銘的視域中,杜詩的精髓在於遵法守正。以往「學杜」「似杜」者多從詩歌主題與格律上模仿杜甫。而「法正」則是在文體觀中明確文學的內在理路,在創作觀中提倡遵循這種規律。這正契合了杜詩的精髓。「法正」觀念由詩擴展至文、詞等其他文體,成爲李慈銘「眞杜」思想的重要一脈。

〔註135〕《日記》咸豐十一年(1861)四月初六日。

第四章 「清」——李慈銘「眞杜」思想的批評觀

　　「清」在中國文學史上是一個重要的概念。它與文學的本質論、創作論相關，同時又與文學批評緊密相連。自魏晉始，古典文學尚「清」的觀念開始顯現出來。降至晚清，以李慈銘爲代表的晚清文士亦對「清」情有獨鍾。李慈銘對「清」的界定，既繼承前代「澄明」的本質，又對其賦予「簡雅」的內涵。「清」不僅是李慈銘文學批評的一個術語，更是他文學批評的終極標準。「清」及其派生詞最初的應用範圍，在前代的文學歷程中，大體侷限於文學創作與文學批評。李慈銘則將其應用於文學功能的闡釋，甚至延展至文學史的評價上。這種尚「清」的文學思想並非完全出於李慈銘的個人喜好。它是晚清文壇崇宋、崇明的基本表現之一。它亦體現了晚清文士對擺脫混沌的社會大環境的一種訴求。

一、李「清」之內涵

　　晚清以前關於「清」的概念，蔣寅《古典詩學中「清」的概念》一文已做過清晰、系統的闡述。此文在前代學者諸多研究的基礎上，將「清」的內涵劃分爲與本質論、創作論相關的構成性含義和與風格論、鑒賞論相關的審美性含義。具體而言，「清」是指「詩歌語言的明晰省淨，詩人氣質的超脫塵俗，立意與藝術表現的新穎，此外還有意境和情趣的淒洌和古雅等」〔註 1〕。由此可見，晚清以前，「清」的概念有三個特點：一是「清」專就詩學而言，對其他文體的評價則多不用「清」。二是「清」的應用範圍侷限於文學創作和

〔註 1〕蔣寅：《古典詩學中的「清」的概念》，《中國社會科學》2000 年第 1 期。

文學批評中，而在文學功能觀與文學史的評價中則較爲罕見。三是「清」用來表現新穎的立意和淒冽古雅的意境，亦可指代作者的個性氣質。但作者的個性氣質如何作用於文學作品，文學作品又如何體現「清」，這一過程尚不夠明晰。

李慈銘在歷代文士對清的傳承與使用的基礎上，豐富清的內涵，拓展清的應用範圍，使「清」的派生層級更爲多樣，從而發揚了「清」這一古典文學概念在晚清文壇的作用。

（一）清非何

氣是中國古代文化中形成較早的一個概念。「氣，是中國古代哲學中表示現代漢語中所謂物質存在的基本觀念。氣的原義指有別於液體、固體的流動而細微的存在；在古代思想發展的過程中，氣亦指一切獨立於人類意識之外的客觀實在的現象。人和生物依靠呼吸而生存，於是古代人認爲氣是生命之源，而氣本身並非生命。物質是一個後起的名詞，在古代典籍中，所謂物指個體實物，所謂質指有固定形狀的實物，而泛指客觀實在的觀念乃是氣。」〔註2〕即氣最初的意義是指代宇宙萬物生長的狀態。如《周易》言：「乾始降氣者也，始而通，終而濟，保其正也。」〔註3〕又《道德經》有「始者，道本也。吐氣布化出於虛無，爲天地本始也。」〔註4〕隨著「氣」概念的使用和發展，「氣」概念範圍逐漸從單純地指代客觀物質世界，擴大至人類的精神世界。氣成爲生命力的概括和象徵。這種生命力就包括了人的精神之氣、思想之氣和情感之氣。

當人的精神、思想和情感之氣投射到文學作品中，又被文學作品反映出來時，這種氣便是文學作品的生命力。「在中國古代文論中，『氣』既是萬物始基、生命本源，又是文學的本源與本體，是創作主體的生命、氣質、才性的表徵。當『氣』貫注於創作客體之中，又成爲客體的生命力與風格氣質等。」〔註5〕

文學中的「氣」與「師法」和「正」相似，都是由主體賦予客體之中的。主體將氣賦予客體之後，氣便依附於客體存在，從而脫離了主體的依附性。

〔註2〕 張岱年：《中國古典哲學概念範疇要論》，中國社會科學出版社，1989 年版，第30頁。
〔註3〕 〔周〕卜商撰：《子夏易傳》，《卷一周易‧上經乾傳第一》。
〔註4〕 〔周〕老聃，河上公注《老子道經上》注（四部叢刊景宋本）。
〔註5〕 楊星映：《試論以氣、象、味爲核心的中國古代文論元範疇》，《西南大學學報》，2011 年 11 月。

而客體所表現的氣卻仍然帶有主體的性質。在從主體到客體的傳輸過程中，氣並不一定是恒定的。它可以是不完全的，非封閉的。在傳輸中，氣的量可以增加，也可能減少，氣的質可以由俗變雅，可能由雅變俗，抑或者俗雅參半。因而，由主體賦予客體之中的氣便因爲主體的不同而使得文學作品所體現出的氣存在著差異。從作家個性氣質及其生活環境的角度而言，其主體對客體的投射易形成村氣；從創作技巧而言，其主體對客體的投射則易表現爲色相。清在李慈銘的文學觀念中，即要求這兩種投射非村氣、無色相。

1. 清非村氣

最早將「氣」應用於文學評論當屬曹丕的「文氣說」〔註6〕。曹丕所謂之「氣」也正是融合了上述三種之「氣」。至宋及以後，「氣」在用於詩文評時，多爲貶義。如「酸餡氣」〔註7〕「煙火氣」〔註8〕「學究氣」〔註9〕「頭巾酸氣」〔註10〕「寒酸氣」〔註11〕等等。

至明清時期，批評者多喜用「村氣」作爲上述諸「氣」的代名詞。如趙

〔註6〕 楊星映：《試論以氣、象、味爲核心的中國古代文論元範疇》，《西南大學學報》2011年11月。「我認爲曹丕《典論・論文》中的五處『氣』，涉及文的本源、作家的氣質才性和作家之氣在作品中的體現等三個方面：『文以氣爲主』的氣，涵蓋較廣，既指作家的主觀精神、創作個性即其氣質才性，又指作家之氣在作品中的體現；『氣之清濁有體』的氣，指作爲宇宙萬物基始物質的元氣在作家身上的體現，它是有清氣和濁氣之分的；『引氣不齊』的氣，指人的體氣；『徐干時有齊氣』與『孔融體氣高妙』的氣，指作家氣質才性在作品中的體現，而且還涉及作家生活的地理環境習俗對作家氣質才性形成的影響。此外，曹丕《與吳質書》還提到：『公幹有逸氣，但未能遒耳。』逸氣與齊氣、體氣均指作家不同的氣質才性。可見『文氣』範疇一出世就顯示出具有渾融性、多義性，涵蓋了文學的本源、創作主體的生理與心理特徵及與其生活環境的關係、創作主體精神意志對創作客體的投射貫注等諸多方面。」

〔註7〕 葉夢得《石林詩話》：「近世僧學詩者極多，皆無超然自得之氣，往往反拾掇摹效士大夫所殘棄。又自作一種僧體，格律尤凡俗，世謂之酸餡氣。」（何文煥《歷代詩話》中華書局，1981年版，第426頁。）

〔註8〕 〔明〕王文祿《詩的》：「故曰：作詩不可有煙火氣。」百陵學山上海涵芬樓影印明隆慶刻本。〔明〕鄺露評木客近體詩「無塵俗煙火氣」。（鄺露：《赤雅》（卷一）文淵閣四庫本。）

〔註9〕 〔清〕吳喬《圍爐詩話》卷五引黃公詩評：「宋人力貶綺靡，求高淡，而隨入酸陋，太學究氣。」（《清詩話續編》，第616頁。）

〔註10〕 〔清〕翁方綱《石洲詩話》卷一浦起龍《讀杜心解》一書解《送遠》等詩「苦於索摘文句，太頭巾酸氣，蓋知文而不知詩也。」（《清詩話續編》，第1382頁。）

〔註11〕 〔清〕李調元《雨村詩話》卷下評江西詩派「以其空硬生湊，如貧人捉襟見肘，寒酸氣太重也。」（《清詩話續編》，第1534頁。）

翼評黃庭堅詩時言：「自中唐以後，律詩盛行，競講聲病，故多音節和諧，風調圓美。杜牧之恐流於弱，特創豪宕波峭一派，以力矯其弊。山谷因之，亦務為峭拔，不肯隨俗為波靡，此其一生命意所在也。究而論之詩，果意思沉著，氣力健舉，則雖和諧圓美，何嘗不沛然有餘，若徒以生闢爭奇，究非大方家耳。……終不免村氣」。〔註12〕李慈銘則是在批評楊萬里時言其律詩「精梗油滑，滿紙村氣。似擊壤而乏理語，似江湖而乏秀語。」〔註13〕

此外，村氣除用於批評文學作品，亦用於楹聯、書法、繪畫等藝術形式的批評。如梁章鉅提到，「胡可泉知蘇州，揭一聯於門外，云相面者、算命者、打抽豐者，各請免見。撐廳者、鋪堂者、撞太歲者，俱聽訪拿，則未免村氣太甚矣。」〔註14〕評論書法如劉熙載言：「凡論書氣，以士氣為上，若婦氣、兵氣、村氣、市氣、匠氣、腐氣、傖氣、俳氣、江湖氣、門客氣、酒肉氣、蔬筍氣，皆士之棄也。」〔註15〕村氣與「市氣」「匠氣」「腐氣」等並列為劉氏所認為的「士之棄」。「靈石草堂圖，僅二尺許，高古深厚，純用荊關法，范中立以下不能及也。予竟日披對，殊忘身在人世間，昔劉彭城詩有云：『卻憶山中客，披圖日幾回。』似為予詠也。嘉禾項氏印章太多，甚覺村氣。」〔註16〕由此，「村氣」一詞並非單純用於文學作品的批評，而是被廣泛應用於藝術的品評。「村氣」更不是李慈銘的獨創，而是明清時期被廣泛應用的批評術語。

（1）何為村氣

「村氣」在明清時期的語言應用中，有兩個方面的內涵；其一是指人的氣質。其二是指藝術作品的風格氣質。〔註17〕

村氣首先指人的氣質。人的氣質是人相對穩定的個性特點。「人欠雅致曰『村氣』。唐世語林薛萬徹尚丹陽公主，太宗嘗謂人曰薛駙馬村氣。」〔註18〕這裡，「村氣」就是薛駙馬表現出來的缺乏雅致的氣質。可知，「村氣」與「雅致」相對。再如「左思氣粗，每發一言努目掀唇，頭顱俱動，時覺村氣撲人。凡豪則易粗，豪而卓乃真豪矣。」〔註19〕則又知，「村氣」與粗豪相關。

〔註12〕〔清〕趙翼：《甌北詩話》續卷十一《黃山谷詩》，清嘉慶湛貽堂刻本。
〔註13〕《日記》光緒十一年（1885）十月初四日。
〔註14〕〔清〕梁章鉅：《楹聯叢話》卷八，清道光二十年桂林署齋刻本。
〔註15〕〔清〕劉熙載：《藝概》卷五《書概》，清同治刻古桐書屋六種本。
〔註16〕〔清〕孫承澤：《庚子銷夏記》卷二《王蒙靈石草堂圖》，清文淵閣四庫全書本。
〔註17〕本文中主要討論文學作品的風格氣質。
〔註18〕〔明〕顧起元：《說略》卷十四，清文淵閣四庫全書本。
〔註19〕〔明〕陸時雍：《古詩鏡》卷九晉第二，清文淵閣四庫全書本。

　　「村氣」既在形容人的氣質上與「雅」相對，其在應用於文學作品的風格時亦如是。在文學作品批評中，「村氣」往往意指三個方面的意思。一是指作品的整體風格俗氣；二是指作品的語言、意境或趣味等搭配不和諧；三是指用語的簡單、粗俗。

　　首先，「村氣」是指文學作品整體風格缺乏雅致之氣。如清代梁章鉅《退庵隨筆》引袁枚《隨園詩話》之語云：「詩貴淡雅，亦不可有村野氣。」〔註20〕又如陸應陽《樵史》評詩時言：「今讀胡詩『穆天八駿空飛電，湘竹英皇淚不磨』，實是訕語，而詩史村氣可笑也。」〔註21〕整體風格上的「村氣」往往來自作者的個性氣質的投射。蘇東坡謂：「草書歌決非太白所作，用唐末五代效禪月而不及者。且訾其箋麻絹素非數箱之句，村氣可掬。」〔註22〕蘇軾認爲《草書歌》並非出於李白之手，其最大的論據即是其詩句「村氣可掬」。李白的詩仙氣質，自然無法與村氣相聯繫。因李白自身的高雅氣質，其詩歌便也呈現出某種雅致、不同俗流。因而《草書歌》中的「村氣」定非出於李白。文學作品是作家的意識流動與情感表達。作品中有著強烈的主觀色彩。作家個性的庸俗必然導致作品的「村氣」。

　　其次，村氣還指因作家主體的學養不足而導致的詩句、意象等搭配不當的現象。這是技術層面的問題。而這個問題的根源則是作家主體缺少學識積累。蘇軾謂「腹有詩書氣自華」。學識的匱乏必然導致作家「氣」的不足。主體「氣」不夠雅致，其投射到文學作品中時，則必然顯現出「村氣」。如沈長卿言：「近習最可厭者，妄作四言詩，又不能造句依然，掇拾毛詩口語，雜以自己詞頭，譬村婦貸得夫人珠翠，不敢全插，又把三家村時樣花配搭，更覺村氣。」〔註23〕學識不足而刻意化用雅句，而俗句不能免，這種搭配即如村婦將高雅的珠翠以村俚常見的方案搭配，從而使得俗氣更爲濃鬱。此亦爲一種村氣。避免村氣的方法則是遷就原有的學識程度，即如汪惟憲所言：「聯句正以不俗爲佳，不必切其姓氏，市儈每喜遙遙華胄如延陵太原之類，可□已極，即芝蘭之樹三槐五桂等語，並有村氣。若貧士屋宇卑陋，須借聯句蕭灑有味，以當池館花竹之娛，勿效門面闊大也。」〔註24〕村氣即爲「俗」。而作

〔註20〕　郭紹虞：《清詩話續編》，上海古籍出版社1983年版，第1959、1995頁。
〔註21〕　〔明〕陸應陽：《樵史》卷四，清書三味樓刻本。
〔註22〕　〔清〕王綺：《李太白詩集注》卷八《古近體詩共五十三首》，清文淵閣四庫全書本。
〔註23〕　〔明〕沈長卿：《沈氏日旦》卷十一《秋浦詩引》，明崇禎刻本。
〔註24〕　〔清〕汪惟憲：《積山先生遺集》卷六《答友人》，清乾隆三十八年汪新刻本。

詩聯句以「不俗爲佳」。這並非要求聯句一定要雅，而是強調下句與上句的搭配。上句若簡單清新，下句則無須濃妝豔抹。若刻意求雅，反而易落俗套，形成「村氣」。

再次，村氣往往是由作家主體的主觀意志導致的，即創作態度的問題。如劉鳳誥在評析杜甫《北征》詩時，贊其寫出了夫妻的深情摯感，進而言：「秦州詩乃有『曬藥能無婦』句，進艇詩畫引老妻乘小艇至比之蛺蝶相逐，芙蓉自雙不嫌纖。佽江村詩『老妻畫紙爲棋局』更可想其白頭廝守，優游愉悅意象。『客夜詩老妻，書數紙應悉，未歸情孟倉，曹遣酒醬詩，理生那免俗，方法報山妻。』此皆家室中情眞而語樸者，後人於憶家寄內詩，知避村氣而漫逞風趣，幾自忘其置閨閫，何（爾）等讀此當知立言。」〔註25〕劉氏強調寄內詩應「知避村氣而漫逞風趣」。而對於寄內詩的上層概念——文學作品而言，其創作未必「漫逞風趣」，但「知避村氣」卻是其題中應有之義。由俗字、俗句及俗趣的村氣，是創作者態度「非雅」所致。

從「村氣」概念的使用中可以見出，導致作品「村氣」的原因可大致劃分爲兩類：一類是創作主體的能力；一類是創作主體的態度。就創作主體的能力而言，作家因學養不足，使得自身素質低劣。氣質的俗化導致投射於作品中的「氣」品質不高，故而作品表現出了「村氣」。此外，創作主體的學識不足，也使得主體具體操作，即遣詞造句時處理不好詞句的搭配，出現技術問題。這便直接導致了作品的「村氣」。創作主體的態度則是作品「村氣」的又一直接誘因。作家刻意用俗字、俗詞，以及情感的俗化，皆可使作品充滿「村氣」。

（2）李慈銘的「村氣」

「村氣」的概念在李慈銘的文學評點中亦常出現，是一個重要的批評術語。村氣與清雅相對，因而在李慈銘的文學批評中，村氣的作品亦非佳作。李慈銘與諸多明清文士一樣，用「村氣」來描述文學作品俗氣的風格。如其閱陳蔚《九華紀勝》時評其文爲「採取頗博，而不免村氣。」〔註26〕文章視野的開闊並不是避免村氣的良方。陳文雖然「採取頗博」，但萬象雜糅，亦不免使文章的整體風格呈現出「俗」的氣質。又如李慈銘在批評李德裕《李衛公集》時，言及中唐以後的散文時言：「中唐以後文自韓柳外，首推牧之，次

〔註25〕〔清〕劉鳳誥：《存悔齋集》卷二十四杜詩話，清道光十七年刻本。

〔註26〕《日記》光緒十一年（1885）十二月十八日。

則衛公，次孫可之，次李文公，次皇甫持正、李元賓，又次則獨孤文會、元次山、劉中山、李遐叔、李子羽、梁補闕、蕭茂挺、歐陽四門，若張文昌、元微之、李義山，又其亞也。劉文泉、沉下賢、皮襲美、陸魯望，已不免村野氣太重。司空侍郎羅江東，則樸不勝俗，健不勝貧矣。」〔註27〕李慈銘將中唐以後諸散文大家分列座次，進行排行。其將劉文泉（蛻）、沉下賢（亞之）、皮襲美（日休）、陸魯望（龜蒙）等人列於後位的原因，正是嫌其「村野氣太重」。此處的「村野氣」即是村氣的擴展，或可稱爲其「全稱」。

李慈銘所謂的村氣首先指的是一種俗氣。如其在閱大曆十才子詩時，言：「十子中如錢、郎、司空、二皇甫，詩境皆如孤花倚石，楚楚可憐；又如寒山古寺，清磬數起。但才力太弱，長句聯語，往往合掌，無變化之跡。七言尤甚。其所以勝宋人者，雅俗之別耳。宋人若放翁，所力盡可雄視十子，而不免有村氣。」〔註28〕李慈銘謂大曆十子才力太弱，而之所以較以陸游爲代表的宋人詩作勝出一籌的原因，則在於大曆詩「孤花倚石」「清磬數起」，有一股清雅之氣，而陸放翁之詩則「不免有村氣」。大曆與陸游，是爲「雅俗之別」。

村氣既爲俗氣，則包括粗俗、浮淺等山林村野的習氣。如其評清顧廣譽《悔過齋文集》言：「閱顧訪谿《悔過齋文集》七卷，……所作志傳諸文，不出村師里婦，而多紀善言苦節，足爲觀法。」〔註29〕「村師里婦」既是字面意思，又代指了未經正規學術訓練的作者。「村師里婦」之言往往簡單、粗俗，且錯誤百出。又如李慈銘在論及各朝末年的江湖派時，言其「爲山林村野畸仄浮淺之人所訛」。〔註30〕李慈銘批評各朝的江湖派爲「惡派」，即因其常爲淺俗讖滑語。此處又言江湖派由山野村夫託名寄生的派別。可見，李慈銘所謂的村氣，亦包括「畸仄」「浮淺」的意義。再如李慈銘言楊萬里之作爲：「粗梗油滑，滿紙村氣，似《擊壤》而乏理語，似《江湖》而乏秀語。」〔註31〕這種「粗梗油滑」「乏理語」「乏秀語」的作品即爲「村氣」之作。而這類作品又恰是「尙雅音」的反面。因此，「村氣」即是與雅相反的「俗氣」。

然而，村氣雖爲俗氣，卻特指俗氣中與清雅相對的「寒儉氣」。俗氣未必

〔註27〕《日記》同治元年（1862）十一月初四日。
〔註28〕《日記》咸豐七年（1857）十二月十六日。
〔註29〕《日記》光緒五年（1879）五月十八日。
〔註30〕《日記》光緒九年（1883）三月二十四日。
〔註31〕《日記》光緒十一年（1885）十月初四日。

是窮酸氣。它可以是富貴的俗，即上文所述的搭配不當導致的俗氣。而李慈銘的「村氣」則專指俗氣中的「寒儉氣」。如其評祁寯藻《䭵欿亭集》時所言：「其詩原本香山東坡，致力頗專，故其前集頗多清雅之作。惜書卷不足，工夫未純，如三五村家女，姿首明秀，練裙竹釵，楚楚可人，而時不免寒儉氣、鄙俗語。」〔註32〕此處，李慈銘明確指出，與清雅相對的「村氣」，是三五村家女所體現出的「寒儉氣」。又如李慈銘在評析宋詩時，言：「宋自蘇黃派盛，才氣益出，格調一新。後進規模，山人放浪，於是北宋名家純實之氣，醖藉之度，變滅殆盡。至南渡光、寧以後，自朱子、放翁、平園數家外，雖巨公名德，其所作亦皆尖新、刻露，往往村野氣多，絕無臺閣雍容之象。」〔註33〕李慈銘將「村野氣多」與「無臺閣雍容之象」並舉。其意即將「村野氣」與「臺閣雍容之象」相對立。村氣既特指俗氣中的「寒儉氣」，那麼，其自然與富貴華美的「臺閣」相異。李慈銘將臺閣之文稱爲與村氣相對的高雅之作。而臺閣往往意味著「約束」。臺閣之文皆出於學院派文人之手。他們的創作經過正規的訓練，有著「法正」的約束，加之其身處環境的作用，因而能體現出雍容之象。村氣則恰與之相反。「村野氣」中的「野」字，也代表了無拘無束的狀態。「野」即是「無法」；即是「失正」。這與李慈銘法正的文體觀與創作觀大相徑庭。故而，李慈銘於批評觀中，力斥與「清雅」相對的「村氣」。

在村氣產生原因的表達上，李慈銘與明清各家略有不同。李慈銘認爲村氣是俗氣中的「寒儉氣」。但其原因並非出於作家主觀意志，即刻意爲俗詞、俗語。而是作家視野、學識對其能力的限制。這種限制使得作家的技術水準不足以將其「雅氣」完整地投射於作品之中。如其在批評吳錫麒《有正味齋集》時言：「自二十一二歲時，閱《有正味齋集》，間便輕之，後遂絕不屑懷。今老矣，客氣盡去，頗覺其辭旨清切，亦有過人處。今日即所見論之，穀人才弱，筆不能舉其氣，蹊徑亦太凡近。」〔註34〕李慈銘認爲，吳錫麒才力的淺弱是其不能將其「氣」灌注於作品之中的主要原因。因其「才弱」，使得其《焦山》一文「全是俗筆」。創作主體的「才弱」便會使其視野受限，導致見解偏狹。李慈銘將這種情況稱之爲「村學究之見」或「村夫子之見」。如其在評點戈順卿《詞林正韻》時言：「順卿自以專力於詞，能辨別宮商，較量分寸，

〔註32〕《日記》咸豐十年（1860）六月初五日。
〔註33〕《日記》光緒十七年（1890）二月二十七日。
〔註34〕《日記》光緒五年（1879）十二月初八日。

－132－

其實不過奉白石、玉田之詞爲金科玉律。妄言律呂，不謾鳥焉，一村學究之見解耳。」〔註35〕又如其評顧惟康《學詩詳說》時言：「惟康謂朱子說視舊說益爲允當，眞村夫子之見矣。此書用力甚勤，亦頗平心求是，而不知古義，識解卑近，惟更於初學而已。」〔註36〕才力的薄弱致使視野窄小。「村夫子」由於生存環境的局促，其視野必然受限。又因貧寒、偏僻而缺乏正規的教育。這便使得「村夫子」的學養不足，才學低下。因而村夫子所作文則必然帶有濃厚的鄉土俗氣。李慈銘稱之爲「村氣」。這種村氣是一種失之清雅的風格。

2. 清少色相

色相在佛教用語中，指代萬事萬物的外在形貌，是一個客觀的物質概念。「不著色相」在多數文學批評家的應用中，是指不著意刻畫事物的形貌，從而使文學作品達到清空的狀態。這是因爲，文學功能爲敘志言情，而非單純地描畫圖景。創作主體將情感寓於情景之中時，情景的「不著色相」才能使情感更好地傳達給讀者。這即是所謂的「得意忘象」。

李慈銘在前代諸家的基礎上，擴展了「色相」的範圍。他將視覺與聽覺上的「聲色」皆列入「色相」的範圍。從而將色相的意義，從本質上，擴展爲創作主體之氣灌注於文學作品後，再由作品呈現給讀者的濃豔氣質。而李慈銘所謂的「不著色相」，亦非無色相，而是將「色相」控制在「清」的標準之內，從而使作品在外在形態上簡單、清省，而在內在含義上感情濃鬱。

（1）何爲色相

自佛教經典大量翻譯以來，中國傳統文士常借用佛教術語進行文學作品的點評。色相即是其一。色相意指萬物的形貌，是佛教用語。《涅槃經·德王品四》有「（菩薩）示現一色，一切眾生各各皆見種種色相。」

在古代文學批評中，批評家常要求作品「不著色相」。「不著色相」即是指在文學創作中，不著意刻畫外物的形貌，從而使語出自然而無人工痕跡。沈祥龍《論詞隨筆》說：「清者，不染塵埃之謂；空者，不著色相之謂。」不著色相即是「不染塵埃」，亦即「清空」。

批評家之所以要求作品「不著色相」，其原因在於：文學的功能是傳達情志。他們認爲，作品的色相會影響情志的傳達，使作品的題旨淹沒於色相之中。《文心雕龍·物色》言「春秋代序，陰陽慘舒，物色之動，心亦搖焉。」

〔註35〕《日記》同治十一年（1872）四月初三日。
〔註36〕《日記》光緒七年（1881）五月二十八日。

外在景物的變化使人的情感隨之變動。情感的多樣性雖可以使文學創作富於變化，但同時也容易使作品過多停留於景物的描摹。這便是「色相」。色相過多，就會阻礙情感的傳達。如何良俊《四友齋叢說》言：「語不著色相，情意獨至，眞得詞家三昧也。」不著色相便能使人心神平靜，使創作主體的感情順利地傳達至作品之中。也只有作品「不著色相」，其外表質樸無文，不值得留戀，才能使讀者潛心於其情感的表達，入於三昧之境。李贄謂《說書》《時文古義》二書「中間可取者，以其不著色相而題旨躍如。」〔註37〕亦是此意。創作主體的情感傳至文學作品後，因其不著色相而使「題旨躍如」。此即是「得意忘象」。文學作品若要完整地表達出被賦予其中的情感，就需要去除外部的雕飾，使之入天然之境。由此，不著色相從創作層面而言，要求創作主體語出自然，避免斧鑿痕跡；從批評層面而言，它要求作品脫卻外在皮相，準確、豐富地傳達其主旨。

（2）李慈銘之「不著色相」

李慈銘的「不著色相」與多數批評家宣導的「得意忘象」的主旨不同。其所謂的「不著色相」並非是無色相，而是將濃烈的感情注入文學作品中，而作品的表面卻簡單、清省。「色相」已藏匿於作品的字裏行間。如其自評其所著《雜占四絕句》爲「此詩本作『昨買兩桂樹，移盆置幾閣』，或謂四首皆不著色相，似以元本爲妙，誠知言也。」〔註38〕李慈銘謂其自作詩爲「不著色相」，即是言其詩在詩境上簡單明淨，而在情感上濃烈深摯。其詩〔註39〕曰：

其一　朝來桂樹〔註40〕華，瓦盆置幾閣。不知會稽山〔註41〕，紛紛幾開落？

其二　經年不入署，吏告陪郊壇〔註42〕。爲問京師大，何處借朝冠？

其三　北地多佳果，柰梨〔註43〕秋畢登。如何夜來夢，只食鏡

〔註37〕〔明〕李贄：《與汪鼎甫》，《李贄全集・續焚書》。
〔註38〕《日記》光緒七年（1881）八月初四日眉批。
〔註39〕《日記》光緒七年（1881）八月初四日。
〔註40〕木樨樹，小喬木，秋天開黃色或白色的花，香氣濃鬱。
〔註41〕會稽山，在浙江紹興東南。李慈銘故鄉爲浙江紹興。此處代指故鄉。
〔註42〕郊壇，古代爲祭祀所築的土壇，設在南郊。「陪郊壇」即陪從祭祀之意。
〔註43〕柰梨，疑爲「柰李」之誤。柰李爲喬木植物，樹冠呈半圓形，果實較大，果皮黃綠色，核小肉厚，七月下旬至八月上旬成熟。

湖〔註44〕菱。

其四 晚從西鄰歸，米盡炊還待。笑看秋樹顚，尚有斜陽在。

這四首詩皆言詩人客遊異地的思鄉之情，寄託其孤苦飄零之感，同時又表明其清高的品性。《其一》寫桂樹花開，卻不寫花之色彩，葉之濃鬱，只敍寥寥數盆置於閣子之內。「不知會稽山，紛紛幾開落」兩句，遙想家鄉浙江紹興的花開景象，藉以表達詩人的思鄉之情。《其二》敍寫詩人的自身遭遇。李氏有官無職，多年不入官署，偶而入署，則被要求陪從祭祀。但詩人卻沒有祭祀時所用的禮服。詩中「京師大」「何處」二語，點出了詩人孤苦無依的淒涼之感。《其三》再敍思鄉之情。北方水果品種繁多。每至秋之將盡之時，奈李便成熟可食。而詩人卻每每於夜夢中回到家鄉，吃著家鄉鏡湖的菱角。夢回故鄉是作者此詩的題旨。他鄉固然美食豐盛，但仍比不過家的味道。《其四》寫作者傍晚從鄰里處歸來，發現家裏已無米入炊。於是詩人自嘲地笑起來，慶幸於秋日的樹梢處，尚有一抹夕陽可供觀賞。「笑看」二字抒發了作者達觀的人生態度。家貧無米的描述加之「笑看」二字，則有「顏回之樂」的志趣。

此四詩情節單一，詩境簡潔明快。但詩中所寄的情感卻單純而深摯。四首詩於日常事物中抒發詩人的志趣，更見其情感的濃烈。而詩境上卻清新自然。李慈銘肯定了他人對此四首詩「不著色相」的評價。由此推之，李慈銘所謂的「不著色相」正是這種詩境上省淨而情感上濃烈的狀態。這種狀態就是詩人將其「氣」注入詩作後，詩所呈現給讀者的「清」的狀態。

除李慈銘的自作詩，李慈銘對其他詩作亦有以「不著色相」評點之處。如其評點李白《陪族叔刑部侍郎曄及中書賈舍人至遊洞庭五首》其一「洞庭西望楚江分，水盡南天不見雲。日落長沙秋色遠，不知何處弔湘君。」言其「較之賈至作云：『楓岸紛紛落葉多，洞庭秋水晚來波，乘興偏舟無近遠，白雲明月弔湘娥』，似賈詩略遜其不著色相。」〔註45〕李慈銘言賈至的詩較李白之詩「色相」更重。李詩的視覺著眼點首在江水。第二句由江水無盡延至水天不分的視野邊際。第三句將視角由一個焦點——江水，泛化爲全部的秋景。結句感發抒懷。賈詩的視覺著眼點首在兩岸紛紛下落的楓葉，並提示此時爲秋季。第二句從岸邊將視線移於洞庭湖水。第三句再由湖水延及水上偏舟。而結句再將視線上移至白雲、明月。仔細分析兩首詩可見：李、賈二詩雖然

〔註44〕鏡湖，又稱鑒湖，在浙江紹興西南。
〔註45〕《日記》咸豐七年（1857）八月初十日。

造境相近，但李詩由江及天，景物單一。「秋色遠」三字爲讀者提供了一個無限想像的空間。因格式塔心理，讀者會依據自身的經驗，填充詩境的留白。而賈詩的留白卻少於李詩。賈詩將落葉、江水、偏舟、白雲、明月等景象一一鋪陳，使讀者的視角由邊至中，再由中至上。而「楓葉」爲紅，水、雲、月皆爲不同程度的白，在色彩上較李詩豐富。雖「弔湘君」與「弔湘娥」表達的情感相同，但前三句造境的不同使結句情感傳達的程度有所差異。李詩造境單一，留給讀者更多的空間去體味結句的情感。而賈詩造境較爲複雜，使讀者「目不暇接」，影響了讀者對結句情志的接受。因而，李慈銘言李詩較賈詩更爲「不著色相」。

　　李慈銘所言的「色相」，其含義已超出了佛教中「色相」爲萬物形貌的範圍。其「色相」除了萬物形貌的意義，還指代視覺上的色彩。同時，它也是一種精神面貌。「不著色相」不是「無色相」而是少色相，是「濃妝淡抹」的狀態。文學作品需要「色」來吸引讀者，形成畫面感。但「色」不能過濃，過濃則易喧賓奪主。李慈銘並不否定「色」在文學作品中的作用，如其在評論王弇州《袁江流》樂府時言：「弇州才大，實明代第一。觀《袁江流》一篇，洋洋詩史，立言用事，色澤音節，無不入妙，自唐以後無此作也。予手錄之凡三度矣。」〔註46〕「色澤音節，無不入妙」，即是言其詩作在視覺與聽覺上的高水準。又如其在點閱《小謨觴館詩》時言：「甘亭一身坎壈，詩多鬱抑慷概之辭。骨力遒上，彩色亦足。」〔註47〕「骨力遒上，彩色亦足」，則是在正面評價詩的整體風格。「骨力」體現出詩作質實的生命力，而「彩色」則表明了詩作生命力的鮮活性。再如其言《唐荊川文集》中敘沈希儀廣右戰功一篇爲「敘次歷歷如繪，備極聲色，固足動人。」〔註48〕「聲色」全備才足以「動人」。這是李慈銘認爲好的文學作品的標準之一。文學作品的目的是引起讀者共鳴。而引起共鳴的方法之一，在李慈銘看來，就是「備極聲色」。這種「聲色」被李慈銘統稱爲「色相」。但「色相」過多，就會影響讀者對情感的接受，從而影響共鳴的產生。因而，李慈銘強調「不著色相」，使「色相」的多少維持在一定的程度內。這個程度就是「清」。

　　「色相」，從本質上說，是創作主體之氣灌注於文學作品之中，再由作品

〔註46〕《日記》同治十一年（1872）十二月十一日。
〔註47〕《日記》光緒五年（1879）二月初七日。
〔註48〕《日記》同治七年（1868）七月二十日。

呈現出的濃豔氣質。如李慈銘在評價李商隱詩時，言其「全以氣行文，大開宋人門徑，如法師參禪，開將賦詩，時露山野氣，風雲色，自郤以後無譏矣。」〔註49〕氣是一種生命力，它承載著創作主體的情感，而情感的表達則需要外在的形貌，即「聲色」帶來的聽覺與視覺上的刺激。這種由氣形成的「聲色」便是「色相」。因而，在「不著色相」的情況下，若欲得到清的狀態，首先要求創作主體本身才氣十足。如王詒壽因「才情清雅」，故其「律絕近體頗華秀，近明之何、薛、皇甫諸家。」〔註50〕總之，不著色相的作用就是達到「清」。

（二）清為何

「清」爲雅正之「氣」。於人而言，「清」是構成文士的基本要素。如其言：「蓋人秉兩間之氣以生，得其清且秀者爲才人、爲文士，而與庸眾相稱校。轉有厚薄之異，又重爲刻煉雕琢以傷殘之，故其耗竭倍易。而世之爲才人、文士者，又多不自愛惜，而誤用之纖靡巧麗之技，以娛一時之耳目，曾不轉眴而已舉草木同腐，豈不悲哉？」〔註51〕個人氣質稟賦不同，取得的成就，或者擅長的方面也不同。在李慈銘看來，氣質「清且秀」者才能成爲人才，成爲文士。「清」本身具有「雅」的內涵。且「清」的批評觀又是基於「正」的創作觀之上的。因此，「清且秀」的「氣」，實爲一種雅正之氣。故而，「清」首先來源於「氣」，氣「雅正」則才「清」，才「清」故文「清」。具體而言，這種雅正之氣的「清」在文學批評觀中則有兩種體現：一是略帶禪韻的意境；二是才致與情緒的表達。

1. 清是略帶禪韻的意境

「清」字在歷代的使用中，其本身就被賦予了宗教的屬性。中國古代兩大主流宗教是道教和佛教。道教用「清」指代天。「清」即代表著「天道」。而佛教中則常用「清」來指代寂靜無爲，超脫塵世的狀態。

道教中的「清」是天的屬性，有時也用來指代「天」。清本義是指水的乾淨、透明的狀態。《說文解字》謂「清，朖也。澂水之皃。」段注：「朖者，明也。澂而後明。故云澂水之皃。引申之，凡潔曰清。凡人潔之亦曰清。」〔註52〕清

〔註49〕《日記》咸豐五年（1855）六月十八日。
〔註50〕《日記》同治五年（1866）三月二十九日。
〔註51〕〔清〕李慈銘：《與呂定子書》，《越縵堂詩文集》，第849頁。
〔註52〕〔漢〕許慎撰；〔清〕段玉裁注：《說文解字注》，上海書店出版社，1992年版，第550頁。

即明朗，最初專指水的狀態，後經過詞義衍變，它既可指物的潔淨，也可指人的品行高潔。而在道教的思想中，水又是善的物質喻體。《道德經》第八章：「上善若水，水利萬物而不爭，處眾人之所惡，故幾於道。」〔註53〕善就像水一樣與世無爭。故水是善的代表，接近於道。那麼，清便是「道」的屬性。故而，《莊子·天運》有「行之以禮義，建之以太清。」成玄英疏曰：「太清，天道也。」「太清」即已用來指代「天道」。又《道德經》第三十九章：「昔之得一者，天得一以清，地得一以寧，其致之也，謂天無以清，將恐裂；地無以寧，將恐廢。」「清」作為「天」的必要屬性，是「天」之所以存在的根本。再《太上老君開天經》：「太初得此老君開天之經，清濁已分，清氣上升為天，濁氣下沉為地。」清作為氣的一種，上升構成了「天」。這裡，道家將「清」與「天道」緊密地聯繫在一起。清成為「天道」的屬性，甚至有時用來指代天道。

「清」在佛教中常與「淨」連用。段玉裁注《說文解字》釋「清」，「同瀞。」「瀞」，即「淨」。佛教典籍中，帶有清字的詞語有「清淨門」「六根清淨」「清淨法身」「一切清淨善法」「清淨心」等。甚至世人在談及佛教時也常用「清燈古佛」以喻之。「清」因「乾淨」「透明」的原因，在佛教術語中用來指代不染塵埃、超脫世俗的境界。

清因澄淨的本義而被宗教典籍大量使用。而宗教之人與世俗文士的廣泛交流，又使傳統文士在使用「清」字時，帶有了宗教的色彩。李慈銘即是將「清」的這種宗教屬性融合在其詩學及文學批評中。

晚清以前，文人對清在意境上的界定與使用，限於表現淒冽和古雅，而李慈銘的「清」意境中，多了些許禪韻。這種禪韻表現在兩個方面：一是以禪語入詩，以直接的方式構建清空的詩境。二是無禪語而有禪意，同樣使全詩充滿了類似宗教的超凡脫俗的意境。

以禪語入詩是最易使詩歌呈現「清」的宗教屬性的方式。李慈銘對於詩歌是否「清」的批評中，也明顯將帶有宗教性詞彙的詩歌劃入「清」的行列。如其評潘星翁詩云：

> 得星翁書，並以近作五古六首見示。其《曉遊天王寺》云：「一雨卻煩暑，清氣滿林麓。遂作招提遊，塔影表初旭。拄笻挹朝爽，山容若新沐。疏花移晚紅，媚然倚修竹。蝴蝶飛兩三，依依媚涼綠。臨風誠茶荈，一瓢汲秋綠。何當濕塵纓，逍遙謝羈束。證此清淨因，

〔註53〕〔魏〕王弼注：《老子道德經注校釋》，中華書局，2008 版。

焚香禮金粟。」《坐慈仁寺見山閣》云：「塵外愜幽眞，一逕尋崔跡。
白雲在高閣，疑是雪初積。群峰方悄然，寶林寫蕭槭。危欄一徙倚，
遠勢收咫尺。萬象一鏡中，毋許纖翳隔。此心同妙明，眞景謝刻畫。
松陰罨長廊，鎮日坐空碧。眞磬時一聲，煙蘿澹將夕。」皆清妙可
誦，極似漁洋集中學韋、柳作也。〔註54〕

潘星翁此兩詩皆中和淡雅，分別構建了兩幅清新淡雅的詩境。「證此清淨因，
焚香禮金粟」與「萬象一鏡中」「此心同妙明」等語，使兩詩充滿了超脫世塵
的禪境。李慈銘贊此兩詩「清妙可誦，極似漁洋集中學韋、柳作」。韋柳之作
以簡古淡雅被後世稱道，如蘇軾在《書黃子思詩集後》即言：「李、杜之後，
詩人繼作，雖間有遠韻，而才不逮意。獨韋應物、柳宗元發纖穠於簡古，寄
至味於淡泊，非餘子所及也。」王士禎早年同樣宣導清麗澄淡的詩風。李慈
銘未明言他認爲王士禎集中哪些詩爲學韋、柳之作。但既爲仿作，其簡淡風
格必趨同。因而，李慈銘此處亦是稱讚潘氏之詩有韋柳的清雅之風。而這種
清雅，李慈銘稱之爲「清妙」。它是指超然脫俗且伴有禪意的詩境。再如李慈
銘在評論其祖父的詩歌時言：「平世士夫，亦間尙風流，而不以刻意詩歌爲事，
亦無裙屐之飾，絲竹之好。信然而作，信然而輟，其吐屬皆得中和之音。故
雖不以詞藝名，而太平之象，藉之以見。予本生王父司馬公，所作詩僅及百
首，多於杖笠間得之。……（詩）皆不意求工，而性眞藹然，如春山白雲，
與天地爲駘蕩。先君子尤不多作詩，兒時曾侍遊鄉僻一寺，見偶書一絕，云：
『雨過僧樓分外涼，掩窗欹枕鳥聲長。竹陰裂處清風入，吹動楞嚴葉葉香。』
清幽夷曠，字字名雋。」〔註55〕李慈銘認爲，「不以刻意詩歌爲事」，而是「信
然而作，信然而輟」，便極易語出自然。即其所謂的「不意求工，而性眞藹然」。
因而其詩便能於自然語中，得其佳處。又李慈銘評其祖父遊鄉僻一寺詩爲「清
幽夷曠」。而此詩中亦有「吹動楞嚴葉葉香」之語。《楞嚴經》爲佛家經典經
文之一。此亦是以禪韻、禪語入詩。

　　李慈銘常將遊寺詩以「清」評論之。而此類詩中最大的特點，一是以禪
語入詩，即詞句上常涉宗教典籍，或典故；二是構建禪境，即在詩歌意象與
意境上營造一種清空、超然脫俗的境象。可見，李慈銘所謂的「清」，是借宗
教屬性而喻之的清新、超然的意境。

〔註54〕《日記》咸豐十一年（1861）二月二十日。
〔註55〕《日記》咸豐十年（1860）七月二十八日。

　　清新超然的意境多爲自然景觀，其中卻不乏人文精神中的雅氣。如其評「月泉吟社」所作詩時言：「閱林霽山集。南宋人詩，自江湖小集別開幽儁一派，至四靈而佳句益多。月泉吟社尤爲後勁，霽山其領袖也。所作高淡深秀，前躋石湖，後躐梧溪，略詮於此。《古松》云：『獨佔寬閒地，不知搖落天。山林猶古色，風雪自窮年。』《雲門》云：『僧閒時與雲來往，鶴老不知城是非。』……皆清空婉妙，蟬蛻塵埃者也。」〔註56〕李慈銘此處所列諸詩，絕少宗教詞彙。但這些詩同樣被李慈銘喻爲「清空婉妙」。依沈氏之言，不染塵埃曰「空」。李慈銘亦贊其所列詩歌爲「蟬蛻塵埃」。此即是一種超越世俗凡擾的境界。這個超境中，一切乾淨、空曠而又美好。其中的自然景物，如天地、山林、風雪等，皆帶有不問世事的人文色彩。而其詩境中的人，亦是「與雲來往」「不知是非」的清高雅士，是跳出三界外，不在五行中的超越世俗禮教與情感的自然的人。再如其評劉脀虛詩云：「劉挺卿詩所傳只十四首。鍾伯敬、林古度、王貽上皆極賞之，以爲字字可傳。其詩多清空一氣如話，卻有不落色相之妙。然稍近率易，殷璠謂其氣骨不逮，誠哉是言。古詩『天際南郡出，林端西江明。深林度空夜，煙月資清眞』四語，最爲高妙。律詩『時有落花至，遠隨流水香』十字，亦有禪諦。《寄江滔求孟六遺文》一首，清氣直達，卻句句是律體。此境亦不易到。」〔註57〕李慈銘評劉氏之詩爲「清空一氣如話，卻有不落色相之妙。」前文已述，「色相」爲佛家語，指人或物呈現出來的外在形式。而佛教以萬物皆空，以無相爲歸。「不落色相」承前「清空一氣如話」之語，強調劉詩所體現出的超凡脫俗、乾淨明朗的氣質。而從「清氣直達，卻句句是律體，此境亦不易到。」一句看來，李慈銘認爲律詩不易有清氣，即便有清氣，也很難達到像劉詩這樣「清」得連貫、痛快和徹底。此段中所舉「時有落花至，遠隨流水香」一句，雖無禪語，卻被李慈銘稱爲「亦有禪諦」。而李慈銘本人亦「精於禪理」〔註58〕。足見，李慈銘是將塑造了有禪意的詩境之詩視爲「清」的詩。即「清」就是這種帶有禪韻的意境。

2. 清是才致與情緒的表達

　　李慈銘所謂之「清」，還寄寓著作者的才致和不同的情緒。

　　清被用來描述作者思想時，常與其他詞彙搭配，構成「清思」「清新」等。

〔註56〕《日記》同治二年（1863）八月十三日。

〔註57〕《日記》同治三年（1864）十一月二十九日。

〔註58〕吳道晉手稿本《讀越縵詩隨筆》，《越縵堂詩文集》附錄三，第1567頁。

如李慈銘評論《譚友夏合集》時，言其詩「格囿卑寒，意鄰淺直。故爲不了之語，每涉鬼趣之言。而情性所專，時有名理。山水所發，亦見清思。惟才不氣粗，體輕腹陋，俚俗之弊，流爲俳諧。故或片語可稱，全篇鮮取，披沙汰石，得不償勞。」〔註 59〕「山水所發，亦見清思」是指作者寄情山水的幽思清澈無瑕，是對作者思緒一種描述。這裡，「清」一方面被用來形容寄情山水後的思維狀態。這種狀態是在對山水的描述過程中形成的。另一方面，它也指出了作品對山水自然環境描繪的結果，即「清」的本義，乾淨、明朗。又如李慈銘言：「夜爲馬上舍賡良點閱《拙怡堂詩》。上舍字幼眉，其詩讀書尚少，未能成家。然才致清新，近體具有作意。」〔註 60〕「才致清新」亦是對作者秉性的描述，是指作者的才性可以達到「清新」的程度。由此可見，「清」不僅用來描摹作品，也用來表述作家的才識、個性。而通過文學作品所瞭解的作家才致，實際上是作家將自身的才情賦予作品後，又被作品表現出來的才情。後者已不是作家原本的才情，而是讀者根據自身經驗所理解的敘述者的「才情」。因而這裡的「才致清新」，是指作品表現出來的敘述者的才華和情緒。

　清往往被用來評價文學作品的整體風格。但在不同的風格中，「清」又帶有著不同的情緒。如「閱皮、陸兩家詩。魯望詩亦粗率，然盡有佳句，襲美較蕪俗。古文詞筆相似，多以峭折取勝，然亦以陸爲佳。陸文如《甫里先生傳》等作，皮所不逮也。顧讀兩家詩文，總覺清逸可喜，蓋山林煙水之思，得者爲多耳。」〔註 61〕此處的「清逸可喜」是對皮、陸兩家詩的總體風格的評價。逸，表平淡，閒適。「清」「逸」搭配使用，體現出一種乾淨清楚、平淡安逸的放鬆心情。而「清逸」與「可喜」的連用，又描述出一種愉悅的心情，且是一種積極向上的情緒。而這種情緒的由來是「山林煙水之思」。故「逸」是由山水之境所帶來的感受。再如李慈銘舉陸游詩數首，言其「皆全首渾成，氣格高健。置之老杜集中，直無愧色。此外清新婉約者，尚有數篇。然僅到得中晚唐人境界。如《九月三日泛舟湖中作》……《禹跡寺南有沈氏小園四十年前嘗題小闋壁間偶復一到而園已易主刻小闋於石讀之悵賦》……二首自然清轉，情韻甚佳。亦劉隨州、許丁卯之亞矣。」〔註 62〕「清新婉約」亦是對陸游詩的整體風格的評價。而「自然清轉，情韻甚佳」中，「自然」即無雕

〔註 59〕《日記》同治四年（1865）九月二十三日。
〔註 60〕《日記》同治五年（1866）四月初三日。
〔註 61〕《日記》咸豐九年（1859）十二月初六日。
〔註 62〕《日記》同治八年（1869）十二月初六日。

飾，「清轉」即是在自然狀態下，明朗清楚而又不失婉轉的風韻。這種風韻是由情感所引發，進而帶動了自然景觀的「清」。因而，「清轉」是對自然景觀和作者情緒的雙重描述。

李慈銘繼承中國古代尚「清」的傳統，將「清」定義爲與俗氣、寒儉氣相對應的清雅之氣。同時，這種「氣」還需「不著色相」。進而，「清」在文學批評中表現爲略帶禪韻的意境和才致與情緒的表達。

二、尚「清」之原因

李慈銘以「清」作爲其文學思想中的批評觀有著多重原因。中國傳統中即有尚「清」的悠久歷史。「清」的應用由人物品評延伸至文學批評。晚清文士沿襲歷史習慣，也常用「清」批評文學作品及作家的人品。同時，「清」也是李慈銘對於文學作品風格的一種追求。

（一）歷史原因：中國尚「清」的傳統

中國歷史上即有尚「清」的傳統。「清」從最早指代水乾淨、明朗的狀態，發展到指代「天道」，指代「善」。後又延及人物品評，成爲人的氣質的一種標準。魏晉文學理論大興之後，「清」也被用於文學作品的批評，成爲文學批評的標準之一。

清在先秦典籍中，指代「天道」。它有著善的屬性，因而也被用來形容事物乾淨、澄明的狀態。所謂「清氣上升爲天，濁氣下沉爲地」等觀念，即是將清作爲氣的一種，亦即作爲構成宇宙生命力的一種物質存在。同時，清因其乾淨、澄明的本義，也用來形容事物明淨的狀態。如《詩經》中「有美一人，清揚婉兮。」「猗嗟名兮，美目清兮。」「河水清且漣」等。

魏晉時期，「清」是人物品評的常用術語。如《世說新語》中《賞譽》《品藻》兩篇即多以「清」字與其他字組合，構成更爲廣泛或更爲確切的語義，用來形容人物的性格。諸如：「清才」「清士」「清鑒」「清暢」「清婉」「清易」等等。同時，在魏晉時期較爲發達的文學批評及理論著作中，「清」也被大量使用。此一時期的「清」，除用於形容人的個性氣質外，還用於批評文學作品的風格氣質。曹丕《典論·論文》言「氣之清濁有體」，就是對人物才性的形容。而劉勰《文心雕龍·風骨》「若能確乎正式，使文明以健，則風清骨峻，篇體光華。」則將「清」字用於文學作品風格的描述。《文賦》中如「箴頓挫而清壯」用來形容箴這種文體應具備的風格；而「譬偏弦之獨張，

含清唱而靡應。」「或清虛以婉約，每除煩而去濫，闕大羹之遺味，同朱弦之清泛。」則從創作論的角度，對創作技巧與方法進行解說。這裡的「清唱」「清虛」「清泛」都是對創作主體心理狀態的描繪。而《詩品》中有言，「郭景純用雋上之才，變創其體；劉越石仗清剛之氣，贊成厥美。」〔註63〕這裡，鍾嶸即以「清剛」譽劉琨之詩。又，鍾氏在論嵇康詩時，言其詩峻切、訐直，「然託諭清遠，良有鑒裁，亦未失高流矣。」〔註64〕此二者又都是風格的描繪。

唐代詩人同樣對「清」有著不懈的追求。如李白「清水出芙蓉，天然去雕飾」的詩美理想；又如杜甫「清詞麗句必爲鄰」的創作導向等。宋代詩詞的發展也使得文士對「清」有著進一步的拓展。如張炎論詞主「清空」，蘇軾論詩則主清麗澄淡的韋柳詩風。至清代，王士禎的「神韻」說又主以「清遠」。胡應麟則將清作爲詩的最高批評標準。如其言：「詩最可貴者清，然有格清、有調清、有思清、有才清。才清者，王孟儲韋之類是也。若格不清則凡，調不清則冗，思不清則俗。王楊之流利，沈宋之豐蔚，高岑之悲壯，李杜之雄大，其才不可概以清言，其格與調與思，則無不清者。」〔註65〕批評家對「清」的闡釋和使用，令「清」的範圍不斷擴大，成爲一個以乾淨、澄明爲基本要求，綜合了「空」「新」「遠」「俊」「逸」等等不同意義的批評術語。

總之，「清」在先秦典籍中指代「天道」。因有「善」的屬性，「清」在魏晉時期逐漸被用於人物品評。隨著對人物品性的評價，「清」也逐漸被用於文學作品的氣質的評價。至唐代，李白、杜甫對「清」的崇尚和使用，延續了中國尙「清」的傳統。宋代婉約詞興起後，「清」則被用來形容一種婉約的詞風。而宋詩中亦不乏對「清」的追求。明清兩代一方面延續魏晉以來的尙「清」傳統；另一方面，批評家也將「清」的使用擴大化，普遍化和理論化。

（二）環境原因：晚清人論清

晚清不乏以清論詩者。他們以「清」論詩論文雖未對李慈銘形成直接的影響，但卻是李慈銘生於當世所面對的大環境。這成爲李慈銘以清論詩的環境。

〔註63〕〔南朝〕鍾嶸著，曹旭箋注：《詩品序》，《詩品箋注》，人民文學出版社2009年版，第18頁。

〔註64〕〔南朝〕鍾嶸著，曹旭箋注：《詩品中》，《詩品箋注》，第118頁。

〔註65〕〔明〕胡應麟：《詩藪》外編卷四，上海古籍出版社1979年版，第185頁。

　　博學雄才，頗工於詩的晚清文士張雲璈〔註66〕將「清」視爲優秀作品的基礎，且極難做到。其言：「子何視清才之易耶？古今來言詩者曰清奇，曰清雄，曰清警，曰清麗，曰清腴，等而上之曰清厚，等而下之曰清淺，厚固清之極致，而淺亦清之見端也，要不離清以爲功。非是，雖才氣縱橫，令人不復尋其端緒，則亦如劉舍人所云採濫辭詭，心理愈翳者矣。大都造詣所極，平奇濃淡，人心不同如其面，有未可執一例以相推，而先以清立其基，雖李杜復起，吾言當不易也。」〔註67〕「清」作爲古今論詩的常用詞，與不同的尾碼組合可意指「清」的不同程度。如清奇、清雄、清警、清麗、清腴等等。清之極致爲「清厚」，而清之端倪爲「清淺」。能做到「清」者，被稱之爲「清才」。所作詩皆應以「清」爲立意的基礎，否則，即便是李白、杜甫這樣的詩界天才，亦不能做出好詩。張雲璈將「清」置於十分重要的地位，可謂優秀文學作品的基本要素。與張雲璈一樣，晚清學人李聯琇〔註68〕也指出「詩唯清最難」。其言：「詩之境象無窮，而其功侯有八，不容躐等以進。八者：由清而贍而沈而亮而超而肆而斂而淡也。至於淡，則土反其宅，水歸其壑，仍似初境之清，而精深華妙，有指與物化、不以心稽之樂，非初境所能彷彿。東坡《和陶》其庶幾乎？顧學詩唯清最難，有集高盈尺而詩尙未清者。未清而遽求贍，則雜輮而已矣。甫清而即造淡，則枯寂而已矣。」〔註69〕李聯琇將詩的造境程度分爲八種，而「清」是其基礎，同時又是最終的至高形態。

　　清最初用於人物品評。降至晚清，這種用法仍被延續。仇福昌有言：「人之心不可不清。不清則利慾薰心，了無佳趣；清則風雲月露，皆可作詩詞歌賦觀，所謂無聲之詩也。」〔註70〕這是將「清」同時用於人物品評和文學批

〔註66〕張雲璈（1747～1829），字仲雅，清浙江錢塘（今杭州）人。其詩憑衿發詠，無寒苦穠纖之習。著有《簡松草堂詩集》二十卷、《簡松草堂文集》十二卷，《蠟味小稿》五卷，《歸舻草》一卷，《知還草》四卷，《復丁老人草》二卷，《金牛湖漁唱》一卷，《三影閣箏語》四卷，《選學膠言》二十卷，《選藻》八卷，《四寸學》六卷，及《重綵錄》十卷，均《清史列傳》並行於世。

〔註67〕〔清〕張雲璈：《炙梅生詩序》，《簡松草堂文集》卷五，1941年燕京大學圖書館影印本。

〔註68〕李聯琇（1820～1878），字季瑩（一作秀瑩），號小湖。清代詩人、學者，爲李宗瀚之子。著述數十萬言，有《好雲樓初集》、《二集》四十八卷，《清史列傳》及《師山詩存》、《采風簡記》、《治忘日錄》等，其中詩詞數千首，志、解、考、辨、論、序、表、贊各體文章上千篇。

〔註69〕〔清〕李聯琇：《好雲樓初集》卷二十八《雜識》，咸豐十一年刊本。

〔註70〕《靜修齋詩話》稿本，中國科學院圖書館藏。

評。並且，仇氏認爲，人心之「清」是文學作品之「清」的根本。

（三）個人原因：自我追求

李慈銘從 16 歲起模擬錢起。「清」是大曆詩人共同的藝術旨趣。「他們無限景仰的南朝二謝就是『清』的具體化身。然而錢起對『清』的嗜愛遠過於任何人，『清』字在他 435 首詩中竟出現 91 次，甚至一首詩中連用『清陰』『清香』，接連出現『清流』『清文』『清爽』，極惹人注目。……『清』作爲一種趣味，一種品格幾乎彌漫、滲透在他全部的感受和表現中，成爲參與風格形成的重要因素。」〔註71〕李慈銘對大曆詩人，尤其是錢起的模仿也直接影響了李慈銘對「清」的崇尚。而另一個李慈銘十分欽佩的清代詩人王士禛，其神韻說亦宣導一種清遠的境界。且王士禛早年模仿韋柳詩風，亦屬向「清」。

李慈銘尚「清」，突出清的宗教性，是因爲他自身面臨的是一個濁世。晚清的社會動盪不安。李慈銘遊走於官吏與布衣之間，看到的不是清流，而是滿世的污濁。人們自詡名士，卻名不副實。這樣的社會背景，使其不自覺、無意識地嚮往清淨、澄明的世界；嚮往宗教所描繪的超脫世俗煩擾的淨土。

三、李慈銘對「清」的應用

作爲李慈銘「眞杜」文學思想中的文學批評觀，「清」的應用範圍遠遠超出了前人對人物和作品風格的品評。李慈銘將「清」的批評應用於除詩歌外的不同文體，其中還包括應用性較強的序記文甚至是時文。「清」與不同的字組合成派生詞，用於批評語言風格、作家才性等等。同時，李慈銘也將「清」應用在了文學史的評價中。

（一）「清」在不同文體中的應用

李慈銘突破前代多以「清」論詩的傳統，將「清」與不同字所組合成的派生詞不僅用來形容文學性作品，也用來描述應用性作品的風格特徵。

應用性文體是李慈銘一生接觸較多，也是其創作較多的文體類型。前文已述，李慈銘善於打通文體的界限，使文學批評的標準泛化。「清」的標準也不例外。李慈銘將其有節制地用於應用性文體的批評中，使這些應用性文體除卻「質實」的要求外，也增添了風格上「清」的批評標準。如李慈銘在閱《唐荊川文集》時，言其「序、記諸作，多簡雅清深，不失大家矩矱。」〔註72〕「簡雅清

〔註71〕蔣寅：《大曆詩人研究》，中華書局 1995 年版，第 195 頁。
〔註72〕《日記》同治七年（1868）七月二十日。

深」即簡潔、雅致、明淨且有深度。這是李慈銘對唐順之序記諸作的整體性
評價。序記是敘事類文體，此類文章在寫作上講求拈住重點事件以體現作者
要旨。用「清深」二字，正是爲此。「清深」說明序記文章在敘述故事時簡單
明瞭，敘述過程不冗雜，對事件的選取足夠典型，因而對主旨的描述更加有
力度，即「深」字之意。「不失大家矩矱」又是對序記諸作「守法」的肯定。
只有守法的作品，才能在風格上達到「簡雅清深」。又如李慈銘謂朱彝尊的應
用文：「竹垞之學，恐非董浦所能及也。其碑誌之文，拙於敘事。然徐文穆、
梁文莊兩志，獨嚴整有體裁。其他傳畸人、瘁士及序記、小品，吐屬清華似
范、謝，標舉冷雋似皮、陸。《待月岩記》《三殤瘞磚》兩篇，尤一時之獨絕。」
〔註73〕「清華」既是對朱彝尊傳記文整體風格的評價，也是對其遣詞造句的
讚譽。與唐順之的清淡風格不同，「華」帶有秀美、豔麗的傾向。再如其言試
律詩時，舉吳錫麟之作爲「體格清新」，其言：「是日始授僧喜試律。取吳穀
人《有正未齋集》中「既雨晴亦佳」「山冷微有雪」兩詩，爲之講解，且略改
數語。……若以教初學，則穀人最宜。其體格清新，佳句絡繹，非樨花、十
衫等所能及也。」〔註74〕試律即清代的試帖詩，是科舉考試時所用的一種文
體。試律在格律和行文的格式上有著嚴格的要求。李慈銘認爲吳錫麟的試律
「體格清新」，是指在試律的規範下體現出來的風格特點。因試律在格式上嚴
苛要求，作者往往從內容上和詩境的創造上追求個性。而在嚴格律法的束縛
下，創作出體制格局「清新」的作品則極爲不易。

　　應用性文體往往有著較強的內在要求，即上文所述之「法」。創作主體因
限於對「法」的遵從，從而在創作應用文時，較創作文學性作品有更多的束
縛。又因應用性文體本身要求作品的內容豐富，如「銘誄尚實」。在這種情況
下，「清」的批評標準則顯得更有難度。因而，以「清」的派生詞來對其進行
批評，就成爲應用性文體批評的最高標準。

　　就詩學內部而言，不同詩體的「清」也顯現出不同的派生傾向。古詩則
以「清老」居多。如其言：「得江敬所書，並贈七古一章。詩雖少率，而清老
有蘇黃家法。」〔註75〕古詩自應有一種老成之氣。這是李慈銘的文體觀，是
其對「法正」的遵從。古詩沒有律詩嚴格的格律要求，又因其創體較早，故

〔註73〕《日記》同治十一年（1872）十一月二十七日。
〔註74〕《日記》光緒十四年（1888）十一月三十日。
〔註75〕《日記》光緒二年（1876）八月十一日。

而在風格上應呈現出老成的氣質。李慈銘便常將古詩以「清老」評之。又如「得褆庵書，並五古四章，述前日枉顧談藝之事，並敍所懷，詩甚清老，即作小帖覆之。」〔註76〕再如「閱吾鄉邵無恙《夢餘詩鈔》。其《述懷》五古三首，《憶花樹》五古三首，皆至性藹然，詩亦清老。」〔註77〕「清老」是指詩境上清新、淡泊，而技法上純熟、老練的風格。清代論詩以「清老」作爲批評術語並不少見。如袁枚《隨園詩話補遺》卷四評劉掞「詩亦清老」。又如陸以湉《冷廬雜識‧金岱峰詩》「詩沉著清老，無描頭畫角習氣。」皆是以「清老」評定詩歌的風格。但李慈銘則以「清老」專就古詩而評之。顯示出他對「法」，即文體內在理路的遵從。

　　對近體詩的評價，李慈銘則使用較爲活潑的詞彙。如其評袁昶「近詩九首，頗清逸可愛」〔註78〕。評邵無恙《夢餘詩鈔》中律絕《憶村居四首》〔註79〕爲「一何清綺」〔註80〕。「近詩」與「古詩」相對；「清逸」「清綺」則與「清老」相對而言。古詩因無繁複的韻律要求，故而在風格上呈現「老成」較爲難得。而近體則因在格律上要求複雜。格律的束縛使其詩的風格活潑成爲高水準的象徵。故而，李慈銘以「清逸」評價水準較高的作品。

　　清與不同詞彙搭配所表現的意義不同，其側重點也有著極大的區別。李慈銘於古詩中以「清老」喻之，強調古詩應有的「老成」之氣，而於近體則以「清逸」喻之，強調近體的靈動活潑。這些用詞的細微差別之處，是李慈銘遵從「法正」文體觀的體現。

（二）「清」對語言風格的批評

　　李慈銘用「清」對文學作品的語言進行批評，主張澄明、爽淨的語言風格。而這種乾淨的語言風格又不是封閉的，而是可以與其他諸如「雅」「綺」

〔註76〕《日記》光緒四年（1878）六月二十一日。
〔註77〕《日記》光緒十一年（1885）十一月十二日。
〔註78〕《日記》光緒十一年（1885）正月三十日。
〔註79〕《日記》光緒十一年（1885）十一月十二日：「邵氏世居龍尾山之麓石湖，岩壑清疏，故其詩善言越中風景。如《憶村居四首》云：『白鷺斜飛破水痕，雨餘山潦滿晴村。北鄰漁父頻相過，老屋臨湖不閉門。』『輕舠徐泛向南陂，黃葉聲疏欲暮時。水葒絲絲秋岸淨，一彎涼月放蝦籬。』『雁聲飛上蔚藍天，遠岸收痕淨碧煙。水葉半欹湖潦動，夕紅斜上採菱船。』『淡雲脫木淨寒墟，漁綱高懸蟹斸虛。最愛雪晴風信煖，綠梅花放唱銀魚。』『一何清綺，足令久旅增感，羈目暫娛。」
〔註80〕《日記》光緒十一年（1885）十一月十二日。

等風格融合併行的。

在「清」的語言風格中，最爲簡單的即是單以「清」字批評者。如李慈銘言：「閱姚文僖《遂雅堂集》中詩，略點識之。文僖詩俱率口而出，間有清語，略無作意，而屢言苦吟索句之勞，不可解也。卷中附其配周夫人詩數首，清麗實出文僖之上，如「一襟楊柳月，雙鬢杏花風」，文僖不能道也。」〔註81〕「清語」明確指出其詩歌語言的「清」。這是最爲簡單的「清」的風格。清語若是率口而出，則需要作家本身具有賦詩的才華。若有意爲之，則需要作家有較高的語言應用水準，使其具有天然去雕飾的效果。此處姚文僖顯然是無意爲之而達到此種效果，因而也是最爲初級之「清」。而周夫人的詩，李慈銘則以「清麗」評之。從其「實出文僖之上」一語可看出，「清麗」的評價是高於「清語」。「清語」意味著語言的簡單省淨，而「麗」字則表現出更多的視覺效果。

與「清麗」相近的是「清綺」。李慈銘在批評梅儒寶的作品時言：「儒寶字瑞石，山西典史。（未補官而死。）其詩頗有骨力。如《擬少陵諸將》十八首……可謂杜陵具體矣。他如《有贈》……亦清綺可誦。」〔註82〕「清綺」中一「綺」字強調了詩作在視覺上的色彩性和在聽覺上的多樣性。因而後接「可誦」一語，突出其詩語言的流暢度和聲調的變化性。如果說「清麗」是在視覺效度上的評價，那麼「清綺」就是在視覺與聽覺上的雙重評價。

「清麗」「清綺」而外，語言上的最高評價爲「清雅」。雅即正。這是李慈銘基於其「法正」文體論的語言標準。如李慈銘評價阮孝林時，言其：「孝林己未舉人，嘗入貲爲刑部主事，頗不修邊幅，而才鋒雋穎，文筆清雅，經、史、小學亦都略涉。」〔註83〕文筆清雅是對用詞的評價。不限於詩，而是對全部文學作品的概括性評價。「清雅」除簡淡的意義外，還富含了高貴優雅的意味。這裡，李慈銘評價阮孝林爲人「不修邊幅」與「文筆清雅」形成對比，更爲強調其詩作的「正」。此外，從此段評論中，可見出，李慈銘認爲，從創作觀的角度而言，人的外在表現與其文章所呈現出的內在修養，不一定呈正相關。

清雅之外，清妙是李慈銘評價不同於「雅」的語言風格。如其言：「《儋州新居》詩云：『朝陽入北林，竹樹散疏影。短籬尋丈間，寄我無窮境。』此

〔註81〕《日記》同治十二年（1873）二月十八日。
〔註82〕《日記》同治十二年（1873）五月三十日。
〔註83〕《日記》光緒五年（1879）八月十七日。

四語清妙微遠，寄悟無窮，余夙愛誦之。時坡老方以僦官屋被逐，同子過泥水雜作，葺茅僅芘，而胸次悠然，隨處自足，此聖賢之樂也。」〔註84〕李慈銘自言不喜宋詩，其原因是他認爲宋詩有「村氣」，即非清非雅。但李慈銘在日常生活中吟誦包括蘇軾、陸游等人的詩句。這是因爲宋詩的「村氣」更接地氣。其詩句往往是李慈銘自身生活的寫照。李氏感同身受，故喜誦讀之。這裡，蘇軾《儋州新居》四首，李慈銘評其爲「清妙微遠」。評其「清」，是其詩構建出的山林間的簡單圖景；評其「妙」，是因其詩雖有「村氣」，卻以村野之景道出了詩人闊達的心境；評其「微遠」，則在於其詩給了讀者無盡的遐想空間。由此，「清妙」便成爲「清雅」之外批評獨具匠心的作品的專用語。

　　「清」是李慈銘文學批評觀中的最高標準。而清並非簡單地指乾淨澄明的狀態。它也與其他詞彙相連，構成其派生性片語。而在這些片語中，李慈銘又在批評中將其劃分了不同的等級。由上述分析可知，李慈銘以「清」字評定爲初級，以「清雅」爲文學作品語言風格的最高等級。

（三）「清」對作家才性的批評

　　李慈銘認爲，作品的優劣受作家才性的影響。在諸多影響因素中，地域、品性和才學是影響較大者，故而這些要素也被納入了「清」的範疇中。

　　李慈銘認爲作家的地域影響其作品的風格特徵。以「清」論詩亦涉及地域問題。如評閱張秋坪詩時言：「其《因樹山房集》，予未之見。其《半一軒集》，則飯民所寫示者也。詩約百數十首，飯民蓋節錄之。雖時病率易，或苦槎牙，未有醞釀之功。而詞旨清辯，筆亦健達，與北江詩格相近。北江謂其落筆有古人，則未確也。北方詩人，似此已爲難得。」〔註85〕「詞旨清辯」意指其詩的主題思想清晰明白。其後「北方詩人，似此已爲難得」一句中，包含了詞旨清辯這一特徵。由此可見，李慈銘認爲，詞旨清辯應爲南方詩人所具有的特質。北方詩人能在詩作中體現出「清辯」的氣質，是極爲罕見的。

　　在論及作家品性時，李慈銘常以「清雅」喻之。如「爲王弢甫母盧孺人《焦尾閣集》作書後文一首。《書焦尾閣遺集後》：《焦尾閣遺集》一卷，同年王君禹堂母盧孺人所爲詩也。孺人有賢行，詩亦清雅有法，不假予言以傳。而讀王君所撰《行述》及孫按察衣言所爲序，有不覺涕之泫然者。」〔註86〕

〔註84〕　《日記》光緒十二年（1886）六月初三日。
〔註85〕　《日記》光緒元年（1875）三月初十日。
〔註86〕　《日記》同治十三年（1874）九月二十一日。

這裡，「清雅有法」與「有賢行」相對舉，體現了詩人個性品質與詩歌品格的一致性關係。然而，正如上文論及其評阮孝林詩時所言，詩人的品性並非與詩歌所體現出的氣質呈正相關。此處「清雅」的評定，既是對盧孺人詩歌風格的評說，又是對其人格品性的溢美之詞。

地域和品性外，李慈銘認為才學對詩歌風格的影響最大。如其評歐陽文公《圭齋集》時言：「詩賦雖清雅，而淺弱易盡。文亦落庸近，惟碑銘尚有氣勢。」〔註87〕與上文評盧孺人詩相似，李慈銘以「清雅」評之。而其後接「淺弱易盡」四字，則是道出了作者才氣不足的弱處。可見，在李慈銘看來，詩是否為「雅」是與其人品相關，而非與才學相關的。才學不足之詩，李慈銘亦評其為「有清氣」。如「伯葵以其曾伯祖子若孝廉《蘊真居詩集》六卷為贈。……其詩頗有清氣，而才力薄弱，多近率易，七古尤淺蹇。」〔註88〕上文已述，「清」即是氣之一種。以「清氣」評定其詩歌風格與上文所言以「清語」評定其語言風格別無二致。此二語皆是屬最初等級的評語。而才學較著者，李慈銘則以「清才」喻之。如其言「友夏、伯敬，亦有清才，學雖近俚，不無機悟可取也。」〔註89〕此處，「清才」是對作家個人氣質的描述。其詩頗有清才是指通過詩歌顯示出的作者個人的才識。

（四）「清」在文學史評價中的應用

清在李慈銘的觀念中，不僅是單個作品的批評標準，或是僅限於某一方面的批評。它可以用於某一時段的大體文學傾向的批評，即李慈銘將「清」應用於文學史的評價之中。如其言：「燈下戲鈔宋人絕句。宋人此章，固多名什。東坡、石翁、放翁、白石四家，尤清遠逼唐人。」〔註90〕其中，「清遠」是對東坡、石翁、放翁和白石四家詩整體風格的描述。「清遠逼唐人」，意即宋人絕句少有清遠之作而唐人清遠之作為多，或以清遠為特點。這與「風致清遠，不似學人之詩」的思路相符。即宋人多學人之詩，而東坡等四家詩卻能寫出清遠的風格，與唐人為近。又如：「魏道輔《臨漢隱居詩話》載宋神宗《秦國大長公主挽詩》，其第三首云：『慶自天源發，恩從國愛申。歌鍾雖在館，桃李不成春。水折空環沁，樓高已隔秦。區區會珠市，無復獻珠人。』

〔註87〕《日記》光緒十五年（1889）三月初一日。
〔註88〕《日記》光緒十九年（1893）十月初六日。
〔註89〕《日記》同治七年（1868）十一月二十三日。
〔註90〕《日記》同治三年（1864）十一月初一日。

皆高華清妙,具體風騷。相其品格,當在初唐以上也。」〔註91〕「高華」,即
典雅華美。表面上,「高華」似與「清妙」不相一致,實則二者指向不同。「高
華」所論爲全詩格調,而「清妙」則是指詩歌所塑造出的意境。「相其品格,
當在初唐以上也」一句屬文學史觀的評價,意即高華清妙的作品,其成就在
初唐以上。換句話說,「高華清妙」是初唐作品的風格特徵。

〔註91〕《日記》同治十年(1871)十二月二十日。

第五章 「尊古厚今」——李慈銘「眞杜」思想的文學史觀

　　晚清文士對於中國文學史的評價具有其獨特的優勢，其原因是該時期正居於中國傳統文學的總結階段。新文化運動後，白話新文學成爲主流，中國傳統文學的統治時代遂告一段落。在這樣的歷史背景下，晚清文士對傳統文學的批評，對中國傳統文學發生、發展、構成及演變的歷史進程的看法，一定程度上成爲其對整個中國傳統文學史的看法，即文學史觀。這種文學史觀與前代文學批評相比，更具有整體性與概括性。因爲晚清文士具備了綜覽中國傳統文學全域的條件。首先，就時間而言，晚清正處於傳統文學時間軸的末端。晚清文士可追溯至前朝各代，並對其品評；其次，就樣本數量而言，宋元以來印刷出版業的發展使得晚清文士得以閱讀較前代更多的文學作品，其總結提煉觀點時，所基於的樣本數量更大，範圍更廣，因而其文學史觀所形成的基礎更加豐厚。再次，晚清文士面臨三千年未有之變局的社會背景，守護傳統文化者在心態上更傾向於從傳統中尋找社會發展、演變的內在規律，並以此延續傳統。

　　晚清文士對中國傳統文學的綜合評價是無意識的。他們或許有些預見，但並不確定這是傳統文學的總結階段。而恰是這種無意識的認知與評價行爲，構築了晚清文士的文學史觀。時機的特殊性使這樣的文學史觀與前朝各代文士的文學史觀相比更具意義。

　　李慈銘的文學史觀以尊古厚今爲核心。其對文學發生、發展的評價，不偏執於一家一代，而是綜覽全域後，分文體，甚至是更細緻的詩體來評價各朝各代的文學發展與衍變。李慈銘的文學史觀全面而細緻，既有宏觀的等級

評定，又有分詩體、文體甚至分文學主題的認識與評價。

中國傳統文學觀念中，習慣於厚古薄今。唐代便開始有古文運動，雖然其實質是借古翻新、糾偏守正，但唐宋以後，厚古薄今的思想便處於統治地位。文士普遍認爲「古」的文學成就高於「今」，而「今」的文學，其標準無外乎兩點，一是創新，寫就古今奇文，二便是復古，以古人所有的思想和形式，創作出較古人藝術水準更高的作品。尊古厚今的觀點，即是將古與今的文學作品等量齊觀，以發展、變化的眼光看待「今」的文學，肯定今文學的藝術成就，不以古文學的影響度作爲今文學的評價標準。它是一種具有客觀性、發展性的文學史觀。

一、「古」「今」界限

「古」和「今」並不是一個固定的概念，它們的界限隨著時間的推移呈現一個發展變化的動態過程。不同時期對於「古」「今」界限的界定有所不同。降至晚清，李慈銘等文士所認定的「古」大約在元以前，而元明清則被視爲「今」。「古」在藝術上是一個審美性概念，而在歷史上則是一個時間概念。「古」在實意上可以泛指今天以前的所有時間。在中國文學史上，「古」的概念很早就被應用。漢初流傳的《尚書》即是指上古之書。彼時的「古」指夏商周春秋戰國及以前的時間。至南朝齊永明時期，沈約等創永明聲律論，格律詩出，遂有古體詩與近體詩的區分。而此後的「古」，即指魏晉及以前未發現聲律之前的時期。唐代韓愈爲反對駢文，提出「古文」的概念，並與柳宗元發起古文運動。此一時期的「古」則指先秦兩漢。其古文即指先秦兩漢不拘聲律、不刻意藻飾的散文。古文運動延續至宋代。至明代，前後七子宣導復古運動，提出「文必秦漢，詩必盛唐」的主張。可見，至明代，「古」便泛指宋以前的時期。清代所謂的「古」基本延續了明代「古」的內涵而稍有不同。如果說明代的「古」將宋代置於「古」的邊緣，清代文人則將宋代納入了「古」的範疇。晚清則尤其如此。晚清的宋詩派亦是打著復古的大旗，將宋詩歸於「古」詩。而學術領域的漢宋之爭，亦是在復古的基本共識下所產生的上層走向的分歧。

前文已述，李慈銘論文講求守「法」。而最高層次的「法」就是「古法」。李慈銘作爲晚清傳統文士，並沒有突破晚清社會及晚清文壇對他的影響。復古、模古雖然是李慈銘標榜反對的文學學習與創作方式，但他並非完全脫離了復

古。向古人學習並試圖在創作成就上超越古人亦是李慈銘文學思想的題中之意。只不過，李慈銘所謂的古，是在其「眞杜」文學批評標準下的「正」且「守法」的「古」。「眞杜」的文學思想摒棄了中國漫長、龐雜的文學史中那些劣質的、藝術成就平庸的文學作品與主張。由此，李慈銘的「古」在不同文體上有著不同的時間指代。就文而言，「古」既是歷史意義上的時間概念，又是藝術上的審美概念。「古文」既指漢儒及以前的散文，又指唐宋與駢文相對的散文。就詩而言，「古」在審美概念上指古體詩，在時間概念上則指宋以前的詩體創作。詞與小說較爲後起，對李慈銘而言，則不存在「古」與「今」的時間區分。或者，也可以說，李慈銘因所處時代的限制，尚未意識到詞與小說的古今問題。

李慈銘的文學觀念中講求「法正」。前文已述，法正是對中國傳統內在規範的遵守與對中國詩騷傳統的繼承與傳揚。而李慈銘最爲推崇的古法，則是漢儒傳承的具有古樸之風的、符合中國傳統文學，最爲原始、遵從其內在規律與自身內在要求的文學創作範式。因而，李慈銘所謂的古，一方面是指追溯至「古」時期，另一方面，它也意味著對「法正」的追求。

「今」的概念在李慈銘的觀念中，亦與明代文人的觀念相一致，是指宋代及以後的時段。且李慈銘對「今」更加側重於明代及清代。「今」之所以爲「今」，一方面是由於其時間點上的鄰近，另一方面則是由於文學思想上的趨同。清代仍然受到明代文學的影響。晚清與晚明有著類似的易代之際的歷史與社會背景，因而在文學思想上有著類似的情感傳承。此外，有清三百年與明代相去未遠，且清爲少數民族統治，也是清代文人對明代有著極強的親切感的重要原因之一。

二、崇明詩

晚清文壇風氣以宗宋宗唐宗漢魏爲主，極少有人推崇明詩。而李慈銘則大力宣導推尊明詩，不僅明確將明詩置於宋詩之上，還稱頌明詩爲「詩法之正」。由此，李慈銘希望通過對明詩之「正」的宣導，來革除晚清文壇的一些弊端。

（一）推尊明詩與明代作家的文學史地位

李慈銘認爲，就唐以後詩的創作而言，明詩的地位與成就遠高於宋、元及清代。其反覆強調「明詩實過於宋」〔註1〕，推崇明詩的藝術成就。在宋、

〔註1〕《日記》同治三年（1864）十月十九日，又《日記》同治七年（1868）十一月二十三日有「明詩實勝於宋」語。

元、明三代詩的綜合評價中，李慈銘給予明詩以最高的文學史地位而貶斥宋詩。如其言：「予謂明詩實過於宋。」又言「予謂元詩優於南宋，……而明詩又勝於元。」〔註2〕李慈銘首先認為，明詩勝於宋元的首要原因在於明代作家數量和品質上皆優於宋元。其言：「季迪惜不永年，倘逞其所至，豈僅及東坡哉？中葉之空同、大復，末季之大樽、松圓，皆宋人所未有。宋人自蘇、黃、陸三家外，絕無能自立者。明人若青田、西涯、子業、君采、昌穀、子安、子循、滄溟、弇州、夢山、茂秦、子相、石倉、牧齋，皆卓然成家。即孟載之風華，亦高於崑體，中郎之雋趣，尚永於江湖。」〔註3〕從時間上而言，明初有高啟（季迪）這樣的作家，中葉有李夢陽（空同）、何景明（大復）等前七子，而末季又有陳子龍（大樽）、程嘉燧（松圓）等文壇巨擘。而在作家數量上，李慈銘認為，宋代僅蘇、黃、陸三家可稱道，而明代劉基（青田）、李東陽（西涯）、高叔嗣（子業）、薛蕙（君采）、徐禎卿（昌穀）、皇甫涍（子安）、皇甫汸（子循）、李攀龍（滄溟）、王世貞（弇州）、楊巍（夢山）、謝榛（茂秦）、宗臣（子相）、曹學佺（石倉）、錢謙益（牧齋）等人，「皆卓然成家」。這些作家，足以與宋代蘇、黃、陸三家相頡頏。另，在創新上，楊基（孟載）的風格較西崑體為優，而袁宏道（中郎）之雋趣，亦高於宋代江湖一派。此段論述中，李慈銘首談高啟，並言其幾與蘇東坡成就相當。可見高啟在李慈銘心目中的地位。高啟的擬古被認為擬得很像。李慈銘言其「閱高季迪集中避亂五古數十首，愈覺蒼老可愛。」〔註4〕前文已述，李慈銘文學思想講求「法正」。五古這種詩體的「正」所體現出的風格，即為「蒼老」。李慈銘評高啟五古蒼老可愛，即是對其「法正」的肯定。

　　在此段所列21位文士中，李夢陽、何景明與徐禎卿屬前七子，李攀龍、王世貞、謝榛和宗臣屬後七子中人。前後七子中的 7 人占李慈銘所列總數的三分之一。足見，李慈銘將前後七子置於明代文學中十分重要的地位。對於錢謙益、朱彝尊對後七子的否定，李慈銘認為其「貶斥太甚」。其言：

> 閱明詩綜數卷。竹垞此選，最稱完美，然於後七子，貶斥太甚。滄溟（李攀龍）僅選十八首，其七律七絕高作，多置不錄。子相（宗臣）僅十七首，亦多遺珠之憾。子與（徐中行）明卿（吳國倫），律

〔註2〕《日記》同治十年（1871）十二月初五日。
〔註3〕《日記》同治三年（1864）十月十九日。
〔註4〕《日記》光緒十五年（1889）正月二十三日。

絕俱佳，而竹垞尤峻詆之；徐取二首，吳取四首，彌爲失平。其稍
許可者，弇州（王世貞）一人，亦多所刊落。……滄溟諸君，可厭
者擬古樂府耳，五古亦尟眞詣，七古高亮華美之作，自爲可愛，惟
不宜多取。至於七律七絕，則虛實開合，非僅浮聲爲貴，胡可非也。
如謂其用字多同，格調若一，則又不盡然。觀其隨物賦形，古澤可
掬，何嘗不典且麗。至詩中常用好字，本自不多，陶謝韋杜王孟諸
公，何獨不然？且明之高、薛、邊、徐、二皇甫專長五古，比而觀
之，多有雷同，較其眞際，亦不數見。牧齋、竹垞，於彼則譽之無
異詞，於此則詆之無遺力，不亦失是非之公耶！〔註 5〕

李慈銘批評朱彝尊對後七子評價不公之處主要反映在兩點：一是《明詩綜》
中收錄後七子諸人的作品在數量與品質上不成正比。後七子諸人，「律絕俱
佳」，而朱氏卻「多置不祿」。又「於滄溟弇州七律七絕諸名作，概從汰置。」
〔註 6〕雖然，李慈銘認爲其對王世貞的評價稍顯公允，但對王世貞的詩亦「多
所刊落」。二是對後七子的評價帶有成見，「於子相尚有恕辭，明卿置之不齒」。
〔註 7〕對於朱氏提出的後七子的模擬之弊，李氏予以承認。其亦言後七子擬古
樂府「少眞詣」。但李氏肯定了其七律七絕在藝術上所取得的成就。而對於「用
字多同」，李慈銘則認爲只要其格調一致，風格典麗，重複前人的詞句是可以
的。與古人相比，「陶謝韋杜王孟諸公，何獨不然？」而與同時代的人相比，
高、薛、邊、徐、二皇甫亦有與前人雷同的字句出現。

　　同時，李慈銘對於朱氏對以袁宏道爲代表的公安派及鍾譚爲首的竟陵派
的評價亦有不滿之處。「即此後之公安竟陵，叢訶攢罵，談者齒冷，竹垞於中
郎雖稍示平反，而其佳章秀句，十不登一，伯敬（鍾惺）友夏（譚元春）則
全沒其眞，此尚成見之未融也。」〔註 8〕又「其於公安，略有採取，而集中五
律七律，名句駱驛，十不存一。伯敬友夏五古近體，亦有佳者，竟以妖孽絕
之。」〔註 9〕此處，李氏亦從收錄作品數量不夠及評價不高兩點來反駁朱氏。
朱氏纂集《明詩綜》，其旨在於「性情之正」。對於獨抒性靈的清新明秀之作，
朱氏評價不高並較少收錄。後七子及公安竟陵，甚至歸有光一脈，在朱氏筆

〔註 5〕　《日記》同治十一年（1872）五月二十七日。
〔註 6〕　《日記》光緒十年（1884）閏五月初八日。
〔註 7〕　《日記》光緒十年（1884）閏五月初八日。
〔註 8〕　《日記》同治十一年（1872）五月二十七日。
〔註 9〕　《日記》光緒十年（1884）閏五月初八日。

下的評價皆不高。但李慈銘對兩位出於歸有光門下的嘉定四先生的成就，卻十分肯定，因而對於朱氏的處置亦表達了不滿。其言：「嘉定四先生以牧齋表章太過，亦等之自鄶。長蘅（李流芳）五古，如《南歸》諸詩，豈在四皇甫下，亦愁置之。子柔（婁堅）五言，入選尤稀。又以牧齋力推孟陽（程嘉燧），稱爲松圓詩老，故訾之尤力。集中五古深秀之作，以及七律之高婉，七絕之溫麗，世所傳誦者，一首不登，此則選政之失平，矯枉之過正，故爲異議，遂近褊衷，致一代之制作不完，使所選之常留遺恨，是可惜也。」〔註10〕李慈銘論詩講求「法正」和「清」。這兩條標準使得詩歌由內而外表現出清新雋秀之感。後七子、公安、竟陵乃至歸有光一脈詩歌，皆符合此標準。故而，在朱氏對其評價有失公允之時，李慈銘於日記中用了較長的篇幅，爲其平反。

（二）崇明詩的原因——詩法之正

晚清詩壇失之「正」。李慈銘僅就「杭人之詩，本以江湖塗抹爲事」便「屢欲規之」。〔註11〕對於晚清文壇的發展狀況，他更是憂心忡忡。既然失正，拯救的方法便是使其守正。「詩法之正」一方面是使李慈銘所面對的晚清詩壇回歸到詩歌的正統軌道上來，這是就文學本身而言的；另一方面，就晚清詩壇而言，李慈銘認爲晚清詩壇積弊已深，文學的發展需要一個標杆。而唐宋詩的成就，在李慈銘看來，不足以匡清詩以正。而明代去清未遠，明詩又是「正」詩。故他大倡崇明詩，以救清詩於危亡。

1. 清代詩壇之疾

清代文學的發展，沿襲了明代復古的思想，自清初至李慈銘所在的晚清，文壇無不標舉著復古的大旗。有的在復古的旗幟下開拓創新，有的則專事復古，以模擬爲樂。在李慈銘看來，這兩者皆有其優勢。李慈銘所不喜者，是其所謂「惡劣下魔」的作品。這些惡劣下魔的作品，主要是由於其模仿不當所致。

其一，李慈銘認爲，模仿、學習古人應辨析古人的得失，擇其善者而從之，其不善者而改之。因此，他對清代文人唯古人是尊的思想極爲厭惡。如其言：

〔註10〕《日記》光緒十年（1884）閏五月初八日。
〔註11〕《日記》同治十三年（1874）四月二十九日。

　　昭代文至劉海峰、朱梅崖，詩至沈歸愚、袁子才，可謂惡劣下魔矣！
　　而近日文更有桐城末派如陳用光、梅曾亮者，則以歸唐之磊砢，爲
　　其一唱三歎也。詩更有西江下流，如張際亮、朱琦者，則以王李之
　　臭腐，爲其三牲五鼎也。而大臣之好文，名士之能詩者，震矜以張
　　門庭，依附以竊聲價。於是文人則有某某，以爲由桐城溯史班，而
　　一字不通矣。詩人則有某某，以爲由西江溯杜韓，而一語不成矣。
　　書種既絕，名家益多，外此者則又自居非復人類。耳目所及，指決
　　鼻芡。車馬所趨，軍機西老。（都人呼山西人爲西老。老者尊稱，以
　　其多金也。）雖國有顏子，不復知矣！〔註12〕

就文而言，李慈銘認爲劉大魁和朱仕鏽的文章爲「惡劣下魔」。而李氏下如此
結論的理由就是劉、朱之文對「法」的失守。李慈銘評劉大櫆「其文尤乏佳
處，雖稍有氣魄而粗疏太甚。」〔註13〕而乏佳處的原因則在於其對古人文法
「軼於軌度」〔註14〕，致使其「摹仿成拙，轉多可笑」〔註15〕。而朱仕鏽雖
「文氣醇樸」〔註16〕，但「法散語枝」〔註17〕。同樣因未能「守法」而被其
所詬病。桐城末派的陳用光、梅曾亮，於當時皆以古文執文壇牛耳，但李慈
銘仍譏其「以歸唐之磊砢，爲其一唱三歎」；就詩而言，惡劣下魔者則以沈德
潛和袁枚爲代表。二者一倡格調、一倡性靈，在李慈銘看來，皆非詩之正道。
張際亮、朱琦所宗之「王李」，更被李慈銘目爲「臭腐」者。未能「守法」是
李慈銘批評上述文士的首要原因。

　　脫離了「法」的約束，文士們對前代的模仿便極易陷入歧途。在李慈銘
看來，晚清詩壇已成「千篇一律」的面目。「綴比重墜之字，則曰此漢、魏
也；依仿空曠之語，則曰此陶、韋也；風雲月露，堆砌虛實，則以爲六朝；
天地乾坤，徉狂痛哭，則以爲老杜；雜眞險字，生湊硬語，則以爲韓、孟。」
〔註18〕學詩者僅抓住各代文學最爲明顯的特徵，而未能深入其「法」，致使
所作詩文皆僅得其皮毛。但更讓其痛心的是，不僅作詩者「惟知剿襲剽竊，

〔註12〕 《日記》同治三年（1864）十月十九日。
〔註13〕 《日記》同治二年（1863）二月初六日。
〔註14〕 《日記》同治二年（1863）二月初六日。
〔註15〕 《日記》同治二年（1863）二月初六日。
〔註16〕 《日記》同治三年（1864）二月初七日。
〔註17〕 《日記》同治三年（1864）二月初七日。
〔註18〕 《日記》同治十一年（1872）四月初六日。

以爲家數」〔註19〕，批評者亦「惟知景響比附，以爲評目」〔註20〕。更有甚者，「務尊六朝而薄三唐，托漢魏以詆李杜。」〔註21〕將六朝華靡的地位托舉至唐代文學之上，且借假漢魏文風而輕視李杜之詩。這些晚清文壇之疾，皆被李慈銘視爲「狂譫囈語，陷於一無所知」〔註22〕。

李慈銘認爲，正是這種失「法」的模擬使清代文壇遠遜於前代。其言：「道光以後名士，動擬杜韓，槎牙率硬，而詩日壞。咸豐以後名士，動擬漢魏，膚浮填砌，而詩益壞。道光名士苦於不讀書而鶩虛名，咸豐名士病在讀雜書而喜妄言。」〔註23〕道光朝以來的數十年間，唯有潘德輿和魯一同較可被人稱道。但被李慈銘恨不得與早識之的魯一同，在其眼中仍與前代名家有較大差距。「工夫太淺，格體不完」即是其病處，因而不足以力挽乾嘉諸家所積下的「卑弱」局面。道咸間，凡擬杜甫、韓愈乃及漢魏者，皆使「詩日壞」。李慈銘並未對杜韓漢魏之詩有負面評價，亦非反對模擬學習，而是對道咸名士「不讀書而鶩虛名」與「讀雜書而喜妄言」深惡痛絕。在其看來，正是這種文學態度，使其在模擬前人的道路上未守法而失正，導致了晚清文壇的落寞。

2. 唐宋詩之失

清代詩壇承襲了明代前後七子的盛世。「文必秦漢，詩必盛唐」的思想大旗，雖在清代詩壇不斷被人置疑，又不斷被人推崇，但卻始終不曾眞正被否定過。降至晚清，文壇宗宋、宗唐、宗漢魏的現象仍爲主流。然而，李慈銘卻獨樹一幟，充分肯定明詩和元文的價值，大贊明詩爲「詩法之正」。李慈銘棄唐宋而推元明的原因之一是其看到了唐宋詩文之失。

李慈銘在評價唐宋詩文時，一方面肯定了其所取得的成就，另一方面，他也指出了唐宋詩文之失。李慈銘大贊本家李白，並對跨越盛唐中唐的詩人杜甫有著極高的評價。對於唐宋詩人，於一聊一語中即可「往往標舉生平，味之不盡」〔註24〕。技巧上，李慈銘亦是稱讚其「能窮造物之奇，赴自然之

〔註19〕《日記》同治十一年（1872）四月初六日。
〔註20〕《日記》同治十一年（1872）四月初六日。
〔註21〕《日記》同治十一年（1872）四月初六日。
〔註22〕《日記》同治十一年（1872）四月初六日。
〔註23〕《日記》同治十一年（1872）四月初六日。
〔註24〕《日記》光緒三年（1877）十二月十六日。

巧」〔註25〕。對於唐詩及小說，李慈銘更是對其「往往可以證古訓」〔註26〕的詩史觀念給予了肯定。

　　但以其「清」的文學批評標準，中晚唐詩文均有所失。但其中所屬「清」的部分，李慈銘依然給予了肯定。就唐代最具代表性的律詩而言，李慈銘認爲中唐的律詩「具有灑落自然之致」〔註27〕而中晚唐詩的整體風格，他認爲其仍不脫「清」的意旨。唐詩盛極一時的最大特徵還在於其具有極強的創新意識。李慈銘以閨情詩爲例，讚歎唐詩在古人的基礎上開出新意境，使古意「歷久彌新」。

　　對於中唐律詩的自然之致，李慈銘是在與宋詩的比較中得出的。其在閱《四庫》本宋趙蕃詩集時，評價道：「其五古頗淵源陶詩，五律七律，胎息中唐，具有灑落自然之致。又詩中多言梅花及山林閒適之趣，故筆墨間亦時覺蕭然塵外。惟根柢太淺，語多槎枒時墮江湖、擊壤兩派。」〔註28〕此處，李慈銘雖在評論宋代趙蕃的詩集，但言其「五律七律，胎息中唐，具有灑落自然之致。」可見，在他的認識中，中唐律詩最大的特點即是「灑落自然」。灑落自然即是「清」之含義之一種。而李慈銘曾評點大曆十才子中的韓翃詩「清婉」〔註29〕，評劉脊虛詩「清空」〔註30〕，評武元衡、李德裕、權德輿、王涯四家詩「清麗」〔註31〕。具體至中唐，李慈銘將其歸結爲「灑落自然」。這一總結自是他在詩歌中一貫的思想。但這並不意味著李慈銘肯定中唐全部詩歌的成就。李氏所肯定的，是他認爲那些具有「灑落自然之致」的詩歌。而這種清新又稍帶悲涼的風格恰是中唐時期詩歌風格的主調。這便剛好與李慈銘的文學審美相一致。

　　即使評點陸游的詩作，李慈銘仍以「清新婉約」爲其評價標準。如其言：「放翁律句，太平切近人。又往往句法相似，與全篇氣多不貫。其詩派之不高，自由地此。近人高楊氏大鶴選劍南詩，概取平熟，致失放翁眞面，其論誠是。然放翁七律，究不宜學也。予嘗撮其五首，亦驪龍之珠矣。《感憤》……

〔註25〕《日記》光緒三年（1877）十二月十六日。
〔註26〕《日記》光緒五年（1879）七月二十一日。
〔註27〕《日記》光緒十四年（1888）六月二十七日。
〔註28〕《日記》光緒十四年（1888）六月二十七日。
〔註29〕《日記》咸豐七年（1857）十二月十六日。
〔註30〕《日記》同治三年（1864）十一月二十九日。
〔註31〕《日記》咸豐十一年（1861）七月十四日。

《題接待院壁》……《行至壽昌得請許免入奉仍除外官感恩述感懷》……《書憤》……《和周元吉右司過敝居追懷南鄭相從之作》……皆全首渾成，報格高健。置之老杜集中，直無愧色。此外清新婉約者，尚有數篇。然僅到得中晚唐人境界。」〔註32〕李氏列舉陸游清新婉約之作，而後言其「僅得中晚唐人境界」。此論斷一方面在評價陸游，另一方面也能見出他對中晚唐整體詩歌成就的評價。亦即，李慈銘認爲，中晚唐詩歌有清新婉約之風，可稱之爲「清」，但皆非「清」之至者。

「清秀」是李慈銘對於中晚唐詩整體風格的評定。而清人的詩作，亦有承續中晚唐靜秀風格者。如其在評析阮元《揅經室集》時言「文達經術名通，文章爾雅，固不必言。詩亦清華婉麗，取則中唐，與李文饒爲近。」〔註33〕李文饒即李德裕，李慈銘評李德裕詩「冰瑩霞潔，自足以祛煩解熱，遣俗離塵矣。」〔註34〕而又言阮文達的詩「與李文饒爲近」，則是肯定了其「清華婉麗」的一面。這種「清」的另一種表現形態是「秀」。「清秀」被李慈銘認定爲中唐的整體風格特徵。如其在談及曉湖詩作時，言其「新作詩十三首，皆靜秀得中唐家法。」〔註35〕又如其記錄花農所述，言「其同寓粵西人陳某，於闈試前夢人示以一詩，云：『清香飛過小橋東，半在垂楊隱約中。問遍漁家三十六，無人知是藕花風。』」李慈銘評其「句法空靈婉約，絕似中晚唐高作。」〔註36〕亦是將清詩與中晚唐詩做對比，以見出其中對「清」的傳承。正因爲中晚唐詩作清麗靜秀，故而在李慈銘閱讀到《羅昭諫集》時，感歎其峭直的風骨爲「晚唐中之錚錚者」〔註37〕。此外，李慈銘對唐代詩人的「翻案」能力給予了極大的讚賞。其舉閨情詩一例，贊其「能自出機杼，歷久常新。」〔註38〕

〔註32〕《日記》同治八年（1869）十二月初六日。
〔註33〕《日記》同治十年（1871）八月初一日。
〔註34〕《日記》咸豐十一年（1861）七月十四日。
〔註35〕《日記》同治三年（1864）二月十一日。
〔註36〕《日記》光緒十四年（1888）九月初九日。
〔註37〕《日記》咸豐十年（1888）十月十五日。
〔註38〕《日記》咸豐九年（1859）二月初九日「閨情詩，唐人最善翻案，然亦多重複者。王右丞云：『不省出門行，沙場知近遠。』意佳矣。張仲素云：『夢裏分明見關塞，不知何路向金微。』乃更翻進一層。聶夷中云：『生在綺羅下，豈識漁陽道。良人自戍來，夜夜夢中到。漁陽萬里遠，近於中門限。中門逾有時，漁陽常在眼。』則又自出新意。而於滇《遼陽行》詩曰：『遼陽在何處？妾欲隨君去。義欲齊死生，本不誇機杼。誰能守空閨，虛問遼陽路。』語尤悲而決絕。此皆本於沈休文之『夢中不識路，何以慰相思』。」

　　中晚唐詩雖然清秀，但正如李慈銘評價《羅昭諫集》時所言，中晚唐詩缺乏峭直之風。而唐代文章，具體到四六文上，更有諸多缺陷。如其在評李商隱《樊南文集》時，論及唐四六文言：

> 四六尤爲中唐後一大宗，論者謂不特非宋人所及，即王楊四子亦覺遜之。余嘗論四六雖大家所不經意，然初唐後竟失傳。蓋六朝人整煉者如百戰健兒，流麗者如簪花美女，其氣息神韻，均不可及。又能不見堆垜之跡，如徐熙〔註39〕畫梅，無一瓣復衍。王楊四子稍滯矣，然如王謝子弟，揮塵談笑，總饒俊逸。燕、許二公更弱矣，而短衣勁服，猶有古裝。至陸宣公、李樊南，全以氣行文，大開宋人門徑，如法師參禪，開將賦詩，時露山野氣，風雲色，自鄶以後無譏矣。樊南尤長者，推祭、誄諸文，然概以四字成句，率多浮詞套語。余雅不喜此體。近周叔子極詆之，謂其出語庸劣，有並不及宋人者。今日細看數篇，乃知國朝陳伽陵、吳園次諸家，直胎息於此，一經傳法，已墮惡道矣。〔註40〕

此段論述中，李慈銘肯定了六朝四六文所取得的成就。其整煉者，流麗者均爲後世所不可及。初唐四子，雖稍承六朝餘韻，但卻陷於板滯，「總饒俊逸」。張說、蘇頲二人雖於文章名震一時，但在李慈銘看來，二公「更弱」。初唐稍稍興盛之後，四六文便在盛唐、中唐間失傳。即其所謂「中唐後爲一大宗」。直至晚唐，陸贄、李商隱二人承接初唐四六，但卻「開宋人門徑」，其成就亦微不足道，尤其是李商隱的四六文，李慈銘及其好友周星譽皆認爲其用語庸劣，甚至還不及宋人的作品。

　　雖然自清代程恩澤起，祁雋藻、何紹基等大倡宋詩，但李慈銘卻認爲宋詩並非學詩的最好榜樣。北宋詩雖然繼唐詩之後爲詩壇帶來新的格調，但南宋詩則墮入村野氣，大失「清雅」之風。如其在閱《宋詩紀事》時言：「宋自蘇黃派盛，才氣益出，格調一新。後進規模，山人放浪，於是北宋名家純實

〔註39〕徐熙，一說鍾陵（今江西進賢）人。出身於「江南名族」。生於唐僖宗光啓年間，後在開寶末年（西元975）隨李後主歸宋，不久病故。一生未官，郭若虛稱他爲「江南處士」。沈括說他是「江南布衣」。其性情豪爽曠達，志節高邁，善畫花竹林木，蟬蝶草蟲，其妙與自然無異。他畫花，落筆頗重，只要略施丹粉，骨氣過人，生意躍然紙上。時稱「江南花鳥，始於徐家」。「下筆成珍，揮毫可範」。其作品，有「意出古人之外」而創立了「清新灑脫」的風格。可謂「骨氣風神，爲古今絕筆。」

〔註40〕《日記》咸豐五年（1855）六月十八日。

之氣，醖藉之度，變滅殆盡。至南渡光、寧以後，自朱子、放翁、平園數家外，雖巨公名德，其所作亦皆尖新、刻露，往往村野氣多，絕無臺閣雍容之象。」〔註41〕以蘇軾和黃庭堅為代表的北宋詩歌，李慈銘認為其「才氣益出，格調一新」。而至南宋，詩歌風格轉而「村野氣多」。北宋詩歌所具有的「純實之氣」「醖藉之度」與「雍容之象」均「變滅殆盡」了。李慈銘論詩講求「清雅」，故而對「村氣」嗤之以鼻。而南宋詩，在他看來恰是把村氣發揮至極致的詩歌時代。甚至降至晚清錢衍石的詩作《刻楮集》，李慈銘批評其「寧拙毋巧，意不猶人」〔註42〕時，亦言其「略本山谷，而多參南宋格調」〔註43〕。「村野氣」表現在律詩中，便成為「槎枒拗澀」〔註44〕，這種「南宋習氣」〔註45〕就連被後世敬仰的范成大也不例外。而宋代樓鑰的《攻媿集》中的近體詩，則是少有的「格律莊雅」〔註46〕，被李慈銘認為是「宋人中錚錚者」〔註47〕。

在李慈銘的文學思想中，不同朝代之間的文學成就有著高低之分。就詩而言，依照其「清雅」的文學批評標準，中唐詩較宋詩為優。如其在評價沈沃田詩時說：「皆高者逼中唐，次亦不失宋人風格。」〔註48〕而在文學批評方面，李慈銘亦認為宋不及唐，而明不及宋。其言：「唐人論詩如《劉賓客嘉話》等，已多不可解。宋人詩話最多，大率迂淺偏滯，無有真際。如《詩話總龜》《漁隱叢話》，所採掇甚備，罕可取裁。明人更譎詭矣。蓋中無真識，而喜為大言，或以私意標榜，風斯益下耳。」〔註49〕

然而，唐人《劉賓客嘉話》〔註50〕中論詩部分極少，只「為書多用僻字，須有來處」〔註51〕一句是現代意義上的詩歌評論。其餘多述軼聞掌故。唐蘭

〔註41〕《日記》光緒十七年（1891）二月二十七日。
〔註42〕《日記》光緒十一年（1885）正月三十日。
〔註43〕《日記》光緒十一年（1885）正月三十日。
〔註44〕《日記》光緒十一年（1885）十月初四日。
〔註45〕《日記》光緒十一年（1885）十月初四日。
〔註46〕《日記》咸豐五年（1855）五月十六日。
〔註47〕《日記》咸豐五年（1855）五月十六日。
〔註48〕《日記》同治二年（1863）十一月二十七日。
〔註49〕《日記》光緒十七年（1891）五月二十七日。
〔註50〕《劉賓客嘉話錄》為中唐劉禹錫的談話記錄。作者韋絢，字文明，為順、憲兩朝宰相韋執誼第三子，元稹之婿。穆宗長慶二年（822），韋絢赴夔州向劉禹錫問學。宣宗大中十年（856），韋絢任江陵少尹時正式撰寫此書。（注自周勳初《唐代筆記小說敘錄》，鳳凰出版社2008年版。）
〔註51〕〔唐〕韋絢：《劉賓客嘉話錄》，中華書局，1985年版，第1頁。

評此書「或討化經傳，評騭詩文，前所未有也」實乃過譽之辭。李慈銘以此書代表唐代詩話的總體成就未免不當，但唐代詩話的總體成就遜於魏晉時期卻屬事實。至宋人詩話，李慈銘更是以其「迂淺偏滯」論之。雖然如《詩話總龜》《苕溪漁隱叢話》等詩話的資料搜集甚是詳備，但在李慈銘看來，其資料卻極少有價值的。降至明人，李慈銘更以「譎詭」稱其詩話，認爲其見解多信口胡謅，缺乏眞知灼見。

李慈銘論詩以杜甫爲尊，次則爲中唐〔註52〕，但中唐詩清雅婉麗，卻言其殊少風骨；北宋詩格調一新，氣度雍容，而南宋詩卻被村氣所掩。至於詩論，則自唐而明，一代不如一代矣。李慈銘之所以評點唐宋，其目的便是要指出唐宋文學的不足，以此爲其推尊元文和明詩找到一種理由。

3. 明詩守「正」

前文已述，李慈銘認爲，在文體上遵循義法，在創作中講求古法並在風格上符合「清」的要求的作品即是「正」的作品。〔註53〕李慈銘對明詩百般推尊的根源仍在於其「眞杜」的文學思想。「眞杜」生發出「法正」的文體觀與創作觀，同時「眞杜」也生發出了「清」的文學批評觀。此三觀是李慈銘「尊古厚今」文學史觀的基礎，亦是李慈銘推尊明詩的思想淵源。

李慈銘言其「閱朱竹垞《明詩綜》一書，漸識氣格之正。」〔註54〕足見明詩對李慈銘詩學觀甚至文學觀的影響。雖只言「氣格」之「正」，但作品的風格只是一種表現，是創作方法、思想情感與文辭技巧共同作用所生成的作品所最終表現出來的氣韻和風貌。這種「正」的表象下，必然要求在文體觀與創作觀上做到「法正」，從而才能在文學批評上符合「清」的標準。換言之，只有符合「眞杜」文學思想的作品，才是「正」的作品。而明詩恰做到了上述諸點。故而李慈銘明言「明詩實勝於宋。」〔註55〕而對於馮班所詆之楊愼、王世貞、譚元春、鍾惺等人，李慈銘稱其爲「妄庸之譏」並辯駁道：「升菴固好僞撰，其學識才情，究爲有明第一人。王弇州大非李比，其才雄學富，遠過震川……友夏、伯敬，亦有清才，學雖近俚，不無機悟可取也。」〔註56〕

〔註52〕李慈銘在自評所作詩時言「近體頗駸駸日上。高者逼杜陵，次亦不失爲中唐。」《日記》咸豐十年閏三月二十三日。
〔註53〕見第三章法正。
〔註54〕《日記》咸豐十年（1860）閏三月二十三日。
〔註55〕《日記》同治七年（1868）十一月二十三日。
〔註56〕《日記》同治七年（1868）十一月二十三日。

無論是楊愼、王世貞，還是譚元春、鍾惺，雖然他們都有著各自的缺點，但是他們的才學之富不容忽視，亦不能輕易否定。瑕不掩瑜，明代作家雖與前代作家一樣，有著諸多缺點，但在李慈銘的文學思想中，明代詩歌卻遠勝於宋，「又勝於元」〔註57〕，幾可與杜甫相併肩。

三、尊元抑宋

唐宋古文歷來被後世文家所推崇，晚清推尊唐宋古文更甚。而李慈銘則指謫宋文的不足，他以元好問的《元遺山文集》爲例，批評其作品「往往以空議冠首，多宋人理學膚語」〔註58〕。清代的朱仕琇雖「文氣醇樸」，但其師法南宋，其文便具「南宋迂尤之習」〔註59〕了。在李慈銘的文學批評中，宋文，尤其是南宋文，始終被置於文學優劣等級的下端。在文評中，李慈銘有著明顯的尊元抑宋傾向。在其評價體系中，元文優於明文和宋文。元代作家也被提高到史無前例的地位。而這種大民族的文學史觀，一方面根植於他「眞杜」的文學思想和元代文學事實上取得的成就；另一方面，李慈銘對清廷獻媚的態度，亦是不可忽視的因素。

（一）推崇元文的文學史地位

李慈銘對文章的批評有著大文學史的觀念。如其在閱沈一貫所輯的《臺館鴻章》時評析明文言：「蓋有明三百季古文可傳世者，實爲寥寥，而臺閣榮世之文，則一代自有一代之風氣，其間鋪華掞藻，尚存古風，似不如今時之專意頌揚，千篇一律。至名臣奏議，尤多犯顔強諫，無所諱忌。即下而山林小品，清言佳致，亦有可觀。故裁以古作者之體格，經訓之粹言，則多見絀，而就其一時人才，以甄綜雅俗，抽英擢華，固亦有不容概沒者也。」〔註60〕他認爲明代古文品質一般，可流傳百世的文章很少。而臺閣文章，則顯示出了一代風氣。其沿襲華辭俊藻之古風，與清代「專意頌揚，千篇一律」的臺閣文大異其趣。明代奏議類文章直言不諱，敢於諫言。這也是李慈銘感歎「蓋明代文字之網最寬」的緣由。明代小品文則較爲清新雅致。故而李慈銘認爲對一代文章之評價，不能一概而論。如果按照古人所留下來的文體風格和經

〔註57〕《日記》同治十年（1871）十二月初五日。
〔註58〕《日記》咸豐十一年（1861）二月十七日。
〔註59〕《日記》同治三年（1864）二月初七日。
〔註60〕《日記》同治九年（1870）正月二十三日。

典語言的多寡來作爲評價標準，那麼今時文章必定錯漏不堪。李慈銘認爲，對作家的評價，當將其與同時代的文士相比。只有綜合同一時代的文士文章，才能見出其中的雅俗之別，才能評斷出其中的佼佼者，而不至於堙沒英華。

　　雖然李慈銘認爲北宋文繼武唐代，歐陽修、曾鞏、王安石及三蘇的作品均有較大的成就。但南宋文在李慈銘看來則有「迂尤之習」〔註61〕。這與南宋詩的格調一致。依照大文學史的標準，李慈銘就古文而言，提出「元文則遠過於南宋，……明文則遠不及元。」〔註62〕又言：「文集則明勝於宋，元勝於明。」〔註63〕由此推知，李慈銘認爲，元文最優，次則明文，再次南宋文。

（二）推崇元代作家

　　李慈銘對元代作家的評價較高。其在評價陳珊士七律時，言其「上者逼晚唐，下者亦到元人佳處。」〔註64〕即是將元代詩作視爲僅遜於晚唐的作品。前文已述，李慈銘認爲杜詩爲最高，明詩直承正統而次之。中晚唐則再居其後。此處在與晚唐詩的對比中言元人詩爲「下者」，則是將元詩又排在了晚唐之後。而其言外之意卻是以宋詩爲殿軍。在宋詩於晚清大行其道之時，李慈銘褒明揚元，無疑是從側面否定宋詩的成就，減弱宋詩的熱度。

　　李慈銘言及元代作家時，常將其詩與文合而談之。如其閱郝經所撰的《陵川集》時，言其「詩文雖不免粗豪，然頗激宕有氣勢。」〔註65〕又評薩都剌的《雁門集》中五七言律「非宋人所能及也，七古亦俊爽，不獨濃豔可取。七絕亦有高作。昔人有言元詩優於宋者，固非無見。予謂元詩優於南宋，元文則遠過於南宋，而明詩又勝於元，明文則遠不及元。」〔註66〕李慈銘明言元代詩作超越了宋代，尤其是南宋，但不及明詩。而元文則超過了南宋與明代。再如李慈銘在評仇遠的《金淵集》時，言其詩「氣格頗蒼老，不墮江湖惡派，故雖槎牙率易，終近雅音。」〔註67〕「不墮江湖惡派」與「終近雅音」的評價顯然是運用了「清」的文學批評標準。「清」雖源自對詩的批評，但將其運用至文，也依然有效。如李慈銘評鄭玉的《鄭師山文集》時，言「其文

〔註61〕　《日記》同治三年（1864）二月初七日。
〔註62〕　《日記》同治十年（1871）十二月初五日。
〔註63〕　《日記》同治七年（1868）十一月二十三日。
〔註64〕　《日記》咸豐九年（1859）十二月十八日。
〔註65〕　《日記》同治元年（1862）十一月初七日。
〔註66〕　《日記》同治十年（1871）十二月初五日。
〔註67〕　《日記》光緒十五年（1889）三月二十六日。

亦簡老，無槎枒冗沓之病，惟議論多近迂闊，不深切於事理。」〔註68〕他舉鄭氏的《唐太宗論》與《張華論》兩文，力證其文議論迂闊，不切事理之病，但卻贊其「簡老」，即又是「清」的另一種表達。

李慈銘以「清」為最高的文學批評標準，對元代詩文亦依此評定。他對元代作家推崇備至，認為元代七絕在整體上「苦氣格靡」〔註69〕，但「其新秀卻勝宋人」〔註70〕。李慈銘最愛貢師泰的詩，其詩言：「湧金門外柳如金，三日不來成綠陰。我折一枝入城去，教人知道已春深。」李慈銘盛讚其「空靈超妙，東坡亦當低首矣。」〔註71〕此詩文辭清簡曉易，意象簡單，情緒明白，似無卓然之處，但李慈銘卻對這首詩給予了極大的讚揚。此詩表面敘述詩人於湧金門外見柳色如金，綠樹成蔭十分欣喜。詩人折將一枝，帶入城去，欲告知城裏之人，春天已經徹徹底底地到來了。而李慈銘評其「空靈超妙」，則意在表彰此詩所營造之簡單而快樂的意境。詩人聊聊幾語所表達的對春深的意外之喜，暗含了對城外城內季節差異的感歎。而這種感歎，又可引申為出世入世的差別。李慈銘認為其可令東坡低首處，或許其一在於此詩的清雅氣質，符合了其一貫的批評標準；其二則在於蘊含的哲理，可與宋代，尤其是蘇軾的哲理詩一較高下。

（三）推崇元文的原因

李慈銘推崇元代文學的原因，首先在於其本身所具有的價值和成就。明代文士普遍對元代的異族統治具有排斥心理，而元代廢除科舉也使得館閣文臣為代表的精英文學在文學史中失語。大量元代文士的作品在民間流傳，因而明代文士在文學上放棄元代，轉而承襲唐宋。明代大量的復古學派，雖然均是在復古的旗號下開創新的文學體式，但他們學習和類比的對象則是唐宋。這一點，無論是前後七子還是晚明的唐宋派，均是如此。降至清代，滿族的強化政治使得漢族文士更加留戀漢族政權的統治。他們在政治上無法實現的理想，就在文學領域發揚光大。他們承襲明代的同時，並不滿足於間接的接受，而是轉而向更加古遠的時代學習。漢魏六朝派、宋詩派等流派的出現，再一次掀起了復古的浪潮。因而對於夾雜在宋明之間的元代，其文學成

〔註68〕《日記》光緒十五年（1889）三月二十一日。
〔註69〕《日記》同治三年（1864）十一月初一日。
〔註70〕《日記》同治三年（1864）十一月初一日。
〔註71〕《日記》同治三年（1864）十一月初一日。

就往往被清代，尤其是晚清的文士所忽視。甚至時至今日，元代的文學研究成果也遠遜於其他朝代。但元代文學的成就是事實存在且不容忽視的。

李慈銘讀書不因民族地域而有異，其對文學作品，尤其是詩文的品評，均按其「法正」的文體觀和創作觀，並以「清」爲最高標準而加以衡量，因而相對客觀的李慈銘便看到了元代文學的價值與成就。他曾說：「元詩優於南宋，元文則遠過於南宋，而明詩又勝於元。明文則遠不及元。」〔註72〕這種觀點正是李慈銘基於其自身的文學思想所給出的論斷。

依據李慈銘的文學批評標準，其推崇元文的另一具體原因則是其認爲「明文遠不及元」。明文衰的原因，李慈銘歸咎爲「運數」。其言：「古文爲天地之元氣，關乎運數。」〔註73〕這裡所謂的「元氣」，並非指構成宇宙的基本存在。其與釋、道所謂之元氣截然不同。李慈銘所謂之「元氣」，實際上是指古文之「正」。而其「運數」則是對「正」的把握程度。

前文已述，李慈銘的「正」的其中一種，是指漢儒的醇樸之風。明文衰的原因就在於其「失正」，較之元代，離漢儒醇樸之風更遠。如其言：「宋文最高者歐曾王三家，然已不能及唐之韓氏。歐王毗於柳子厚，曾毗於李習之，蘇氏老泉最勝，東坡次之，然僅毗於杜樊川，而筆力且不逮焉，（敘事則蘇不如杜，論事則杜不如蘇，又各相爲勝若）。子由則又次矣。遺山牧庵皆學韓而不得其意，道園學歐而不得其神，（明之震川，得其袖矣，而又不得其骨。國朝方望谿得其骨矣，而又遺其神）此固氣運爲之，雖有豪傑之士，不能強也。」〔註74〕唐之韓愈、柳宗元、李翱的古文皆是「正」文。宋代的歐陽修、曾鞏、王安石三家與韓柳等尚且相近。三蘇的古文亦有可稱之處。而降至元代，元好問、姚燧的古文雖努力學習韓愈，但卻「不得其意」；而虞集學習歐陽修亦是「不得其神」。至明代歸有光，清代方苞，雖亦用功甚力，但終究未達至境。李慈銘將這種現象歸結爲「氣運」，即其前文所言之「運數」。他認爲這種運數是不能被人爲改變的。

這種「運數」之所以不能被改變，根本原因在於「失正」。李慈銘繼言：「至明文之病，非特時文之爲害也。蓋始之創爲者，潛谿華川正學三家，皆起於草茅，習爲迂闊之論，不知經術，其源已不能正。故其後談道學者，以語錄爲文，其病僿；沿館閣者，以官樣爲文，其病廓；誇風流者，以小說爲

〔註72〕《日記》同治十年（1871）十二月初五日。
〔註73〕《日記》同治七年（1868）七月二十四日。
〔註74〕《日記》同治七年（1868）七月二十四日。

文，其病俚；習場屋者，以帖括爲文，其病陋。蓋流爲四常，而趨日下。」〔註75〕明代文章衰落之病，李慈銘認爲其原因並非完全在於八股制。而是「其源已不能正」。這種「失正」從明初的宋濂、王禕和方孝孺就已經開始了。李慈銘認爲，宋、王、方三家的文章業已是「迂闊之論，不知經術」，而後學者又以他們爲宗。這就導致了明代文章，無論是語錄體，還是官樣文書，或是小說，甚至八股文均有傖、廓、俚陋之病。這些病的根源皆是「失正」。而這種「失正」有著歷史發展的原因，亦有當時社會風氣、文化政策多種因素的影響。因而「失正」所造成的文學後果是不能單純地被一時思想或主張所改變的。故李慈銘感歎其爲「運數」，「雖有豪傑之士，不能強也」。

由此可見，李慈銘無論論詩還是論文，都遵循了「法正」的文體觀和創作觀。如其在閱《明文授讀》時，言明代文章除蔣信等數家外，「雖間有可觀，不過是議論好，或小品有致，求其知古文義法者，蓋無一二，以此歎明文章之衰。」〔註76〕義法失而明文衰。法正不僅是李慈銘的文體觀和創作觀，亦成爲其進行文學批評的參照。在這種參照下，他才得出了「明文遠不及元」的文學史的觀點。明文遠不及元的觀點並非言元文極好，而是就元文與明文二者相比而言的。李慈銘肯定漢儒之文，推崇唐代韓柳的古文觀點顯而易見。但言及近世，針對宋以後的古文而言，他相對推崇元文，肯定了元代古文的文學價值。

李慈銘推崇元代文學地位的另一原因，則疑爲其對清朝政權的諂媚。清代政權的建立，其正統性也以元代爲標榜。李慈銘崇元代文學，亦有肯定清代文學，認可少數民族政權的嫌疑。

李慈銘表面上對歌功頌德者嗤之以鼻，如其閱陳子昂《感遇詩》批評其：「上《周受命頌》，罪百倍於揚子雲之《美新》。」〔註77〕《新唐書·陳子昂傳》載陳子昂於武則天稱帝改周後，「子昂上《周受命頌》，以媚悅后。」〔註78〕陳子昂也因此被後人譏之爲大失節義、諂媚武后。揚雄的《劇秦美新》亦被後人視爲趨炎附勢的代表作。但事實上，李慈銘亦有歌頌慈禧、慈安當政的詩歌。其詩作《壬戌元日》〔註79〕深切地表達了李慈銘對二后垂簾聽政的恭維和期待。咸豐體弱多病，朝政紊亂。慈禧發動辛酉政變後，與慈安二人

〔註75〕《日記》同治七年（1868）七月二十四日。
〔註76〕《日記》同治七年（1868）八月初一日。
〔註77〕《日記》咸豐十一年（1861）六月初五日。
〔註78〕〔宋〕歐陽修、宋祁：《新唐書》，中華書局1975年版，第4077頁。
〔註79〕〔清〕李慈銘：《壬戌元日》，《越縵堂詩文集》，第127頁。

共同垂簾聽政，為年幼的同治皇帝處理國事。李慈銘此時 34 歲，正當壯年。他一心考中科舉，走入仕途。政治上的改變，也使他對自己的未來充滿信心。這首詩即是描繪了李慈銘對未來社會的憧憬。事實上，這與陳子昂、揚雄的作品相比，李慈銘的這首《壬戌元日》亦是對當政者的稱頌之辭。從傳統儒家觀念出發，二后垂簾並不符合傳統的禮制。這與武后、王莽稱帝並無實質上的區別。但李慈銘在批評陳、揚二人的同時，又自作稱頌二后及其一系列政策的詩作，足見其身處亂世的無奈，亦可見其內心的士大夫與現實中的「名士」的矛盾。這種思想與行為上的矛盾根源於其理想與現實的巨大反差。李慈銘自負盛才，一心濟世報國。但其仕途多舛，時運不濟，報國無門。現實的困窘使其不得不對當政者畏首，甚至獻媚。

元代文學的自身價值、文壇上長久以來對元代文學的忽視和李慈銘的獻媚心理三者共同作用，形成了李慈銘推崇元代文學和元代作家的思想觀念。然而李慈銘的文學思想又是客觀的。元代作家與唐宋明相比，畢竟時間短暫，無論作家和作品，其優秀者仍少於唐宋，亦不被後人所熟知。李慈銘推崇元代的作家與作品，亦非一概而論，而是本著實事求是的態度，對其優者讚揚，對其劣者批評而已。

四、定位清代文學

李慈銘對清代文學成就及清代文學作家的品評構成了他對清代文學的總體評價。這種評價則成為其「尊古厚今」文學史觀的重要組成部分。清代文學對於清人而言無疑是「今」的。李慈銘並沒有將清代文學與其他各朝文學進行明顯的比較，而是在「法正」與「清」的思想下對清代各期文學進行批評。概括言之，清代文學於清初最優，而後逐漸式微。而在諸多的清代文學家中，朱彝尊、厲鶚與王士禛最被李慈銘所推崇。

（一）界定清代文學的歷史地位

李慈銘對清代文學的批評集中於詩、文兩種體裁。就清文而言，李慈銘肯定清初方苞、魏禧等人的成就。同時，他也指出，清代古文與時文之病的根源在於承襲了明文的「四病」。就清詩而言，李慈銘則認為清初詩人少而精。王士禛等人成就非凡。至清中葉及晚清，清詩則因泛濫模擬而逐漸走向衰微。

1. 清文

李慈銘所評古文家皆清初之人。綜而言之，李慈銘認為清初的古文以方

苞、魏禧爲最高，彭士望、姜宸英、邵長衡與毛奇齡接踵其後。至於王猷定、儲欣、李紱、汪琬和湯斌等人，則各有優劣。

　　李慈銘認爲清代開國以來，古文首推方苞、魏禧，其次是彭士望、姜宸英、邵長衡與毛奇齡四人。「國朝古文推方望溪、魏叔子爲最，彭躬菴、姜湛園、邵青門、毛西河次之，此皆卓卓成家者也。魏根柢筆力俱勝，而氣稍霸。彭筆力相等，而稍稍軼於法度。方最醇正有風度，顧未免平淡太甚。姜、邵皆講求蘊蓄，極自愛好，顧所就不大。毛文名不及諸家，而所作俱兀傲俊悍，法度井然，不在姜、邵之下，其殆以博學掩者也。」〔註80〕他們的古文皆卓然成家。魏禧的優點在於學養深厚，因而其古文風格霸氣。彭士望古文與魏禧相比，亦具風骨，但個別地方未能守法，即「稍稍軼於法度」〔註81〕。眞正循法守正的是方苞，但也正因如此，其文「平淡太甚」〔註82〕。姜宸英、邵長衡的古文講求蘊蓄，含而不露，亦未成大家。毛奇齡的文名雖稍遜於諸家，但其古文遵法守正，亦有風骨。毛的成就在李慈銘看來，並不遜於姜、邵二人，只是被他的學術成就所掩蓋了。與侯方域一樣被譽爲古文大家的王猷定、儲欣和李紱，在李慈銘看來，雖然「間有佳篇」〔註83〕，但王猷定古文未能守法，「太近小說」〔註84〕；儲欣古文的八股氣濃重；李紱的古文則太多應制之作，「佳者鮮矣」〔註85〕。稍晚且具文名的汪琬，李慈銘言其「自命正宗，文亦稍有風神，顧迂冗蕪拙，不知剪裁。」〔註86〕「迂冗蕪拙」即是不符合「清」的標準。而對於湯斌的古文，李慈銘雖贊其爲「儒者之文」〔註87〕，喜其「無語錄氣」〔註88〕，即稱其遵法守正，但認爲其「敘事固非所長」〔註89〕。凡此種種，李慈銘認爲王猷定、儲欣、李紱，以至汪琬、湯斌等「皆不能成家」〔註90〕。李慈銘依據其文學批評標準對清初諸多古文名家進行品評，並指謫其不足之處。這些貶斥之語雖有過當之處，但卻並未失實。晚清動盪之際，正當壯年

〔註80〕《日記》咸豐十年（1860）二月初一日。
〔註81〕《日記》咸豐十年（1860）二月初一日。
〔註82〕《日記》咸豐十年（1860）二月初一日。
〔註83〕《日記》咸豐十年（1860）二月初一日。
〔註84〕《日記》咸豐十年（1860）二月初一日。
〔註85〕《日記》咸豐十年（1860）二月初一日。
〔註86〕《日記》咸豐十年（1860）二月初一日。
〔註87〕《日記》咸豐十年（1860）二月初一日。
〔註88〕《日記》咸豐十年（1860）二月初一日。
〔註89〕《日記》咸豐十年（1860）二月初一日。
〔註90〕《日記》咸豐十年（1860）二月初一日。

的李慈銘尚未中科舉，報國無門。對於經濟科技一無所知的士大夫而言，他只能在學術思想上尋求變革的出路。

及至鄉邦校書時，李慈銘閱讀了更多的作品，這使他的視域不再侷限於清初，而是對自清初至晚清的散文狀況有了較爲整體、全面的認識。而這種認識，不在於其對名家的恭維，其認識的深刻性乃在於其對清文缺點的指謫。

李氏認爲，清文的病灶根源在於其承襲了明文的「四病」。李氏指責明文有儳、廓、俚、陋的四病〔註91〕。「國朝承之，於是四病不除而又加厲焉。道學爲不傳之祕，而儳之甚者，捨語錄而抄講章矣。館閣無一定之體，而廓之甚者，捨官樣而用吏牘矣。小說不能讀，而所習者十餘篇遊戲之文；（近時一廣東人繆姓者，所作曰文章遊戲，惡劣至不可道，而風行海內已久。）帖括（此本唐人習明經科者，帖經之說，明人藉以言科舉業。）不復知，而所倣者一二科庸濫之墨。至今日而自朝遷以及村塾之文，蓋無一能成句者。」〔註92〕清文於明文四病變本加厲的地方在於：語錄之文不再，而以講章代之，故而「儳之甚者」。吏牘頂替了官樣文章而「廓之甚者」。小說在李氏眼中原本就屬遊戲文字，而至清代所作的遊戲文章已「惡劣不可道」。帖括自唐傳至明代，其病已多。至清代，科考者已經不再熟悉經文，其所作文章被李氏視爲不能成句的「村塾之文」。在李氏看來，清文未能往好的方向發展。這些變化所攜之「病」與明代相較有過之而無不及。

不僅古文如此，李氏認爲清代的應試時文亦有此四病。其言：「明自嘉靖以後，時文之壞，壞於好用子史語也，好以己意行文也。今則無論子，無論史，皆取材於一二科中之文，而意則合數十年天下數億萬人皆此意也。問之己而己不知，問之父師而父師不知，問之主司而主司亦不知，嗚呼，是豈梨洲亭林諸先生所及料者哉！吾故以爲國運之憂，而時文之在所必廢也。」〔註93〕明代八股文的劣處在於「好用子史語」，而又以自己理解的意思解經行文。明代心學流行，而心學末流被清人指斥爲束書不觀、空談義理。李氏受清初等人思想的影響，認爲明代八股亦是以己意行文。而至於清代，李氏認爲，清人空談之風更甚。在其眼中，清人甚至捨棄了子史，轉而學習科舉範文。而這些作品所傳達出的思想並無創見，皆隨波逐流、人云亦云。由此，李氏

〔註91〕 「以語錄爲文，其病儳；沿館閣者，以官樣爲文，其病廓；誇風流者，以小說爲文，其病俚；習場屋者，以帖括爲文，其病陋。」
〔註92〕 《日記》同治七年（1868）七月二十三日。
〔註93〕 《日記》同治七年（1868）七月二十三日。

認為必須廢除八股文。只有這樣,才能復興古文,才能使國家的命運有所轉變。

但李氏也深刻意識到,並非所有清文皆有如此之病。其言:「其間傑出之士,非不大聲疾呼而思救也,經師碩儒之所作,非不份份質有其文也,而世俗陷溺,乃至於是!」〔註94〕有識之士為救亡圖存奔走疾呼。清代經世致用思想從清初即已萌發。那些大學問家,經師碩儒,他們的文章擲地有聲,頗具風骨。而世俗大眾的文章卻病灶已深。世俗之風往往能夠影響一代文學的大局。李氏對清文憂心忡忡的態度顯示了其對清代文學在中國文學史上地位的期待。他一方面認為清代名師碩儒輩出,在歷史上有一定的競爭力。但另一方面他又擔心世俗大眾的平庸甚至是惡劣之文會拉低清代文學成就的整體水準。然而李氏畢竟有其視野的侷限性。他並未意識到,前代所流傳下來的文學作品已經經歷了時間和審美的裁汰。前代的那些惡劣之文多數已被文士所摒棄,因而李氏見到的作品自然是較為精良的。李氏以清代優劣混雜,未經時間洗禮的文壇,與前代去粗取精後的成就相比,自然得出清文不如前代文的結論。

2. 清詩

相對清文而言,李氏對清詩抱有更大的信心。清初名家雖少,但還有王士禛等人在不同的詩體上頗具成就。至清中葉及晚清,李氏則認為清代詩學已至衰微。清詩之衰的原因,李慈銘歸結為清人的泛濫模擬。故而,他提出了「不專一家、限一代」的詩學創作觀。

李慈銘肯定了清初的詩學在不同詩體方面的成就。其言「至於國朝,實少作者。漁洋七絕,直掩唐人。此體之餘,僅為宋役。愚山五律,迦陵歌行,皆足名家,亦專一技。三君而外,則推竹垞、初白、太鴻耳。然竹垞瑜不勝瑕,初白雅不勝俗,太鴻頗多雋語,苦乏名篇。餘子紛紛概無足數。」〔註95〕就詩而言,李慈銘認為,清代只王士禛的七絕,施閏章的五律及陳維崧的歌行可稱之為「名家」。但他們也僅僅是在某一種詩體上有所建樹。王士禛的優勢在於七絕。李慈銘言其七絕「直掩唐人」。而其餘詩作,便落入了宋詩風格。李慈銘於詩歌中崇明抑宋,而將唐詩置於其間。此中,李氏言王士禛的七絕成就與唐詩相類,亦是對王士禛七絕的肯定。對施閏章的五律,

〔註94〕《日記》同治七年(1868)七月二十三日。
〔註95〕《日記》同治三年(1864)十月十九日。

李慈銘則言：「施愚山五言詩，漁洋極稱之。《池北偶談》中，最其佳者八十二聯，爲摘句圖。然中惟『共看溪上月，正照城頭山』『翠屛橫少室，明月正中峰』『月照竹林早，露從衣袂生』三聯，可以繼武盛唐。」〔註96〕李慈銘言盛唐詩必推尊其本家李白，且對於跨越盛唐中唐的杜甫也尤爲稱讚。此處，李慈銘對於王漁洋極口稱讚的施愚山五言詩，卻僅摘出三聯，認爲其可「繼武盛唐」。而這三聯詩句共同特徵亦是「清」。足見李慈銘「清」的統一文學批評標準。在這一標準下，王、施、陳三家而外，李慈銘則推崇朱彝尊、查愼行和厲鶚三人。但三人亦有不足之處。李氏認爲，朱彝尊詩作雖優，但其缺點叢出，其優處不足以掩蓋其弱處；而查愼行詩作雅俗混雜；至於厲鶚則多名句而少名篇。在這上述六人之外，李慈銘認爲，清代已無其他可稱的詩人了。但是李慈銘此處所謂之清代，僅限於清前期的順、康、雍三朝。至於乾嘉時期及以後的作者，李慈銘並未在此將其列入談論之列。原因之一是許多人尙健在，成就仍不能成定論；原因之二則是因爲發此論斷時李慈銘年36歲。同治四年，李慈銘結束了六年的京居生活，毅然返鄉。而在36歲時，正是其京居的第五年。李慈銘於京中雖有文名，並以名士著稱，但生活困窘，仕途茫然，正是其需要謹言愼行之時。他雖好謾罵，但在此一時期，於書面文字卻極爲小心。同治三年時，也是李慈銘對仕途似乎看到希望的時候。其於同治元年所作的稱頌二后的詩作，也可看出其希冀改變的心態。上述諸多因素，使得李慈銘在批評清代詩歌時，將時限劃在了清初。其「餘子紛紛概無足數」一句，雖然表面上否定了清初以後的所有作家，但未提及孰優孰劣就不存在對某一特定詩人的褒貶，也就不會引起特別的注意。這是一種保守的做法。

然而，當李慈銘結束了近六年的鄉居生活，再度返京時，其學識的積累已到了足以有自信指點文壇的地步。故而他在閱王昶的《湖海詩傳·蒲褐山房詩話》時，便毫無顧忌地大談清代詩歌，並感歎清代「詩學之衰」。其言：「述庵生極盛之世，又享大季，交遍寰中。國朝人物，是集已得大半。而拘守歸愚師法，短於鑒裁。故所選者，往往膚庸平弱，腔拍徒存。求如明之青邱、二李、大復、大樽，國初之牧齋、梅村，以及稍後之漁洋、愚山、迦陵、翁山，竟無一首。蓋自海珊、樊榭、寶意外，無能成家。而自沃田、西莊、白華、蘭雪、雲伯外，並無堪節取。此固去取未精，而我朝詩學之衰，亦可

概見矣！」〔註97〕李慈銘認為，王昶生於盛世，地尊位優，交友甚廣，因而此集中收納了清代大多數的文人詩作。但其缺點則在於固守沈德潛的纂集方法，在詩作裁汰上未見工夫。這使得這部詩集的整體水準「膚庸平弱，腔拍徒存」。且有諸多成就更高的作家及其作品未能收錄。如李慈銘所舉之明代高啓、李攀龍、李夢陽、何景明、陳子龍等人。而清初的錢謙益、吳偉業，甚至於王士禎、施閏章、陳維崧和屈大均（屈大均為明末清初之人，李慈銘誤以為與王漁洋同時代人）皆未能入選。李慈銘推測其未錄諸多詩人的原因為「蓋自海珊、樊榭、寶意外，無能成家。而自沃田、西莊、白華、蘭雪、雲伯外，並無堪節取。」〔註98〕李慈銘認為，或許在王昶看來，除其所列之人外，其他人的詩學均不能自成一家，也沒有隻言片語可值得推崇，故而棄之不錄。但王昶事實上只是錄入了與其有交往之人的詩作。其意圖也僅限於「蓋非欲以此盡海內之詩也，然百餘年中，士大夫之風流儒雅，與一國詩教之盛，亦可以想見其崖略」〔註99〕而已。

　　雖然李慈銘感歎清代詩學之衰的依據不夠堅實，但在他看來，清詩有其自身的弱點和缺陷卻是一個不爭的事實。如其言「自道光以來五十餘年，惟潘四農之五古，差有真意。而七古佇弱，諸體皆不稱。魯通甫筆力才氣皆可取，而工夫太淺，格體不完。其餘不乏雅音，概無實際。欲救乾嘉諸家之俳諧卑弱，而才力轉復不逮。此風會所以日下，而國朝之詩遂遠不如前代也。」〔註100〕究其原因，李慈銘認為其在於清人的泛濫模擬。為此，他提出了學詩「必不能專一家，限一代」的學詩主張。其言：「學詩之道，必不能專一家，限一代。凡規規摹擬者，必其才力薄弱，中無真詣，循牆摸壁，不可尺寸離也。」〔註101〕不能專一家限一代是其出於學詩者的角度而言的。學詩者從模擬開始，其初學詩時，才力不足，因而詩中「無真詣」。模仿對象便像是學步者所依靠的牆壁，初時必定寸步不能離。但在李慈銘的文學思想中，不同的文體具有不同的法度，若要寫出「守正」之文，符合「清」的文學標準，就應從學詩起，模仿最為「法正」之詩。但不同的作家對不同詩體的法度把握

〔註97〕《日記》同治十年（1871）十一月二十六日。
〔註98〕《日記》同治十年（1871）十一月二十六日。
〔註99〕〔清〕王昶：《湖海詩傳序》，《蒲褐山房詩話新編》（附錄），人民文學出版社
　　　　2011年版，第292頁。
〔註100〕《日記》同治十一年四月初六日。
〔註101〕《日記》同治十一年（1872）四月初六日。

不同。因而，針對不同的詩體，李慈銘列舉了不同的詩人。如五古，其舉自漢代枚乘、蘇武、李陵至清代厲鶚等 35 人〔註 102〕。李氏認爲他們於五古「皆獨具精詣，卓絕千秋。」〔註 103〕因而學詩者「當汰其緜蕪，取其深蘊，隨物賦形，悉爲我有。」〔註 104〕如此學詩便能去粗取精，致於法正。七古詩體，他認爲只有杜甫一人「足爲正宗」。退而求其次者，有「退之、子瞻、山谷、務觀、遺山、青邱、空同、大復，可稱八俊。梅村別調，具足風流，此外無可學也。」〔註 105〕五律則「佳手林立」〔註 106〕，可學者頗多。李氏並未一一舉例，但總體原則是「不名一家，而要以密實沉著爲主」〔註 107〕。七律亦以杜甫爲主，但仍有「上自東川、摩詰，下至公安、松圓」等人「微妙可參，取材不廢。」〔註 108〕此外，他又列舉唐、元、明及清共九人〔註 109〕，認爲他們「詣各不同」〔註 110〕，亦可參考、學習。七絕則以晚唐、北宋爲最，「多堪取法，不能悉指」。宋元明清中，亦有十五家〔註 111〕爲「絕調」。五絕則「王、裴其最著已。」〔註 112〕李慈銘針對不同的詩體，提出了他所認爲可模仿學習者。這是基於他的文體觀而衍生出的創作觀。另一方面，李慈銘對這些作家在不同文體上所取得成就的評定，也形成了自己的文學史觀。

　　面對晚清學詩者專事模擬的局面，李慈銘以自身學詩的經驗，依據其文學思想，爲學詩者樹立可模仿的榜樣。這是他的有識之舉，亦是他的無奈之

〔註 102〕《日記》同治十一年四月初六日「五古自枚叔、蘇、李、子建、仲宣、嗣宗、太沖、景純、淵明、康樂、延年、明遠、元暉、仲言、休文、文通、子壽、襄陽、摩詰、嘉州、常尉、太祝、太白、子美、蘇州、退之、子厚，以及宋之子瞻，元之雁門、道園，明之青田、君采、空同、大復，國朝之樊榭，皆獨具精詣，卓絕千秋。」

〔註 103〕《日記》同治十一年（1872）四月初六日。

〔註 104〕《日記》同治十一年（1872）四月初六日。

〔註 105〕《日記》同治十一年（1872）四月初六日。

〔註 106〕《日記》同治十一年（1872）四月初六日。

〔註 107〕《日記》同治十一年（1872）四月初六日。

〔註 108〕《日記》同治十一年（1872）四月初六日。

〔註 109〕《日記》同治十一年（1872）四月初六日「上自東川、摩詰，下至公安、松圓，皆微妙可參，取材不廢。其唐之文房、義山，元之遺山，明之大復、滄溟、弇州、獨漉，國朝之漁洋、樊榭，詣各有同，尤爲絕出。」

〔註 110〕《日記》同治十一年（1872）四月初六日。

〔註 111〕《日記》同治十一年（1872）四月初六日「七絕則江寧、右丞、太白、君虞、義山、飛卿、致堯、東坡、放翁、雁門、滄溟、子相、松圓、漁洋、樊榭十五家，皆絕調也。」

〔註 112〕《日記》同治十一年（1872）四月初六日。

策。李氏張揚其「馳驟百家，變動萬態」的學詩原則，以期打破晚清詩壇僵化模擬的局面，實現詩風的多元化發展。

（二）推尊清代作家

在「法正」的文體觀與創作觀的束縛中，在「清」的文學批標準下，李慈銘於清代最為推崇朱彝尊、厲鶚與王士禛三人。且這種推崇並非只就清朝一代而論，而是將此三人置於中國歷代文學史中進行比較而得出的結論。

1. 重竹垞

李氏推尊朱彝尊在於朱氏在詩詞文各方面均有出色的表現。李氏推尊朱彝尊首先在於其得益於《明詩綜》者甚多。李氏曾多次閱讀《明詩綜》，並認為其自閱《明詩綜》後「始得詩法之正」，亦由此形成了其「法正」的文體觀和創作觀以及其崇明詩的文學史觀。

其次，李氏對朱氏的推崇還在於朱氏在詞學上的造詣。李氏言：「國朝譚詞推朱陳兩家。伽陵病在熟，竹垞病在陳，顧伽陵勝於竹垞者，筆意靈也。餘子不足數。求與伽陵鼎峙者，其容若及金風亭長乎！」〔註113〕李氏在日記中大量摘抄納蘭性德詞後，咸歎當朝詞作名家，首推朱彝尊與陳維崧。這亦是浙西詞派的影響所至。雖然李氏認為陳維崧的詞「病在熟」而朱彝尊的詞「病在陳」，因而陳較朱詞更多的靈動。但即便如此，可與陳維崧並稱詞壇的，李氏認為，也就只有納蘭性德和朱彝尊了。但六年之後，李氏的認識有了變化。其言：「容若詞，天分殊勝而學力甚歉。予於乙卯秋曾選其佳者錄之，時於此事猶未深入，故別擇尚疏。其詞長調殊鮮合作，小令中令，多得鍾隱淮海之悟。如……皆清靈婉約，誦之使人之意也消。故所作不及伽陵竹垞之半，才力亦相去遠甚。」〔註114〕經過對詞學六年的認識，他認為其六年前對納蘭詞的摘擇仍有不足之處。如今看來，納蘭在長調和小令中令上亦有缺陷。當初所謂的三人並稱，至如今而言，則是納蘭詞遜於陳朱之詞了。且在學問造詣上，納蘭也遠不如陳朱二人。李慈銘論文學成就，不僅僅重視作家在其文學作品的藝術水準，還重視作品中傳達出的作家學問根柢。李氏論納蘭不及「竹垞之半」的原因就在於納蘭的學養不足。

由上可知，李慈銘推尊朱彝尊的第三點即在於其學養深厚。這種深厚使李慈銘由內而外的欽佩，因而李氏並未直言朱氏學問之深，而是在與他人的

〔註113〕《日記》咸豐五年（1855）九月初十日。
〔註114〕《日記》咸豐十一年（1861）二月十八日。

對比中體現出來。如其在閱讀杭世駿的《道古堂集》時，對於杭氏「謂朱竹坨亦詩人之說經」的論斷予以否定。李氏直言「竹坨之學，恐非菫浦所能及也，」〔註115〕大力推尊朱彝尊的學術造詣。

2. 推樊榭

李慈銘對厲鶚的推崇，也同樣在於文學成就和學術成就這兩個方面。就詞而言，李慈銘認爲其小令「眞宋人滴髓，而太近白石、草窗。」〔註116〕就詩而言，他亦認爲其「獨具精詣，卓絕千秋」〔註117〕在清代「尤爲絕出」〔註118〕。

李慈銘對厲鶚的系統評價作於其 32 歲之時。其言：

> 偶閱《樊榭集》，摘其雋詞秀語於左。……太鴻學問淵洽，留心金石碑版，尤熟於遼宋軼事。其詩詞皆窮力追新，字必獨造，遂開浙西纖呶割綴之習。世之講求氣格者，頗底諆之，以爲浙派之壞，實其作俑。然先生取格幽邃，吐詞清眞，善寫林壑難狀之境，其佳者直到孟襄陽、柳柳州，次亦不失錢、郎、皇甫。昔人評顧況詩爲「翁輕清以爲性，結冷汰以爲質，煦鮮容以爲詞」，先生殆可當之。惟七古意務數典，而才力又苦逼窄，未免襞積餖飣，毫無生氣。議者舉其最弱之體，而概其他制，又因學者之不善而集矢先生，誠爲過也。予詩與先生頗不同軌，而生平偏喜先生詩。同社中叔子、孟調、蓮士，雅有同嗜。三子中，叔雲有其秀，孟調有其幽，蓮士有其潔，所趣固近，宜其尤相契矣。〔註119〕

李慈銘首先對厲鶚的學問給予了肯定。這亦符合其一貫的重視作家學養的思想。在詩詞方面，李慈銘力駁視厲鶚爲「浙派之壞」的意見。李氏認爲其詩詞雖易引經據典而陷於瑣碎致使作品「毫無生氣」，但其「取格幽邃，吐詞清眞」，符合「清」的文學批評標準，因而李氏雖認爲其詩詞與厲鶚「不同軌」，但仍「生平偏喜先生詩」。

李氏自身的閱讀視野與其自身的學術修養深刻地影響了他對作家的品評。至晚年，李氏對厲鶚所輯《宋詩紀事》及厲鶚的學養有了新的看法。其言：「夜閱《宋詩紀事》。……所傳軼事，大率局促拘狹，承平風度，不可復

〔註115〕《日記》同治十一年（1872）十一月二十七日。
〔註116〕《日記》咸豐五年（1855）九月初十日。
〔註117〕《日記》同治十一年（1872）四月初六日。
〔註118〕《日記》同治十一年（1872）四月初六日。
〔註119〕《日記》咸豐十年（1860）正月二十八日。

見。樊榭雖刻意搜羅，而取材漸窘，瑣聞一二，淺俗支離。亦或小說無稽，取盈卷軸，故自第五十卷以後，鮮可觀矣。」〔註120〕這種看法的轉變首先在於著眼點的不同。年輕時的李慈銘更重視詩詞等文學作品所取得的成就及其在文壇上的影響，而對於學力而言，李氏則是從文學作品中觀察而得。但及至晚年，李氏自己的學術積累到達了一定的程度，他的關注點也隨著閱歷和學養的加深而變化。李氏開始關注選集、合集等作品，開始重視文學作品的傳承問題。故而在歷經滄桑之後，李氏看到了厲鶚的缺點。對厲鶚的《宋詩紀事》的批評的第二點原因，也在於李氏對宋詩派的反感。李氏在學詩上宣導不專一家、不限一代。其「真杜」的文學思想著意強調的便是「轉益多師」。而宋詩派於晚清大行其道，發展為同光體，影響甚巨。故而李慈銘對於厲鶚這個在清前期便集《宋詩紀事》，加重宋詩影響力的作品自然無多好評。或許，李慈銘更是想憑藉其日記的影響力，使他對《宋詩紀事》的批評能令學詩大眾少一點對宋詩的簡單模仿。第三點原因則在於李慈銘自身心態的變化。此時他年事已高，體弱多病，對文辭有可能對他前途帶來的影響的擔心已大大弱化。李氏便因其年高名重而敢於直言。

3. 崇漁洋

若言李慈銘對朱彝尊和厲鶚的推崇是大張旗鼓地有意宣揚，那麼他對王士禛的推尊則是低調內斂的。李氏對王漁洋的肯定往往流露於評點論文其間。如其言：「王漁洋論詩，悟絕古今，尤善分別。」〔註121〕又如李慈銘在評價唐人論詩「多不可解」，宋人詩話「迂淺偏滯」及明人論詩更加「譎詭」拙劣之時，卻充分肯定王士禛的「折衷平允」〔註122〕之語，甚至認為學詩者「當奉為法」〔註123〕。這無疑是對以王士禛為代表的清代批評家的肯定。再如李慈銘閱宋樓鑰撰《攻媿集》時，言：「王漁洋極稱其題跋之佳，而惜毛氏未刻入《津逮祕書》，誠知言也。」〔註124〕李氏肯定王漁洋論詩的客觀性和準確性，並稱王氏之語為「知言」。這是李慈銘在閱及王漁洋詩文評時產生的一種志同道合之感。

李慈銘論詩論文引用王漁洋之評語，一方面是因為他閱及王漁洋的評論，深以為是。另一方面則是他希望借助王漁洋的影響力，提高自己在文壇

〔註120〕《日記》光緒十七年（1891）二月二十七日。
〔註121〕《日記》同治三年（1864）十一月十三日。
〔註122〕《日記》光緒十七年（1891）五月二十七日。
〔註123〕《日記》光緒十七年（1891）五月二十七日。
〔註124〕《日記》光緒十四年（1888）十二月初一日。

的地位。這一方面主要集中在李慈銘對王漁洋所論的否定上。如其言：

> 徐禎卿《在武昌作》云：「洞庭葉未下，瀟湘秋欲生，高齋寒雨夜，獨臥武昌城。重以桑梓感，淒其江漢情，不知天外雁，何事樂南征？」詩格固高而乏眞詣。即云洞庭，又云瀟湘，又云江漢，地名錯出，尤爲詩病。此所謂碔砆混玉，似是實非者。而漁洋極賞之，以謂千古絕調，非太白不能作。又舉曹學佺《秦淮送別》一篇云：「疎籬豆花雨，遠水荻蘆煙。忽弄月中笛，欲開江上船。」以爲情致殆不減徐。二作蹊徑迥殊，而石倉忽弄月中笛十字，自然實妙，實非昌穀所能及，要其妙處，亦上到錢郎耳。以擬王孟境詣，尚相縣隔，遑能及太白耶？「渺渺太湖秋水闊，扁舟搖動碧琉璃。松陵不隔東南望，楓落寒塘露酒旗。」徐迪功《題扇》絕句也。「夾岸人家映柳條，元暉遺跡艸蕭蕭，曾爲一夜青山客，未得無情過板橋。」曹能始《林浦》絕句也。漁洋謂二絕可以相敵。予謂曹詩託寄蕭寥，情韻獨勝，徐詩不過吐屬清麗耳。取相比儗，殆似不倫。漁洋謂郭祥正（功父）《青山集》，詩格不高，惟取其《原武城西看杏花》三絕句，余謂功父「鳥飛不盡暮天碧，漁歌忽斷蘆花風」二語，刻狀清妙，千古佳句也。吳炯《五總志》載其爲半山一詩僧所訾，殆未必然。〔註125〕

李慈銘此處首先駁王漁洋對徐禎卿《在武昌作》一詩爲「千古絕調」的評定，而認爲其詩缺乏眞詣，錯漏層出。再斥王漁洋誇讚曹學佺《秦淮送別》一詩「情致殆不減徐」之語。接著，李慈銘繼續對王漁洋將徐禎卿的《題扇》和曹學佺的《新林浦》「二可以相敵」的論斷大加否定。李氏認爲曹詩在情韻方面勝過徐詩，而徐詩的成就僅止於辭藻清麗。進而，李慈銘對王漁洋謂郭祥正《青山集》的「詩格不高」予以「平反」。李氏舉郭《金山行》中的詩句，大贊其「刻狀清妙」爲「千古佳句」。

雖然李慈銘與王漁洋的意見有不同之處。但這並不影響李慈銘對王漁洋論詩的肯定。李慈銘對王漁洋論詩給予了最高的評價。其言：「國朝詩家，漁洋最得正法眼藏。商榷眞僞，辨別淄澠，往往徹蜜味之中邊，析芥子之毫髮。至乎論古，或歉讀書，而語必平情，解多特識。雖取嚴生之悟，迥殊歐九之疏。大雅不群，庶幾無媿。」〔註126〕李氏評王漁洋「最得正法眼藏」。「法正」

〔註125〕《日記》同治三年（1864）十一月十三日。
〔註126〕《日記》同治三年（1864）十月十七日。

是李慈銘文學思想中重要的一環。李慈銘如此評價王漁洋無疑是將他視爲清代最優秀的詩論家。加上李慈銘對清代詩論的肯定，可以推知，在發展至清的文學史中，李慈銘亦是將王漁洋看作詩論大家了。

李慈銘「尊古厚今」的文學史觀突破了「厚古薄今」的傳統，將「過去」與「現在」置於同一批評標準之下。中國傳統文士習慣於「以史爲鑒」，習慣於褒獎「過去」。因而，「過去」在傳統文士中往往佔有優勢地位。李慈銘「尊古厚今」的文學史觀則充分肯定「現在」，即「今」的成就。其一反明代以來的復古思潮，將明清文學的地位推尊到前所未有的高度。

明代中期以王世貞爲代表的後七子講求復古，大談「法」與「格調」。李慈銘亦講「法」，但卻與「格調」之法有著本質的區別。「格調之法」更注重作品的語詞、句法和結構。如王世貞言「篇法有起有束，有放有斂，有喚有應」，「句法有下者，有倒插者」，「字法有虛有實，有沉有響」〔註 127〕。此皆從實際的寫作技巧而言。而李慈銘所謂之「法」主要指各文體本身對作品形式、風格甚至情感的內在限制，屬於文學的內在理路，而「格調」之「法」則是一種外在技巧。基於「法正」的文體觀與創作觀，李慈銘提出了「尊古厚今」的文學史觀。其對「古」「今」文學作品的評價並非依據外在的創作技巧，而是評判作品是否遵循了文學的內在理路，並在此基礎上，將文學功能最大程度地發揮出來。因而，李氏的文學史觀是傳統文士對中國傳統文學本質的一種審視和再認識。

〔註 127〕〔明〕王世貞：《藝苑卮言》卷一。

結語　李慈銘文學思想的意義和影響

　　文學降至晚清，各體文學日臻成熟。時至當今中國，文學仍沿襲彼時所形成的各類文體而發展。李慈銘生逢晚清，活躍於咸、同、光三朝，其「眞杜」的文學思想在晚清復古的聲勢下實屬異類。因此，李慈銘的文學思想之於晚清文學有著特別的意義和影響。就文體意義而言，「眞杜」觀是在文學各體齊備狀態下，對傳統文學的一次總結。就文學發展而言，先秦至晚清，文學主張、思想、創作多樣發展，而「眞杜」觀則是對傳統文學的一次正本清源，是傳統雅正文學脈絡延展的梳理與復歸。就政治意義而言，李氏在晚清變局中，持保守態度，拒斥一切外來事物，並對傳統進行裁汰。這種守舊是一種慣性。如今，中國的發展仍在各種改革中進行。在此過程中，某些積弊和改革中遇到的各種阻力，是否也與今人對「過去」的依戀及「慣性」與「惰性」相關？李氏的態度、思想或許可爲今人提供一面可供參照、審視的鏡子。

一、守衛傳統　以文救國

　　李慈銘的「眞杜」文學思想是對傳統文學的一次總結與復歸。「眞杜」所蘊含的「補史」「法正」「清」和「尊古厚今」等觀念，無一不是對傳統文學根本觀念的強調。李慈銘對傳統文學正本清源的原因在於晚清社會中文士水準的下降，在於晚清士人對傳統文學的頗多誤解。而總結與復歸的目的則是使晚清文士掌握中國古代文學中的精華，並將其轉化爲救國的利器，以挽救危亡的時局。

（一）承接文統相容並包

　　李慈銘對文道觀念的拓展，實際上是對歷代所承襲「文統」的一次溯源與總結。縱向上看，李慈銘理解的文統，帶有晚清社會的特點。它已不再是

單純與儒家道統相關，並以「明道」作為終極目的的概念。而是復合了「真杜」文學觀中「法正」「清」和「尊古厚今」等一系列因素的觀念。而這些要素又皆是從傳統文學中總結而出的。橫向上看，李慈銘的文統不再是漢民族的觀念，而是融合了多種民族文學因素的觀念，尤其是元代文人的文學。李慈銘大力表彰元代文學，將其置於與漢民族同樣的標準下進行審視。這種相容並包的心態，是一種大文學史觀的體現，也是其對「真杜」文學思想中文學批評標準的堅持。

1. 文統的溯源與總結

時至晚清，文學合於儒家的道統觀念已經不再是單純的使文士擔負道統的責任。隨著西學的不斷滲入，晚清文士所擔負的經世責任越來越重。如何保護中國的文統，並有效地使用文統來拯救時局成為晚清文士所面臨的最大問題。李慈銘「真杜」的文學思想分別從文以載道，建立古文的歷史譜系和建立古文的話語系統三個方面對中國歷代以來的「文統」進行了溯源與總結。

「文統」的概念始自韓愈。降至明代，朱右作《文統》。「文統」故而成為文學研究中常常被後世所論及的重要概念。進而，有學者將「文統」細分為三個方面：「一是從文道的角度，植『道』於文，建立古文與儒家文化之間的本質性聯繫」，即周敦頤所概括的「文以載道」；「二是從文史的角度，梳理古文的產生與流變，建立古文的歷史譜系」，歷代各類古文選本是這一方面的代表；「三是從文法文辭的角度，彰顯古文的文學性特質，建立關於古文形式的話語系統，」這方面則以駢散之爭為代表。〔註1〕

中國傳統的政治統治需要和傳統儒家的思想教化，使得韓愈以後的歷代文人均對「文統」進行修正和豐富。「文以載道」成為被後世所認同的最為主要的文學功能觀。此種觀念一方面從文學角度而言，明確了文學發展的方向；另一方面，從政治體制而言，又符合了政權統治中籠絡文人的需要。然而，這個因人而異的「文」如何做到「載道」，則需要文學範本的指導。宋以後的文士對此項工作尤其熱衷，各類古文選本不斷湧現。這就從客觀上梳理了古文的發展與流變，描繪了古文的歷史譜系。韓愈所倡之「文統」概念最初所針對的是六朝以來的駢文風氣。至清代中後期，駢散之爭再次成為焦點。姚鼐《古文辭類纂》與李光洛《駢體文鈔》均有樹立古文正統的意味。文學史

〔註1〕梅向東，李波編著：《桐城派學術文化》，合肥工業大學出版社出版2011年版，第181頁。

上的這一系列問題的爭論都從不同的方面推動了古文的發展。「古文」的含義也由單純的漢代散體文衍變爲駢散兼收的「大古文」。

李慈銘論文亦以「文以載道」爲旨歸。其言：「文者，載道之器也。……學者因文見道。」〔註2〕在文學功能觀上，他認爲除卻補史的作用，文學更是「載道之器」。文的功能就是讓學習者在閱讀文章時，可以從中感受、進而領悟到「道」。而這個「道」，李慈銘言：「道者，六經是也。儒者之所習，無二學也。」〔註3〕道既寓於六經之中，那麼對六經的修習便是學者唯一且必須做的功課。六經皆文，因而，道寓於文。由此，在李慈銘的觀念中，文與道便成爲密不可分的統一體。那麼，對「道」的追求便要從「文」入手。要追求正確的原本的「道」，就要學習正統的、原本的「文」；要準確地傳達「道」，便要撰寫與道最爲接近的正統的「文」。因而，李慈銘在文學思想上必然對中國流傳千年的「文統」進行溯源與總結，使再傳之「文」可以載道。

李慈銘「眞杜」文學思想中的「法正」觀，是對「文以載道」功能的最爲精準的貫徹。他曾說「學問之事賾矣，識大識小，同源而異流。……雖大小萬殊，其要歸皆一於道，而能發明先王之教。」〔註4〕李氏於學術上講求理一分殊之理，所崇者爲「先王之教」，而後世學問則「同源而異流」。這種觀念延伸到文學領域，即是在文體觀和文學創作觀上的「法正」。「法」是各文體自創始之日起即有的對文本形式及創作規則的約束。「法」分義法和師法。這正是李慈銘所謂的「大小萬殊」。而「法」的最高準則即是「先王之教」。不同的法可以創作出不同類型的文章。但文既是載道之器，其最終「歸皆一於道」。而這個「道」即是要在「正」的基礎上體現出來。「正」在其文學思想中，是指文學作品在文體上遵循義法；在創作中講求古法並在批評上要求風格清麗的綜合性理念。它同時也是「法」的最高準則。這即是說，「大小萬殊」的「法」，皆歸於能「發明先王之教」的「正」道。傳道之文，若失正，則流於「惡派」，也就無法「發明先王之教」。因而，只有「法正」的文章才能做到眞正的「載道」。從而在學習者閱讀之後，能夠從中瞭解「道」，領悟「道」。

李慈銘「清」的文學批評觀模糊了散文與駢文的界限，因而在古文話語

〔註2〕　〔清〕李慈銘：《杭州敷文書院碑記》，《越縵堂詩文集》，第995頁。
〔註3〕　〔清〕李慈銘：《擬宋史儒學傳序》，《越縵堂詩文集》，第805頁。
〔註4〕　〔清〕李慈銘：《章氏式訓堂叢書序（光緒三年十月）》，《越縵堂詩文集》，第802頁。

系統方面，他在創作實踐中將駢散結合。古文不再單純地指代散體文，而是可以指代帶有駢句的文章。這一觀念也順應了清代後期駢散趨於合一的大潮流。清代後期，漢宋兼採成爲主流的學術主張。在這個去粗取精，取長補短的大融合年代，亦有不少文士主張駢散結合。如劉開認爲「駢之與散，並派而爭流，殊途而合轍」；「駢中無散，則氣壅而難疏，散中無駢，同辭孤而易瘠。兩者但可相成，不能偏廢。」〔註 5〕而李兆洛甚至有「秦漢之駢偶實唐宋散行之祖」〔註 6〕之語。在這種風氣的影響下，李慈銘也認識到了駢體和散體文各自的缺陷。他在閱《元次山文》時指出：「蓋駢麗之弊，誠多蕪濫，而音節有定，終始必倫，雕飾鋪陳，不能率爾。既破偶爲單，化整以散，古法盡亡，惡札日出。」〔註 7〕又其評論吳梅村集時言梅村文集「殊多六朝駢儷中膚語，遠不及詩。而雜著如《綏寇紀略》《復社紀事》諸書，簡潔有法，又未嘗不能剪裁也。」〔註 8〕駢體文爲了迎合駢體句式而導致諸多的淺言膚語。這與李慈銘「清」的文學觀大相徑庭。而破偶爲單，化整以散，卻又導致了「古法盡亡，惡札日出」，即失法。因而，能夠創作出載道之文的最好方法無疑是駢散結合。李慈銘的駢體文並非嚴格限制於駢辭儷句，如其《遊太學賦》《昆明湖望萬壽山賦》等文，雖然句式爲四六，但對仗並不完全工整，頗似散句，亦非嚴格意義上的駢體文。駢散結合既可避免駢體的「蕪詞冗字」〔註 9〕，又可規範散體的「法散語枝」〔註 10〕，使文章最終符合「清」的批評標準。〔註 11〕

從文史的角度而言，李慈銘文學思想中「尊古厚今」的文學史觀在價值批評上，抬高了明清以來古文的歷史地位。他在對元、明、清文的批評中，梳理了當世古文的發展與流變，對於鉤沉古文的歷史譜系起到了積極的作用。李慈銘推崇漢儒醇實的文風，認爲元結的破駢爲散使古文墮入惡道。但元代的文章卻優於明文與南宋文。而清代的駢散結合，卻使古文「不特考據

〔註 5〕 〔清〕劉開：《與王子卿太寧論駢體書》，《孟塗駢體文》卷二，《續修四庫全書》第 1510 冊，第 425 頁。

〔註 6〕 〔清〕包世臣：《李鳳臺傳》，《包世臣全集》，黃山書社 1993 年版，第 478 頁。

〔註 7〕 《日記》同治十年（1871）三月初二日。

〔註 8〕 《日記》咸豐五年（1855）三月二十日。

〔註 9〕 《日記》咸豐七年（1857）十月二十二日。

〔註 10〕 《日記》同治三年（1864）二月初七日。

〔註 11〕 劉再華先生《李慈銘的駢文理論與批評》（《文學評論》2013 年第 1 期）一文中，認爲李慈銘在理論主張上嚴格區分駢散，而在創作實踐中卻呈現駢散合一的特點。本文觀點與此略有不同。

精博，又善言情變」〔註12〕。這就弱化了駢文的開創之功與破駢爲散的創新之勞。李慈銘將駢散結合的古文視爲元明清以來古文領域中較爲重要的成就，突出駢散結合等古文家的文學史地位，從而在同一標準下提高了元明清文學在文學史中的地位。

李慈銘「眞杜」的文學主張是從文道、文史和文法文辭等三個角度對文統的溯源與總結。其以「文以載道」的功能觀，統攝「法正」「清」和「尊古厚今」的觀念，對晚清文學的發展道路指明了方向，對傳統文學的文統進行了一次總結與復歸。

2. 各民族文學的相容並包

李慈銘文學思想中所崇尚的「法正」是其文體觀與創作觀。而創作觀中，落實到具體的方法，他則明確爲「不名一家、不專一代」。「不名一家、不專一代」雖然表面上取法百家，但其所法之正，仍不脫漢儒醇實之風。不拘門戶，不僅破除了各文派之間的門戶之見，也破除民族之間的門戶之見。在與宋、明、清文學成就的對比中，李慈銘充分肯定了元代文學在文學史中的成就。

元代文學在明清以來的中國文學史中長期被忽視，明代復古文學只論漢魏唐宋，而對於時間較近的元代則視而不見。清代文學承襲明代，總體上仍以漢魏唐宋爲尊。降至晚清，雖然一些學人開始對元代的歷史地理進行考證，對《元史》進行補充或重修改寫，但在文學上，對元代重視仍遠遠不夠。晚清與李慈銘同時期的文學家，如桐城派諸人、曾國藩、張之洞，甚至是與李慈銘交誼頗多的袁昶、沈曾植等人，都沒有對元代文學進行客觀的評價。

事實上，元代文學的成就不容小覷。2013 年出版的《全元詩》收錄元代詩人近五千位，作品逾十三萬首。而《全唐詩》所收錄的唐詩不及五萬首，作者僅兩千餘人。宋代的詩作較多，《全宋詩》收錄作品約二十七萬首。單從詩歌規模上比較即可見出，元詩並不弱於唐宋詩。且元詩又是歷代詩歌中最具特點的。「使用漢語寫作傳統格律詩的除了漢族之外，還有幾十個不同的民族，詩人的祖籍包容了大華夏的範疇，而且還遠及於歐亞大陸。」〔註13〕因此，無論在數量和品質上，與唐宋詩比較而言，元詩的成就都不可被忽視。元文亦如此。

雖然，除卻元代文學本身擁有的文學價值，李慈銘對元代文學的推崇不

〔註12〕《日記》同治七年（1868）正月初五日。
〔註13〕楊鐮：《元詩研究與新世紀的元代文學研究》，《殷都學刊》，2002 年第 3 期。

排除對清廷獻媚的色彩，但李慈銘文學思想中「法正」的文體觀和創作觀，尤其是其創作觀中「不專一家、不名一代」的思想，才是其對元代文學與其他歷代文學一視同仁的根本原因。

（二）以文救國的現實目的

李慈銘早年即負有救國之情。他屢次參加科舉考試，一方面是出於傳統士大夫的仕途情懷，另一方面則是出於儒者的社會責任。當仕途之路遇阻，救國熱情無處揮灑時，李慈銘便轉向了文壇，試圖通過人才培養的方式來增強國力，達到救國的目的。而此中，政壇上的屢屢失利，也是李慈銘轉而專心向學的重要原因之一。

1. 救國熱情

李慈銘早年即有著強烈的報國熱情。早在鄉居越中時，他即寄希望於通過科舉之路步入政壇。科考失利後，他的落解詩反映了其報國熱情。1852 年八月，24 歲的李慈銘赴杭州應鄉試，「榜散不售」。這已是他第三次應試。三度未中，李氏頗為鬱悶，作《壬子秋賦落解述懷二首》，其中「為憂國家方多事，深望科名出異人」〔註 14〕句，既是對自己落解感到委屈無奈，又是對國家正在經歷的種種磨難而憂心忡忡。「異人」可以是自己，也可以是其他人。1854 年（26 歲）秋，他再次落地，賦《百字令》以解懷，詞曰：「中年到也，歎封侯，骨相奇零如此。熱血一腔何處灑？且飲亡何而已。落水三公〔註 15〕，墜車僕射〔註 16〕，早冷人間齒。」〔註 17〕他自認已到中年，但仕途卻一片茫

〔註14〕〔清〕李慈銘：《壬子秋賦落解述懷二首》，《越縵堂詩文集》，第 7 頁。

〔註15〕三公：《長泰縣志》記載，岩溪珪塘普濟岩據傳始建於唐開元年間（約西元 720年）。南宋末年，英勇抗元、寧死不降的陸秀夫，在廣東崖山海戰兵敗後，背負年僅 9 歲的皇帝趙昺連同玉璽，憤然投海殉國。當時，身為長泰縣尉的珪塘葉氏開基始祖葉棻，積極督辦糧餉，支持前方「三君子」的抗元活動；其子在抗元戰鬥中獻身。由此，珪塘葉氏先輩及宋代名臣「三公」的浩然氣節，備受葉氏族人的敬仰。後來，葉氏族人就將陸秀夫與另外兩位民民英雄文天祥、張世傑合尊為「宋朝三君子」，又稱「九龍三公」。

〔註16〕《南史·謝靈運傳》附超宗：「靈運之孫謝超宗，好學有文辭，盛得名譽。為人恃才使酒，多所陵忽，……後司徒褚彥回因送湘州刺史王僧虔，閣道壞，墜水；僕射王儉驚跣下車。超宗拊掌笑曰：『落水三公，墜車僕射。』」謝超宗自恃才學，傲視王公，特別對王儉、褚淵兩人背叛宋朝，擁立蕭道成事，大為不滿。適見褚淵落水，王儉墜車，因而拍手大笑，並加以戲謔，後因用為啟迪蒙學典事之一例。

〔註17〕〔清〕李慈銘：《百字令·秋日讀史》，《越縵堂詩文集》，第 634 頁。

然。然而「熱血一腔」無處安放，李氏只能終日飲酒而已。「落水三公，墜車僕射」典故的引用，一方面流露出其自恃高才的心態；另一方面，「早冷人間齒」則顯示出他對其才華不被重視的自我嘲諷。

待至李慈銘捐官入京，其救國熱情仍未消減。他在日記中言：「惟期此行枕戈臥薪，無負家國，得早遂色養，以贖前愆而已。」〔註18〕對入京後的仕途生活，他充滿了期待。這種期待可分爲兩個層次，一是在自身層面而言，李慈銘期待自己「得早遂色養，以贖前愆」；一是於國家層面，期待此行「無負家國」。李慈銘身處晚清，內憂外患。對「國」的概念的理解與認識，更使得他的救國熱情超越了漢民族的侷限，而升至了大中華民族的層面。這種報國熱情，也表現在對自己的期待中。其在《五月十七日入都作》（1859）中言：「郡國今多事，風塵我又來。至尊方側席，誰是濟時才。」〔註19〕「誰是濟時才」一句，頗有「數風流人物還看今朝」的氣韻。李慈銘自詡爲濟世之才，是對其自身才華的充分自信。這種自信中，也展現了他對變革國家現狀，改變國家處境的熱情與信心。

李慈銘的救國熱情不是一時的。雖多年蹭蹬，李氏對時局的關心，對國家人才的希望卻從未消減。至其晚年，他仍對朝中「結黨」現象甚爲不滿，且於日記中嚴厲批判：「又聞張香濤近日書薦中外官五十九員，居首者張佩綸、李若農師、吳大澂、陳寶琛、朱肯夫五人……近日北人二張一李，內外唱和，張則挾李以爲重，李則餌張以爲用，窺探朝旨，廣結黨援。八關後裔，捷徑驟進，不學無術，病狂喪心。恨不得言路，以白簡痛治鼠輩也。」〔註20〕雖然，李慈銘對張之洞的批判，在當時人眼中有另外的原因。時人認爲，他與張之洞交惡是因爲他在困難時向張求助，而張沒能出手相救，故而對張之洞記恨在心。但從《日記》中的這段表述可以看到：李慈銘批評張之洞等人的理由有三：一是他們「窺探朝旨，廣結黨援」，即在朝中結黨，探測朝廷的動向，以便於他們爲自身牟利；二是「八關後裔，捷徑驟進」，即張之洞等人通過宗親關係，取捷徑而進仕途；三是「不學無術，病狂喪心」，即張之洞等人不諳學問，一味逐利。這三點皆是其深惡痛絕者。無論李慈銘是否對張之洞等的行爲有所誤解，或是有失片面，從李氏所觀察的角度出發，

〔註18〕　《日記》咸豐九年（1859）二月初三日。
〔註19〕　〔清〕李慈銘：《五月十七日入都作》，《越縵堂詩文集》，第95頁。
〔註20〕　《日記》光緒八年（1882）五月初八日。

從李氏對張氏等行為的認識而言，他的批評都是出於對國家的憂心和對整個社會的關懷。

2. 轉向文壇　以文救國

李慈銘的仕途之路並不順暢。「恨不得言路」表明了李氏有官無權的生存狀態。李氏屢屢在政壇上失利。他早年入京捐官不成，只得居京候補。科舉中的後，又僅得空職。後得言官一職時，李氏已至晚年，雖仰仗潘伯寅與翁同龢的支持，但仍力不從心。

劉成禺所著《世載堂雜憶·龍樹寺觴詠大會》詳細記載了李慈銘在官場的情狀：

> 南方底平，肅黨伏誅，朝士乃不敢妄談時政，競尚文辭，詩文各樹一幟，以潘伯寅、翁瓶叟為主盟前輩。會稽李蒓客，亦出一頭地，與南皮張香濤互爭壇坫。……自同治末迄光緒初，此數年間，乃為南北清流發生最大磨擦之關鍵。聞之樊樊山曰：「南派以李蒓客為魁首，北派以張之洞為領袖，南派推尊潘伯寅，北派推尊李鴻藻，實則潘、李二人，未居黨首，不過李越縵與張之洞私見不相洽，附和者遇事生風，演成此種局面耳。越縵與予（按：樊增祥自稱）最善，予以翰林院庶起士從彼受學，知予亦香濤門人，對予大起違言，由其滿腹牢騷，逼反所至，不知實有害於當時朝士之風氣也。」按：兩派之爭，越縵殊鬱鬱不得志，科名遠不如香濤，所以執名流之牛耳者，不過本其經史百家詩文之學，號召同儔。至於體國經野，中外形勢，國家大政，則所知有限，實一純粹讀書之儒，不能守其所長，乃以己見侈談國事，宜香濤諸人不敢親近。但越縵則自以為可以左右朝政，乃與鄧承修諸御史主持彈章，聲應氣求，藉泄其憤。乃身為御史，反無絲毫建樹，譏之者，謂越縵得此官，願望已足矣。綜觀越縵《日記》，大略可徵。〔註21〕

晚清的清流派，本身就是因匡時救世而產生。南北派之分，除了地域性特徵外，亦有政見之異。李茲銘被推為南派魁首，但事實上，就政壇影響力而言，李氏遠不如張之洞。劉成禺亦言李氏「實一純粹讀書之儒」。政壇上的失利使他不得不將滿腔熱血置於文章學術之中。正如其所謂「百歲胸懷行不得，

〔註21〕劉成禺著，蔣弘點校：《世載堂雜憶·龍樹寺觴詠大會》，山西古籍出版社，1995 年版，第 100 頁。

寂寂虛生斯世。動業羊頭，文章牛後，短盡英雄氣。古今邱貉，一編且對青史。」〔註22〕所謂的追求仕途，只能是名義上的行為，而實質性的工作，還是要落實到學術文章之中。

當將事業重心轉向文學、學術後，李慈銘便發現了晚清文壇令人擔憂的狀況。他初入京都時即發現晚清文壇的積弊。其言：「姬傳本文士，而妄思講學，其說又便於寡陋庸妄之人，狂吠一作，群猱轉甚，未及四十年，而戶鄭家賈之天下，遂變為不識一字。橫流無極，鼐為用俑。」〔註23〕李慈銘認為，桐城派姚鼐將辭章、義理、考據三合一的主張是使文壇「不識一字」的始作俑者。漢學風氣亦因此敗壞。及至光緒二年，他48歲時，自述杜門七例：「一不答外官，二不交翰林，三不理名士，四不齒富人，五不認天下同年，六不拜房薦科舉之師，七不與婚壽慶賀。」〔註24〕之所以設此七例，李慈銘自言其目的是「皆所以矯世俗之枉，救末流之失」〔註25〕。他對文壇風氣中不學無術、大批假名士、假道學、空談義理的風氣甚是憂慮。

李慈銘空懷滿腔的報國熱情無處施展，而對於文壇及晚清當世的學術狀況，卻發現了諸多積弊。1863年35歲的他入京之初，滿腔治世救國的熱情，希望對朝廷治政有所裨益，但始終未能成官。因此，李氏治書窮經，開始在學術、文學創作上尋求突破。清代傳統士大夫仍然認為「經世碩儒」是治國之才的後備力量，是國家興盛的人才基礎。從李氏反對張之洞興實業的態度上可見出，他早年並未意識到實業救國的重要性。李慈銘對於科技的發展仍處於茫然無知的境地，他仍然認為，固守窮經，研讀經典、整飭學術是復興國運之本。故而，李氏反覆強調讀書的重要性，並對文壇積弊，尤其是布衣、青年階層「不學無術」的狀況尤為憂憤。他所提出的一系列主張，就是基於他的這種侷限性的認識。

二、重塑晚清文壇格局

在文學史中，晚清詩界的宋詩派、漢魏六朝派與中晚唐派等名稱多緣於後代學人對晚清文學史的建構。在李慈銘的評價體系中，晚清詩壇並不存在這些詩派。李慈銘只以「真杜」的文學觀對歷代文士與清代文士進行評價。

〔註22〕〔清〕李慈銘：《百字令・秋日讀史》，《越縵堂詩文集》，第634頁。
〔註23〕《日記》咸豐十年（1860）十二月十五日。
〔註24〕《日記》光緒二年（1876）十一月二十四日。
〔註25〕《日記》光緒二年（1876）十一月二十四日。

在對晚清文壇經過一段時期的考察後，他意識到晚清文壇處於優劣兩極的極度分化狀態。李慈銘則處於精英層面，常被視爲與王闓運並列的清季文壇領袖，其政治地位也因此得到顯著提高。針對晚清文壇的現實問題，李慈銘倡以「眞杜」的文學觀，試圖實現破除門戶、馳聚百家的風氣，從而爲實現以文救國的現實目的做好人才儲備。

（一）晚清文壇格局

李慈銘於晚清文壇中居於重要的地位。他與王闓運同被視爲清季詩壇之冠。雖然，在李慈銘的文學思想中，晚清除桐城文派和常州詞派，其他的詩派均是不存在的。但陳澧、王闓運、張之洞、曾國藩等所取得的詩學成就卻是一個不爭的事實。李慈銘於各名家輩出的晚清，以其獨樹一幟的「眞杜」文學觀被視爲清季詩壇之冠。即便當世人對他的評價有過譽之嫌，但李慈銘確實在晚清文壇中佔有一席之地，甚至其文學思想亦有與宗宋、宗唐之風抗衡之勢。

1. 李慈銘評價中的晚清各派

李慈銘歷經道咸同光四朝。在晚清六十餘年間，文壇主要的流派有詩界的宋詩派、漢魏六朝派及至後來的同光體和中晚唐詩派，文界有桐城派及其支脈湘鄉派，詞界則有常州詞派。李慈銘對桐城文派和常州詞派略有提及，但對在其之前的宋詩派，或與其同時代的漢魏六朝派並沒有明確的概念。在李慈銘的敘述中，也未出現「宋詩派」或「漢魏六朝派」等字眼。

李慈銘並不認爲文壇上有著明顯的派別之分，〔註26〕因無確切地對各詩歌流派的整體評價，李慈銘對其他詩派的看法，只能通過其對各詩派代表人物的評價中尋找蛛絲馬蹟。李慈銘在閱《程春海侍郎集》時評價程恩澤：

> 詩學韓蘇，喜以生峭取勝，而體格未成，不能出以大雅，然嶄特自異，又時潤以經語，非枵腹者所能至也。散文亦學劉蛻柳開，其《答祁淳甫論承重孫婦姑在當何服書》……若士庶家承重已失禮意，其

〔註26〕事實上，晚清文壇中的門派確有被後人所構建的情況。張劍《道咸「宋詩派」的解構性考察》（《中國文化研究》2011 年冬之卷）一文指出：「道咸『宋詩派』成員程恩澤、祁寯藻、何紹基、曾國藩、鄭珍、莫友芝之間，詩歌唱和與人生交往大多並不密切，有的甚至並無交往，也很難認爲他們有公認的盟派宗主、共同尊宋的理論主張和相似的創作風格，因此作爲一個詩歌流派的條件並不充分。近代文學史和批評史對於『宋詩派』的認識和論述，大多受陳衍近代詩觀的影響」。

　　婦之服，當在不論不議之列云云，眞通儒之言。〔註27〕

李慈銘認爲，程恩澤的詩歌具有韓蘇「生峭」的特點，但不及二人雅致。但無論是詩還是文，都顯示出程氏的學問淵洽，謂爲「通儒」。對宋詩派的代表陳澧則褒多於貶，其言：

　　閱《東塾讀書記》訖。陳氏取材不多，不爲新異之論，而實事求是，
　　切理厭心，多示人以涵泳經文，尋繹義理之法，甚有功於世道。其
　　文句於考據家中自闢町畦，初學尤宜玩味也。〔註28〕

雖然李慈銘認爲陳氏的文章無甚創見，但其實事求是的態度是值得學習的。而對其詩卻未多言。對於今人所謂「宋詩派」的兩位重要代表人物，李慈銘在論及其人其詩時，均未言及其所屬流派。以李慈銘「不拘門戶」的主張而言，參之以其直言的性格，若程、陳二人有明確的派別主張和歸屬，他必將二人詩文之失歸咎於門戶之見。然而事實是，李慈銘不僅沒有隻言片語言及「宋詩派」，甚至沒有談及陳澧之詩。他對詩家文家的評論，皆是按其「眞杜」的文學思想，以「清」爲最高的批評標準進行評價。因而在其文學思想中，晚清文壇只有正與失正之文，法與非法之詩。它們是清與惡的區別，並沒有流派之別。而那些所謂的宋詩派、漢魏六朝派，皆是模擬之學，並不能稱爲一家一派。唯有對桐城諸家的評價中，視其爲一派。蓋其有明確的理論指導思想，且文風相似，地緣相近之故。

　　李慈銘經過對晚清當世文壇主要碩儒的分析評價後，得出了文壇兩極分化的結論。他在《經策通纂序》裏言：「方今國家右文，經術昌熾，載籍之博，靡所不綜；通經達用之儒，後先輩出。而鄉曲之究心，制舉者猶復於聞見，以經史、傳記非舉業所須，往往屏置不睹。」〔註29〕李慈銘發現，晚清文壇有一種優劣極度分化的狀態。在官場，「通經達用」之儒輩出。而鄉曲「制舉者」則聞見寡陋。又如《送楊理庵檢討重典試湖南》詩云：「楚南才爲天下雄，文忠文正人中龍。提挈群賢廓氛霧，遂成一代中興功。其餘彭左亦奇傑，若羅若李勇無敵。一時驤首攀風雲，生畫麒麟死埋血。所惜文教猶未昌，剽竊理學成倡狂。先詆陽明及許鄭，欲以學究昇明堂。甚者欲改六經制，奮筆議禮語尤恣。後生佻達習大言，塗抹以外無餘事。依草附木誠無尤，妄校尉亦

〔註27〕《日記》同治十二年（1873）五月二十一日。
〔註28〕《日記》光緒十二年（1886）正月初五日。
〔註29〕〔清〕李慈銘：《經策通纂序》，《越縵堂詩文集》，第804頁。

能封侯。功名凌轢到學術,不持寸鐵爭伊周。……」〔註 30〕此詩乃李慈銘為楊理庵典試湖南的送行詩。詩中以湖南文界為主要探討對象,實則適用於整個晚清文壇。詩的前半部分充分表彰了胡林翼和曾國藩所建的中興之功。這裡一方面是就政治局面而言,另一方面也是意指文化、文學。自「所惜文教猶未昌」轉而點出目前仍存在的問題,即「剿竊理學成倡狂」。「後生佻達習大言,塗抹以外無餘事」一句又意在說明,除曾國藩等「人中龍」之外,後輩文教不昌,不學無術,尤為令人擔憂。

這是李慈銘所認識的晚清。也就是說,晚清社會中,官宦階層的精英程度與布衣階層的庸劣極度分化。布衣中難覓大儒。雖然自明代開始,出版業發達,書籍流通較前代皆為順暢,但晚清社會中,平民階層雖可接觸到較多書籍,但戰亂卻使人們不能靜心讀書,有識之士已投入到救亡圖存的行列中。因而,遊弋於官場與布衣之間的李慈銘便對晚清文壇有了較為全面的認識。而他所提出的文學主張,則是針對整體文壇的狀況而提出,且更多的是針對下層人士的文壇而提出的。

此外,晚清不少學者開始轉向新學。如黃遵憲即開始宣導「吾手寫吾口」的新式詩歌。但在李慈銘看來,這些人均是失正的,並不符合其「真杜」的文學思想。

2. 李慈銘在晚清文壇中的地位

李慈銘的詩作及其他文學創作在晚清文壇被諸多文士所肯定,更被譽為清季詩家之「冠」。在晚清詩壇中,李慈銘常與王闓運相提並論。然而他自己卻不屑於與王闓運並肩,反倒對王闓運的文學成就和為人頗有微詞。而在後世的評價中,亦有人認為李慈銘成就不及王闓運,或認為李慈銘名過其實。造成諸家評價不一、李慈銘自身評價與他人評價存有差異的原因是各方評價標準的不同。但李慈銘曾主持晚清壇坫,為執牛耳之人物卻是一個長期被忽視的事實。

(1) 對李慈銘詩歌創作與詩學理論的評價

李慈銘自認為其一生所致力於詩,其詩歌成就較高。這一點,在其他人的評價中得到了充分的肯定。蔣瑞藻在《越縵堂詩話序》中言:「清季詩家,以吾越李蒓客先生為冠,《白華絳柎閣集》近百年來無與輩者。去年北京浙江

〔註30〕〔清〕李慈銘:《關楊理庵檢討重典試湖南》,《越縵堂詩文集》,第 233 頁。

公會影印《越縵堂日記》手稿成，都五十一冊，余因舉《記》中論詩之語，編錄爲三卷，不特先生宗恉即此可見，誠細籀之，其於詩學豈曰小補，亦藝苑之寶書矣。」〔註 31〕蔣瑞藻從詩歌創作與詩歌理論兩方面肯定了李慈銘的成就。在詩歌創作上，蔣瑞藻將其譽爲清季詩家之「冠」，甚至近百年來，無與可比者。蔣氏此文刊於《越縵堂詩話序》民國十四年排印本，但其成文應稍早於出版日期，即 1925 年或前不久。那麼，其所謂的「近百年」則約爲 1825 年至 1925 年。李慈銘的一生恰恰在這一時段之中。由此可見，蔣瑞藻認爲，在李慈銘活躍於文壇的時段中，其詩歌創作成就最高，無可與之相提並論者。在這一時段活躍的其他文士，如年長於李慈銘的張維屏、張際亮、朱琦、姚燮、魯一同、程恩澤、祁寯藻、曾國藩等人，其成就皆遜於李；而較李慈銘年幼的薛福成、吳汝綸、沈增植、樊增祥等人，其詩歌創作成就亦不及李。而這些人在後世的評價中皆有極高的詩歌成就。而蔣瑞藻獨推李慈銘爲「近百年來無與輩者」，可見其對李的推崇，亦見出李氏詩歌成就之高。對於李慈銘的詩論，蔣氏則譽其爲「藝苑之寶書」，亦是對其詩學理論的肯定。又張鳴珂記：「蓴客才名籍甚。先以諸生納貲，官農曹，與潘文勤公、呂庭芷觀察、張香濤相國相頡頏。……癸巳再入都門，君已中庚辰進士，官御史矣。一時翰林苑諸公皆仰之如泰山北斗，而群稱爲越縵堂先生云。」〔註 32〕會稽人王繼谷在其《感知一首酬李愛伯先生》〔註 33〕一詩中有「先生當世推經神，主持壇坫三十春」之句。全詩本意爲感知李慈銘爲其知音，而其中這一過渡性的敘事詩句，卻道出了李慈銘在當時文壇中的地位。〔註 34〕

〔註 31〕蔣瑞藻：《越縵堂詩話序》商務印書館，民國十四年排印。

〔註 32〕〔清〕張鳴珂：《寒松閣談藝瑣錄》卷三，民國十年鉛印本。

〔註 33〕〔清〕王繼谷《感知一首酬李愛伯先生》，全詩云：「乘槎欲訪三神山，蓬萊咫尺風引還。煉石五色亦何有，誰信媧皇補天手。山林鍾鼎　兩不成，何如獨坐援孤琴。醉折幽蘭彈古調，空山寂寞無知音。昨者別兄偶弄指。天風海濤入焦尾。餘音嫋嫋千里聞，誰識天涯有鍾子。先生當世推經神，主持壇坫三十春。忽聽巴音和白雪，喜舞奚翅登龍門。中散許傳《廣陵散》，一洗俗耳箏琶新。瓦釜雷鳴奚足論，得一知己死何恨。一彈再鼓忘形骸，孤月寥天印方寸。」

〔註 34〕其他關於李慈銘文學成就評價的史料還有：沈其光：《瓶粟齋詩話》「浙中詩派，乾嘉時多取法樊榭，山水清音，斯爲獨絕。道、咸以還，定盦、越縵代興，風氣爲之一變。」王逸塘：《今傳是樓詩話》：「李越縵（慈銘）頗自矜其詩，《白華絳跗閣集》流傳海內，早有定評。」汪辟疆《汪辟疆文集·近代詩派與地域》：「江左派詩家著稱於近代者，以德清俞樾、上元金和、會稽李慈銘、金壇馮煦爲領袖。」

　　李慈銘科考試卷中的詩歌被評價爲「骨峻採高」「精深華美」「俊逸」「詩藝寫貌肖神；雅練名雋」「沉博絕麗，詩妍雅合觀」等〔註35〕。這些評價亦是對李慈銘詩歌成就的肯定。

　　但在晚清當世的評價中，對李慈銘有諸多的不認同。李氏尤爲在意其他人對其詩歌崇尚的總結。如董文渙認爲李氏的詩歌「初法溫李，繼規沈宋，巧縟而不見斧鑿，新麗而絕去浮靡，雜弄金碧，揉飾丹素，奇芬異秀，洞蕩心魄。七言古今體，尤多巨製，他作亦清麗居宗。」〔註36〕李慈銘對於董評價其「新麗」「清麗」等皆默認不言，唯對「初法溫李、繼規沈宋」之言頗不認可。其在《日記》中辯駁道：「作書致硯樵，極言作詩甘苦。以硯樵題吾詩謂初學溫李、繼規沈宋。吾平生實未嘗讀此四家詩也。」〔註37〕因李慈銘致書反對，董文渙後將「溫李」改爲「中晚」，將「沈宋」改爲「韓杜」。李慈銘便再無異議。其初九日《日記》言：「得研樵書，並別撰題詞一能，則許以老杜矣。」〔註38〕與李慈銘「眞杜」文學思想一致，當李氏的詩歌被評價爲與杜甫相近或相似時，李便不會反對。如其《日記》中載：「得香濤復，言予詩『雄秀』，二字皆造其極，『眞少陵嫡派，其火候在竹垞、阮亭之間，竹垞、阮亭七古皆學杜也。』」〔註39〕雖然李氏對朱彝尊和王士禎「皆學杜」的說法不甚認同，但李氏並未反對其自己的詩作學杜的論斷。這是因爲，李慈銘以「眞杜」的文學觀進行詩歌創作和理論批評，當其他人對李氏的評價符

〔註35〕《清代朱砂卷集成》會試硃卷光緒庚辰科李慈銘「中式第一百名貢士李慈銘，浙江紹興府會稽縣廩貢生民籍戶部候補郎中，同考官翰林院編修加三級林□閱、薦；大總裁兵部左侍郎加三級許□批：博大昌明，經策精密，取；大總裁吏部左侍郎鑲白旗滿洲副都統左宗翼總兵總理各國事務大臣加三級室麟□批：骨峻採高，經策博奧，取；大總裁經筵講官毓應宮行走頭品頂戴工部尚書加三級翁□批：精深華美，經策淹通，取；大總裁戶部尚書正白旗漢軍都統國史館總裁總理各國事務大臣加三級景□批：理超趣博，經策宏深，中。本房原薦批：清微老健，迥不猶人，次隸事精嚴，三寄託深遠。詩俊逸；易藝樸實；詁經字字如鑄；書藝融會象算，簡嚴名貴，詩藝寫貌肖神；雅練名雋；春秋斷制精嚴；筆可屈鐵；禮簡潔精確；卓然漢學家法。五策名通淹貫，無美不臻。聚奎堂原批：老樹著花，穠枯俱秀絕塵外。次三沉博絕麗，詩妍雅合觀，後場定爲老宿。二場謹嚴，是說經常例，其浩博非時手所能。三場通雅訓函古今，是明體達用之學。」

〔註36〕〔清〕董文渙：《董文渙日記》同治十一年（1872）四月初四日。

〔註37〕《日記》同治十一年（1872）四月初六日。

〔註38〕《日記》同治十一年（1872）四月初九日。

〔註39〕《日記》同治十一年（1872）四月十九日。

合「眞杜」的文學思想時，李氏便沒有異議，而當其他人的評價溢出「眞杜」
思想範圍，李氏便極力辯駁。

　　晚清文壇常以王、李二人爲詩壇之冠冕。因而李慈銘常被與王闓運相提
並論。如董文渙言「孝達編修同年嘗言，近時詞章家，浙之李蒓客、楚之王
壬秋，殆無倫匹，誠非虛譽。」〔註40〕又如李慈銘《日記》中載：「前日香濤
言，近日稱詩家，楚南王壬秋之幽奧，與予之明秀，一時殆無倫比。」〔註41〕
後世章士釗《論近代詩家絕句》亦將李慈銘與王闓運並提：「越縵漫將湘綺比，
高文疑並小儒爲。」將李、王兩家並論，與兩人詩風無關，僅因此二人在詩
歌及整體文學成就上地位相當，「一時殆無倫比」。然而，李慈銘對將王闓運
與自己相提並論頗不認同。徐一士曾載：「王闓運與慈銘，並時噪譽文壇，而
慈銘之於詩，深不然之，羞與爲伍。」〔註42〕如其《日記》中載：「若王君之
詩，予見其數首，則粗有腔拍，古人糟粕，尚未心得考曝。其人予兩晤之，
喜妄言，蓋一江湖唇吻之士。而以與予並論，則予之詩，亦可知矣。」〔註43〕
此段中，李慈銘首先否定了王闓運之詩，言其爲「粗有腔拍」，於古人糟粕尚
且不如。接著，他結合對王闓運其人的印象，對其人其詩進行了整體的批評，
認爲王氏「喜妄言」，且言辭具有江湖之氣。李慈銘素來將江湖氣視爲惡道，
與「清」相對。王闓運其人其詩給他留下了「江湖」惡道的印象，嚴重違背
了其「清」的最高批評標準。這就難怪李慈銘對王闓運評價不高，且極力反
對與王氏相提並論了。

　　除了對王闓運的批評，李慈銘亦對將兩人並論的張之洞進行了批評。其
在《日記》中言：「香濤又嘗言：『壬秋之學六朝，不及徐青藤。』夫六朝既
非幽奧，青藤亦不學六朝，則其視予詩，亦並不如青藤矣。以二君之相愛，
京師之才，亦無如二君者，香濤尤一時傑出，而尚爲此言。眞賞不逢，斯文
將墜。予之錄錄，不可以休乎。逸山嘗言：『以王壬秋擬李蒓伯，予終不服。』
都中知己，惟此君矣。」〔註44〕張之洞認爲王闓運詩學六朝，有「幽奧」特
點，而在這一點上卻不及徐渭。但李慈銘完全否定了張之洞的說法。他認爲
六朝詩風的特點並非「幽奧」，而徐渭詩也並不似六朝。他認爲張之洞在詩學

〔註40〕〔清〕董文渙：《董文渙日記》同治十一年（1872）四月初四日。
〔註41〕《日記》同治十一年（1872）四月六日。
〔註42〕徐一士：《一士類稿‧李慈銘與王闓運》，書目文獻出版社1984年版。
〔註43〕《日記》同治十一年（1872）四月初六日。
〔註44〕《日記》同治十一年（1872）四月初六日。

評論中有所偏頗，以上述兩點推演可知，張之洞對李慈銘的評價亦不準確。而李慈銘「則其視予詩，亦並不如青藤矣」，與引逸山所謂「予終不服」並視逸山爲「都中知己」，可知，李慈銘認爲其詩歌成就在徐渭和王闓運之上。故而對其他人將其與王闓運並舉頗爲不滿。在李慈銘的認知中，董文渙與張之洞之才，於京師中「無如二君者」。但二人對李慈銘詩歌的評價卻如此不準確。這使得李慈銘感歎「眞賞不逢，斯文將墜」。而「予之錄錄，不可以休乎」則表現出了李慈銘希望可以通過自己的努力，改善這種文壇局面的意圖。

（2）李慈銘其他文學創作與學術成就的地位和影響

詩歌之外，李慈銘在其他方面的文學成就及學術造詣亦在當時得到了諸多文士的認同。王先謙《題李蒓客詩文集次其什刹海看荷花韻》即將李慈銘視爲謫居人間的仙人，詩云：

何年謫飛仙，凌風不能去。矯屬抗鷩鶴，清虛食風露。詞源挽銀漢，落筆紛欲雨。冥心鬬天閽，濁世安肯住？侵晨把君集，掩卷月掛樹。斯文多迷津，仗此寶筏渡。宜入承明廬，黼黻壯皇路。郎官見白髮，奇骨天所妒。行將揄文竿，理楫傍沙鷺。霞川有老屋，知子夢遊處。高山動牙絃，珍重千載遇。〔註45〕

此詩作前半部分將李慈銘視爲被天際貶謫而無奈居於人間的仙人。言塵世的污濁不能與他所賦有的才華相匹配。詩的中段則具體到李慈銘的詩文集。言在斯文將墜的今日文壇中，李氏的詩文如「寶筏」，可使讀者乘此渡過文壇「迷津」。因李氏同時具有先天稟賦與後天才學，王先謙認爲李氏適宜走向仕途之路，以文章匡救天下。詩的後段感歎李慈銘在仕途之路上的蹭蹬與他在鄉居幽隱和竭力官場之間進退維谷的無奈。整首詩表達了王先謙對李慈銘才學的肯定，同時也表述了他對其時運不濟的同情。而同樣對李慈銘處境較爲瞭解的董文渙則對其有更多的鼓勵與寬慰。其詩言：「書來塞上見新詩，幾度沉吟費我思。卻怪馬卿身貧疾，還嗟李廣數多奇。關河渺渺音塵隔，歲月駸駸案牘馳。君抱名山宜著述，不應窮達計今時。」〔註46〕詩的末句「君抱名山宜著述，不應窮達計今時」給李慈銘指出了努力的方向。而這條道路並非易途，只有像李慈銘這樣身賦才學者才能從事立言之事業。李慈銘的文章著述，不僅在友朋之間口碑甚佳，與其並無交往之人在閱讀李氏文章後亦愛悅備至。

〔註45〕〔清〕王先謙：《題李蒓客詩文集次其什刹海看荷花韻》，《虛受堂詩存》卷十。
〔註46〕〔清〕董文渙：《答李蒓客寄懷作》，《硯樵山房詩稿》。

如繆祐孫致繆荃孫信札言：「往者見黃巖王彥威爲人書扇，錄李蓴客小文，頗能追武徐、庾，在國朝正似卷施、玉芝一輩人，心甚愛悅。聞其所著《湖塘林館集》已付梓，吾兄能爲弟索一分否？」〔註47〕繆祐孫對李慈銘詩文極爲歎服，盛讚其能「追武徐、庾」，因而拜託繆荃孫向李慈銘索求剛剛出版的《湖塘林館集》一閱。字裏行間，可見出繆祐孫渴慕的心情。

另外，李慈銘的詩文得到當時極大肯定還表現在其詩文被當時文士所輯入的選本上。如王先謙所選《十家四六文鈔》〔註48〕與張鳴珂所選《國朝駢體正宗續編》〔註49〕皆錄李慈銘之文。

總而言之，李慈銘的駢文、詩和史學成就均較高，尤其在駢文和詩的領域爲晚清一大家。吳道晉稱「越縵之駢與詩是有清一代大家，其他經學、《說文》及一切文字，則未能獨擅一席也。」〔註50〕可謂的評。

（3）李慈銘於政壇的影響

李慈銘「晚年登第，學殖德望，爲時流所推。」〔註51〕身爲言官，他亦時常建言，談劾政事。李氏所著文章往往影響較大。如張鳴珂記載：「癸巳夏，予從曉峰中丞入都，住苦水井。與越縵一城之隔，相距十里，驅車過從，必清談移暑。一日謂予曰：『我胸中有一篇鬱勃文字，尚未傾吐。』予已默喻其意，笑應之曰：『得非泣鬼驚人之筆與。』後聞其於一疏中劾得試差，而簠簋不飭者，多至一二十人。疏雖留中，有聞風內愧，相率引避，不敢供職者。嗟乎，舉世波靡，一士諤諤，亦可謂臺閣生風矣。」〔註52〕李慈銘所上奏本，雖被留中，但卻並非未起作用。「有聞風內愧，相率引避，不敢供職者。」李慈銘直言諍辯，以文章攪動風雲。其所上疏被違紀者忌憚，聞風而逃的舉動

〔註47〕顧廷龍校閱：《藝風堂友朋書札》繆祐孫致繆荃孫第二十一札，上海古籍出版社1980年版，第255頁。

〔註48〕《王先謙自訂年譜》光緒十五年「輯刻劉開孟塗、董基誠子詵、董祐記方立、方履錢彥聞、梅曾亮伯言、傅桐味琴、周壽呂自菴、王闓運壬秋、趙銘桐孫、李慈銘愛伯《十家四六文鈔》成。」

〔註49〕〔清〕張鳴珂《國朝駢體正宗續編》八卷，光緒十四年刊本，選李慈銘《張公束校經圖序》。

〔註50〕吳道晉手稿本《讀越縵詩隨筆》，《越縵堂詩文集》附錄三，第1566頁。

〔註51〕（日）岡千仞《觀光紀遊 觀光續記 觀光遊草》北京：中華書局2009年版。明治十七年（1884）甲申十月廿六日（光緒十年九月八日）「悉伯官戶部，晚年登第，學殖德望，爲時流所推，惜會病無由暢談。」

〔註52〕〔清〕張鳴珂：《寒松閣談藝瑣錄》，上海人民美術出版社，1988年06月第1版，第87頁。

恰說明了他的談劾奏疏被採納的概率極高，亦反映了其於政壇的影響力。

當言路不暢，不能起到積極作用時，仕人亦想到李慈銘。如《藝風堂友朋書札》屠仁守致繆荃孫第二札云：「近時言路，似頗發抒，特未審施行實際如何，私衷猶不無過慮。聞徐季老、李蒓客均有大文，可否並林贊虞所作錄寄數篇，以破岑寂，千萬之幸。」〔註53〕言官肆意妄談，且實際處理中又執行不力。面對這種言路失效的局面，屠仁守想到的是以「大文」來矯正時風，故而向繆荃孫索要李慈銘的文章，「以破岑寂」。身爲晚歲登科的言官，李慈銘有這樣的影響實屬不易。而其在政壇的影響力還遠不止於此。李慈銘夫人馬氏去世時，翁同龢到場爲其點主。翁在日記中記載：「午正登車，路難行，循西外城根至崇效寺，爲李蒓客夫人之題主。襄題者楊莘伯、龐劭安、黃仲弢、徐花農也。揮汗如雨，主客周旋頗難堪，幸無禮節，一點而已。（其子系新從南來承繼，年十四，甚清秀。）即在彼午飯，極豐腆，陪者皆庚辰門人。」〔註54〕光緒十四年時，翁同龢已近花甲之年。六月正午正是暑氣炙熱之時，而翁同龢即便「揮汗如雨」仍驅車赴崇效寺爲李慈銘夫人題主。翁氏對李氏的重視可見一斑，而李慈銘在當時政壇的地位與影響亦由此可見。

（4）後世對李慈銘評價下降

李慈銘在晚清當世，無論在文壇還是政壇均有不容忽視的影響，但其後輩陳衍與汪辟疆則對其評價不高。陳衍《石遺室詩話》言：

> 癸未春挈眷入都，小住陳汝翼編修處，數遇李蒓客戶部（慈銘），貌古瘦。讀其爲某封翁所作墓誌銘，散行中時時間以八字駢語，殆所謂陽湖派體也。汝翼笑言：「此尊老諛墓之作，非百金不下筆者。吾則十金以上即售，然價廉市易，有時歲入轉多也。」時未見尊客之詩。後得刻本，亦未細閱。識沈子培，及亟稱其工；識樊雲門，則推服其師等於張廣雅；實則清澹平直，並不炫異驚人，亦絕去浙派餖飣之習，惟遇考據金石題目，往往精確可喜。〔註55〕

陳衍認爲，於詩而言，沈子培、樊增祥對李慈銘推尊過高。李慈銘的詩作除清淡平直外，並無驚人之處。陳衍作爲同光體的代表人物，他所主張的詩作

〔註53〕顧廷龍校閱：《藝風堂友朋書札》屠仁守致繆荃孫第二札，上海古籍出版社1980年版，第78頁。

〔註54〕〔清〕翁同龢著，翁萬戈編；翁以鈞校訂：《翁同龢日記·第五卷》光緒十四年戊子（1888）六月十一日（7月19日）中西書局2012年版，第2250頁。

〔註55〕〔清〕陳衍：《石遺室詩話》卷十一，人民文學出版社2004年版，第174頁。

是以宋詩理趣見長。這種思想與李慈銘「眞杜」的文學觀大異其趣。殊不知，陳衍所批判的「清淡平直」正是李慈銘極力追求的詩歌境界。而樊增祥與沈增植皆是與越縵交往密切者，自然知曉、理解越縵的文學思想，因而對越縵極爲推崇。此外，汪辟疆在《光宣詩壇點將錄》中，對李慈銘的評價亦不高：「越縵詩，在小長蘆、春融堂之間，雅潔春容，且書卷外溢，尤熟史事。孫同康謂與兩當並雄，推爲正宗，譽過其實矣。」〔註56〕汪氏認爲，孫同康等將李慈銘推爲「正宗」是「譽過其實」。這本身即顯露出李慈銘在當時備受推崇的地位。當世人對李慈銘十分讚譽，而汪則認爲李慈銘名不副實。但汪的「譽過其實」之語，也並非否定李的全部成就，而是試圖給予他一個恰當的詩壇定位。汪亦承認李詩在雅潔、才識等方面的突出成就。而事實上，「清」與「詩史」也正是李慈銘「眞杜」文學思想的核心要素。在理解李慈銘，並認同「眞杜」文學觀的文士看來，李的詩文創作皆符合他所提倡的文學思想，因而，李慈銘於魁首、冠冕之稱當之無愧。而汪氏的文學思想則偏向於同光體與宋詩派，是當時文壇的主流意識，故而對李的評價不高。

　　李慈銘當世的文士對李評價甚高，其文學成就及文學思想得到了同時期人的充分肯定。董文渙、張之洞等人譽李慈銘爲詩壇之冠。雖然李慈銘自己並不認同，但董、張等人仍視他與王闓運於詩壇中同等地位。李慈銘的文學作品及其文學思想的出現，改變了晚清文壇復古模擬的風氣，其「眞杜」的文學思想，使文壇，尤其是詩壇的浮靡之風爲之一變。「眞杜」思想下對學問的宣導，亦打壓了晚清文壇的空疏之風，使大批年輕士子稍稍向學。但稍晚於李慈銘的陳衍與汪辟疆則對其的文學成就頗不認可，認爲其名過其實。由於此二人的言論影響頗大，而他們對李慈銘的貶抑，無形中影響了後世對李氏文學成就的看法。故而在李氏身後，世人則對其較少理會，致使李慈銘的文學思想亦由此被其他學說逐漸湮沒了。

（二）破除門戶　馳聚百家

　　李慈銘眞杜文學思想中，諸種具體觀念的提出皆是針對晚清文壇的不同問題而發。概括言之，即是爲改變晚清文壇宗宋宗唐的復古風潮。李慈銘試圖以理論主張和創作實踐來改變晚清文壇的復古格局。事實上，李慈銘的出現確實在晚清文壇中獨樹一幟。然而這種局面只維持在李慈銘生時。至李逝

〔註56〕汪辟疆撰，王培軍箋證：《光宣詩壇點將錄箋證》李慈銘條，中華書局 2008 年版，第 75 頁。

世後，晚清文壇的復古之風，尤其是宗宋之風，在陳衍等同光體詩人的大力宣導下，較之前有過之而無不及。所幸的是，同光體詩人並非一味崇古泥古，他們的詩作與理論主張在客觀上適應了時代的需求，亦推動了傳統文學的發展。

1. 李慈銘諸種主張提出所針對的問題

李慈銘是在晚清文壇唯一一個宣導不拘門戶的文士。這體現出一種獨立意識。在宗宋宗唐宗漢魏的晚清文壇，復古是文學思潮中的主流，而李慈銘卻以杜甫爲宗。李慈銘的宗杜是「眞杜」，這與宋詩派及同光體的宗杜有著本質的區別。與「眞杜」相關的「法正」「清」與「尊古厚今」等觀念，皆是針對晚清文壇所出現的問題而提出。

「法正」是「詩法之正」的省略語。李慈銘「詩法之正」的思想以詩學主張爲核心進行舉例論說，進而延及所有文體，成爲其文學思想中的文體觀與創作觀。「法正」的觀念貫穿了其文學創作的一生。李氏首提「詩法之正」〔註57〕是在咸豐十年（1860）。此時他 32 歲，是初入京師的第二年。入京之後，李慈銘得與周氏兄弟旦夕過從，得以結識諸多文士並得閱更多書籍。咸豐十年二月的日記中，李慈銘在評閱侯方域的《壯悔堂集》時，便已由侯氏擴展至清代文士文學成就的評點。〔註58〕李慈銘首次提出「詩法之正」的觀念，乃單一的受到朱彝尊《明詩綜》的啓發，認爲《明詩綜》所輯錄的詩歌是詩歌創作與批評的標準。然而，隨著他在京生活時間的延長，李慈銘感受到了更多文壇的狀況，各文士，有名者無名者，對文體的不尊，以及小說的盛行，白話的萌發，乃至外族文化的侵入……一系列事件都使他認識到保持中國文學純粹性的重要。此後的三十餘年裏，李慈銘反覆強調法正，並由法正推演出「師法」「家法」「義法」等概念。待及光緒十年（1884 年）他重提

〔註57〕《日記》咸豐十年（1860）十一月二十八日。

〔註58〕《日記》咸豐十年（1860）二月初一日「國朝古文推方望溪、魏叔子爲最，彭躬菴、姜湛園、邵青門、毛西河次之，此皆卓卓成家者也。魏根柢筆力俱勝，而氣稍霸。彭筆力相等，而稍稍秩於法度。方最醇正有風度，顧未免平淡太甚。姜、邵皆講求蘊蓄，極自愛好，顧所就不大。毛文名不及諸家，而所作俱兀傲俊悍，法度井然，不在姜、邵之下，其殆以博學掩者也。與朝宗輩流者，若王於一、儲同人、李穆堂，亦間有佳篇。王太近小說；儲多有時文氣；李多泛然酬應之作，佳者尠矣。汪鈍翁自命正宗，文亦稍有風神，顧迂冗蕪拙，不知剪裁。湯潛菴儒者之文，喜尚無語錄氣，敘事固非所長。自王以下，皆不能成家者爾。」

「詩法之正」時，不僅是對《明詩綜》尊體的重新強調，亦是與 1883 年陳衍逐漸打出「同光體」的旗號有關。

　　與「法正」緊密相連的創作觀是「不名一家、不專一代」。這也是李慈銘唯一正面直接提出的詩學理論。「不名一家，不專一代」是在反對董文渙評價其「初學溫李，繼窺沈宋」不滿，作書辯其評價之非時提出的。其言：「予二十年前已薄視淫靡麗製，惟謂此事，當以魄力氣體補其性情，幽遠清微傳其哀樂，又必本之以經籍，密之以律法，不名一家，不專一代。」〔註 59〕同治十一年為 1872 年，此時，他結束了六年的鄉居生活再次回到北京。再次入京的他已無初入京時的謙遜，而是自認為對政局、文壇以及自己的文學地位都有一定的影響。因而李慈銘在進行文學批評時言辭較此前更加鋒芒畢露。然而，前文已述，當董文渙改許其為老杜時，李慈銘便不再反駁。由此可見，他提出「不名一家、不專一代」應另有所指，並非言其自身的創作傾向。李慈銘以「真杜」自詡，而「真杜」的內涵恰是破除門戶、馳聚百家，故而，「不名一家、不專一代」只是其文學思想中一個細小的方面，並不能概括其全部的文學思想。

　　那麼，李慈銘為何於此時宣揚「不名一家、不專一代」，為何不直接提出「宗真杜」呢？首先，自宋末江西詩派起，杜甫即被視為宋詩派的鼻祖。道咸同年間，宗宋詩又成為一時風尚。然而所謂宋詩派的宗杜，實際上是在宗宋詩，與杜甫的詩學理論和詩歌風格已相差甚遠。若李慈銘提出宗杜，則極易被人誤為宗宋。但事實上，李慈銘標榜的「真杜」是剔除了宋詩色彩的杜詩，是杜甫「轉益多師是汝師」與「不薄今人愛古人」的詩學主張。故而，他所倡的「不名一家、不專一代」是其「真杜」理論於文學創作觀的細節體現，是宗杜的一種。為避免與宋詩派混為一談，李慈銘並未在此時強調「真杜」。其次，李慈銘強調這一細節的原因疑與曾國藩去世有關。李一生與曾國藩並無實質上的交集。但曾確是李敬重的人物之一。李慈銘《送敖金甫郎中冊賢還蜀省覲二首》其二言：「岷江春水正初生，萬樹猩棠壓錦城。千首詩篇充宦橐，全家畫舫穩歸程。傳經同有商瞿祝，守拙差希杜下名。曾是薦雄文似者（君屢言余於湘鄉曾文正公），衰羸執戟不勝情。」〔註 60〕李慈銘感激敖

〔註 59〕　《日記》同治十一年（1872）四月初六日。
〔註 60〕　〔清〕李慈銘：《送敖金甫郎中冊賢還蜀省覲二首》（金甫，榮昌人，癸丑翰林。一字典皆）其二《越縵堂詩文集》，第 365 頁。

金甫數次在曾國藩面前推薦其詩文，雖然並無實質性的結果，但他對此仍不勝感激。可見，李慈銘對得到曾國藩的賞識是抱有期待的。又李慈銘曾在《日記》中記載：「作致金甫書，以近日湘鄉督相有書論金甫致予幕府也。略云：湘鄉帥幕之辟，仰荷推轂，深愧過情。……平生仰望湘鄉，斗極岱宗，常懸心目，深以不得見爲恨。」〔註61〕可見，敖金甫確在曾國藩面前推薦過李慈銘，而李慈銘亦仰慕曾國藩的才學。後因「橫戈躍馬，固非所能」〔註62〕，李慈銘終未入曾國藩幕。又在《送楊理庵檢討重典試湖南》一詩中，李慈銘稱曾國藩有中興之功。這一方面是對曾國藩功業的客觀評定，另一方面亦是出於他對曾國藩主持平定太平軍亂的感激。太平軍起義行至越中之時，李慈銘家業悉數被毀，其老母攜一家八口移居柯山李之姑母家中避難。李慈銘極重孝道，爲母親擔憂不已。而曾國藩等人對太平軍的壓制使得李氏一家可以平安度日。李慈銘於心中萬分感激。而對於文壇而言，桐城派、宗宋詩的風潮皆因曾國藩的扶植宣導而稱盛。李慈銘雖然反對拘泥於門戶，卻不願公然反對曾國藩。因而，1872 年，當曾國藩去世後，李慈銘便拋出「不名一家、不專一代」的觀點，以期糾正被曾國藩長期宣導的宗宋之風。

「清」與「尊古厚今」的主張亦是針對晚清文壇積弊所發。前文已論，此不贅述。

李慈銘「眞杜」文學觀皆是有爲而發，其在不同時期所提出的不同觀點和主張亦有其時代的機緣與目的。自古文壇，有復古之勢便有反復古之聲。李慈銘所處的晚清文壇，雖然復古聲式微，但諸多名家的詩文創作和理論主張皆逃不出歷代文壇傳承的復古泥淖。李慈銘細緻分析晚清文壇的格局，針對晚清文壇的主要問題，提出「眞杜」的文學觀，並爲之付諸實踐。這一切行爲都是爲改變晚清文壇格局而做出的努力。

2. 李慈銘身後的文壇格局

即便李慈銘明確提出了「不名一家、不專一代」的理論主張，他的詩學理論仍極少被同時代的人所提及。諸家在論及其詩文創作時，仍以其學杜爲主，並判定其詩歌風格爲「明秀」，其文則以考據詳實著稱。

李慈銘逝世後，晚清文壇重新回到復古派林立的局面。陳衍大倡同光體，明確標舉宋詩；王闓運以其靡麗的詩風被譽爲漢魏六朝派；樊增祥與易順鼎

〔註61〕《日記》同治二年（1863）十二月十三日。
〔註62〕《日記》同治二年（1863）十二月十三日。

被認為是中晚唐派的代表人物。而文派中，薛福成、張裕釗等桐城派仍佔據著文壇的重要地位。

　　雖然少被提及，但李慈銘的影響並未隨著他的逝世而終絕。在李慈銘去世後，其友朋仍時常懷念他。如其友人袁昶在致繆荃孫的信中說：「上年張廉卿、李蓴老、朱鼎父、孫琴西先後物化，海內知舊，政值兵火時零落，尤令人短氣。」〔註63〕字裏行間充滿了對舊友的懷念之情。又張鳴珂《寒松老人懷人感舊詩》（光緒甲辰正月十八日脫稿）云：「索米居長安，杜甫吟詩瘦。世事漸淪胥，聞之雙眉皺。試彈獬□冠，原是觸邪獸。」〔註64〕詩中「杜甫吟詩瘦」一句，既是將李慈銘與杜甫命運的類比，亦是暗合了李慈銘「眞杜」、一生以杜甫為宗的文學思想。末句「試彈獬□冠，原是觸邪獸」則以古書中的獬□異獸作比，言李慈銘針砭時弊、談劾貪官的諫諍性格。李慈銘的這一特點在曾樸的《孽海花》中亦有所反映。書中第十九回有：

> 小燕道：「姓李的就是李蓴客，他是個當今老名士，收買了他，就是擒賊擒王之意。」稚燕道：「這位老先生有什麼權勢？爹爹這樣奉承他呢？」小燕哈哈笑道：「他的權勢大著呢。你不知道，君相的斧鉞，威行百年，文人的筆墨，威行千年。我們的是非生死，全靠這般人的筆頭上定的。況且朝廷不日要考御史，聽說潘、龔兩尚書都要勸蓴客去考。蓴客一道臺諫，必然是個錢中錚錚。我們要想在這個所在做點事業，臺諫的聲氣，總要聯絡通靈方好。豈可不燒燒冷灶呢！」〔註65〕

文中小燕影射張蔭桓，稚燕則影射其子張塽徵。約略成書於20年後的小說，仍將李慈銘作為當時有影響力的名士，可見李慈銘於晚清政壇及文壇的「餘威」。

　　「破」易，「立」難。以往的反復古文士都在批評復古的流弊，而他們所採用的方法卻是以新的復古流派來代替舊的復古派，中國文學自古而然。李慈銘在破除復古思想後，其所「立」與諸家不同。他的主張不是一種「復古」，也絕不是「復古名義下的翻新」，而是對傳統精髓的學習，是一種對先輩流傳

〔註63〕 顧廷龍校閱：《藝風堂友朋書札》袁昶致繆荃孫第十九通，上海古籍出版社1980年版，第99頁。

〔註64〕 〔清〕張鳴珂：《寒松老人懷人感舊詩》（光緒甲辰正月十八日脫稿）《寒松閣詩集》（詩末注云：會稽李蓴客侍御慈銘）。

〔註65〕 曾樸《孽海花》第十九回。

下的精神遺產的學習，而學習的目的則在於創新。李氏強調「新意」，即是要「自成一家」，開創新的風格，成為新一派。由上述可知，李慈銘於當世確實在文壇中起到了舉足輕重的作用。其對杜甫的尊崇及其「真杜」文學思想皆為晚清文壇帶來了一種新的活力。原有的晚清文壇復古風氣被李慈銘的存在而改變。隨著李慈銘於晚清文壇中的地位不斷提高，至其晚年，李慈銘已與王闓運並稱為清季詩壇之冠冕。李慈銘「真杜」文學思想的存在，確實改變了原有晚清文壇的格局，使晚清文壇於各崇古派之外，又有一主張破除門戶，意欲馳聚百家的主張。

三、「真杜」的理論價值

文學思想有文學史和理論本身兩個方面的價值。李慈銘「真杜」的文學思想在西學漸興、傳統文學逐漸失去主流地位的晚清並未起到推動文學史進步的作用，其理論在文學史上被視為保守的與反進步的。然而，這並不意味著「真杜」文學思想百無一用。「真杜」文學思想對「守正」的強調是其對傳統文學的淘洗，取其最真、最純的部分，以便於傳統文學的發展與傳承。對於長時段中的傳統文學的發展具有極為積極的推動作用。

李慈銘的際遇在中國歷史長河中具有極強的典型性。當仕途遇挫，文士便以文學自處。上至屈原，中至李白、杜甫，下至李慈銘無不如是。然而在晚清社會，千百年未有之變局的動盪中，李慈銘對文學的棲息又與此前歷代文士有著極大的不同。他將中國傳統文學思想歸集於杜甫，並以「以補史闕」的文學功能觀、「法正」的文體觀與創作觀、「清」的文學批評觀和「尊古厚今」的文學史觀共同建構起「真杜」的文學思想體系。「真杜」文學思想中肩負的既有文學、文化傳承的責任，又有以文救國的經世目的。文學與政治的關係，經李慈銘的貫連，前所未有的緊密起來。它與個人命運相關，更與國家、民族的興衰相連。

在救亡圖存的百年演變中，「新變」成為時代的主流話語，但李慈銘卻對中國的傳統文學有著自己的堅持。他的文學思想總結了中國傳統文學中最精華的部分，其試圖以「守正」的文學、學術來挽救國之運勢。這份堅守是出於對傳統文學的眷戀，亦是傳統政治對士人的思想束縛。它是歷史慣性使然，亦是李慈銘的思想惰性所致。越是深植於中國的傳統文化、文學，深諳其精髓，就越難以轉變對它的好感與期望。李慈銘對蔡元培的新式文章「大加讚

賞」〔註66〕，而自己卻深陷於傳統文學中無法自拔。這固然是因爲李慈銘年事已高，體弱多病，無力再創新篇，但更多的原因還在於他對新式文章的拒斥。他可以接受年輕人製新體，卻不能說服自己創就新式文學。

然而，李慈銘並不是一個守舊之人。他論詩論文皆講求創新。他也不是一個固執之人。他起初對朝、日的使者拒而不見，認爲他們「荒陋尤甚」，但在閱讀了外籍的相關文獻，並不得已與外國人交談之後，他便馬上轉變了自己的態度和看法。李慈銘對新事物的評價是基於他的認識而做出的。

長期以來，研究者把李慈銘的「守正」視爲一種文化保守主義。對於文學史的發展而言，李慈銘確實在現代化的進程中沒有起到積極的推動作用。他的傳統本位與拒斥西學的思想皆居於文學史發展的負面。但李慈銘「眞杜」文學思想理論本身的「守正」意義不容忽視。李慈銘面對的是晚清社會。此時的中國已有諸多西方文化的傳入。當與李慈銘同時代的王闓運、曾國藩等人在計較「宗唐」還是「宗宋」，游移於中國傳統文派之間的紛爭時，李慈銘已跳出了民族的視域，從中、西方的全面視野觀察和思考問題了。他考慮的不是中國傳統內部的文派孰優孰劣，而是將中國傳統進行全面的總結與評估。他自認爲，他所留下的是傳統文學中最爲珍貴、最爲精華、最有效、最可爲後人所用的部分。當然，這其中包含著李慈銘的某種偏執，但卻是那個時代背景下，他對傳統文學的態度。他以「眞杜」總結中國傳統文學思想，準確地概況出了中國傳統文學的精髓。他的「保守」更恰當地說法應是傳統文學本位。然而這種理論上的價值至今仍未得到學界的重視。

近代中國，傳統文化的傳承與發展歷盡坎坷。新文化運動中，「打倒孔家店」等口號雖然推動了新文化、文學的進步，但卻對傳統文化、文學進行了全面否定，阻礙了傳統文化、文學的自然發展。中國傳統文學在「五四」與「文革」過後出現了前所未有的危機。改革開放以來，隨著西方文化的全面湧入，中國傳統文化的勢力範圍正在逐漸縮小。文學研究機制亦根據西學而建立。雖然以西方理論觀照中國傳統文學，可建立系統的文學研究學科體系，但它爲中國傳統文學的研究帶來了諸多不便也已成爲學界的共識。民族傳統是民族性的重要特徵之一。保持民族傳統亦是對民族的認同與傳承。面對這些問題，中國當代文學與文學研究的發展，無疑要從中國傳統文化、文學中

〔註66〕蔡元培著，高平叔編：《自寫年譜》，《蔡元培全集（第七卷）》中華書局 1989
　　　　年版，第 277 頁。

尋找出路。從 70 年代開始的「尋根」思潮，至如今的有識之士所提出的續接中國傳統文化的主張，中華民族在不斷地試圖尋回原有的傳統。故而，「國學熱」「民國熱」等社會現象頻出。然而民國並非中國傳統文化最爲全面的時期。中國傳統文化歷經千年的發展變換，至晚清最爲成熟。

中國傳統文化與文學密不可分。諸多文化均以文學作品和文學生活的形式呈現。李慈銘就是在晚清的歷史背景下對傳統文學的一次精練與守衛。「眞杜」的文學思想是對中國傳統文學的總結。它去除了那些負面的、不良的部分，恰當地概括了中國的傳統文學，是對中國傳統文學的自我裁汰與去粗取精。它完整地保留了中國傳統文學中的精華，對於後世瞭解傳統文學、研究傳統文學、傳承傳統文學都有著極爲重要的作用。保守未必均爲進步的負面。所謂擎文明之火，以待來者。李慈銘「保守」的意義正在於此。時至今日，李慈銘文學思想的理論價值應該被提出來，應該爲傳承傳統文化所用。對於如何研究中國傳統文學，李慈銘的回答抑或可作爲一個重要的參考。

主要參考文獻

一、李慈銘著述

著作類

1. 越縵堂詩初集（十卷），鉛印本，商務印書館，民國二十四年〔1935〕，國家圖書館藏。

2. 越縵堂詩後集（十卷），抄本，孫雄輯，民國十年〔1921〕，國家圖書館藏。

3. 越縵堂詩續集（十卷），商務印書館，民國二十二年〔1933〕，國家圖書館藏。

4. 越縵堂逸詩，抄本，上海圖書館藏。

5. 越縵堂詞錄，由雲龍校訂，民國二十四年〔1935〕，國家圖書館藏。

6. 越縵堂詩詞稿（不分卷），稿本，國家圖書館藏。

7. 越縵堂散體文，刻本，清光緒二十三年〔1897〕，國家圖書館藏。

8. 越縵堂駢體文，刻本，清光緒二十三年〔1897〕，國家圖書館藏。

9. 越縵堂文鈔，禹域新聞社，民國二年〔1913〕，國家圖書館藏越縵堂筆記，抄本，國家圖書館藏。

10. 越縵堂詩文鈔（不分卷），抄本，安越堂版，國家圖書館藏。

11. 越縵堂詩文集，劉再華點校，上海古籍出版社，2012年。

12. 越縵堂時文書札，天津華新印刷局，清宣統三年〔1911〕，國家圖書館藏。

13. 越縵堂詩話（三卷），鉛印本，蔣瑞藻編，商務印書館，民國十五年〔1926〕，國家圖書館藏。

14. 越縵堂詩話稿（一冊），抄本，國家圖書館藏。

15. 越縵生樂府外集（一冊）（李越縵先生雜著），抄本，清光緒二十四年〔1898〕，國家圖書館藏。

16. 越縵堂集（十卷），刻本，清光緒間，國家圖書館藏。

17. 越縵堂詹詹錄，鉛印本，李文糾輯，紹興印刷局，民國二十二年〔1933〕，國家圖書館藏。

18. 越縵堂雜稿（不分卷），稿本，國家圖書館藏。

19. 越縵山房叢稿，抄本，上海圖書館藏。

20. 越縵堂雜著（不分卷），抄本，浙江圖書館藏。

21. 李越縵先生雜著，抄本，清光緒二十四年〔1898〕，國家圖書館藏。

22. 越縵筆記（一冊），抄本，王弢夫輯，國家圖書館藏。

23. 越縵堂讀書簡端記，王利器纂輯，天津人民出版社，1980 年。

24. 越縵堂讀書簡端記續編，王利器輯，天津古籍出版社，1983 年。

25. 越縵堂讀書記，由雲龍輯，中華書局，2006 年。

26. 越縵堂讀史箚記（十一種）（9 冊），鉛印本，國立北平圖書館，國家圖書館藏。

27. 越縵堂讀史箚記全編，北京圖書館出版社，2003 年。

28. 越縵堂日記鈔，鉛印本，國粹學報社，國家圖書館藏。

29. 越縵堂日記補（1 冊），影印本，商務印書館，民國二十五年〔1936〕，國家圖書館藏。

30. 越縵堂日記，影印本，廣陵書社，2004 年。

31. 越縵堂杏花香雪齋詩鈔（九卷，二冊），稿本，國家圖書館藏霞川花隱詞，鉛印本，開明書店，民國二十六年〔1937〕，國家圖書館藏。

32. 白華絳柎閣詩集，鉛印本，中華書局，民國二十八年〔1939〕，國家圖書館藏。

33. 杏花香雪齋詩，四部叢刊鉛印本，中華書局，民國二十八年〔1939〕，國家圖書館藏。

34. 白華絳跗閣詩續（一冊），抄本，清末民初，國家圖書館藏。

35. 湖塘林館文鈔（八冊），抄本，清本，國家圖書館藏。

36. 湖唐林館駢體文鈔（二卷），刻本，清光緒十年〔1884〕，國家圖書館藏。

37. 湖塘林館駢體文鈔（二卷），石印本，上海書局，清光緒二十一年〔1895〕，國家圖書館藏。

38. 桃花聖解盫樂府，刻本，崇實齋，清咸豐間，國家圖書館藏。

39. 秋夢（一冊），刻本，崇實齋，清咸豐間，國家圖書館藏。

40. 舟觀（一冊），刻本，崇實齋，清咸豐間，國家圖書館藏。

41. 越縵生蘿庵遊賞小志，抄本，國家圖書館藏。

42. 蘿庵遊賞小志，鉛印本，民國元年沈氏晨風閣，國家圖書館藏。

43. 籀詩研丌日記，影印本，北京浙江公會，民國九年〔1920〕，國家圖書館藏。

44. 癸巳瑣院旬日記，抄本，上海圖書館藏。

45. 日記之模範，影印本，民國二十二年〔1933〕，國家圖書館藏。

46. 越中先賢祠目，影印本，民國十年〔1921〕，國家圖書館藏。

47. 張文祥刺馬，張道貴、丁鳳麟整理，嶽麓書社，1986 年。

48. 四廳紀程，中國社會科學院邊疆史地研究中心藏。

49. 越風校語，抄本，上海圖書館藏。

50. 李慈銘早歲大事記，抄本，上海圖書館藏。

51. 二家詞抄，李慈銘、樊增祥，刻本，清光緒十九年〔1893〕，浙江圖書館藏。

52. 李慈銘未刻稿（不分卷），抄本，浙江圖書館藏。

書札類

1. 咸同間名人詩箋（不分卷），稿本，李慈銘、陶方琦等撰，國家圖書館藏。

2. 越縵堂書札詩翰（不分卷，二冊），稿本，國家圖書館藏。

3. 越縵堂書札（不分卷），稿本，國家圖書館藏。

4. 十四家書札（一冊），稿本，李慈銘、胡澍、鮑康、翁同龢等撰，國家圖書館藏。

5. 書札（不分卷），稿本，于敏中、阮元、李慈銘等撰，國家圖書館藏。

6. 八家詩翰書札（一冊），稿本，王懿榮、趙之謙、李慈銘、江標、孫貽經、俞樾、汪鳴鑾、陸潤庠撰，國家圖書館藏。

7. 二李書札，稿本，李慈銘、李文田著，國家圖書館藏。

8. 昭代名人尺牘續集，陶湘輯，天寶石印局，清宣統三年，國家圖書館藏。

9. 李慈銘致陳豪書三十二函，冬暄草堂師友箋存，影印本，文海出版社，1968 年。

10. 李慈銘致繆荃孫書三十二函，藝風堂友朋書札，顧廷龍整理，上海古籍出版社，1980 年。

11. 名人書簡鈔存之李越縵家書二函，周作人藥堂雜文，河北教育出版社，2002 年。

12. 李慈銘致陳豪札二通，清代名人書札，北京師範大學出版社，2009 年。

校訂類

1. 乾隆紹興府志校記，影印本，上海書店，國家圖書館藏。

2. 山陰縣志校記，抄本，國家圖書館藏。

3. 山陰縣志校記，影印本，上海書店，1993 年。

4. 周易二閭記，抄本，（清）茹敦和撰，李慈銘訂，國家圖書館藏。

5. 重訂周易二閭記，刻本，（清）茹敦和等著，李慈銘重訂，會稽徐氏鑄學齋，清光緒 13 年〔1887〕，國家圖書館藏。

6. 重訂周易小義，刻本，（清）茹敦和等著，李慈銘重訂，會稽徐氏鑄學齋，清光緒 14 年〔1888〕，國家圖書館藏。

7. 文選樓藏書記，抄本，（清）阮元藏並編，李慈銘校，國家圖書館藏。

二、其他古籍

1. 王繼香：王子獻先生日記，稿本，國家圖書館藏。

2. 王繼香：醉盦硯銘，稿本，浙江圖書館藏。

3. 黃紹箕、黃紹第：二黃先生詩茸，石印本，民國，國家圖書館藏。

4. 釋徹凡：募梅精舍詩存，刻本，清咸豐七年〔1857〕，國家圖書館藏。

5. 孫衣言：遜學齋詩鈔，刻本，清同治三年〔1864〕，國家圖書館藏。

6. 陳壽祺：陳比部遺集，刻本，同治十一年〔1872〕潘祖蔭滂喜齋叢書本。

7. 孫廷璋：亢藝堂集，刻本，清同治十一年〔1872〕潘祖蔭滂喜齋叢書本，國家圖書館藏。

8. 鍾駿聲輯：養自然齋詩話，刻本，清同治十三年〔1874〕，國家圖書館藏。

9. 周祖光：恥白集，刻本，清光緒五年〔1879〕，國家圖書館藏。

10. 陳錦：蕉雪詩抄，刻本，清光緒五年〔1879〕，國家圖書館藏。

11. 孫垓：退宜堂詩集，刻本，清光緒七年〔1881〕，國家圖書館藏。

12. 徐鴻謨：蓿蔔花館詩詞集，刻本，清光緒十一年〔1885〕，國家圖書館藏。

13. 徐虔復：寄青齋遺集，刻本，清光緒十三年〔1887〕，國家圖書館藏。

14. 陸廷黼：鎮亭山房詩集，刻本，清光緒十七年〔1891〕，國家圖書館藏。

15. 張預：崇蘭堂詩初存，刻本，清光緒二十年〔1894〕，國家圖書館藏。

16. 孫同康：師鄭堂駢體文存，刻本，清光緒二十一年〔1895〕，國家圖書館藏。

17. 王詠霓：函雅堂集，刻本，清光緒二十二年〔1896〕，國家圖書館藏。

18. 沈寶森：因樹書屋詩稿，刻本，清光緒二十三年〔1897〕，國家圖書館藏。

19. 孫德祖：寄龕詩質，刻本，清光緒二十五年〔1899〕，國家圖書館藏。

20. 孫德祖：寄盦詞問，刻本，清光緒二十六年〔1900〕，國家圖書館藏。

21. 徐琪：花磚日影集，刻本，清光緒三十三年〔1907〕，國家圖書館藏。

22. 沈丙瑩：春星草堂集，刻本，清宣統元年〔1909〕，國家圖書館藏。

23. 吳慶坻：補松廬詩錄，鉛印本，清宣統三年〔1911〕，國家圖書館藏。

24. 吳慶坻：悔餘生詩集，鉛印本，民國十三年〔1924〕，國家圖書館藏。

25. 翁同龢：瓶廬詩稿（八卷），刻本，民國八年〔1919〕，國家圖書館藏。

26. 翁同龢：翁同龢日記，中華書局，1993 年。

27. 翁同龢著、朱育禮，朱汝稷校點：翁同龢詩集，上海古籍出版社 2012 年。

28. 許景澂：許文肅公遺稿，鉛印本，民國七年〔1918〕，國家圖書館藏。

29. 許景澂：許文肅公外集，鉛印本，民國九年〔1920〕，國家圖書館藏。

30. 周馥：玉山詩集，石印本，民國十一年〔1922〕，國家圖書館藏。

31. 趙銘：琴鶴山房遺稿，刻本，民國十一年〔1922〕，國家圖書館藏。

32. 陳衍輯：近代詩鈔，商務印書館，民國十二年〔1923〕。

33. 樊增祥：樊山書牘，民國十二年〔1923〕鉛印本。

34. 圖書副刊越縵遺書，大公報民國二十二年〔1933〕十月十二日。

35. 王仁堪：王蘇州遺書，鉛印本，民國二十二年〔1933〕，國家圖書館藏。

36. 周學熙編：周止菴先生自敘年譜，近代中國史料叢刊三編影印本，臺灣文海出版社，1966 年。

37. 陳豪輯：冬暄草堂師友箋存，近代中國史料叢刊正編影印本，臺灣文海出版社 1966 年。

38. 蘇樹蕃編：清朝御史題名錄，臺灣文海出版社，1967 年。

39. 王先謙：葵園自訂年譜，臺灣文海出版社，1970 年。

40. 王先謙：虛受堂詩存，臺灣文海出版社，1971 年平步青：棟山日記，稿本，國家圖書館藏。

41. 王先謙：續東華錄，同治、光緒朝，上海古籍出版社 2008 年。

42. 周星譽：鷗堂日記，近代中國史料初編影印光緒十二年刻本，臺灣文海出版社，1967 年。

43. 顧廷龍整理：藝風堂友朋書札，上海古籍出版社，1981 年。

44. 潘曾瑩：小鷗波館集，中國書店，1984 年。

45. 吳慶坻：蕉廊脞錄，文物出版社，1984 年。

46. 王星誠：西亳殘草，中華書局，1985 年。

47. 陳奐：師友淵源記，臺北明文書局，1985 年。

48. 陶存煦：姚海槎先生年譜，臺灣商務印書館，1986 年。

49. 繆荃孫：藝風老人日記，北京大學出版社，1986 年。

50. 繆荃孫編：藝風老人自訂年譜，北京圖書館藏珍本年譜叢刊影印民國二十五年刻本，北京圖書館出版社，1999 年。

51. 錢儀吉等編：碑傳合集，上海書店，1988 年。

52. 平步青：霞外攟屑，續修四庫全書影印民國六年刻本，上海古籍出版社，1995 年。

53. 施補華：澤雅堂詩集，澤雅堂詩二集，續修四庫全書影印同治刻本，上海古籍出版社，1996～2003 年。

54. 張鳴珂：寒松閣詞，續修四庫全書影印光緒十年刻本，上海古籍出版社，1996～2003。

55. 陶方琦：湘麋閣遺詩，續修四庫全書影印光緒十六年刻本，上海古籍出版社，1996～2003 年。

56. 譚獻：復堂詞，續修四庫全書影印同治刻本，上海古籍出版社，1996～2003 年。

57. 王闓運：湘綺樓全集，續修四庫全書影印光緒三十三年刻本，上海古籍出版社，1996～2003 年。

58. 陸心源：儀顧堂集，續修四庫全書影印光緒刻本，上海古籍出版社，1996～2003 年。

59. 袁昶：漸西村人初集、安般簃詩續鈔、於湖小集，續修四庫全書影印光緒間袁氏自刻本，上海古籍出版社，1996～2003 年。

60. 黃彭年：陶樓文鈔，續修四庫全書影印民國十二年章鈺年刻本，上海古籍出版社，1996～2003 年。

61. 孫詒讓：籀膏遺文，續修四庫全書影印民國十五年石印本，上海古籍出版社，1996～2003 年。

62. 張之洞：張文襄公全集，續修四庫全書影印民國十七年刻本，上海古籍出版社，1996～2003 年。

63. 樊增祥：樊山集，續修四庫全書影印光緒二十八年刻本，上海古籍出版社，1996～2003 年。

64. 董文渙：清季洪洞董氏日記六種，北京圖書館出版社，1997 年。

65. 董文渙：硯樵山房詩稿，山西古籍出版社，2007 年。

66. 段光清：鏡湖自撰年譜，中華書局，1997 年。

67. 徐世昌輯：晚晴簃詩匯，中國書店，1998 年。

68. 潘曾綬編，潘祖蔭、潘祖年補編：潘紱庭自訂年譜，北京圖書館藏珍本年譜叢刊影印光緒九年刻本，北京圖書館出版社，1999 年。

69. 潘祖年編：潘文勤公年譜，北京圖書館藏珍本年譜叢刊影印光緒三十四年刻本，北京圖書館出版社，1999 年。

70. 楊守敬：鄰蘇老人年譜，北京圖書館藏珍本年譜叢刊影印民國四年石印本，北京圖書館出版社，1999 年。

71. 許同莘編：張文襄公年譜，北京圖書館藏珍本年譜叢刊影印民國二十八年鉛印本，北京圖書館出版社，1999 年。

72. 沈曾植著、錢仲聯校注：沈曾植集校注，中華書局，2001 年。

73. 葉昌熾：緣督廬日記，江蘇古籍出版社，2002 年。
74. 李鴻章：李鴻章全集，安徽教育出版社，2005 年。
75. 王舟瑤：默盦居士自定年譜，北京圖書館出版社，2006 年。
76. 王代功編：湘綺府君年譜，北京圖書館出版社，2006 年。
77. 嚴玉森：虛閣遺稿，清代詩文集彙編，上海古籍出版社，2009 年。
78. 陳昌沂：大麓吟草，文聽閣圖書有限公司，2010 年。

三、論著

1. 姜亮夫：歷代人物年里碑傳綜表，中華書局，1959 年。
2. 日本京都大學人文科學研究所編：東洋學文獻類目（1964～1986 年間），日本明文舍印刷株式會社 1964～1986 年印刷。
3. 楊殿殉：中國歷代年譜總錄，北京書目文獻出版社，1966 年。
4. 張德昌：清季一個京官的生活，香港中文大學出版，1970 年。
5. 朱傳譽：李慈銘傳記資料，天一出版社，1979 年。
6. 朱保炯、謝沛霖編：明清進士題名碑錄索引，上海古籍出版社，1980 年。
7. 張舜徽：清人文集別錄，中華書局，1980 年。
8. 徐一士：一士類稿，書目文獻出版社，1984 年。
9. 徐珂：清稗類鈔，中華書局，1984 年。
10. 錢穆：中國近三百年學術史，中華書局，1984 年。
11. 宋慈抱著、項士元審訂：兩浙著述考，浙江人民出版社，1985 年。
12. 張慧劍編著：明清江蘇文人年表，上海古籍出版社，1986 年。
13. 徐世昌纂：清儒學案，清代傳記叢刊，臺灣明文書局，1986 年。
14. 周作人：知堂雜詩鈔，嶽麓書社，1987 年。
15. 錢仲聯主編：清詩紀事，江功古籍出版社，1987 年。
16. 中國古籍善本書目，上海古籍出版社，1989～1998 年。
17. 嚴迪昌：清詞史，江蘇古籍出版社，1990 年。
18. 王重民：冷廬文藪，上海古籍出版社，1992 年。
19. 袁行云：清人持集續錄，文化藝術出版社，1994 年。
20. 吳文治：中國文學史大事年表，黃山書社，1996 年。
21. 任桂全編著：紹興市志，浙江人民出版社，1996 年。
22. 朱維錚：求索真文明——晚清學術史論，上海古籍出版社，1996 年。
23. 徐楨基：潛園遺事——藏書家陸心源生平及其他，上海三聯書店，1996 年。
24. 張仲謀：清代文化與浙派詩，東方出版社，1997 年。

25. 秦國經主編：清代官員履歷檔案全編，華東師範大學出版社，1997 年。

26. 劉成禺：世載堂雜憶，遼寧教育出版社，1997 年。

27. 趙守儼：趙守儼文存，中華書局，1998 年。

28. 黃濬：花隨人聖盦摭憶，上海書店出版社，1998 年。

29. 蔡元培：蔡元培全集之蔡元培日記，浙江教育出版社，1998 年。

30. 梁啓超：中國歷史研究法，上海古籍出版社，1998 年。

31. 紹興縣地方志編纂委員會編：紹興縣志，中華書店，1999 年。

32. 錢仲聯主編：廣清碑傳集，蘇州大學出版社，1999 年。

33. 葉昌熾、倫明著：藏書紀事詩・辛亥以來藏書紀事詩，上海古籍出版社，1999 年。

34. 尚小明：學人遊幕與清代學術，北京社會科學文獻出版社，1999 年。

35. 李靈年、楊忠、王欲祥編：清人別集總目，安徽教育出版社，2000 年。

36. 王紹曾：清史稿藝文志拾遺，中華書局，2000 年。

37. 張元濟：張元濟日記，河北教育出版社，2001 年。

38. 葉衍蘭、葉恭綽編：清代學者像傳，上海書店出版社，2001 年。

39. 郭延禮：中國近代文學發展史，高等教育出版社，2001 年。

40. 郭康松：清代考據學研究，武漢崇文書局，2001 年。

41. 柯愈春編：清人詩文集總目提要，北京古籍出版社，2002 年。

42. 梁廷燦、陶容、於士雄編：歷代名人生卒年表，北京圖書館出版社，2002 年。

43. 顧廷龍：顧廷龍文集，北京圖書館出版社，2002 年。

44. 胡適：胡適全集之胡適日記，安徽教育出版社，2003 年。

45. 復旦大學圖書館編：續修四庫全書目錄，上海古籍出版社，2003 年。

46. 周作人：藥堂雜文，河北教育出版社，2003 年。

47. 田欣欣：李慈銘詩文簡論，天津古籍出版社，2003 年。

48. 張舜徽：清人筆記條辨，華中師範大學出版社，2004 年。

49. 鄧之誠：骨董瑣記全編之骨董續記，中華書局，2004 年。

50. 尚小明：清代士人遊幕表，中華書局，2005 年。

51. 來新夏：清人筆記隨錄，中華書局，2005 年。

52. 魯迅：魯迅全集第三、四卷，人民文學出版社，2005 年。

53. 冒廣生：小三吾亭詞話，詞話叢編第六冊，中華書局，2005 年。

54. 王標：越縵堂日記 1865～1871：晚清浙東一個歸鄉官吏的生活空間，城市知識分子的二重世界——中國現代性的歷史視域，上海古籍出版社，2005 年。

55. 許全騰編：沈曾植年譜，中華書局，2007 年。

56. 黃霖、蔣凡主編：中國歷代文論選新編·晚清卷，上海教育出版社，2007 年。

57. 王欣夫：蛾術軒篋存善本書錄，上海古籍出版社，2008 年。

58. 許壽裳：許壽裳日記，福建教育出版社，2008 年。

59. 趙任飛主編：紹興圖書館館藏古籍地方文獻書目提要，廣陵書社，2009 年。

60. 陳先行、石菲著：明清稿鈔校本鑒定，上海古籍出版社，2009 年。

61. 盧敦基：彷徨歧路：晚清名士李慈銘，社會科學文獻出版社，2012 年。

62. 薛英：李慈銘贈「姬人」書題跋，《文獻》1986 年第 3 期。

63. 薛英：李慈銘校繆荃孫所刻書，《文獻》1987 年第 1 期。

64. 董叢林：論晚清名士李慈銘，《近代史研究》1996 年第 5 期。

65. 孔祥吉、村田雄二郎：《翁文恭公日記》稿本與刊本之比較——兼論翁同龢對日記的刪改，《歷史研究》2004 年第 3 期。

66. 盧敦基：從李慈銘看十九世紀江南士紳的日常文學生活，《浙江學刊》2005 年第 6 期。

67. 劉再華：李慈銘及其詩歌創作，《廈門教育學院學報》，2007 年第 4 期。

68. 劉應梅：王先謙書札十一通，《文獻》2008 年第 1 期。

69. 周容：李慈銘杏花香雪齋詩版本考述，《文獻》2008 年第 2 期。

70. 王燕飛：許景澄袁昶致李慈銘未刊手札選注，《圖書館雜誌》2009 年第 5 期。

71. 陳桂清：晚清學者李慈銘的詞學思想，《西華師範大學學報》2009 年第 4 期。

72. 秦敏：李慈銘詞學思想與創作平議，《徐州師範大學學報》2010 年第 2 期。

73. 張濤：越縵堂日記研究，2004 年揚州大學碩士論文，全國優秀碩博論文資料庫。

74. 殷月英：越縵堂讀書記評析，2005 年北京師範大學碩士論文，全國優秀碩博論文資料庫。

75. 周容：李慈銘詩學思想初探，2006 年上海大學碩士論文，全國優秀碩博論文資料庫。

76. 張峰：李慈銘史學研究，2009 年北京師範大學碩士論文，全國優秀碩博論文資料庫。

77. 姜雲鵬：李慈銘「文章」觀及「文章」創作，2009 年山東大學碩士論文，全國優秀碩博論文資料庫。

78. 周容：論李慈銘與樊增祥的詩歌理論及其創作，2009 年上海大學博士論文，全國優秀碩博論文資料庫。

79. 楊雪：李慈銘的駢文理論及其創作研究，2011 年湖南大學碩士論文，全國優秀碩博論文資料庫。

80. 陽柳：李慈銘詩歌研究，2012 年湖南大學碩士論文，全國優秀碩博論文資料庫。

後　記

　　本書稿由我的博士畢業論文修改而成。修改論文時也讓我想起了讀書的時光。回顧四年的讀博生活，我並沒有如其他人的激動與感慨，而是如常的平靜。也許四年中經歷得太多，使我覺得這論文的完成並成書出版是一件自然而然的事；也許四年中經歷得太少，讓我有種意猶未盡的悵然。在那四年裏，我曾奔波於學校的各個校區上課、聽講座；曾在圖書館從開館坐到閉館；也曾為節約時間，在國圖古籍館查找資料而不吃午飯，最終累到胃痛。回顧那四年，我不是在寫論文就是在為寫論文做準備。

　　那四年，僅此而已。

　　讀書時期，我收穫了專業知識，也收穫了師友的關心與愛護。我最要感謝的是我的導師左東嶺教授。左老師待我既嚴格又寬容。我一點一滴的進步，都離不開左老師的諄諄教導。左老師公務繁忙，但每當我有疑問時，他都盡力空出時間為我詳細解答，對我的學業要求甚嚴，期望甚多。而於生活中，左老師亦關心備至。每次放假回家，他都叮囑我注意安全，要我多些時間陪伴父母。左老師將我帶進了學術的大門，為我鋪好路基，指明了方向。

　　我還要感謝我的碩士導師王達敏教授。讀博的期間，王老師仍關心著我的學業和生活。我也要感謝曾為我授課的首都師範大學文學院的老師們。他們的講授豐富了我的知識，拓展了我的思路。還要特別感謝的是在我此稿成書過程中給予我指導的黨聖元教授、傅剛教授、姚小鷗教授、詹福瑞教授、李炳海教授、傅道彬教授、趙敏俐教授、吳相洲教授和馬自力教授。

　　本書的出版有賴於花木蘭文化事業有限公司各位編輯老師的辛勤付出，是他們的認真與負責才使得本書稿能夠正式出版。

　　感謝我工作中的領導，他們的支持給了我繼續從事學術研究的空間，使

得我沒有荒廢學業。更感謝我的家人，是他們無條件的支持才使我堅定地走向了學術的道路，使我在這條路上無論遇到多少艱難困苦都無怨無悔。我也要感謝我的同學、同事和朋友們，感謝能與他們相識相知，感謝他們願意與我分享生命中的苦與樂，感謝他們一直伴我左右，不離不棄。

此岸花已落，猶待彼岸開。對於學術，我初心不改，仍願「捐棄一世華靡榮樂之娛，窮畢生之力」而爲之。

井禹潮謹識
乙亥立秋於南小街